PAUL SCHÜLER

1943 – DAS PROJEKT

atb aufbau taschenbuch

PAUL SCHÜLER, Jahrgang 1986, studierte in Hannover erst Architektur, später Physik und Mathematik. Nach einigen Jahren als Songschreiber, Sänger und Gitarrist der Band »Ich Kann Fliegen« und diversen journalistischen Tätigkeiten begann er als Lehrer zu arbeiten. Zurzeit lebt er in Mexiko.

Im Aufbau Taschenbuch ist bisher sein Thriller »1942 – Das Labor« erschienen.

Juni 1943: In der Hitze New Mexicos setzt eine Gruppe internationaler Wissenschaftler alles daran, im Rahmen des Manhattan Project eine Atombombe zu entwickeln. Sie sind getrieben von der Angst, dass das Deutsche Reich ihnen zuvorkommen könnte. Währenddessen lebt die deutsche Physikerin Dr. Margarete von Brühl mit ihrer drei Monate alten Tochter unter falschem Namen bei Leipzig auf dem Land, nachdem sie zuvor eine Verschwörung ranghoher Militärs vereitelt hat. Die Schatten der Vergangenheit holen Margarete ein, als sich ein Gestapo-Mann nach ihr erkundigt. Wenig später wird sie von einem US-Agenten angesprochen, der ihr anbietet, in den USA am Manhattan Project zu arbeiten. Margarete ahnt, dass eine Flucht in die USA ihre einzige Chance ist, zu überleben und dafür zu sorgen, dass die Bombe nie gebaut wird – von niemandem.

PAUL SCHÜLER

1943
DAS PROJEKT

THRILLER

atb aufbau taschenbuch

MIX
Papier | Fördert
gute Waldnutzung
FSC® C083411

ISBN 978-3-7466-4054-9

Aufbau Taschenbuch ist eine Marke der Aufbau Verlage GmbH & Co. KG

1. Auflage 2024

www.aufbau-verlage.de
10969 Berlin, Prinzenstraße 85

Umschlaggestaltung und Motive www.buerosued.de, München
Satz LVD GmbH, Berlin
Druck und Binden CPI books GmbH, Leck, Germany

Printed in Germany

Für Chrissi.
Was für ein Abenteuer!

Prolog

Mondhain, nahe Los Alamos, New Mexico, USA.
28. Mai 1943

Die Unendlichkeit des Universums spiegelte sich in der Oberfläche des heiligen Sees. Adrian vom Stamm der Tewa liebte es, wenn er die Milchstraße mit jeder Bahn, die er durch den See zog, in Schwingung versetzen konnte.

Der Mondhain war sein geheimer Rückzugsort. Auch wenn die Alten ihn als heiligste aller heiligen Stätten bezeichneten und ein großes Gewese darum machten, verirrte sich kaum jemand hierher. Adrian hatte seine Ruhe. Nahezu geräuschlos glitt er durch das Wasser und beobachtete, wie die Spiegelung des Vollmondes auf den Wellen des Sees erst zu einem Fladen zerknautscht wurde, um danach in die Länge gezogen zu werden wie ein Kaugummi. Sein Kopf war herrlich leer. Das Geschimpfe seiner Mutter war weit weg, ebenso die Alten mit ihren Traditionen und die weißen Lehrer, die ihm genau diese Traditionen wieder austreiben wollten. Am Montag würde er sich in den Bus setzen müssen, um die dreistündige Fahrt ins Internat anzutreten.

All das war vergessen, wenn er im heiligen See schwamm.

Das eiskalte Wasser sprudelte nicht weit von hier aus einer natürlichen Quelle, war kristallklar und schmeckte vorzüglich. Adrian glitt mit offenem Mund durch das Nass, verschluckte sich, hustete eine Fontäne aus und gluckste vor Freude. Später trocknete er sich ab und setzte sich am Rand des Sees auf einen Baumstamm, der halb im Wasser lag. Noch konnte er die Gedanken an die nahende Schulwoche zurückdrängen. Es herrschte Frieden im Mondhain.

Am nächsten Morgen kam alles ganz anders. Adrian hatte sich unwohl gefühlt, als er aufgewacht war, und nachdem seine Mutter ihn zum dritten Mal ermahnt hatte, dass er aufstehen müsse, rannte er an ihr vorbei aus dem Haus und übergab sich auf der Straße. Seine Mutter erwartete ihn mit verschränkten Armen auf der Türschwelle und sah ihn forschend an. Doch als Adrian erneut hinauslaufen musste, glaubte sie ihm seine Krankheit. Wortlos verließ sie das Haus und ging zur Arbeit.

Adrian blieb schwitzend auf seiner Bastmatte liegen und fiel in einen unruhigen Schlaf, aus dem er immer wieder hochschreckte. Das Bild des verzerrten Mondes im See verfolgte ihn, doch jetzt hatte er ein Gesicht. Und es sah nicht freundlich aus.

Am nächsten Tag hatte sich sein Zustand nicht verbessert, so dass die Mutter nach dem Doktor rief. Da es im Pueblo kein Telefon gab, musste sie die Nachricht einem Nachbarn mitgeben, der in Santa Fe arbeitete. Der Arzt brauchte von dort aus beinahe zwei Stunden, um in die Berge zu fahren. Adrian hatte ein schlechtes Gewissen, da er wusste, welch horrende Rechnungen der Doktor stellte. Nachdem der bärtige Mann Adrian untersucht hatte, murmelte er etwas von einer Sommergrippe, verordnete Bettruhe und nahm das Geld von Adrians Mutter entgegen. Immerhin wurde sie nun etwas versöhnlicher und umsorgte ihn mit Tee und Zwieback. Essen konnte er jedoch nichts.

Am dritten Tag bemerkte Adrian, dass ihm die Haare ausfielen. Er hatte sich am Kopf gekratzt und danach ein dickes Büschel seiner glatten, schwarzen Mähne in der Hand gehabt. Bevor die Mutter am Abend zurückkehrte, setzte er sich eine Mütze auf, um die kahlen Stellen zu verbergen. In der Nacht tauchte erneut der böse grinsende Mond in seinen Träumen auf. Er schien zu Adrian zu sprechen, doch die Worte blieben unverständlich.

Im Laufe der Woche wurde Adrian immer schwächer. Alles, was er zu sich nahm, gab er wieder von sich – auf die eine oder andere Weise. Seine Mutter weinte still, rief erneut den Doktor, zahlte brav die Rechnung und machte ihrem Sohn fortan zweimal am Tag Wadenwickel.

Am achten Morgen rief sie vergeblich nach Adrian. Sie trat an sein Bett und legte ihm die Hand auf die Stirn, um zu sehen, ob er fieberte. Verschreckt zog sie sie zurück. Adrian war kalt wie ein Fisch.

ERSTER TEIL

Taucha bei Leipzig, 4. Juni 1943

Turmhoch ragte die weiße Felswand vor ihr in den Nachthimmel.

Nein, es war kein Fels, es war Muschelkalk. Noch strahlte er weiß wie Schnee, doch schon bald würde rotes Blut den Stein besudeln.

Margarete kannte diesen Ort, auch wenn sie ihn in diesem Moment nicht benennen konnte. Sie war dort gewesen, in jener Nacht. Wie auf Schienen glitt sie auf die fahle Wand zu, ihre Hände tasteten in der Dunkelheit, ohne etwas greifen zu können. Vor ihr erschien ein Rechteck im Fels, schwarz und alles verschlingend. Margarete stemmte sich gegen den Sog, der wie ein starker Magnet an ihr zerrte. Vergebens. Obwohl sie mit den Armen ruderte, zog der Berg sie weiter in Richtung der gähnenden Öffnung.

Dahinter lag Leid, das wusste sie. Eine Erinnerung, die sie verdrängen wollte. Doch sie musste sich ihr stellen. Schon wieder.

Nur noch wenige Meter trennten sie von der Finsternis. Margarete öffnete den Mund, ein Schrei hätte ihr entfahren müssen. Doch sie war keines Lautes fähig. Stumm glitt sie über die Schwelle, und die Dunkelheit umfing sie.

Das Mondlicht war hinter ihr zurückgeblieben und mit ihm die Hoffnung, dem Schlimmsten entgehen zu können. Margarete keuchte vor Angst. Kälte biss ihr in die nackten Arme und Beine. Um sie herum war nichts als Schwärze. Oder lauerte dort etwas? Jemand? Margarete biss sich auf die Unterlippe, hielt den Atem an und lauschte.

Nichts.

Sie war allein.

Zitternd öffnete sie den Mund und sog die feuchtkalte Luft ein. Ihr Atem schallte seltsam laut in der Dunkelheit.

Plötzlich packte sie jemand von hinten. Raue Hände griffen nach ihren Hüften, zogen sie zurück. Schweißgeruch drang an ihre Nase. Heißer, feuchter Atem streifte ihren Nacken. Margarete erstarrte. Dann fuhr eine der Hände an ihrem Körper hinauf und legte sich über ihren Mund.

In diesem Moment erinnerte sie sich an alles. Er war es! Er war wieder da. Und er wollte ihr wehtun.

Mit einem Schrei schreckte Margarete hoch und öffnete die Augen. Mildes Licht fiel in ihr Zimmer. Ihr Herz pochte wie wild, ihre Arme waren verkrampft und schmerzten. Am Fuße ihres Bettes stand Wilhelm und sah sie mit gerunzelter Stirn an.

»Wieder dieser Traum?«, fragte er.

Margarete blinzelte. »Wie spät ist es?«

»Noch nicht mal halb sieben.«

»Ich komme zu spät«, rief sie und sprang auf.

»Es sind nur zehn Minuten bis zur Schule, du wirst rechtzeitig da sein.« Wilhelm setzte ein schiefes Lächeln auf. »Ida macht dir Frühstück, und ich habe schon Wasser aufgesetzt, damit du dich waschen kannst.« Er legte seine Hand auf Margaretes Schulter und zwinkerte ihr zu. »Wir schaffen das.«

Margarete schreckte vor der Berührung zurück und registrierte Wilhelms überraschten Blick. »Ich muss los.« Sie hastete quer durch das Zimmer. Die Dielen knarrten unter ihren eiskalten Füßen. Sie erreichte die Wiege und erblickte ihre Tochter. Sofort zuckten ihre Mundwinkel nach oben. Marie war bereits wach, sah sie aus neugierigen Augen an und steckte sich eine kleine Faust in den Mund. Als sie im Februar zur Welt gekommen war, hatte draußen Schnee gelegen. Margarete hob ihre Tochter aus der Wiege und drückte sie an sich. »Mein liebes Kind«, sagte sie und küsste sie auf die Stirn. »Weißt du, wer dich jetzt wickeln wird, obwohl er mir immer weismachen will, er könne das nicht?« Sie nickte ihrer Tochter zu. »Ganz genau, dein Onkel Willi!« Margarete drehte sich um und drückte Wilhelm das Baby in die Arme.

Wilhelm stupste Marie auf die Nase. »Ob du das wohl bald selbst kannst, kleine Maus?«

Margarete verließ kopfschüttelnd das Zimmer. »Sie ist drei Monate alt.«

Wenig später ließ sie sich am Frühstückstisch nieder. Wilhelm blickte von seiner Zeitung auf und pfiff anerkennend durch die Zähne. »Ich hatte gedacht, du wolltest den Rektor von deinen Qualitäten als Lehrerin überzeugen. Aber offenbar möchtest du ihn verführen.«

Margarete verzog das Gesicht, blickte an sich hinab und strich mit den Händen ihren modern geschnittenen Hosenanzug glatt. »Ich sehe doch ganz normal aus.«

»Normal für Leipzig vielleicht«, meinte Ida. Wilhelms Frau goss Margarete eine Tasse Kamillentee ein. »Hier auf dem Land wirst du mit deinem Aufzug einige Aufmerksamkeit erregen.«

Aufmerksamkeit, das war es, was Margarete unter allen

Umständen vermeiden wollte. Nach den Ereignissen des letzten Jahres musste sie für eine Weile vom Radar verschwinden. Vermutlich würde sie sich hier mit Wilhelm und Ida verstecken müssen, bis der Krieg vorbei war. Aber deswegen würde sie sich noch lange nicht gehen lassen. »Der Herr Direktor wird schon mit meinem Anblick zurechtkommen.«

»Gewiss, Kind.« Ida trat auf sie zu und legte ihr eine Hand an die Wange. »Ich bin sehr stolz auf dich. Wir werden gut auf Marie achtgeben, bis du zurück bist.«

»Danke.« Margarete blickte in Idas faltiges Gesicht und musste schlucken, als Emotionen in ihr aufwallten. Sie wandte sich ab und griff nach der Teetasse. »Jetzt muss ich aber los.«

Wilhelm riss einen Arm in die Luft und begann zu schnipsen. »Fräulein von Brühl, hier bin ich, nehmen Sie mich dran«, rief er mit einer schrillen Kinderstimme.

»Leitner, Leitner, Leitner …« Margarete schüttelte den Kopf. »Was habe ich Ihnen über das Reinrufen gesagt?«

Wilhelm grinste. »Dass es ganz ungehörig ist, Fräulein von Brühl. Aber, sehen Sie, ich wollte doch nur wissen, was die Quadratwurzel von zwei ist. Können Sie mir das wohl sagen?«

Margarete verzog keine Miene. »1,4142. Oder brauchen Sie noch mehr Stellen?« Sie strich sich eine Strähne aus dem Gesicht. »Außerdem heiße ich jetzt Fräulein Müller, schon vergessen?«

»Schon gut.« Wilhelm hob abwehrend die Hände, dann erhob er sich ächzend. »Komm, ich begleite dich nach draußen.«

Margarete beobachtete, wie der massige Mann seine Jacke anzog, die speckig glänzte. Alt war er geworden, die

Stirn faltig und die Haare noch schütterer als zuvor. Sie kannte ihn erst seit einem Jahr, und doch fiel ihr die Veränderung auf. Wahrscheinlich fehlte ihm seine Arbeit. Die Verantwortung und die körperliche Anstrengung bei der Feuerschutzpolizei in Leipzig hatten ihn jung gehalten. Nun führte er gezwungenermaßen das Leben eines Pensionisten, und das bekam ihm nicht gut.

Margarete nahm Ida zum Abschied in die Arme, dann trat sie durch die Haustür in den Vorgarten. Sie musste die Augen zusammenkneifen, so hell schien die Sonne bereits. Es war ein warmer Frühsommermorgen. Im hohen Gras, das rund um das Fachwerkhaus stand, in dem sie mit Wilhelm und Ida untergekommen war, dampfte der Tau, der von der Nacht übrig geblieben war. Es war ein Paradies.

Wilhelm trat neben sie. »Hast du deinen Pass?«

Margarete griff in die Innentasche ihrer Jacke, zog das Dokument hervor und klappte es auf. Wie schon so oft musste sie schlucken, als sie ihr Gesicht auf dem Passbild erblickte. Das war zweifellos sie, mit der schmalen Nase und dem Leberfleck auf der Wange. Doch die blondierten Haare, die sie nun trug, machten einen anderen Menschen aus ihr. Wie sie ihr natürliches Braun vermisste! Und dieser Name. Klara Müller! Wie einfallslos!

»Karl wäre sehr stolz auf dich«, sagte Wilhelm.

Margarete schluckte. »Danke.«

Wilhelm nahm ihr den Pass ab, klappte ihn zu und steckte ihn zurück in ihre Tasche. »Das ist gute Arbeit. Trotzdem solltest du ihn so wenigen Menschen zeigen wie möglich. Ein Polizist könnte die Fälschung erkennen.«

Margarete nickte. »Ich passe auf mich auf. Und ihr passt bitte gut auf Marie auf.«

»Keine Sorge.«

»Heute Mittag bin ich zurück, mit einer Festanstellung in der Tasche.«

Wilhelm lächelte. »Da bin ich mir sicher. Und dann trinken wir Champagner auf deinen Erfolg.«

»Ha!«, machte Ida, die ihnen nach draußen gefolgt war und noch ihr Küchentuch in den Händen hielt. »Wo willst du denn Champagner herbekommen?«

»Lass das mal meine Sorge sein.« Wilhelm kniff seiner Frau in die Wange und wandte sich wieder an Margarete. »Vertraue niemandem, hörst du?«

Margarete verdrehte die Augen. »Natürlich, Willi. Mach dir keine Sorgen.«

Er trat an sie heran, sein Blick bekam mit einem Mal etwas Stechendes. »Ich meine es ernst. Du darfst niemandem vertrauen.« Dann setzte er wieder sein Lächeln auf und ließ sie los. »Und jetzt sieh zu, dass du wegkommst. Es ist schon Viertel vor acht.«

Margarete zuckte zusammen, fiel Wilhelm zum Abschied um den Hals und griff nach ihrem Fahrrad, das an dem rot gestrichenen Holzzaun lehnte. »Ich bin bald zurück«, rief sie, setzte sich auf das Rad und fuhr los. Als sie zurückblickte, war Ida neben Wilhelm getreten. Auf dem Arm trug sie die kleine Marie.

Margarete winkte ihnen zu. Was für ein Glück sie doch hatte! Ida, Wilhelm, Marie und sie bildeten eine liebevolle kleine Familie, auch wenn sie nicht verwandt waren. Die Schatten der Vergangenheit schienen endgültig hinter ihnen zu liegen. Niemand hatte sich im Dorf um sie gekümmert, als sie eingezogen waren. Niemand hatte Fragen gestellt. Wenn Margarete jetzt noch diese Anstellung bekäme, dann würden sie den Krieg hier überdauern können. Und Marie würde ein unbeschwertes Leben beginnen.

Nach langer Zeit keimte wieder Hoffnung in Margaretes Brust.

Wilhelm sah Margarete noch einige Sekunden lang hinterher, bis sie am Ende der Dorfstraße um die Ecke bog und aus seinem Blickfeld verschwand. Genussvoll sog er den Duft der Juniluft ein. Er bildete sich ein, die Blüten des Kastanienbaums riechen zu können, der hinter dem Haus stand. Die Luft war hier um Längen besser als in der Stadt. Wie viele Jahre lang hatten seine Klamotten stets nach kaltem Rauch gestunken! Von den Bränden, die er gelöscht hatte. Und von den Zigaretten, die er gequalmt hatte. Beides war nun vorbei, und er hatte seinen Frieden damit gemacht.

Nach allem, was vorgefallen war, wäre es ohnehin nicht möglich gewesen, nach Leipzig zurückzukehren. Es war ein Glücksfall gewesen, dass er seine Eltern bereits zuvor aus der Stadt ausquartiert hatte. Zunächst waren Ida, Margarete, die kleine Marie und er eine Zeit lang bei ihnen untergekommen, später war ein Haus frei geworden, das nur ein Stück weit die Straße hinab am Ortsausgang lag. Dort waren sie eingezogen. In Leipzig hatte er das Familienleben vermisst, das war ihm hier auf dem Land klar geworden. Als sein Sohn Karl die elterliche Wohnung verlassen hatte, war das ein Tiefschlag für Wilhelm gewesen. Wenig später hatte seine Frau Ida ihren Mutismus entwickelt, hatte nicht mehr gesprochen und kaum noch etwas gegessen. Und dann war Karl gestorben, in dem verfluchten Labor an der Leipziger Universität. Nach dem plötzlichen Tod seines Sohnes war Wilhelm endgültig auf sich allein gestellt gewesen. Und mit sich selbst war er noch nie gut zurechtgekommen.

Doch hier in Taucha hatte sich sein Leben ins Gegenteil verkehrt. Margarete war zu einem Familienmitglied geworden und Marie zu so etwas wie Wilhelms Enkelin. Es freute ihn, zu sehen, wie sehr auch Ida ihre neue Rolle als Großmutter genoss. Wie sie Margarete und Marie liebevoll umsorgte und vor sich hin summte, während sie Windeln auskochte. Nur selten noch drangen die düsteren Bilder in Wilhelms Bewusstsein, die so lange sein Denken bestimmt hatten. Die Bilder von Karl, und wie er ihn tot aufgefunden hatte in den Trümmern der Uranmaschine. Die Uniformen der Gestapomänner, die ihnen auf den Fersen gewesen waren. Und die Schrecken jener Nacht in Haigerloch, als Ida und er beinahe in dem brennenden Gasthaus gestorben waren. All das war nun schon beinahe ein Jahr her.

Wilhelm rieb sich mit dem Handrücken das Gesicht und räusperte sich, dann drehte er sich um und ging zurück ins Haus. Aus der Küche drang Idas Stimme. Sie sang Marie etwas vor, die mit wildem Gequieke reagierte. Das Klappern von Geschirr verriet ihm, dass sie nebenbei den Abwasch erledigte. Er ging den dunklen Flur entlang zum Hinterausgang des Hauses und schlüpfte in seine alten Arbeitsstiefel, die draußen vor der Tür standen. Ida achtete sehr darauf, dass er keinen Dreck ins Haus trug.

Mit Genugtuung ließ er den Blick über sein Werk schweifen. In wochenlanger Schwerstarbeit hatte er die Wiese hinter dem Haus in ein riesiges Gemüsebeet verwandelt, aus dem einzelne Obstbäume aufragten. Mittlerweile gediehen die Pflanzen, die er im Frühjahr ausgesät hatte. Mangold, Radieschen, Möhren, Zwiebeln, aber vor allem Kartoffeln sollten seine neue Familie, so gut es ging, ernähren. Jetzt, da Wilhelm nicht mehr arbeitete, waren sie darauf angewiesen, sich selbst zu versorgen. Das wenige Geld, das Margarete mit Nachhilfestunden verdiente, ermöglichte ihnen ab und an den Luxus eines Schinkens oder eines Stücks Käse, doch über den Winter würden sie die

Kartoffeln bringen. Wenn es Margarete zudem gelingen sollte, eine Festanstellung an der Schule zu ergattern, dann würden sie bis zum Ende des Krieges hier über die Runden kommen.

Wilhelm streckte die Glieder und begab sich auf einen Kontrollgang durch sein Beet. Vom Salat zupfte er einige Schnecken und warf sie mit Schwung über die Hecke, wo ein Bächlein floss, mit dessen Wasser er sein Gemüse goss. Die Bohnen, die er an der Rückwand des Hauses ausgesät hatte, machten ihm Sorgen. Sie kümmerten vor sich hin, und er war sich nicht sicher, wieso. Brauchten sie mehr oder weniger Licht? Insgeheim musste er zugeben, dass er nicht allzu traurig um die Pflanzen war. Er konnte Bohnen nicht ausstehen. Aber Ida hatte ihm ständig mit dem Wunsch in den Ohren gelegen, er solle sie ihr zuliebe anbauen. Also hatte er ihr den Gefallen getan.

Ein Motorengeräusch riss ihn aus seinen Gedanken. Wilhelm machte einige Schritte, um am Haus vorbei auf die Straße blicken zu können. Zunächst konnte er nichts erkennen, doch dann sah er, dass sich zwei größere Fahrzeuge näherten. Sie waren dunkelgrau lackiert.

Wilhelms Puls stieg. Es war nichts Ungewöhnliches, in diesen Zeiten Polizei- oder Militärfahrzeuge zu sehen, doch nach allem, was passiert war, versetzte ihn der Anblick in Aufruhr. Instinktiv drückte er sich an die warme Hauswand, wo man ihn von der Straße aus nicht entdecken würde, und schlich dann ins Haus, um dort abzuwarten, bis die Fahrzeuge vorbeigefahren waren.

Los Alamos, New Mexico, USA. 4. Juni 1943

»Guten Morgen, Gabriel.« Lieutenant Jenkins lehnte seinen drahtigen Körper an einen Pfosten des mannshohen Stacheldrahtzaunes, der Area T einschloss, und grinste ihn aus seiner beigefarbenen Uniform an. An seinem Arm prangte die schwarze Binde mit dem Aufdruck »MP«, die ihn als Mitglied der Military Police auswies.

Gabriel nickte dem Mann zu und zeigte seinen Ausweis, der ihn berechtigte, die streng bewachte Forschungseinrichtung zu betreten. Den Ausweis, der nur seinen spanischen Namen zeigte, Gabriel Gutierrez, nicht jedoch seinen Geburtsnamen, Avanyu, der aus der Sprache der Tewa stammte.

»Ich muss dich durchsuchen, Gabriel. Du kennst das Spiel.« Jenkins streckte ihm seine Hände entgegen und machte eine Geste, als wolle er etwas aus der Luft greifen.

Gabriel hob die Arme über den Kopf und ließ die allmorgendliche Prozedur über sich ergehen. Mit halb geschlossenen Augen beobachtete er, wie Jenkins auf ihn zukam. Als der Soldat begann, seine Arme und Beine abzutasten, spannten sich unwillkürlich seine Muskeln an. Jenkins, der kein Zwerg war, musste sich auf die Zehenspitzen stellen, um Gabriels Handgelenke zu erreichen. Gabriel reckte sich noch ein wenig mehr in die Länge.

Jenkins bemerkte die Bewegung und lachte. »Jeden Morgen derselbe Unfug.« Schließlich befand er die Überprüfung für abgeschlossen. »Hab einen schönen Tag, Gabriel! Und keinen Ärger heute, hörst du?«

Gabriel tippte sich an die Stirn, dann ging er den sandigen Weg hinauf, der zwischen eingeschossigen Holzbaracken entlangführte, und drehte sich eine Zigarette aus einem getrockneten Maisblatt. Vereinzelt standen alte Pinien und Zedern zwischen den Gebäuden, die uralt wirkten. Gabriel hatte beim Bau der Einrichtung mitgeholfen und wusste es besser. Die meisten Häuser waren kaum älter als ein Jahr. Vorher hatten an diesem Ort die Mexikaner ihre Schafe geweidet. Und vor noch längerer Zeit hatten Gabriels Vorfahren hier Vater Sonne beim Auf- und Untergehen zugesehen. Seit einem Jahr hatten die Weißen das Sagen auf dem Hügel, wie sie diesen Ort nannten. Seitdem hatte Gabriel die Baracken bereits zweimal neu gestrichen. Doch der ständige Wind, der über die Hochebene pfiff, schliff mit dem Sand, den er mit sich trug, jede neue Farbschicht ab. Die sengende Berührung von Vater Sonne tat ihr Übriges. Hier oben sollten einfach keine Häuser stehen, dachte Gabriel, und schon gar keine aus Holz.

Seine Gedanken mäanderten zu Maria, seiner Frau, und zu dem Versprechen, das er ihr gegeben hatte. Wenn er heute Abend ohne das Huhn in den Pueblo kam, das sie sich gewünscht hatte, würde sie eine Woche lang nicht mit ihm reden. Am Ende seiner Schicht würde er in den kleinen Gemischtwarenladen gehen, den es auf dem Hügel gab. Er durfte es unter keinen Umständen vergessen. Und wenn er schon da wäre, würde er für sich ein paar Dosen Bier mitnehmen und für die Jungs eine Flasche Cola. Er konnte schon hören, wie sie vor Freude jubeln würden, wenn sie die Kohlensäure auf ihren Zungen spürten.

Gabriel öffnete die Tür eines Holzschuppens, der sich seitlich an eine der Baracken anschmiegte, und bückte sich nach seinem Werkzeugkoffer. Schweiß lief ihm in die Augen. Bereits jetzt, am frühen Morgen, lag eine brütende Hitze über der Stadt, die die Weißen aus dem kargen Boden eines Hochplateaus gestampft hatten. Er wischte sich mit dem Ärmel seines karierten Hemdes über das Gesicht. Dann packte er mit einer Hand die Leiter aus glattem Holz, die an einer Wand des Schuppens lehnte.

Als Gabriel seine Anstellung als Technikwart angetreten hatte, hatte es in ganz Los Alamos keine Leiter gegeben. Er hatte sich darüber bei Professor Muller beklagt, und der hatte nachdenklich genickt. Vier Wochen lang war nichts passiert, dann war eines Morgens ein Army-Truck vorgefahren, und zwei Soldaten hatten zwanzig nagelneue Leitern vor Gabriels Schuppen abgeladen. So lief das auf dem Hügel. Er hatte nicht gewusst, was er damit anfangen sollte, geschweige denn, wo er so viele Leitern lagern konnte. Also hatte er sie an die neu zugezogenen Bewohner verteilt, was ihm einige Einladungen zum Dinner beschert hatte. Er hatte sie alle abgelehnt.

Technikwart, mit diesem Titel hatte Gabriel nie etwas anfangen können. Er selbst bezeichnete sich als Hausmeister des Hügels, und so hielten es auch die meisten anderen Angestellten. Mit dem Werkzeugkoffer in der einen und der Leiter in der anderen Hand verließ er den Schuppen und strebte auf eine Baracke zu, in der eine der Forschungsgruppen arbeitete. Gabriel wusste nicht genug über Physik, um zu verstehen, was die Wissenschaftler dort genau taten. Doch er wusste, was ihr Ziel war. Sie wollten den Krieg beenden, der am anderen Ende der Welt tobte.

Er betrat das Gebäude und fand sich in einem langen Flur wieder, von dem zu beiden Seiten Türen abgingen, in die auf Augenhöhe Fenster eingelassen waren. In der Mitte verstaubte ein Wasserspender. Unter den Sohlen von Gabriels Stiefeln quietschte das Linoleum. Er lehnte die Leiter an eine Wand und betätigte den Lichtschalter. Nichts geschah. Seufzend stellte er den Werkzeugkoffer ab, öffnete ihn und fischte eine Glühbirne heraus. Dann griff er nach der Leiter und platzierte sie unter der Lampe, die von der Decke des Flures baumelte. Er war gerade auf die erste Sprosse gestiegen, als sich eine Tür öffnete. Zwei Männer, die noch nicht einmal fünfundzwanzig Jahre alt sein mochten, traten auf den Flur. Sie trugen Zivilkleidung, was sie als Wissenschaftler auswies. Keine Uniform wie die Soldaten und keinen Blaumann so wie Gabriel. Zielstrebig gingen sie auf den Wasserspender zu und füllten ihre Pappbecher.

»Muller ist übergeschnappt! Drei Tage für einen vollständigen Bericht, dabei brauchen wir allein für die Experimente schon mehr als eine Woche.« Der kleinere der beiden Männer fuhr sich mit der Hand durch die schulterlangen Haare.

»Recht hat er«, erwiderte der andere. »Wir müssen mehr Tempo machen. Wenn es stimmt, was der Geheimdienst sagt, dann sind die Krauts uns zwei Jahre voraus bei der Entwicklung der Bombe.«

Gabriel hatte unterdessen die Leiter erklommen, wischte die Spinnweben beiseite, die die Deckenlampe umgarnten, und machte sich daran, den Lampenschirm zu entfernen.

»Die Deutschen sind an allen Fronten auf dem Rückzug«, sagte der Kleine. »Wenn es so weitergeht, ist Hitler an Weihnachten geschlagen.«

Der andere stemmte die Hände in die Hüften. »Genau das macht ihn ja so gefährlich! Er wird beißen wie ein Tier, das in die Ecke gedrängt wird. Hitler hat gar keine andere Wahl mehr, als seine Superwaffe zu entwickeln.« Sein Blick fiel auf Gabriel. »Ich finde es nicht richtig, dass sie Leute wie ihn hier reinlassen.«

Der Kleine lächelte. »Du meinst Gabriel? Keine Sorge, der versteht kein Wort von dem, was du sagst.«

»Denkst du?« Der andere trat an die Leiter heran und sah zu Gabriel hinauf. »Hey, du! Verstehst du, was ich sage?«

Gabriel lächelte den Mann freundlich an, schwieg jedoch.

»Wie viel ist zwei plus zwei, hm?«

Gabriel nickte und lächelte einfach weiter.

»Wie ist dein Name, Rothaut? Bist du ein Spitzel?«

Gabriel zwinkerte dem Mann zu, dann wandte er sich ab und machte sich wieder an der Lampe zu schaffen.

»Lass ihn in Ruhe«, sagte der Kleine. »Gabriel ist schon in Ordnung. Nicht der Hellste, aber echt in Ordnung.«

Der andere schnaubte. »In Ordnung? Ich habe gehört, dass er Dave die Nase gebrochen hat.« Er starrte Gabriel mit zusammengekniffenen Augen an.

»Das ist doch schon ewig her«, sagte der Kleine. »Außerdem ist Dave ein Arschloch. Er hat's bestimmt verdient.«

Gabriel stieg von der Leiter, ging zum Lichtschalter und testete die neue Glühbirne, die brav aufflammte. Zufrieden mit dem Ergebnis, griff er sich die Leiter und den Werkzeugkasten und machte sich daran, das Gebäude zu verlassen. Auf der Türschwelle drehte er sich um und schaute die beiden Männer an. »Vielleicht solltet ihr euch wieder an die Arbeit machen, wenn ihr schneller sein wollt als dieser Herr Hitler.« Einen Moment lang genoss er den Anblick der offenen Münder der beiden Forscher, dann ging er seines Weges.

*

Margarete sprang vom Fahrrad, ehe es zum Stehen gekommen war. Sie reckte den Kopf, um die Uhr über dem Eingangsportal des marode wirkenden Gebäudes der Jungenschule erkennen zu können. Fünf vor acht. Sie hatte es gerade so geschafft. Jetzt musste sie nur noch den richtigen Raum finden. Mit energischen Schritten eilte sie über den Schulhof, auf dem einige Pimpfe Fangen spielten. Als sie Margarete sahen, blieben sie stehen und starrten sie an, als käme sie vom Mond.

Margarete ignorierte die Blicke. Sie musste sich jetzt konzentrieren, sie hatte nur diese eine Chance. Der stellvertretende Direktor Herr Lüder hatte ihr vorgeschlagen, ihr pädagogisches Können im Physikkurs der Primaner zu beweisen. Danach wolle er mit Herrn Direktor Thalheim entscheiden, ob sie auf Probe in den Schuldienst übernommen werden könne. Bisher war Margarete lediglich stundenweise im Nachhilfeunterricht eingesetzt worden.

Fünf Stufen führten zur zweiflügeligen Eingangstür des Schulgebäudes. Margarete nahm immer zwei auf einmal, als ein Pfiff sie zusammenfahren ließ. Sie drehte sich um und sah, wie die Jungen auf dem Schulhof sich vor Lachen krümmten und einem hageren Burschen mit strähnigen Haaren auf die Schulter klopften. Ärger stieg in Margarete auf, doch sie ermahnte sich zur Ruhe. Warum sollte es hier anders sein als in Berlin oder Leipzig? Ihr ganzes Leben lang hatte sie sich mit einer Männerwelt auseinandersetzen müssen, die sich nicht vorstellen konnte, dass eine Frau dieselbe Arbeit machen konnte wie einer der ihren. Viel zu oft hatte man sie nur als das hübsche Fräulein von Brühl angesehen, das nicht durch ihre Fähigkeiten, sondern durch ihr Äußeres überzeugte. Heute würde sie ihnen erneut das Gegenteil beweisen.

Entschlossen machte sie kehrt und ging auf den Jungen zu, der mit jedem ihrer Schritte kleiner zu werden schien. Als sie schließlich vor ihm stand, hatte er den Kopf gesenkt und tat so, als habe er gerade erst fasziniert festgestellt, dass sein Körper über Füße verfügte. Margarete hob eine Hand, und der Junge zuckte zusammen. Die Hand fuhr hinab und verstrubbelte dem Kleinen die Haare. »Wie heißt denn mein kleiner Verehrer, hm?«

Der Junge riss den Kopf hoch und die Augen auf. Stotternd suchte er nach Worten. »M… M-m… Max Laufer, hocherfreut.«

»Du weißt doch, dass jede Tat Konsequenzen hat, oder?«

Der Junge nickte schweigend.

»Und dass man mit den Konsequenzen leben muss, das weißt du auch, nicht wahr?«

Erneutes Nicken.

»Wenn du einer Dame den Hof machen willst, dann solltest du dir vielleicht ein wenig mehr einfallen lassen, als sie anzupfeifen, meinst du nicht?«

Der Junge sah sie mit großen Augen an, bekam aber immer noch kein Wort heraus. Margarete tätschelte seine Wange und zwinkerte ihm zu. »Das wird schon noch, mein Kleiner.« Dann wandte sie sich von ihm ab, eilte die Stufen hinauf und durchschritt das Portal, ohne sich noch einmal umzusehen.

Kühle, abgestandene Luft quoll ihr entgegen und brachte den Geruch von Schweiß und Tafelkreide mit sich. Erinnerungen an ihre eigene Schulzeit kamen in Margarete auf, vermengt mit Bildern ihrer Studienzeit in Berlin und ihrer ersten Festanstellung am Physikalischen Institut in Leipzig. Was wohl aus Professor Braun geworden war? Es gab so vieles, das sie nicht wusste, so viele lose Enden.

Das Läuten der Schulglocke riss Margarete aus ihren Gedanken. Was war nur in sie gefahren? Sie musste sich zusammenreißen, wenn sie diese Anstellung bekommen wollte. Suchend schweifte ihr Blick durch die Eingangshalle. Lüder hatte ihr den Weg in den Physiksaal beschrieben: die Treppe hoch in den zweiten Stock, dann rechts halten. Die zweite Tür auf der linken Seite. Margarete hatte seine leicht lispelnde Stimme noch deutlich in den Ohren. Ohne sich noch einmal umzuschauen, ging sie die Treppe hinauf. Ihre hohen Absätze klapperten auf den steinernen Stufen.

Wenig später hatte sie den zweiten Stock erreicht, wandte sich nach rechts und stand schließlich vor der Tür, die Lüder ihr beschrieben hatte. Sie straffte sich und ordnete mit der Hand ihre Frisur, dann drückte sie die Klinke hinunter und öffnete die Tür mit Schwung.

Das Stimmengewirr, das in dem Klassenzimmer geherrscht hatte, erstarb in dem Moment, in dem Margarete eintrat. Etwa fünfzehn Augenpaare waren auf sie gerichtet. Einen Moment lang herrschte ungläubiges Schweigen, dann rannten die Schüler zu ihren Plätzen und nahmen Haltung an. Margarete atmete tief ein und aus, dann trat sie an das Pult heran, das auf einem Podest an der Stirnseite des Klassenzimmers vor der großen Kreidetafel und einer Hakenkreuzfahne stand.

Mit klopfendem Herzen ließ sie den Blick durch die Reihen schweifen. Wie zerlumpt die Jungen aussahen! Außerdem waren sie unterschiedlich alt, so als habe man den verbliebenen männlichen Nachwuchs, der noch nicht an der Front war, in eine Klasse gesteckt. Margarete schluckte. »Guten Morgen. Mein Name ist von Brühl, ich meine …« Sie versteinerte. Alle Augen waren auf sie gerichtet. »Müller«, stieß sie endlich hervor. »Ich heiße Müller.«

Keine Reaktion. Die Jungen standen stramm neben ihren Bänken und starrten sie an. Lediglich ein älterer Schüler in der letzten Reihe verkniff sich mühsam ein Grinsen. Margarete runzelte die Stirn. Irgendetwas stimmte nicht. Wieso setzten sich die Jungen nicht? Und wo war Lüder? Sollte sie nun mit dem Unterricht beginnen? Da fiel ihr ein, was der stellvertretende Direktor über das Begrüßungszeremoniell gesagt hatte. Mit klopfendem Herzen hob sie die rechte Hand über ihren Kopf und räusperte sich. »Heil Hitler.«

Ein Ruck ging durch die Jungen. Mit einer synchronen Bewegung schnellten ihre rechten Arme in die Höhe. »Heil Hitler!«, brüllten sie im Chor und nahmen dann auf den knarzenden Bänken Platz.

Ein Lächeln huschte über Margaretes Gesicht. Nun konnte sie mit dem Unterricht beginnen. Tagelang hatte sie sich auf diesen Moment vorbereitet. Lüder hatte ihr gesagt, dass in dieser Woche der Einstieg in die Kernphysik auf dem Lehrplan stand, und war begeistert gewesen, als er hörte, dass Margarete Expertin auf diesem Gebiet war. »Meine Herren«, begann sie, »was können Sie mir über den Aufbau der Atome sagen?«

Die Schüler warfen sich verunsicherte Blicke zu.

Margarete legte die Stirn in Falten. »Kommen Sie, das müssten Sie doch wissen. Welches sind die Bestandteile eines Atoms?« Sie ließ den Blick durch die Reihen schweifen und machte einen Jungen mit strubbeligen blonden Haaren aus, der aus dem Fenster schaute. »Sie da, in der zweiten Reihe.«

Der Kopf des Jungen wirbelte herum, seine Augen waren vor Schreck geweitet. Mit einem Finger zeigte er auf seine Brust. »Meinen Sie mich?«

»Ja, genau Sie. Stehen Sie auf!«

Der Junge gehorchte.

»Name?«

»Heinrichs, Fräulein …« Er stockte.

»Müller«, erinnerte Margarete ihn. »Dann beginnen Sie mal, Heinrichs. Was können Sie mir über den Aufbau des Atoms sagen?«

Heinrichs blickte sich Hilfe suchend im Klassenzimmer um, doch niemand wagte es, Blickkontakt zu ihm aufzunehmen. »Haben … Haben wir jetzt nicht Geschichte?«

Gemurmel machte sich breit. Einige der Jungen feixten und brachen in Gelächter aus. Margarete sank das Herz in die Kniekehlen. Irgendetwas ging hier gründlich schief. Dabei hatte sie sich so sorgfältig auf diesen Tag vorbereitet! Sie schlug mit der flachen Hand auf das Pult. »Ruhe!« Tatsächlich verstummten die Schüler und sahen sie neugierig an.

In diesem Moment flog die Tür des Klassenzimmers auf, und ein fülliger Mann mit Gehstock betrat den Raum. Entgeistert blickte er Margarete an. »Wer sind Sie, und was machen Sie in meinem Klassenraum?«

*

Die weiche Federung seines Pick-ups schüttelte Gabriel durch, während sein Blick über den Horizont wanderte. In der Ferne blitzten die kahlen Gipfel des Sangre-de-Cristo-Gebirges, die im Winter schneebedeckt waren. Davor, tief unten im Tal, glitzerte der Rio Grande. Ein Stück weiter lag sein Ziel, der Pueblo San Ildefonso, seine Heimat. In diesem überschaubaren Gebiet hatte sich Gabriels ganzes Leben abgespielt, abgesehen von den Jahren, die er im Internat verbracht hatte. Das Antlitz von Vater Sonne, rot und mächtig, knapp über den Bergen, blendete ihn im Rückspiegel. Gabriel schüttelte den Kopf. Vater Sonne. Gabriels Vater war ein Trinker gewesen, nichts weiter.

Die Sangre de Cristo Mountains bildeten die östliche Begrenzung des alten Tewa-Landes. Die Berge glühten leuchtend rot, wie ein Feuer, in das der Wind bläst. Früher waren sie das Ende der Welt gewesen, doch Gabriel wusste, dass die Welt streng genommen dahinter erst anfing. Er hatte sie kennengelernt, als die Weißen ihn auf ihr Internat mitgenommen hatten. Damals war er sieben Jahre alt gewesen.

Die Soldaten hatten die Straße, die, von Los Alamos kommend, hinabführte, gerade erst angelegt. Feine Schwaden von rötlichem Sand tanzten über den dunklen Asphalt und bildeten die Silhouetten von fremden Geistern, die kamen und wieder vergingen, ehe das Auge sich an ihren Anblick gewöhnen konnte.

Nach einigen Minuten Fahrt, während der sich die Straße in engen Serpentinen den Berg hinabschlängelte, erreichte Gabriel die Otowi-Brücke, ein schmales Gebilde aus groben Holzbalken, das an Stahlseilen hing und über den Rio Grande führte. Zu dieser Jahreszeit war der Fluss nur etwa knietief, das Wasser klar, so dass man bis zum Grund blicken konnte. Unweit der Brücke stand das geräumige Holzhaus, in dem Ms. Warner lebte. Sie war so etwas wie der Muttterersatz für die jungen Forscher, die auf den Hügel gezogen waren, und kochte jeden Abend für einige Gäste. Auch Gabriel gegenüber verhielt sie sich stets freundlich, und er revanchierte sich für ihre Gastfreundschaft, indem er ihr hin und wieder eine Forelle mitbrachte. Vielleicht sollte er am Wochenende mal wieder fischen gehen.

Hinter der Brücke wurde der Zustand der Straße schlechter. Niedrige, verkrüppelte Büsche waren über die Landschaft verteilt, die aus Sand und Geröll bestand. Die größeren Felsen warfen lange, dunkle Schatten. Schließlich tauchten die rötlichen Mauern von San Ildefonso vor Gabriel auf. Sie waren aus Lehmziegeln errichtet, die die Spanier Adobe nannten. Die Straße führte zu einem breiten Holztor in der Mauer. Es stand offen, und Gabriel lenkte den Wagen darauf zu.

Eine plötzliche Bewegung erregte seine Aufmerksamkeit. Etwas war von der Mauer gehuscht. Eine Katze. Oder ein Späher. Hatte man ihn erwartet? Er steuerte den Wagen durch das Tor und auf den großen Platz, der das Zentrum des Pueblos bildete. Auf der gegenüberliegenden Seite thronte die Kirche, die die spanischen Missionare errichtet hatten. Der Priester wohnte jedoch in Santa Fe und ließ sich nur zu hohen Feiertagen blicken. Wollte man ihn dazu bringen, eine Hochzeit durchzuführen, musste man ihn im Voraus bezahlen.

Links und rechts des Platzes reihten sich quaderförmige, eingeschossige Wohnhäuser mit flachen Dächern, vor denen in Decken gehüllte Gestalten auf niedrigen Holzbänken saßen. Einige Männer sprachen miteinander und rauchten. Als sie Gabriels Pick-up bemerkten, blickten sie einen Moment lang zu ihm hinüber, dann wandten sie sich wieder ihrem Gespräch zu. Eine Schar von Hühnern pickte im Sand nach Ameisen.

Gabriel war sofort aufgefallen, dass etwas nicht stimmte. Er war sich nur nicht sicher, was es war.

Ein Geräusch ließ ihn reflexhaft auf die Bremse treten. Abrupt kam der Wagen zum Stehen. Gabriel sah sich um und entdeckte Jesus, der sich an der Beifahrertür des Pick-ups zu schaffen machte. »Sie klemmt«, murmelte Gabriel zu sich selbst und stieß die Tür mit Kraft von innen auf.

Sein Sohn kam auf den Beifahrersitz geklettert. Seine schwarzen Haare standen ihm wirr vom Kopf ab. Eines

Tages würde auch er die traditionellen geflochtenen Zöpfe tragen, wie Gabriel es tat. Jesus grinste ihn aus einem ungewaschenen Gesicht an. »Die Alten erwarten dich, Vater. Adrian ist krank aus dem Mondhain zurückgekehrt. Er liegt bei seinen Eltern und kämpft um sein Leben.« Das Grinsen in seinem Gesicht wollte nicht zu der Tragweite des Gesagten passen.

»Das sind schlimme Nachrichten.« Gabriel steuerte den Wagen in Richtung des Hauses des Dorfältesten. Dort würden die Alten auf ihn warten. Dort würden sie ihn *empfangen*. Er spürte, wie sich sein Magen zuschnürte.

Jesus griff nach seiner Hand, als Gabriel auf den dunklen Eingang zuging, der in das Innere des Adobe-Hauses führte. Warme, stickige Luft quoll daraus hervor. Sie roch nach Zedernholz und Tabakrauch. »Geh zu deiner Mutter.« Gabriel gab Jesus eine Klaps auf den Hinterkopf. Lächelnd sah er seinem Sohn hinterher, der wie der Teufel um eine Ecke wetzte und verschwand. Dann trat er in das Gebäude.

Seine Augen brauchten einige Sekunden, um sich an die Dunkelheit im Inneren zu gewöhnen. Das Feuer in der Mitte des einzigen Raumes erhellte die Umgebung kaum, im Gegenteil. Die züngelnden Flammen warfen tanzende Schatten an die Wände, die das Auge täuschten. Erst nach und nach schälten sich Umrisse von Männern aus der Dunkelheit. Männer, die, eingehüllt in ihre Decken, an den Wänden des Hauses vor sich hin brüteten und rauchten. Niemand sah auf, als Gabriel eintrat. Niemand sprach ein Wort.

»Ihr habt nach mir verlangt.« Gabriel richtete seine Zöpfe, indem er sie nach vorn über seine Schultern legte. »Hier bin ich.«

Eine Zeit lang geschah nichts. Keiner der Männer reagierte auf seine Worte. Gabriel lauschte dem Knistern des Feuers und dem Rascheln der Decken, wenn einer der Ältesten sein Gewicht verlagerte oder die Zigarette an den Mund führte. Mehrere Minuten verharrten sie so, blickten hin und wieder zu ihm herüber und vertieften sich dann gleich wieder in ihre eigenen Gedanken.

Schließlich drang eine Stimme aus der Tiefe des Raumes, gerade in dem Moment, als Gabriel das Haus wutentbrannt wieder verlassen wollte. »Du kommst spät.« Ein Mann erhob sich und richtete seine Decke. Es war Luis, die Rote Feder, der Dorfälteste. Das Feuer spielte in seinem Gesicht und ließ die Falten darin noch tiefer erscheinen. »Wir sind sehr verstimmt.«

»Hätte ich gewusst, dass ihr nach mir sucht, wäre ich früher gekommen«, entgegnete Gabriel.

»Adrian, unser Sohn, ist krank.« Der Älteste trat einen Schritt näher an das Feuer heran.

Gabriel wusste nicht, worauf das Ganze hinauslaufen sollte. »Ich werde seine Mutter besuchen und ihr zu essen …«

»Er trank aus der Quelle, die im Mondhain entspringt, oben auf dem Berg«, unterbrach ihn Luis. Seine Stimme war nun lauter. »Das Wasser ist schlecht. Unsere Quelle ist entweiht. Die Weißen schänden sie. Sie dürfen unseren Hain nicht betreten.« Seine Stimme bebte. »Es ist unser Hain!«

Die anderen Männer unter ihren Decken stießen ein unverständliches Gemurmel aus.

Luis zeigte mit dem Finger auf Gabriel. »Du bist der Vorsteher unseres Pueblos. Du bist unsere Stimme bei den Weißen. Geh und schicke die Weißen fort!«

»Die Weißen haben das Recht erworben, die Berge im Westen zu betreten.« Gabriel stemmte die Hände in die Hüften. »In den Osten gehen sie nicht. Der Hain ist für sie nicht wichtig. Sie besuchen ihn nicht.«

»Dein Vater hat ihnen die Berge im Westen geschenkt. Dein Vater, der zu viel trank.« Rote Feder rümpfte die Nase. »Und nun stehlen sie immer mehr Land von uns.«

Gabriel schluckte. »Die Army hat sich den Hügel genommen und ihr Labor darauf gebaut, das ist richtig. Aber die Army ist eben die Army.«

Der Dorfälteste war an Gabriel herangetreten und musterte ihn von Kopf bis Fuß. »Deine Schuhe«, sagte er schließlich. »Deine Schuhe sind falsch.«

Gabriel sah an sich hinab und betrachtete die staubigen Arbeitsstiefel, die Professor Muller ihm an seinem ersten Arbeitstag überreicht hatte.

»Ihre Sohlen sind zu dick.« Der Dorfälteste musterte ihn ausdruckslos. »Dies sage ich.«

Gabriel sah sich um. Die anderen Männer trugen die traditionellen Mokassins aus dünnem Leder. Alle Augen waren auf ihn gerichtet.

»Nun geh«, sagte der Älteste. »Geh und hole unseren Hain zurück!«

»Er ist schon selbst ein Weißer«, hörte Gabriel einen der Alten murmeln, als er das Haus verließ und auf den Platz trat. Er bemerkte nicht das Zirpen der Grillen, nicht das Geheul von Großvater Kojote. Er ging stumm in Richtung seines Hauses und drehte sich eine Zigarette. Der verfluchte Hain!, dachte er. Die verfluchten Alten!

Nachdem er sein Heim erreicht und die Tür hinter sich geschlossen hatte, kniete er nieder und löste die Schnürbänder seiner Stiefel. Als er aufblickte, sah er in das Gesicht seiner Frau. Maria legte die Stirn in Falten. »Hast du nicht etwas vergessen, Mann?«

*

»Meine Herren, ich danke Ihnen für Ihre Aufmerksamkeit.« Margarete klappte das Heft mit ihren Aufzeichnungen zu und lächelte, während sie die Primaner dabei beobachtete, wie sie ihre Bücher in die Ranzen stopften und tuschelten. Sie hatte es geschafft! Sie hatte den ganzen Unterrichtsstoff vermittelt, den Lüder von ihr verlangt hatte. Überdies hatten die jungen Männer, die hoffentlich bald ihre Schüler sein würden, sie als Lehrerin akzeptiert.

Einfach war es jedoch nicht gewesen, zumal sie sich zunächst im falschen Raum befunden hatte. Als sie ihr Missgeschick bemerkt hatte, war sie aus der Tür gestürzt und Lüder geradewegs in die Arme gelaufen. Er hatte im Nachbarraum auf sie gewartet und entschuldigte sich wortreich, dass er sie offenbar in das falsche Klassenzimmer gelotst hatte.

Im richtigen Raum angekommen, stellte Margarete sich selbstbewusst als Fräulein Müller vor und ging sogleich zum Unterricht über. Es machte ihr großen Spaß, dieser jungen Generation von dem Forschungsbereich zu berichten, der sie seit so vielen Jahren faszinierte. Ihre Wangen begannen zu glühen, als sie die Phänomene des spontanen und induzierten Zerfalls beschrieb und Schritt für Schritt die mathematischen Grundlagen erläuterte.

Die Primaner hingen Margarete an den Lippen und stellten unzählige Fragen, die sie bildhaft und mit einfachen Worten beantwortete. Ihre Faszination für die Physik der Atomkerne schien in vollem Umfang auf ihre Schüler überzugehen. Selbst das Läuten der Pausenglocke konnte die Jungen nicht davon abhalten, sie mit Fragen zu löchern. »Jetzt ist es aber wirklich genug für heute«, versuchte Margarete sie zu vertrösten. »Wenn mich nicht alles täuscht, dann werden wir schon bald die Gelegenheit haben, das heute Gelernte zu vertiefen.« Sie lächelte Lüder zu, der während der Unterrichtsstunde in der letzten Reihe gesessen hatte und ihr nun freundlich zunickte.

»Eine Frage habe ich noch.« Ein ernst wirkender rothaariger Junge war in seiner Bank in der zweiten Reihe aufgestanden und sah sie mit gerunzelter Stirn an. »Wenn Sie gestatten.«

Margarete nickte ihm auffordernd zu. »Na gut, eine Frage noch und dann ab in die Pause mit Ihnen!«

Der Junge setzte an, seine Frage zu stellen, er zögerte und legte einen Finger an die Unterlippe.

»Nun los, Thörner!«, drängte ihn sein Sitznachbar.

Thörner ließ sich nicht aus der Ruhe bringen. »Sie haben uns erklärt, dass bei der Spaltung eines Atomkerns große Mengen an Energie frei werden …«

»Unfassbare Mengen, richtig. Zumindest wenn man sehr viele Atomkerne spaltet.«

»Halten Sie es für möglich, dass man diese Energie als Waffe einsetzen könnte? Vielleicht als eine Art Bombe? Damit könnte man doch sicherlich London oder Moskau dem Erdboden gleichmachen.«

Das Gemurmel in den Reihen verstummte mit einem Schlag. Einen Moment lang blickten sich die Jungen entgeistert an, dann brach Gejohle los. »Thörner, du bist genial!«, rief einer, und ein anderer fing sogar an zu singen: »Mit Thörners Bombe siegen wir, Thörner, unser Musketier!«

Margarete war zusammengezuckt, als sie die Frage nach der Bombe gehört hatte. Sie war ihr schon oft gestellt worden. In ihrer Doktorarbeit hatte sie sich intensiv mit der Nutzbarmachung der Kernenergie auseinandergesetzt, jedoch lediglich theoretisch. Die praktischen Pläne für den Bau einer Kernbombe im Deutschen Reich waren im Kein erstickt worden, nachdem klar geworden war, dass der benötigte Rohstoff, angereichertes Uran, nicht in ausreichender Menge zur Verfügung stand. Und alle Bestrebungen, diesen Mangel durch technische Neuerungen zu umgehen, waren gescheitert oder hatten sich als Finte herausgestellt. Nein, es war nicht möglich, diese Bombe zu bauen. Nicht hier, nicht jetzt. Trotzdem drangen wieder diese Bilder aus Ohrdruf in ihre Gedanken, die sie vergessen wollte. Die turmhohe Rauchsäule, die versengte Erde, die verkohlten Körper …

»Fräulein Müller?« Die Stimme des stellvertretenden Direktors riss Margarete aus ihren Gedanken.

Sie blinzelte, und ihr Blick klärte sich. Die Schüler hatten den Raum bereits verlassen. Lüder stand ihr gegenüber und lächelte verlegen.

»Wie bitte? Oh, entschuldigen Sie.« Margarete schüttelte den Kopf und deutete einen Knicks an. »Ich war ganz in Gedanken.«

»Toll, wie Sie mit den Jungen umgegangen sind. Menschen wie Sie brauchen wir an dieser Schule. Leute aus der Forschung, die am Puls der Zeit sind.«

»Herr Lüder, das ist zu viel der Ehre.« Sie rieb sich die Hände, um den Kreidestaub vom Anschreiben an der Tafel loszuwerden.

»Nein, nein, es ist, wie ich sage. Zu schade, dass der Herr Direktor nicht zugegen sein konnte.«

Erst jetzt fiel Margarete auf, dass Thalheim ihre Probestunde verpasst hatte. »Er wird sicherlich gute Gründe haben.«

Lüder nickte und sah dabei an Margarete vorbei aus dem Fenster. »Oh ja, überaus gute Gründe, ganz gewiss.« Sein Blick fiel wieder auf Margarete. »Ich denke, ich kann jedoch auch für den Herrn Direktor sprechen, wenn ich sage, dass wir uns freuen würden, Sie in unseren Reihen willkommen heißen zu dürfen.«

Margarete klatschte in die Hände. »Ich danke Ihnen.«

»Ihre Begeisterung für ihr Fach ist in natürlicher Art und Weise auf die Jungen übergesprungen. Das ist etwas, das nicht viele vermögen.« Er lächelte sie an. Seine Wangen waren gerötet. »Haben Sie an Ihren Pass gedacht?«

»Natürlich.« Hektisch durchsuchte Margarete die Innentasche ihrer Jacke und zog das Schriftstück hervor.

Lüder nahm es entgegen und klappte es auf. »Ausgezeichnet. Ich werde ihn gleich ins Sekretariat geben. Dort wird man alles weitere veranlassen.« Interessiert blätterte Lüder durch das Passbuch. »So, so, geboren in Chemnitz.« Er sah sie an. »Schön da, gell?«

Margarete wurde mulmig zumute. Warum interessierte Lüder sich derart für ihren Pass? Wilhelm hatte zwar gesagt, dass dieser gut gemacht sei, verlassen wollte sie sich jedoch nicht darauf. Während sie noch überlegte, wie sie Lüder von dem Dokument ablenken konnte, flog die Tür des Klassenzimmers auf, und Direktor Thalheim marschierte herein.

Lüder wandte sich seinem Vorgesetzten zu und grüßte. »Heil Hitler!«

Margarete folgte seinem Beispiel. Thalheim, ein großer, dürrer Endfünfziger, erwiderte den Gruß. »Heil.« Er musterte Margarete, ohne eine Regung in seinem Gesicht zu zeigen. Dann wandte er sich Lüder zu. »Die Gestapo war gerade da. Sie suchen eine junge Frau, die zuletzt hier in der Gegend gesehen wurde. Wir sind angewiesen, die Schüler zu befragen. Es handelt sich um jemanden mit Namen von Brühl.«

*

Wilhelm betrat die Küche und eilte zum Fenster, um die Vorhänge zuzuziehen. Ein unnatürliches Zwielicht senkte sich über den Raum.

»Was machst du denn?« Ida spielte die Entrüstete. »Willst du, dass ich mir beim Kartoffelschälen die Finger abschneide?«

Wilhelm warf ihr einen düsteren Blick zu und linste durch den Spalt im Vorhang auf die Straße, die vor dem Haus verlief. Aus dem Augenwinkel bekam er mit, wie Ida sich kopfschüttelnd die Hände an ihrer Schürze abtrocknete und ihn ansah. »Willst du mir nicht sagen, was los ist?«

»Polizei.« Wilhelm spähte weiter auf die Straße hinaus, konnte jedoch nichts erkennen. Auch die Motorengeräusche waren verklungen. Waren die Wagen vorbeigefahren?

»Nun stell dich nicht so an.« Ida trat hinter ihn und versuchte über seine Schulter hinweg ebenfalls einen Blick auf die Straße zu werfen. »Wir können nicht bei jedem Polizeiauto, das vorbeifährt, die Wohnung verdunkeln.« Sie lächelte matt. »Ich dachte, wir wären aufs Land gezogen, um der Verdunklung zu entgehen.«

»Ich werde später darüber lachen.« Wilhelm rieb sich das Kinn. »Ich mache dir keinen Vorwurf. Bei den meisten Dingen, die Grete und ich erlebt haben, warst du nicht dabei. Zumindest nicht richtig.«

Ida gab ihm einen Klaps auf den Hinterkopf. »Mein lieber Herr Oberwachtmeister a. D., jetzt werden Sie mal nicht frech. Mir ist schon klar, dass wir uns vor der Polizei hüten sollten.« Sie trat zurück und wandte sich wieder den Kartoffeln zu. Plötzlich rief sie: »Wilhelm, ich fasse es nicht!«

Er drehte sich zu ihr um. Ida starrte ihn wütend an und zeigte mit dem Schälmesser auf seine Füße. Wilhelms Blick wanderte nach unten. Er hatte seine Gartenstiefel nicht ausgezogen. Eine Spur aus Erde zeigte auf dem Küchenboden deutlich seinen Weg vom Garten bis zum Fenster. Unwillkürlich zog er die Schultern hoch und stellte sich auf Ärger ein.

»Wie oft habe ich dir gesagt, dass du nicht den ganzen Dreck aus dem Garten ins Haus tragen sollst! Jetzt nimm dir den Wischer und beseitige deine Spuren!«

Wilhelm wollte etwas entgegnen, doch während er nach Worten suchte, drang von draußen ein Geräusch an seine Ohren. Motorenlärm! Er erstarrte, den Blick auf Ida gerichtet. Seine Frau sah an ihm vorbei zum Fenster hinaus und schien ebenfalls die Luft anzuhalten. Das Motorengeräusch kam näher, wurde immer lauter und verstummte dann. Einen Moment lang hoffte Wilhelm, die Wagen seien vorbeigefahren. Doch dann überzeugte ihn das Geräusch von zuschlagenden Autotüren vom Gegenteil. Die Wagen hatten vor dem Haus gehalten! Er starrte in Idas schreckgeweitete Augen. Mit zwei Schritten war er bei ihr und schloss sie in seine Arme. »Hab keine Angst.«

Ein energisches Klopfen erscholl an der Tür.

»Du weißt, was zu tun ist.« Er sah Ida an, und sie nickte. Ihre Oberlippe zitterte. Noch einmal drückte Wilhelm seine Frau, dann flüsterte er: »Geh!«

Ida hob die schlafende Marie aus ihrer Wiege und schlich mit ihr auf Zehenspitzen aus der Küche und die Treppe hinauf, wie sie es so oft besprochen hatten. Sie würde sich auf dem ehemaligen Heuboden verkriechen, wo Wilhelm eine Pistole versteckt hatte. Außerdem lag dort eine Leiter, mit der sie im Notfall aus der zum Garten führenden Öffnung entkommen konnte, durch die früher das Heu auf den Boden gelangt war.

Wieder ertönte das Klopfen an der Tür, diesmal heftiger, ungeduldiger.

Wilhelm bekreuzigte sich. Es war eine Geste, die er seit seiner Jugend nicht mehr ausgeführt hatte. Dann ging er zur Tür und öffnete sie.

Vor ihm stand ein kleiner, hagerer Mann in einer zu groß wirkenden grauen Uniform eines Kriminalinspektors der Gestapo. Seine Mütze saß schief auf dem Kopf, sein Gesichtsausdruck wirkte traurig, seine Mundwinkel hingen herab. Außerdem verfügte er über auffällig große Ohren und eine gleichfalls große Nase. Zwischen seinen Augenbrauen verlief eine markante vertikale Falte. Neben ihm standen zwei weitere Polizisten. Weiter hinten, bei den beiden Wagen, konnte Wilhelm noch mehr Uniformierte ausmachen.

»Mein Name ist Labes, Kriminalinspektor.« Der Anführer rümpfte die Nase, als müsse er niesen. »Sie sind?«

»Pensionär«, gab Wilhelm zurück.

Labes verzog keine Miene. »Ihr Name.«

»Ich denke, den kennen Sie.«

»Da dürften Sie recht haben.« Labes gab mit der Hand ein Signal an seine Männer. »Abführen.«

*

Wie in Trance taumelte Margarete die Treppe des Schulgebäudes hinab, durchquerte das Foyer, stieß die zweiflügige Holztür auf und stürzte ins Freie. Der Lärm von spielenden Kindern umgab sie. Die Pause war noch nicht vorbei.

Sie suchen mich! Sie wissen, dass ich hier bin!

Margarete hatte dem Gespräch mit Lüder und Thalheim kaum noch folgen können, nachdem die Rede von der Gestapo gewesen war. Lüder hatte ihren Unterricht in den höchsten Tönen gelobt, Thalheim hatte ergänzt, dass die Schule in diesen schwierigen Zeiten ohnehin nicht wählerisch sein könne. Die meisten Lehrer seien im Kriegsdienst. Man wolle sich beraten und ihr morgen das Ergebnis ihrer Einschätzung mitteilen. Margarete war sich sicher, dass sie die Anstellung bekommen würde.

Aber spielte das jetzt noch eine Rolle? Wenn die Gestapo ihr auf den Fersen war, dann konnte sie nicht riskieren, länger in dieser Gegend zu bleiben. Mehr noch, auch Wilhelm und Ida waren in Gefahr. Ganz zu schweigen von Marie, die noch nicht einmal geboren gewesen war, als die Ereignisse stattfanden, die Margarete in diese bedrohliche Lage gebracht hatten. Immerhin hatte sie nun Klarheit darüber, wie akut die Gefahr war. Bis jetzt hatte sie nicht gewusst, ob die Gestapo überhaupt noch nach ihr suchte. Das Versteckspiel, die neue Frisur und der neue Pass waren lediglich Vorsichtsmaßnahmen gewesen. Nun wusste sie, dass diese Maßnahmen ihr das Leben gerettet hatten. Bis jetzt.

»Fräulein von Brühl, haben Sie Ihre Klasse noch gefunden?« Die heiseren Worte eines Jungen im Stimmbruch rissen Margarete aus ihren Gedanken. Sie blickte auf und erkannte einen der Schüler aus der Klasse, in die sie zunächst fälschlicherweise gegangen war.

Margarete versuchte, ihrer Stimme eine gewisse Strenge zu verleihen. »Mein Name ist Müller.«

»Selbstverständlich.« Der Junge grinste. »Ich habe noch eine Frage, wenn es recht ist, Fräulein von Brühl.«

Margarete wühlte in der Tasche ihrer Jacke und zog den Pass hervor. »Hier, siehst du? Mein Name ist Müller!« Sie pochte mit dem Finger auf das Schriftstück.

Der Junge ging nicht darauf ein, sondern starrte sie unverwandt an. »Was ich fragen wollte … Also, eigentlich frage ich für Albert aus der Sekunda … Sind Sie noch auf dem Markt?«

Wut stieg in Margarete auf, die gerade den Pass wieder in ihre Jacke steckte. Sie blickte auf und wollte den Jungen zurechtweisen, doch der war schon davongelaufen und feixte mit seinen Kameraden.

Kopfschüttelnd atmete Margarete tief ein und aus. Die Lage war eindeutig: Sie befand sich in höchster Gefahr. Früher oder später würde jemand dahinterkommen, dass ihre Identität ein Lügenmärchen war. Oder sie würde sich erneut verplappern, so wie es ihr heute passiert war. Es war zu riskant. Aber was war die Alternative? Gab es einen Ort, wohin die Gestapo sie nicht verfolgen würde? Margarete überquerte den Schulhof und wich dabei den tobenden Jungen und ihren Bällen aus. Schließlich schritt sie durch das Tor, das den Hof von der Straße trennte, und wandte sich nach rechts, wo sie ihr Fahrrad abgestellt hatte.

Sie richtete es auf und wollte aufsteigen, doch etwas stimmte nicht. Beide Reifen waren platt. Jemand hatte die Ventile aufgedreht. Entnervt sah Margarete sich um. Sie war allein auf der Straße. Hatte etwa einer der Lausebengel aus der Schule es gewagt? Kurz rang sie mit sich, ob sie auf dem Schulhof nach dem Schuldigen suchen sollte, doch dann entschloss sie sich, den Vorfall auf sich beruhen zu lassen. Sie würde den Täter ohnehin nicht finden und zudem noch mehr Aufmerksamkeit auf sich ziehen. Und Aufmerksamkeit konnte sie momentan am wenigsten gebrauchen.

Sie wendete das Fahrrad und schob es die Straße hinunter aus dem Dorf hinaus. Zu Fuß würde sie mindestens eine Stunde bis nach Hause brauchen. Eine Stunde, in der sie darüber nachdenken konnte, an welcher Stelle ihres Lebens die Dinge begonnen hatten, so furchtbar schiefzugehen.

Nach einigen Minuten war die Straße nicht mehr als ein Feldweg, der durch grüne Weizenfelder und Gruppen von Kiefern führte. Die Sonne stand hoch am wolkenlosen Himmel. Margarete zog ihre Jacke aus und warf sie über ihre Schulter. Gerade als ihre Gedanken sich wieder den Geschehnissen der Vergangenheit zuwenden wollten, brachte das Geräusch einer Autohupe sie unsanft zurück in die Realität.

Margarete wich mit ihrem Fahrrad auf den bewachsenen Streifen neben dem Weg aus und blickte sich um. Ein rostiger Kleintransporter mit offener Ladefläche kam auf dem Feldweg auf sie zu. Nachdem er sie erreicht hatte, drosselte er die Geschwindigkeit und fuhr im Schritttempo neben ihr her. Ein rotgesichtiger Mann mit blauen Augen und blonden, ungestüm nach hinten gekämmten Haaren saß am Steuer. »He, junge Dame, kann ich Sie mitnehmen?«

Bei den Worten des Mannes fiel Margarete auf, dass er einen auffallend großen Mund und strahlend weiße Zähne hatte. Er mochte etwa vierzig Jahre alt sein und sprach mit einem Dialekt, den Margarete nicht einzuordnen wusste.

»Das ist nett von Ihnen«, gab sie zurück, »aber ich komme schon zurecht.«

Der Mann lachte. »Daran zweifle ich nicht. Aber es sieht doch recht mühselig aus, was Sie da veranstalten.«

Margarete warf einen Blick auf die platten Reifen ihres Fahrrades. Plötzlich musste auch sie lachen. Es war tatsächlich eine absurde Situation! Warum sollte sie sich nicht helfen lassen? »Wissen Sie was? Ich nehme Ihr Angebot an!«

Der Mann stoppte den Wagen, sprang aus dem Fahrerhaus und umrundete den Transporter. Er trug sein Hemd offen und ohne Unterhemd. Sein Oberkörper wirkte sehnig und sonnenverbrannt. »Darf ich?« Mit einer mühelosen Bewegung ergriff er Margaretes Fahrrad und hob es über die Seitenwand auf die Ladefläche des Wagens. Unter den Ärmeln seines Hemdes zeichneten sich Muskelstränge ab. Dann öffnete er die Beifahrertür, drehte sich zu Margarete um und reichte ihr einen Arm. »Nach Ihnen.«

Margarete musste bei so viel Gentleman-Gehabe grinsen, doch sie ließ sich auf das Spiel ein, ergriff den Arm und stieg in den Wagen. Sie konnte das Rasierwasser des Fremden riechen, als er sich wieder auf dem Fahrersitz niederließ, einen Gang einlegte und den Wagen in Bewegung setzte. Der unebene Feldweg und die weiche Federung des Fahrzeuges führten dazu, dass Margarete kräftig durchgeschüttelt wurde. Ihr Begleiter sah lächelnd aus dem Fenster und begann ein Lied zu pfeifen.

Da fiel Margarete auf, dass sie sich nicht vorgestellt hatte. »Ich heiße übrigens Klara, Klara Müller.«

Er blickte zu ihr hinüber und grinste. »Mich nennt man hier Hans.« Er sah wieder nach vorn und hantierte mit dem rechten Arm, um einen neuen Gang einzulegen. »Aber eigentlich heiße ich anders.« Wieder fixierte er Margarete. »Genau wie Sie.«

*

Großvater Krähe begleitete Gabriel, seit er seinen Aufstieg in die Berge hinter dem Pueblo begonnen hatte. Immer wieder konnte er das heisere Krächzen hören, das klang wie ein verreckender Motor an einem kalten Morgen im Dezember. Heute jedoch würde es heiß werden. Schon jetzt, kurz nach Sonnenaufgang, spürte Gabriel die stechende Berührung von Vater Sonne auf der Haut.

Der schmale Pfad hoch zum Mondhain begann direkt hinter den Mauern des Pueblos und schlängelte sich zunächst ein paar Dutzend Meter weit durch ein ebenes Geröllfeld, um dann steil anzusteigen und in einem lichten Pinienwald zu verschwinden. Die Sonnenstrahlen, die noch beinahe waagerecht zwischen den Bäumen verliefen, waren in der feuchten Morgenluft deutlich auszumachen, wie die Kegel von riesigen Taschenlampen. Der Pfad war kaum vom Untergrund ringsum zu unterscheiden. Er war genauso steinig und uneben, jedoch eine Spur weniger bewachsen. Gabriel war froh, dass er seine Arbeitsstiefel anhatte. Mit den traditionellen Mokassins hätte er jeden Felsbrocken schmerzhaft unten den Sohlen gespürt, auch wenn die Alten etwas anderes behaupteten.

Seine Gedanken flogen umher und landeten bei Maria. Sie hatte ihre Enttäuschung darüber, dass er das verdammte Huhn vergessen hatte, tapfer verborgen. Gabriel hatte sie dennoch gespürt. Den ganzen Abend über hatte ihr Lachen angestrengt gewirkt, ihre Berührungen waren ihm falsch und kalt vorgekommen. Sie hatte sich erkundigt, wann er gedenke, endlich das Bett für die Jungs zu bauen, damit sie nicht mehr auf dem Boden schlafen mussten. Ein Wunsch, den sie schon seit Monaten an ihn herantrug. Er hatte nur Ausflüchte vorbringen können und sich still geschämt. Später, im Bett, hatte sie sich von ihm abgewandt. Gabriel hatte sich stundenlang herumgewälzt, bis er endlich Schlaf gefunden hatte.

Ein Knacken im Unterholz ließ ihn instinktiv erstarren. Etwas war dort, schlich umher, suchte nach Futter. Gabriel erlaubte sich nicht zu atmen.

Da war es wieder!

Tastende Schritte auf einem Boden, der voller Piniennadeln lag. Eine Hirschkuh, vielleicht auch ein Junges. Wie in Zeitlupe drehte Gabriel den Kopf. Dort war sie, vielleicht hundert Meter entfernt von ihm und etwas bergab. Mit einer fließenden Bewegung griff er nach dem Gewehr, das über seiner Schulter hing. Das wäre eine großartige Überraschung für Maria! Hirschfleisch, so viel sie essen konnten, dazu noch das Fell und das Leder, aus dem seine Frau Kleidung und Schuhe für Jesus und Carlos machen könnte. Und frische Sehnen für den Bogen, den er von seinem Vater geerbt hatte. Wobei der schon seit Jahren vergessen an einer Wand ihrer Behausung hing.

Er hob das Gewehr und legte an. Der Wind stand günstig, trug seinen Geruch und das Geräusch seines Atems fort von der Hirschkuh, die mit spitzen Lippen Grashalme zwischen den Felsen herausrupfte. Gabriel zielte und hielt den Atem an.

Ein peitschender Knall durchschnitt die Stille des Morgens, doch Gabriel blieb regungslos stehen. Die Vorderläufe der Hirschkuh knickten ein. Für einen Moment verharrte das Tier in dieser Position, dann sackte der Körper zur Seite weg.

Gabriel ließ das Gewehr sinken. Einige Sekunden lang spürte er dem kalten Schauer nach, der seinen Rücken hinabgelaufen war. Es fiel ihm zunehmend schwerer, ein Leben zu nehmen. Ein Gefühl, das eingesetzt hatte, als er bei den Weißen gelebt hatte. Er warf sich das Gewehr über die Schulter und ging gemessenen Schrittes querfeldein zu dem erlegten Tier hinab. Es lag auf der Seite, die Beine ausgestreckt, den Kopf in den Nacken geworfen, als habe es den Blick von dem Mann abwenden wollen, der sein Leben beendet hatte.

Er kniete neben der Hirschkuh nieder und schloss die Augen. »Ich weiß, dass dein Leben so wertvoll wie meines ist«, flüsterte er und legte eine Hand auf den Kadaver. »Ich weiß, dass wir beide Kinder des gleichen Großen, Wahrhaftigen sind. Ich weiß, dass wir alle Teil desselben Lebens auf derselben Mutter Erde sind, unter demselben Himmel. Aber ich weiß auch, dass ein Leben manchmal einem anderen Leben Platz machen muss, damit …« Er wusste nicht weiter. Betreten blickte er auf. Sein Blick traf Großvater Krähe, der unweit von ihm auf einer Zeder saß. Er starrte ihn an.

Gabriel tätschelte die Schulter der Hirschkuh und erhob sich. Den Rest der Zeremonie würde er diesmal weglassen. Wenn er früher mit seinem Vater ein Stück Wild erlegt hatte, hatte sein alter Herr das tote Tier mit Maismehl bestreut und einige Tropfen seines eigenen Blutes vergossen für die Mutter Erde. Es war richtig so gewesen. Doch jetzt fühlte es sich nicht mehr angemessen an. Sein Blick fiel auf seine Arbeitsstiefel. Waren sie etwa angemessen? Die Meinung der Alten dazu war klar. Doch Gabriel konnte ihre Einwände nicht nachvollziehen. Er liebte diese Stiefel. Sie waren bequem. Sie waren praktisch. Sie gehörten zu ihm!

Gabriel deckte die Hirschkuh sorgfältig mit Zweigen ab. Er würde sie später gemeinsam mit Jesus ins Dorf schleppen. Er betrachtete sein Werk, dann suchte er Großvater Krähe in den Ästen der Zeder. Er war verschwunden. Gabriel machte sich wieder an den Aufstieg zum Mondhain. Mittlerweile war Vater Sonne auf seinem Weg fortgeschritten. Gabriel floss der Schweiß in den Nacken.

Eine halbe Stunde später erreichte er den engen Talkessel, in dem der Hain lag. Die Luft war hier merklich kühler. Gabriel spürte, wie seine schweißnassen Arme fröstelten. Ringsum ragten gezackte rötlich-gelbe Felswände in den Himmel. Deutlich konnte er die verschiedenen Gesteinsschichten erkennen. Sie lagen waagerecht übereinander, als habe sich ein riesiges Wesen vor Jahrmillionen mit vielen bunten Decken zugedeckt und sei gemeinsam mit ihnen zu Stein geworden. In der Mitte lag schattig der Hain, der aus saftig grünen Zedern bestand. Hinter dem Wäldchen entsprang aus der gegenüberliegenden Felswand die heilige Quelle. Sie speiste einen See, kreisrund und beinahe schwarz.

Gabriels Atem zitterte ein wenig. So viele Legenden rankten sich um diesen Ort. Die Alten sagten, dass Gabriels Namensvetter Avanyu, die gefiederte Seeschlange, hier lebte. Doch seit Gabriel den Mondhain besuchte, hatte er die übernatürliche Wesenheit, zu der er angeblich eine so enge Bindung haben sollte, nie gesehen. Im Gegenteil, seine Beziehung zu dem Gewässer war eine sehr weltliche. Als Vorsteher des Pueblos hatte er die Interessen der Tewa erst gegenüber den mexikanischen Schäfern, später gegenüber den weißen Siedlern vertreten müssen. Er hatte erwirkt, dass der Mondhain von den Weißen als tabu angesehen wurde. Bei den Bergen im Westen hatte er weniger Erfolg gehabt.

Gabriel trat ans Ufer des Sees heran. Der Boden war hier weniger steinig, sondern bestand aus guter, schwarzer Erde. An einigen Stellen bildeten sich Pfützen. Der Uferbereich war teilweise mit Schilf bestanden. Gabriel sah sich um, entdeckte jedoch keine Anzeichen einer Verschmutzung. Der See lag still und verlassen da, als habe ihn seit Jahrhunderten keine Menschenseele mehr besucht.

Gabriel griff in die Bauchtasche seines Blaumanns, holte seinen Tabakbeutel und ein Maisblatt hervor und begann sich eine Zigarette zu drehen. Ein plötzlicher Schmerz am Nacken löste einen uralten Reflex aus. Seine Hand schnellte nach oben und sauste auf seine Haut nieder. Als er sie vor die Augen führte, sah er einen zerdrückten Moskito und einen verschmierten Blutstropfen. »Hab ich dich erwischt.« Dann bückte er sich, um die halb gedrehte Zigarette aufzuheben, die er fallen gelassen hatte.

Sein Blick fiel auf etwas, das er schon früher hätte bemerken sollen. Reifenspuren, direkt vor ihm im Schlamm. Sie waren tief und breit und damit deutlich zu erkennen. Diese Spuren mussten von einem wahren Ungetüm von Lastwagen stammen.

Ein solches Ungetüm gab es in dieser Gegend nur an einem einzigen Ort.

*

Zwei Polizisten kamen auf Wilhelm zu und machten Anstalten, ihn an den Schultern zu packen. Er tat einen Schritt zurück und schlug ihnen die Haustür vor der Nase zu. Das würde ihn nicht retten, ihm jedoch immerhin einen Moment verschaffen, um seine Gedanken zu sortieren. Diese Männer suchten Margarete! Wilhelm und Ida waren lediglich zur falschen Zeit am falschen Ort gewesen. Sie waren unverschuldet in die Verschwörung in Leipzig hineingezogen worden. Doch Margarete war Physikerin. Die Nazis brauchten sie, um ihre Bombe zu bauen.

»Machen Sie es nicht noch schlimmer!«, rief Labes von draußen. Fäuste hämmerten gegen die Tür.

Wilhelm führte die Hand zum Mund und pfiff einmal kräftig durch die Finger, das vereinbarte Zeichen. Nun musste er darauf hoffen, dass Ida das Richtige tun würde. Und er musste die Polizisten lang genug ablenken, um seiner Frau genügend Zeit zu verschaffen. Er brüllte: »Ich möchte verhandeln!«

»Sie haben mir nichts anzubieten«, erwiderte Labes auf der anderen Seite der Tür.

»Sie suchen nicht mich. Sie sind hinter Fräulein von Brühl her. Ich weiß, wo sie ist.« Eine kurze Pause entstand. Wilhelm konnte von oben gedämpfte Geräusche hören und hoffte, dass Ida gerade die Tür öffnete, die vom Heuboden zum Garten hinter dem Haus führte. Er musste ihr nur noch ein bisschen mehr Zeit verschaffen, dann wäre sie in Sicherheit.

»Sieh an.« Labes' Stimme von draußen. »Sie sind schlauer, als ich vermutet habe. Verstecken Sie von Brühl dort drin?«

»Nein«, gab Wilhelm zurück.

»Sondern?«

»Sie wohnt an einem anderen Ort. Denken Sie, ich verbringe meine Zeit freiwillig mit einer so gefährlichen Person?«

»Wir werden das Haus dennoch durchsuchen. Öffnen Sie die Tür!«

»Erst müssen Sie mir versprechen, dass meiner Frau und mir kein Haar gekrümmt wird.« Wilhelm warf einen

Blick den Flur hinunter. Die Tür zum Garten stand offen, helles Sonnenlicht fiel in das düstere Erdgeschoss. Plötzlich tauchte Idas Silhouette im Türrahmen auf. Sie trug Marie im Arm. Die erste Hürde war genommen, sie war die Leiter aus dem Obergeschoss hinabgestiegen. Jetzt musste sie nur noch durch den Garten laufen, um zu entkommen.

»Sie haben nichts von uns zu befürchten.« Labes klang nun beinahe versöhnlich. »Öffnen Sie die Tür!«

Wilhelm bedeutete Ida mit Gesten, dass sie loslaufen solle. Doch sie zögerte. »Was können Sie mir als Sicherheit anbieten?«, fragte er an Labes gewandt, dann machte er ein flehendes Gesicht in Idas Richtung. *Lauf weg!*

»Sie sollten meine Geduld nicht überstrapazieren, Leitner. Aufbrechen!« Die Haustür erzitterte unter einem heftigen Aufprall. Einen weiteren Schlag dieses Kalibers würde sie nicht aushalten.

Wilhelm sah sich erneut nach Ida um. Einen Moment lang blickten sie sich in die Augen. Dann drehte sich seine Frau um und lief los. Er wandte sich wieder der Haustür zu, gerade in dem Moment, als sie unter einem erneuten Aufprall aus dem Rahmen brach. Die beiden Polizisten stolperten in den Flur, fingen sich aber schnell und kamen auf ihn zu.

Wilhelm griff nach einer Vase, die auf der Anrichte im Flur stand, und warf sie auf einen der Männer. Krachend zerschellte sie an seiner Brust, konnte ihn jedoch nicht aufhalten. Wilhelm zog sich in die Küche zurück. Sein Blick suchte den Raum ab und fand schließlich eine gusseiserne Pfanne, die an einer Wand hing. Besser als nichts. Er nahm sie an sich und umschloss den Griff mit beiden Händen. In diesem Moment packte ihn einer der Polizisten von hinten und versuchte, seine Arme nach hinten zu verdrehen.

Wilhelms Hände umfassten die Pfanne noch fester. Gleichzeitig versuchte er, sich aus dem Griff des Polizisten zu winden. Er hatte keine Chance, der Mann war zu stark für ihn. Es blieb nur eine Möglichkeit. Wilhelm umklammerte die Pfanne, holte zwischen seinen Beinen aus und schwang seine Waffe über den Kopf nach hinten. Ein beinahe komisch anmutendes Geräusch und die Tatsache, dass der Griff des Polizisten nachließ, zeigten Wilhelm, dass er sein Ziel getroffen hatte.

Keuchend wirbelte er herum und sah gerade noch, wie der zweite Polizist auf ihn zustürzte. An ein Ausweichmanöver war nicht mehr zu denken. Mit einem Aufprall, der Wilhelm die Luft aus den Lungen presste, krachte der Polizist in ihn hinein und riss ihn zu Boden. Die Pfanne flog durch die Küche und prallte scheppernd gegen den Küchentisch. Wilhelm wand sich auf dem Rücken und versuchte zu verhindern, dass ihm der Mann seine Knie auf die Arme pressen konnte. Er stöhnte auf, als der Polizist ihm ins Gesicht schlug, doch er ließ nicht in seinen Anstrengungen nach. Ein weiterer Schlag traf ihn. Wilhelm schmeckte Blut. Der Polizist nutzte den kurzen Moment seiner Unaufmerksamkeit und setzte sein Knie auf Wilhelms rechten Arm. Sein Gesicht verzog sich zu einer grinsenden Fratze.

Wilhelm versuchte, mit seiner freien Hand nach irgendetwas zu greifen, das er als Waffe verwenden konnte. Suchend tastete er umher, konnte jedoch nichts finden. Dann fiel ihm etwas ein. Unter den Schlägen des Polizisten hob er seinen freien Arm und suchte die Uniform des Mannes ab. Irgendwo musste doch …

Gefunden! Wilhelms Hand schloss sich um den Griff des

Messers, das am Gürtel des Mannes hing. Mit einer ruckartigen Bewegung zog er es aus der Scheide und rammte es dem Polizisten in den Oberschenkel. Der Mann jaulte auf und sprang seitwärts von Wilhelms Körper. Benommen blieb Wilhelm einen Moment lang liegen, dann kam er keuchend auf die Beine. Wo waren die anderen Polizisten?

»Schluss jetzt!«, hörte er Labes sagen. Wilhelms Blick suchte den Kriminalinspektor. Labes stand in der Küchentür und richtete eine Pistole auf ihn.

Wilhelm hob die Hände. Seine Gedanken waren bei seiner Frau und der kleinen Marie.

Lauf, Ida!

*

Margarete hatte versucht, die letzten Worte des blonden Mannes, der nicht Hans hieß, zu ignorieren. Sie hatte weiter geradeaus durch die Windschutzscheibe auf den Feldweg vor ihnen gestarrt. Doch in ihrem Kopf waren die Gedanken explodiert. Wer war der Fremde? War er ein Gestapo-Offizier? Hatte er ihr aufgelauert? Wusste er, wer sie war, und spielte nun ein perfides Spiel mit ihr?

Was es auch war, Margarete hatte sich dazu entschlossen, sich nicht durch unüberlegte Äußerungen zu belasten. Stattdessen suchte sie nach einem Weg, den Fremden zu überrumpeln und ihm so zu entkommen. Sie hatte schon diverse Szenarien im Geiste durchgespielt. Zuerst hatte sie überlegt, plötzlich die Handbremse zu ziehen, um den Wagen von der Straße abzubringen. Doch damit würde sie sich selbst in unabsehbare Gefahr bringen. Die Statur des Fremden ließ vermuten, dass er einen Unfall besser verkraften würde als sie. Auch die Möglichkeit, während der Fahrt die Tür aufzureißen und aus dem fahrenden Wagen zu springen, hatte Margarete verworfen. Es war fraglich, ob sie den Sturz bei diesem Tempo unverletzt überstehen würde. Nein, sie musste sich irgendwie aus der Situation herausreden.

Während Margarete nach einem Ausweg suchte, pfiff der Mann vor sich hin und gab vor, sie nicht weiter zu beachten. Doch dann sah er sie an. »Überrascht?«

»Worüber sollte ich überrascht sein?«

»Darüber, dass ich Ihre wahre Identität kenne.« Der Mann zeigte grinsend seine perfekten Zähne.

»Ich weiß nicht, wovon Sie sprechen«, gab Margarete zurück. »Sie müssen mich verwechseln.«

»Ach, kommen Sie.« Der Mann legte einen Arm um Margaretes Schultern. »Können wir uns diesen Teil nicht sparen?«

Margarete starrte weiter geradeaus. Bei der unerwarteten Berührung des Fremden hatte sich jeder Muskel in ihrem Oberkörper schlagartig verkrampft.

»Ich weiß, dass Sie Dr. Margarete von Brühl sind, dass Sie in Berlin studiert und danach in Leipzig gearbeitet haben.« Der Mann schaltete in einen niedrigeren Gang, da vor ihnen eine Kreuzung auftauchte. »Ihr Fachgebiet ist die Kernphysik. Promoviert haben Sie über den Einsatz von Hohlladungen zur Initiierung einer Kernexplosion.«

Margarete schwieg. Der Mann schien sie tatsächlich zu kennen. Also gab es keinen Zweifel mehr. Er musste einer ihrer Verfolger von der Gestapo sein. Margaretes Blick suchte den Hebel der Handbremse.

»In Leipzig haben Sie vorgegeben, an einem Forschungsreaktor zu arbeiten, der die Kernspaltung für die Energiegewinnung nutzbar machen sollte. Aber das war nicht alles, habe ich recht?« Mit niedriger Geschwindigkeit steuerte der Fremde den Wagen über die Kreuzung und beschleunigte dann wieder.

Margarete fixierte die Handbremse. Sie musste warten, bis der Wagen wieder eine höhere Geschwindigkeit erreicht hatte, um den gewünschten Effekt mit dem geplanten Manöver erzielen zu können. Vor ihnen lag nun ein gerades Stück Landstraße. Der Mann drückte auf das Gaspedal. In der nächsten Kurve würde sie ihr Glück versuchen.

»Ihr Versuchsreaktor ist explodiert, unter ungeklärten Umständen. Manche glauben, dass damit etwas vertuscht werden sollte. Nur … was?«

Margarete zählte im Kopf herunter. Fünf, vier, drei, zwei …

»Sie haben in Leipzig an einer Bombe gebaut, nicht wahr?«

Margarete riss den Kopf herum. »Ich habe nie an einer Bombe gebaut!«, brüllte sie den Fremden an. »Im Gegenteil, ich wollte genau das verhindern!«

Der Mann grinste sie an. »Na, sehen Sie, jetzt verstehen wir uns.«

»Halten Sie sofort an!«

»Wovor haben Sie solche Angst, Dr. von Brühl?«

»Das wissen Sie genau. Jetzt halten Sie endlich an und nehmen mich fest! Ich kann dieses Spiel nicht länger ertragen.«

Der Mann stieg auf die Bremse, und der Wagen kam abrupt zum Stehen. »Das ist kein Spiel, Margarete.«

»Was wollen Sie von mir?«

»Ich will Ihnen helfen. Ich will Sie aus der aussichtslosen Situation befreien, in der Sie sich befinden. Sie und Ihre Tochter.«

Margarete riss die Augen auf. »Was ist mit Marie?«

»Sie ist genauso in Gefahr wie Sie. Das muss Ihnen doch klar sein. Sie werden von der Gestapo gesucht. Und damit steht auch jeder in Ihrem Umfeld auf einer Todesliste.«

»Wer sind Sie?«

»Mein Name ist Clark Dearing, ich bin Officer beim OSS.«

Margarete blickte ihn fragend an.

»Office for Strategic Services«, fuhr der Mann fort. »Amerikanischer Geheimdienst.«

»Oh«, machte Margarete. »Sicher.«

»Sie glauben mir nicht?«

Margarete schnaubte. »Entschuldigung, aber das ist mir eine Spur zu verrückt.« Sie tastete nach dem Türgriff. »Ich weiß nicht, was Sie mit diesem Spiel bezwecken, aber ich werde Ihnen nichts sagen. Haben Sie noch einen schönen Tag, *Officer.*«

Der Mann legte ihr eine Hand auf die Schulter. Margarete schlug sie weg und zog an dem Türgriff. Er ließ sich nicht bewegen, die Tür war verriegelt. Wütend drehte Margarete sich zu dem Fremden um. »Lassen Sie mich aussteigen!«

»Hören Sie sich erst an, was ich Ihnen zu sagen habe. Dann sind Sie frei, zu gehen oder zu bleiben, wie es Ihnen beliebt.«

Margarete schüttelte wütend den Kopf.

Der Mann drückte auf das Gaspedal, und der Wagen fuhr wieder an. »Ich bin Teil einer geheimen Einsatztruppe. Vor drei Tagen bin ich mit einem Team über der Nordsee abgesprungen. Ich habe mich bis hierher durchgeschlagen, um Sie zu finden, bevor *die* es tun.«

»Wer – die?«

»Die Gestapo. Wir wissen, dass die Sie suchen.«

»Was Sie nicht sagen.«

»Wir beide können einander helfen.« Er sah sie an. »Ich kann Sie aus dieser Situation befreien. Und Sie können Ihr Wissen für eine gute Sache einsetzen. Wir können beide gewinnen.«

»Wie sollte ich Ihnen helfen können?«

»Sagt Ihnen das Manhattan Project etwas?«

»Nein.«

»Natürlich nicht.« Der Mann grinste. »Es ist streng geheim. Selbst in den USA wissen nur ganz wenige Eingeweihte davon. Es ist das größte Projekt, das die Menschheit jemals in Angriff genommen hat. Wenn es Erfolg hat, wird es den Krieg beenden.«

»Das habe ich schon einmal gehört. Die Vergeltungswaffe, die dem Krieg schlagartig ein Ende setzt. Hitlers Traum. Nur leider hat es nicht funktioniert. Oder sollte ich sagen: Zum Glück?«

»Diesmal ist es die Wahrheit.« Der Wagen kam erneut zum Halten. »Dr. von Brühl, kommen Sie mit mir in die USA und helfen Sie uns, Hitler aufzuhalten. Ich weiß, dass das auch Ihr Wunsch ist.«

»Was soll dieses Getue?« Margarete hatte genug. »Jetzt hören Sie endlich auf mit der Maskerade! Geben Sie zu, dass Sie von der Gestapo sind, und nehmen Sie mich fest!«

»Ich bin nicht von der Gestapo«, sagte der Mann, der sich Clark Dearing nannte, und wies an Margarete vorbei aus dem Fenster. Das Haus, in dem sie mit Wilhelm, Ida und Marie lebte, lag unweit von ihnen zwischen hohen Bäumen. Daneben standen zwei grau lackierte Kastenwagen. Dearing sah Margarete ernst an. »*Die da* sind von der Gestapo.«

*

»Legen Sie Herrn Leitner Handschellen an!«

Wilhelm leistete keinen Widerstand mehr. Mit einem tiefen Keuchen ließ er sich auf einen der Stühle am Küchentisch fallen, nachdem die Polizisten seine Hände auf dem Rücken gefesselt hatten. Das Möbelstück knarzte unter seinem Gewicht. Wilhelms Gedanken waren bei seiner Frau. War es ihr gelungen, unbemerkt zu entkommen? Und hatte sie Marie mit sich genommen? Alles, was er tun konnte, war, ihr Zeit zu verschaffen. »Wie sind Sie uns auf die Schliche gekommen?«, fragte er Labes.

Der Kriminalinspektor lächelte schief. »Ich stelle hier die Fragen.« Sein Lächeln erstarb. »Wo ist von Brühl?«

Wilhelm hustete. »Kann ich ein Glas Wasser bekommen?«

»Schluss mit den Spielchen!« Labes hämmerte seine Faust auf die Tischplatte. »Sie werden kooperieren oder es bereuen, geboren zu sein.«

»Einer Ihrer Männer hat doch sicherlich etwas Wasser dabei. Es ist ein warmer Tag …«

Labes gab ihm eine Ohrfeige. »Wo ist Frau von Brühl?«

Wilhelm gab sich einige Augenblicke lang dem Schmerz hin. Wie lang würde seine Tortur wohl dauern? Gab es überhaupt mehr als ein mögliches Ende dieser Geschichte? »Was sagten Sie vorhin? Sie würden mich verschonen, wenn ich Ihnen verrate, wo Margarete ist?«

»Das Angebot steht.«

»Sie ist in die Stadt gefahren, nach Leipzig. Sie wirkte aufgeregt, ganz fahrig.« Wilhelm rieb sein Kinn an seiner Schulter. »Ich glaube, sie will abhauen.«

Labes starrte ihn einige Sekunden lang an, ohne eine Regung zu zeigen. Als er etwas erwidern wollte, kam ein weiterer Polizist in die Küche. »Wir haben seine Frau gefasst.«

Hinter sich her zog er Ida, die von ihrer misslungenen Flucht noch völlig außer Atem war. Ihr Gesicht war dunkelrot angelaufen, beinahe blau. »Sie wollte durch den Garten entkommen.«

»Handschellen!« Labes deutete auf einen Stuhl. »Setzen Sie sie hierher.«

Wilhelm fühlte sich, als habe man ihm in den Bauch getreten. Seine Augen brannten. Mit aufeinandergepressten Lippen musterte er seine Frau. Sie schien unverletzt zu sein, zitterte aber vor Angst. Einen Moment lang trafen sich ihre Blicke. Wilhelm gab sich alle Mühe, Zuversicht auszustrahlen. Von Marie war nichts zu sehen. Wussten die Polizisten von dem Baby? Er warf Ida einen fragenden Blick zu, doch sie sah zu Boden. Wie immer war seine Frau schlauer als er. Wenn Labes nicht wusste, dass Marie in der Nähe war, dann konnten sie die Kleine vielleicht vor ihm verstecken. Doch sie durften sich auf keinen Fall durch vielsagende Blicke verraten.

»Nun gut.« Labes fixierte Wilhelm und zog seine Pistole. »Sie sagen, dass von Brühl auf der Flucht ist.« Er entsicherte die Waffe und hielt sie an Idas Schläfe. »Ich würde gern wissen, wie sicher Sie sich mit dieser Aussage sind.«

»Sie müssen mir glauben!« Wilhelm wollte aufspringen, wurde jedoch von einem der Soldaten zurück auf den Stuhl gedrückt.

Labes ließ die Pistole sinken und steckte sie zurück in das Holster an seiner Seite. Dann griff er in die Innentasche seiner Jacke, zog einen Notizblock und einen Füller hervor und legte beides vor Wilhelm auf den Küchentisch. »Öffnen Sie die Handschellen!«, wies er einen der Polizisten an.

*

»Guten Morgen, Gabriel.« Lieutenant Jenkins unterdrückte ein Gähnen, als er auf Gabriel zukam und ihn mit einer gelangweilten Geste dazu aufforderte, die Arme über den Kopf zu heben, um ihn durchsuchen zu können. »Du bist früh dran heute. Ist noch nicht mal sieben.«

Gabriel zeigte dem Soldaten seinen Ausweis und folgte dann der Anweisung. »Ist Professor Muller da?«

Jenkins tastete Gabriels Beine ab und blickte zu ihm auf. »Denke schon. Der Alte lebt doch quasi in seinem Büro.«

Gabriel nickte und stellte sich auf die Zehenspitzen.

Jenkins seufzte, lächelte aber dabei. »Schon wieder dieser Quatsch, Gabriel?«

Grinsend ließ Gabriel den Rest der Kontrolle über sich ergehen, bevor er sich zum Abschied an die Stirn tippte und Area T betrat. Pfeifend schlenderte er an dem Holzschuppen vorbei, in dem er sein Werkzeug verwahrte. Sein Bein schmerzte an diesem Morgen mehr als sonst. Seine Gedanken flogen zu jener Nacht vor einigen Jahren, in der ihn ein riesiger Hirsch über den Haufen gerannt hatte. Großvater Krähe hatte das Tier wohl gewarnt. Fair genug. Gabriel strebte auf eine der Holzbaracken zu, die sich äußerlich durch nichts von den anderen Büros und Labors unterschied. Doch darin arbeitete der Mann, den Gabriel wegen der Sache mit dem Mondhain ansprechen wollte. Sein Vertrauter auf dem Hügel, Professor Muller.

Er betrat das Gebäude, durchquerte den Flur und stand wenig später vor Mullers Tür, ohne eine andere Person getroffen zu haben. Um diese Uhrzeit schliefen die meisten Forscher noch oder saßen mit ihren Frauen am Frühstückstisch. Ohne anzuklopfen, trat Gabriel ein.

Muller stand gebeugt hinter seinem Schreibtisch, den Blick starr auf etwas gerichtet, das vor ihm auf der Tischplatte lag. Mit einer Hand kratzte er sich am Hinterkopf, die andere strich seinen langen, weißen Bart entlang. Er bemerkte nicht, dass Gabriel eingetreten war.

Gabriel ließ den Blick durch das Zimmer schweifen. Es wirkte übervoll, war dabei jedoch gemütlich eingerichtet, mit alten, dunklen Holzmöbeln und einem schweren Teppich auf dem Boden. Auf einer Anrichte stand ein opulenter siebenarmiger Kerzenleuchter, daneben ein gerahmtes Familienfoto.

»Herrgott, Gabriel, klopfen Sie gefälligst an!«

Gabriel zuckte zusammen, als er die zornige Stimme des Professors hörte. Mit beiden Händen legte er seine geflochtenen Zöpfe nach vorn über die Schultern, dann tat er einen Schritt auf den Professor zu und deutete ein Nicken an. Die Wut des alten Mannes war schon verflogen. Lächelnd kam er hinter seinem Schreibtisch hervor, legte Gabriel eine Hand auf den Rücken und deutete auf den abgewetzten Sessel, der vor seinem Schreibtisch stand. Dann öffnete er die Tür der Anrichte und entnahm ihr eine kristallene Flasche und zwei Gläser. »Setzen Sie sich!«

Gabriel nahm Platz, räusperte sich und ordnete erneut seine Zöpfe.

»Bourbon?« Muller setzte sich ihm gegenüber, zupfte einen Fussel von seinem weißen Rollkragenpullover und füllte die beiden Gläser, ohne Gabriels Reaktion abzuwarten. »Wie geht es Maria und den Kindern?« Er führte sein Glas an den Mund und leerte es mit einem Zug.

»Alle sind wohlauf. Maria redet nicht viel zurzeit, doch das wird vergehen.«

Muller nickte, sagte jedoch nichts. Sein Blick schien durch Gabriel hindurchzugehen.

Gabriel rieb sich die Nase und räusperte sich erneut. »Ihre Männer dürfen den Mondhain nicht betreten.«

Mullers Blick wurde wieder klar. »Wovon reden Sie da?«

»Ihre Männer dürfen den Mondhain nicht betreten«, wiederholte Gabriel. »Für unsere Leute ist er heilig.«

Muller legte die Stirn in Falten. »Sie kamen mir nie wie ein Mann vor, dem solche Worte viel bedeuten.«

»Sie bedeuten den Leuten in meinem Pueblo etwas.« Gabriel blickte sich in Mullers Büro um, während er sprach. »Und diese Leute bedeuten mir etwas.« Er fixierte wieder sein Gegenüber.

Muller schenkte sich nach und lächelte Gabriel an. »Nur frei heraus. Was kann ich für Sie tun?«

»Ihre Männer haben die Quelle im Mondhain vergiftet. Ein Junge aus dem Pueblo ist krank geworden.«

Einen Moment lang starrte Muller in Gabriels Gesicht, dann sprang er so energisch auf, dass sein Sessel nach hinten umkippte. »Wie können Sie es wagen!« Sein Gesicht war rot angelaufen.

Gabriel blieb sitzen. »Ihre Männer haben die Quelle vergiftet«, wiederholte er. »Wieso haben sie das getan? Sie dürfen den Mondhain nicht betreten.«

Muller starrte Gabriel an. Seine linke Augenbraue zitterte, seine Kiefermuskulatur arbeitete, doch er sagte kein Wort. Stattdessen bückte er sich, stellte den umgestürzten Sessel wieder auf und setzte sich. Mit zitternden Händen schenkte er sich einen weiteren Drink ein und kippte ihn hinunter. Dann blickte er Gabriel an. »Meine Männer haben die Anweisung, die Berge im Osten und insbesondere euren sogenannten Mondhain nicht zu betreten. Und daran halten sie sich.«

»Nicht alle«, erwiderte Gabriel. »Ich habe Reifenspuren gefunden, von einem Truck.«

Muller schnaubte. »Fragen Sie die Mexikaner. Die brauchen das Wasser für ihre Schafe. Gehen Sie zu denen!«

»Nein. Die Mexikaner haben keine Trucks mit so großen Reifen. Nur die Weißen haben solche Fahrzeuge.«

Muller strich mit beiden Händen seinen Bart glatt und seufzte. »Ich bin mir sicher, dass Sie sich irren, Gabriel. Meine Männer wissen, dass sie ihre Anstellung verlieren, wenn sie sich meinen Anweisungen widersetzen.«

Gabriel erhob sich. »Und doch tun sie es.«

»Verflucht noch mal!«, brüllte Muller und wischte mit einem Arm die beiden Gläser von dem Tischchen. Klirrend kullerten sie über das Linoleum. Gabriels Drink, den er nicht angerührt hatte, verteilte sich auf dem Boden. Muller hob einen Zeigefinger und fuchtelte damit in der Luft herum. »Wissen Sie eigentlich, was wir hier tun?«

Gabriel schwieg.

Muller setzte ein böses Grinsen auf. »Nein, das wissen Sie nicht. Natürlich nicht! Wir retten die Welt! Wir retten die verfluchte Welt vor den Nazis, das tun wir hier.« Er stand auf und trat an Gabriel heran. Der Professor hatte einen leichten Buckel und war einen guten Kopf kleiner als er. Er musste den Arm auf Augenhöhe heben, um Gabriel mit dem Zeigefinger gegen die Brust zu klopfen. »Und dann kommen Sie in mein Büro und werfen mir vor, ich würde Ihre Brunnen vergiften. Ausgerechnet mir!«

Gabriel verstand nicht und zuckte mit den Schultern.

»Raus!«, zischte Muller. Sein Blick sprühte Funken.

Gabriel richtete seine Zöpfe und ging.

*

Margarete riss die Tür des Wagens auf und wollte hinausspringen, doch Dearing ergriff ihren Arm und hielt sie zurück.

»Sie tun mir weh!« Margarete versuchte sich loszureißen, konnte aber gegen den schraubstockartigen Griff des Mannes nichts ausrichten. Sie drehte den Kopf zu ihm um und funkelte ihn an. »Wir müssen ihnen helfen!«

»Und Sie meinen, wenn Sie jetzt da rausgehen und der Gestapo gut zureden, dann helfen Sie Ihren Freunden?«

Margarete starrte ihn weiter an, während sie nach Worten suchte. Sie wusste, dass er recht hatte. Aber sie konnte doch nicht einfach tatenlos zusehen, wie die Gestapo Ida und Wilhelm verschleppte, um Gott weiß was mit ihnen anzustellen!

Dearing lockerte seinen Griff. »Diese Männer sind auf der Suche nach Ihnen, Margarete. Ich darf Sie doch Margarete nennen? Sie und nur Sie sind das Ziel ihrer Suche. Sie verfügen über wertvolles Wissen, über Fähigkeiten …« Er nickte in Richtung der grauen Fahrzeuge. »Solange Ihre Freunde der Gestapo vormachen können, dass sie wissen, wo Sie sich aufhalten, haben sie eine Chance. Sie werden sehen, gleich werden die Polizisten mit den beiden abziehen. Sie werden wiederkommen, sicherlich.« Er blickte Margarete an. »Aber dann werden Sie nicht mehr hier sein.«

»Ich werde nicht hier herumsitzen und warten, bis etwas Furchtbares passiert.« Margarete spürte ihren Puls in der Halsschlagader pochen. Sie spähte hinüber zu den beiden grauen Transportern. Zwei Uniformierte standen dort und rauchten. Wie viele Männer im Haus waren, konnte sie nicht erkennen. Die beiden Wagen boten sicherlich Platz für zwölf Männer, vielleicht sogar noch mehr.

Eine plötzliche Erkenntnis traf Margarete wie ein Elektroschock. Marie war dort draußen bei Ida und Wilhelm! Ihre Tochter war in diesem Haus, in dem die Gestapo ihr Unwesen trieb. Oder befand sie sich bereits völlig verängstigt in einem der Fahrzeuge?

»Nein!«, zischte sie und wollte erneut aus dem Wagen springen.

Wiederum wurde sie von Dearing zurückgehalten. »Es gibt nichts, was wir gerade tun können, Margarete. Sie müssen die Kontrolle für diesen kurzen Moment abgeben.«

»Aber meine Tochter ist dadrin!« Margarete versuchte Dearings Hand abzuschütteln. »Ich werde sie nicht der Gestapo überlassen.«

»Marie ist in Sicherheit. Vertrauen Sie mir.«

Margarete sah Dearing verständnislos an. Was meinte er mit dieser Aussage? Woher wollte er wissen, wie es Marie erging? Ehe sie ihn fragen konnte, kam Bewegung in die Szenerie vor ihnen. Mehrere Polizisten traten aus dem Haus. In ihrer Mitte gingen Ida und Wilhelm, die Hände auf den Rücken gebunden.

»Sie nehmen sie mit!«, rief Margarete. »Wir müssen etwas tun!«

»Wir können nichts tun. Die beiden werden auf dem Präsidium verhört und dann zurückgebracht werden. Diese Männer sind auf der Suche nach Ihnen, Margarete.«

Margarete beobachtete das Treiben vor dem Haus. Die Gruppe war stehen geblieben, und Wilhelm redete wild gestikulierend auf einen Polizisten ein, dessen Uniform seinen höheren Rang verriet. Über die Entfernung hinweg konnte sie nicht verstehen, was gesagt wurde. Vermutlich versuchte Wilhelm, zumindest Ida aus der Angelegenheit herauszuhalten. Doch der Anführer der Polizisten schüttelte den Kopf und deutete mit der Hand auf die beiden Transporter.

Mit einem Mal entwand sich Ida dem Griff des Polizisten, der sie aus dem Haus geführt hatte. Mit schnellen, jedoch unbeholfenen Schritten lief sie los. Sie kam direkt auf Margarete und Dearing zu! Die Blicke der Uniformierten folgten Ida. Sie starrten geradewegs in Margaretes Richtung! Für einen Moment glaubte sie, dass die Männer sie entdecken würden, doch der Transporter, in dem sie saßen, stand hinter einem Gebüsch und war vermutlich nicht zu sehen.

»Wir müssen irgendetwas unternehmen!«, stieß sie hervor. »Fahren Sie ihr entgegen!«

Dearing schüttelte den Kopf. »Nein.«

Margarete konnte die nackte Panik in Idas Gesicht erkennen. Wider Erwarten machten die Polizisten keine Anstalten, sie zu verfolgen. Dann ließ ein Knall Margarete zusammenzucken. Ida stürzte zu Boden und blieb regungslos liegen. Der Anführer der Gestapo-Männer stand mit ausgestrecktem Arm still da. Er hielt eine Pistole in der Hand.

Margarete stöhnte auf und kämpfte gegen Dearing an, der sie mit eiserner Kraft festhielt. »Ich muss ihnen helfen«, flehte Margarete, doch Dearing schüttelte erneut den Kopf.

Wilhelm warf sich gegen die beiden Polizisten, die ihn aus dem Haus geführt hatten. Schließlich gelang es ihm, sich aus ihrem Griff zu befreien und taumelte, die Hände immer noch auf dem Rücken zusammengebunden, auf seine am Boden liegende Frau zu.

»Nein, Willi! Nicht!«, flüsterte Margarete. Dann fiel ein zweiter Schuss. Wilhelm ging zu Boden und blieb neben Ida liegen.

*

Professor Muller tupfte die klebrige Pfütze mit seinem Stofftaschentuch vom Teppich auf und sammelte die beiden Kristallgläser ein, die glücklicherweise heil geblieben waren. Dann nahm er ein frisches Glas aus der Anrichte und schenkte sich noch einen Bourbon ein. Mit dem Getränk in der Hand sah er aus dem Fenster. Sein Büro lag in einem Gebäude am Rand von Area T. Lediglich der hohe Stacheldrahtzaun störte den Ausblick. Dahinter breitete sich die Ödnis New Mexicos aus: Staub und Felsen, trockene Sträucher und verdorrte Bäume. Darüber hinweg peitschte dieser schreckliche Wind, der einem den Sand in alle Körperöffnungen drückte. Die Hitze störte Muller nicht, im Gegenteil. Unerklärlicherweise fror er auch an Tagen, an denen das Thermometer die Vierzig-Grad-Marke überschritt. Aber der Sand raubte ihm den letzten Nerv. Muller kippte den Schnaps hinunter.

Er hasste diesen Ort. Doch irgendjemand musste diese Arbeit machen, und er war zweifellos der Beste seines Faches. Als Professor der Experimentalphysik hatte er am renommierten California Institute of Technology gelehrt. Auf dem Hügel war er verantwortlich für den Sprengmechanismus der Bombe. Die Arbeit ging schleppend voran. Als Oppenheimer ihn vor einem Jahr angesprochen und ihm die Stelle beim Manhattan Project in Los Alamos angeboten hatte, hatte Muller ohne Zögern eingewilligt. Er hatte unverzüglich begonnen, ein fähiges Team zusammenzustellen. Geld hatte dabei keine Rolle gespielt. Auch war es keine Schwierigkeit gewesen, die Kandidaten von einem Umzug in die Wüste zu überzeugen. Alle hatten sofort ihre Sachen gepackt und waren seinem Ruf gefolgt, sobald sie erfahren hatten, was das Ziel des Projekts war. Doch nun stockte der Entwicklungsprozess, insbesondere weil ihm trotz aller Begeisterung immer noch Personal fehlte.

Die Erwartungen waren gewaltig. Oppenheimer verlangte nicht weniger als Perfektion von ihm und seinem Team. Und sie hatten nur einen Versuch. Das spaltbare Material, hoch angereichertes Uran, war unglaublich aufwendig herzustellen und dementsprechend knapp. Vom Plutonium ganz zu schweigen. Ein Fehlschlag wäre unverzeihlich, eine Fehlertoleranz gab es nicht. Und über alldem schwebte die Angst, dass die Nazis ihnen einen Schritt voraus sein könnten. Professor Muller schlief schlecht in diesen Tagen.

Mit einem Seufzer wandte er sich von dem Fenster ab, ging zu seinem Schreibtisch und ergriff den Gehstock aus dunklem Holz, der daran lehnte. Das Gespräch mit Gabriel hallte noch in seinen Ohren nach. Der heilige Hain. Er hatte keine Ahnung, was der Indianer damit gemeint hatte. Er hatte Los Alamos kaum verlassen, seit er hier angekommen war. Keine zehn Pferde würden ihn in diese gottlose Wüste hinaustreiben. Doch die Entsorgung der teils radioaktiven Abfälle und Abwasser, die die Labore produzierten, war in der Tat ein heikles Unterfangen. Im Grunde wusste niemand so recht, wie sie zu entsorgen waren. Muller und einige andere Abteilungsleiter hatten Agent Mathewson beauftragt, nach einer Lagerstätte zu suchen. Mathewson war in Area T für die Sicherheit zuständig und allgemein gefürchtet, weil er jeden Neuankömmling unter Spionageverdacht stellte. Er kam aus Washington D. C. und verfügte angeblich über gute Beziehungen. Auch für die Müllentsorgung hatte er jemanden gefunden, einen »Partner«, wie er es nannte. Und so verließ seit mehreren Monaten in unregelmäßigen Abständen ein Lastwagen voller strahlender Metallteile, Chemikalien und anderer Gefahrenstoffe den Hügel.

Mathewson hatte von einem professionellen Unternehmen gesprochen, das den Müll mit Beton übergoss und sicher verwahrte. Die horrenden Rechnungen, die Muller und seine Kollegen für die Entsorgung begleichen mussten, deuteten darauf hin, dass der Prozess durchaus aufwändig war. Und nun kam Gabriel und beschuldigte ihn, den Müll in irgendeinen heiligen See zu kippen. War es vorstellbar, dass Mathewson ihn betrog? Er würde dem Mann einen Besuch abstatten müssen.

Muller ging auf die Bürotür zu und nahm sein braunes Cordjackett von der Garderobe. Bevor er die Tür öffnete, trat er an die Anrichte heran, auf der der Menoraleuchter thronte. Sanft strich er mit dem Finger über die Fotografie, die danebenstand. Ein Bild aus besseren Zeiten, aufgenommen in Breslau. Sein Gesicht, strahlend, daneben seine Frau, mit Blumen im Haar. Rahel, dachte er, halt durch! Ich werde dich zu mir holen.

Muller presste die Lippen zusammen und hielt die Luft an, um die Trauer zurückzudrängen, die ihn zu übermannen drohte. Ihm waren die Hände gebunden. Alles, was er tun konnte, war seine Arbeit. Er musste seinen Teil dazu beitragen, dass die Bombe bald einsatzbereit gemacht werden konnte. Für alles andere musste er sich auf Mathewson verlassen.

Er riss sich von der Fotografie los und verließ sein Büro. Tief über seinen Gehstock gebeugt, ging er den nüchternen Flur entlang und trat schließlich auf den sandigen Weg vor dem Holzgebäude. Bis zu der Baracke, in der Mathewson mit seinen Männern Quartier bezogen hatte, war es nicht weit. Schon aus einiger Entfernung konnte Muller sehen, dass der bullige Agent auf den Holzstufen saß, die zur Eingangstür der Baracke führten. Sein kahler, hochroter Kopf glühte in der Morgensonne. Als Muller näher kam, zog Mathewson ein fleckiges Stofftuch aus seiner Hosentasche und wischte sich damit den Schweiß von der Glatze. Dabei blickte er Muller an. Seine eisgrauen Augen schienen ihn aufspießen zu wollen.

Muller machte eine Geste zum Himmel. »Schönes Wetter heute, nicht wahr?«

Mathewson kratzte sich an der Schulter und folgte Mullers Blick. »Sieht für mich aus wie an jedem anderen verdammten Tag. Dieselbe Scheißhitze.«

Muller stockte für einen Moment, dann lachte er verlegen. »Ja, Sie haben völlig recht, es ist kaum zu ertragen.«

»Was wollen Sie?«, fragte Mathewson. »Ich habe viel zu tun.«

Muller strich sich mit der Hand durch den Bart. »Gabriel kam vorhin zu mir. Sie kennen doch Gabriel?«

»Die Rothaut?«

»Den Technikwart, richtig. Er erzählte mir eine seltsame Geschichte. Jemand habe eine heilige Quelle seines Stammes vergiftet.«

»Was habe ich damit zu tun?« Mathewson pulte etwas aus seinen Zähnen. »Ist er Ihnen dumm gekommen? Soll ich ihn festnehmen lassen?«

»Ich wollte mich lediglich vergewissern, dass alles seine Richtigkeit hat.«

Mathewson sah ihn verständnislos an. »Was?«

»Mit den Abfällen. Sie wissen schon, die Abfälle, die Sie für uns entsorgen.«

Mathewson starrte ihn einige Sekunden lang an. »Wollen

Sie den Vertrag noch mal sehen?« Erneut fuhr er sich mit dem Tuch über die Glatze.

»Nein, nein. Es ist alles klar.« Muller hob beschwichtigend die Hände. »Gute Arbeit.«

Mathewson knurrte etwas Unverständliches. Dann kratzte er sich am Kinn und sah an Muller vorbei in die Ferne. »Ich habe jemanden ausfindig machen können, der Rahel gesehen hat. Sie ist in einem Lager.«

Muller riss die Augen auf. »In einem Lager? In welchem? Können Sie etwas tun, um sie herauszubekommen?«

Mathewson spuckte in den Staub und wiegte den Kopf hin und her. »Vielleicht.«

*

Vater Sonne brannte auf Gabriels Nacken. Er wischte sich mit dem Handrücken den Schweiß von der Stirn und betrachtete sein Werk. Die ganze Woche hatte er damit verbracht, einer der Holzbaracken in Area T einen frischen Anstrich zu verpassen. Nun strahlte das Gebäude in blendendem Weiß, so dass Gabriel die Augen zusammenkneifen musste, wenn er es betrachten wollte.

Er drückte den verbeulten Deckel auf den Farbeimer aus Aluminium und trug ihn zusammen mit den Pinseln, die er verwendet hatte, zu seinem Holzschuppen. Dort verstaute er die Farbe in einem Regal, aus dem ihm der Staub entgegenrieselte. Die Pinsel wusch er gründlich unter einem Wasserhahn aus, der auf seine Bitte hin vor dem Schuppen installiert worden war. Das Wasser war eiskalt. Gabriel hatte Mühe, die zähflüssige Farbe aus den Borsten zu spülen. Unter dem Wasserhahn färbte sich der Sand weiß.

Die verfluchten Alten, dachte er. Und die verfluchten

Weißen. Ihm war von vornherein klar gewesen, dass Muller seine Vorwürfe abschmettern würde. So hatten die Weißen es immer gemacht. Sie hatten sich auf Gesetze und Verträge berufen, auf Zuständigkeiten und Hierarchien. Auf das System der Weißen. Dass vor ihrer Ankunft andere Gesetze gegolten hatten, kümmerte sie nicht. Muller nahm Gabriels Anliegen nicht ernst. Oder hatte er Angst, in einen Skandal verwickelt zu werden? Vielleicht wusste er auch wirklich nichts. Doch die Art, wie der Professor an die Decke gegangen war, erschien Gabriel verdächtig. Und es gab keinen Zweifel: Die Reifenspuren, die er entdeckt hatte, gehörten zu einem Fahrzeug aus Los Alamos. Die mexikanischen Schafhirten, von denen Muller gesprochen hatte, benutzten Ochsenkarren. Und von außerhalb verirrte sich so gut wie niemand in diese abgelegene Gegend. Es half nichts, Gabriel würde der Sache selbst auf den Grund gehen müssen.

Das Wasser, das aus dem Pinsel floss, den Gabriel gerade auswusch, war mittlerweile klar geworden. Er drehte den Wasserhahn zu und erhob sich, um sein Werkzeug zum Trocknen in die Sonne zu legen. Dann verschloss er den Schuppen und machte sich auf den Weg in den Wohnbereich von Los Alamos. Er würde Maria ein kleines Mittagessen und eine Cola aus dem Gemischtwarenladen mitbringen, um die Wogen zu glätten. Seine Frau arbeitete zwei Tage in der Woche als Haushaltshilfe bei Seamus und Lucy Collister auf dem Hügel. Die Collisters waren ein junges Ehepaar von Wissenschaftlern, das Gabriels Meinung nach besser nicht zusammenleben sollte. Sie waren wie Feuer und Wasser, und meistens hörte man sie schon streiten, ehe man sie erblickte. Weil sie sich auch über die Verteilung der Hausarbeiten in die Haare bekamen, hatten sie eine Haushaltshilfe gesucht. Muller, der Vorgesetzte der Collisters, hatte das Gesuch an Gabriel weitergeleitet. Dafür war er ihm immer noch dankbar.

»Stehen bleiben, Pocahontas!« Eine tiefe Stimme hinter Gabriel veranlasste ihn, sich umzudrehen. Einige Meter hinter ihm hatte sich Agent Mathewson aufgebaut, die Hände in die Hüften gestützt und ein selbstgefälliges Grinsen im Gesicht. Gabriel verzog keine Miene und richtete seine Zöpfe. Es war besser, den Agenten nicht zu reizen.

»Willst du mir an den Karren pinkeln, du verlauster Affe?« Mathewson tat einen Schritt auf Gabriel zu, der noch immer schwieg. »Hast du dich bei Muller über mich beschwert?« Ein weiterer Schritt.

Gabriel hob das Kinn ein wenig an. »Ich habe mit dem Professor gesprochen, ja.«

»Über mich?« Mathewson stand nun direkt vor Gabriel. Obwohl der Agent ein Schrank von einem Mann war, überragte Gabriel ihn noch um einige Zentimeter.

Was war nur in Mathewson gefahren? Gabriel hatte den Namen des Sicherheitschefs Muller gegenüber nicht einmal erwähnt. Dass er jetzt derart aus der Haut fuhr, weckte Gabriels Misstrauen. »Was ich mit dem Professor bespreche, geht nur ihn und mich etwas an.«

»Das siehst du falsch, mein rothäutiger Freund.« Mathewson legte Gabriel in gespielter Vertrautheit eine Hand auf die Schulter. »Alles, was in dieser Anlage vor sich geht, geht mich etwas an. Hier bin ich das Gesetz, schon vergessen?«

Gabriel streifte den Arm des Agenten ab. »Ich weiß nicht, was Sie von mir wollen.«

Mit einer blitzschnellen Bewegung packte Mathewson Gabriels Kinn und drückte zu. »Ich will von dir, mein kleiner Freund, dass du dich aus meinen Angelegenheiten heraushältst, verstanden?«

In Gabriels Brust wollte der Zorn übermächtig werden. Noch konnte er sich zurückhalten, doch in wenigen Augenblicken würde er Mathewson eine Faust ins Gesicht schlagen. Er war sich sicher, dass es genau das war, was der Agent provozieren wollte.

»Gabriel, wie schön, Sie zu sehen! Wollen Sie Maria besuchen?« Eine Frauenstimme erklang hinter Mathewson. »Wir sind gerade auf dem Weg nach Hause. Möchten Sie uns vielleicht begleiten?«

Mathewson ließ Gabriel los, trat einen Schritt zurück und gab so den Blick auf die Collisters frei. Lucy Collister strahlte. Ihre rote Mähne wurde von einem blauen Tuch gebändigt und leuchtete in der Mittagssonne, sie trug Jeans und ein kariertes Hemd. Seamus Collister stand unschlüssig neben ihr, die Hände in den Hosentaschen, die Krawatte schlecht gebunden, das Hemd halb aufgeknöpft. Er hatte die Augen hinter den Gläsern seiner runden Nickelbrille zusammengekniffen.

»Sieh an, Bonnie und Clyde beehren uns, wie schön!« Mathewson spuckte auf den Boden und nickte Gabriel zu. »Deine Zöpfe hängen schief, Pocahontas.« Dann ging er zurück in die Richtung, aus der er gekommen war.

Lucy verdrehte die Augen, als Mathewson weg war. »Was für ein widerlicher Typ. Ich weiß nicht, wieso Oppie und Groves solche Leute hier frei herumlaufen lassen.«

»Immerhin sorgt er für unsere Sicherheit«, widersprach Seamus. »Kannst du dich nicht mehr an den Spion erinnern, den er neulich enttarnt hat?«

Lucy presste die Lippen zusammen und zog eine Packung Zigaretten aus dem Tuch hervor, das sie um die Stirn geschlungen hatte. Dann wühlte sie in einer Tasche ihrer Jeans nach dem Feuerzeug, entzündete eine Zigarette und zog gierig daran. »Er ist trotzdem ein Widerling.«

»Immer musst du das letzte Wort haben.« Seamus nahm seine Brille ab und verschmierte den Dreck auf den Gläsern mit dem Saum seines Hemdes.

»Das musst du gerade sagen«, erwiderte Lucy.

Gabriel trat von einem Bein auf das andere und wollte sich gerade davonstehlen, doch Lucy drehte sich zu ihm um. »Gabriel, stimmen Sie mir zu, dass Mathewson ein Widerling ist? Dr. Collister will es mir nicht glauben.« Wütend funkelte sie ihren Mann an. Ehe Gabriel etwas erwidern konnte, setzte Lucy wieder an: »Sind Sie nun eigentlich auf dem Weg zu Maria? Wir wollen gerade nach Hause gehen, um etwas zu Mittag zu essen. Seien Sie doch unser Gast!«

»Das ist sehr freundlich«, sagte Gabriel. »Aber ich hatte bereits Mittagspause.«

Lucy machte ein trauriges Gesicht. »Ach, kommen Sie, es wird schon keiner merken.«

»Nun lass ihn doch in Ruhe, Lucy!« Seamus fasste Lucys Arm und zog sie mit sich.

Seine Frau entzog sich seinem Griff und blickte Gabriel an. »Sie müssen auch nicht mit uns essen, aber vielleicht mögen Sie uns begleiten und ihre Frau besuchen?«

Gabriel schüttelte den Kopf. »Ich gehe lieber allein. Euer Streiten stört mich beim Nachdenken.« Mit diesen Worten drehte er sich um und ließ die Collisters verdutzt stehen.

*

Margaretes Blick war von Tränen verschleiert. Sie beobachtete, wie die Polizisten Wilhelms und Idas leblose Körper in einen der Wagen luden und abfuhren. Minutenlang sah sie den davonrasenden Fahrzeugen hinterher, auch nachdem diese schon längst aus ihrem Blickfeld verschwunden waren. Das würde das Letzte gewesen sein, was sie von Wilhelm und Ida, ihrer neuen Familie, sehen würde. Lediglich zwei der Uniformierten waren im Haus zurückgeblieben, vermutlich um die Stellung zu halten und auf Margarete zu warten. Notdürftig hängten sie die Eingangstür wieder in die Angeln und zogen sie hinter sich zu.

Margarete rieb ihren schmerzenden Arm. Sie hatte nicht einmal bemerkt, dass Dearing seinen harten Griff gelockert hatte. Sie wollte ihn hassen für das, was er getan hatte. Dafür, dass er sie zurückgehalten hatte. Dass er sie davon abgehalten hatte, Wilhelm und Ida zur Hilfe zu eilen. Aber sie begann bereits jetzt sich mit der Wahrheit abzufinden: Dearing hatte ihr das Leben gerettet. Gegen einen Trupp bewaffneter Gestapo-Männer hätte sie keine Chance gehabt. Hätte sie den Transporter verlassen, in dem sie beide saßen, dann hätten diese Männer sie jetzt in ihrer Gewalt.

Dearing strich ihr eine Strähne aus dem Gesicht. »Es ist vorbei, Margarete.«

Mit einem Ruck richtete sie sich auf. »Wo ist meine Tochter?«

»Sie ist in Sicherheit. Wir müssen lediglich die beiden Wachmänner ausschalten, dann können wir zu ihr.«

»Ist sie im Haus?«

»Nein, sie ist im Garten versteckt.«

Margarete starrte Dearing an. »Woher wissen Sie das?«

»Ich habe mit Wilhelm diesen Plan geschmiedet.«

»Diesen … Plan?« Margarete spannte die Muskeln an, bereit, Dearing an den Hals zu springen. »Gehörte es auch zu Ihrem Plan, dass die beiden erschossen werden?«

»Nein.« Dearing sah durch die Windschutzscheibe auf das nun still daliegende Haus. »Das war nicht geplant.«

»Wer sind Sie? Was wollen Sie von mir?« Margarete hielt es nicht mehr auf ihrem Platz. Ohne auf eine Antwort zu warten, schwang sie sich aus dem Transporter und schlug hinter sich die Tür zu. Dann ging sie einige Schritte die Straße entlang in die Richtung, aus der sie gekommen waren. Dort setzte sie sich in das Gras, mit den Beinen im Straßengraben, und blickte über das Weizenfeld, das vor ihr lag.

Sie bemerkte nicht, dass Dearing hinter sie getreten war. Als er zu sprechen begann, zuckte sie zusammen.

»Ich weiß, dass Sie sich etwas anderes für Ihr Leben gewünscht haben«, begann er. Er setzte sich nicht neben Margarete, sondern blieb hinter ihr stehen. »Mir geht es nicht anders. Der Krieg macht Getriebene aus uns allen. Wissen Sie, wie man die Vereinigten Staaten nennt? Wie sie in unserer Hymne besungen werden?«

Margarete antwortete nicht.

»The Land of the free. Das Land der Freien.« Er schnaubte. »Der Krieg hat uns diese Freiheit geraubt. Wir alle müssen uns jetzt dem Gemeinwohl unterordnen, unseren Teil beitragen zum Gelingen der großen Aufgabe, vor der wir stehen.«

»Sind Sie Politiker?« Margarete starrte weiter hinaus auf das Feld.

»Nein«, erwiderte Dearing. »Ich bin Agent, wie ich es Ihnen schon gesagt habe.«

»Sie klingen aber wie ein Politiker.«

Dearing ließ sich nicht beirren. »Mein Auftrag ist es, Sie mit mir in die USA zu nehmen, wo Sie bei der Entwicklung einer Atombombe helfen sollen. Wir wissen, dass Sie einige

Erfahrungen auf dem Gebiet haben. Außerdem hoffen wir, dass Sie uns über den Stand des deutsches Atomprogramms informieren können.«

Eine Pause entstand, bevor Dearing erneut die Stimme erhob. »Wissen Sie, wie der Text unserer Hymne weitergeht?«

Margarete gab ihm keine Antwort.

»Mein Land hat noch einen zweiten Titel. Home of the brave. Die Heimat der Mutigen. Wir müssen mutig sein, Margarete, wenn wir das Übel nicht gewinnen lassen wollen. Die deutsche Ostfront bröckelt. Seit Stalingrad ist die Wehrmacht auf dem Rückzug. Auch in Tunesien musste sie kapitulieren. Im Atlantik werden mehr und mehr ihrer U-Boote versenkt. Hitler läuft die Zeit davon. Genau in diesem Moment, in dem wir hier sprechen, versucht er eine Bombe zu bauen, die den Verlauf des Krieges noch einmal zu seinen Gunsten drehen soll. Sie wissen das.«

Margarete schüttelte den Kopf. Schwachsinn, dachte sie. Niemand baute diese Bombe. Es war unmöglich. Es durfte einfach nicht sein.

Sie wandte Dearing den Kopf zu. »Bringen Sie mich zu meiner Tochter!«

*

Der Brandgeruch war Gabriel schon mehrere Meilen vor den Mauern von San Ildefonso aufgefallen. Jetzt, da er seinen Wagen durch das Holztor und über die zentrale Plaza des Pueblos lenkte, konnte er den Ursprung des Gestanks immer noch nicht ausmachen. Irgendwo musste ein Feuer lodern. Doch da niemand Anstalten eines Löschversuchs machte, musste es sich wohl um eines der unzähligen Rituale handeln. Gabriel hatte sich nicht mehr für die heiligen

Tage und rituellen Handlungen interessiert, seitdem er aus dem Internat zu seinem Stamm zurückgekehrt war.

Wenn er ehrlich war, hatte er das auch vorher schon nicht getan.

Drei alte Frauen standen in der Nähe der Kiva, eines runden Lochs im Boden mit fünf Metern Durchmesser, das mitten auf der Plaza lag und für Rituale genutzt wurde. Sie unterhielten sich angeregt, doch als Gabriel im Schritttempo an ihnen vorbeifuhr, verstummten sie und sahen ihn an.

»Guten Abend«, grüßte Gabriel, erhielt aber keine Antwort. Er sah die Frauen, allesamt gute Bekannte von Maria, fragend an, doch diese wandten sich von ihm ab und steckten wieder die Köpfe zusammen. Gabriel fuhr weiter, bis er an dem kleinen Haus vorüberkam, in dem Adrian, der kranke Junge, mit seinen Eltern lebte. Es lag dunkel und verlassen da. Vielleicht waren sie endlich mit dem Jungen nach Santa Fe gefahren, zu einem richtigen Arzt. Die Priester aus dem Pueblo verstanden sich höchstens auf die Versorgung von kleinen Schnittwunden. Der Rest ihrer Arbeit war Hokuspokus.

Als er sein Heim betrat und Marias Gesicht sah, wusste er sofort, dass er Ärger bekommen würde.

»Du kommst spät.« Sie wies mit der Hand zum Esstisch, wo ein Topf Suppe stand.

Gabriels Blick schweifte im einzigen Raum umher. Jesus und Carlos, seine Söhne, schliefen schon auf ihren Bastmatten, die in einer Ecke lagen. Schmerzhaft drang das Versprechen wieder in Gabriels Bewusstsein, das er seiner Frau gegeben hatte. Das Bett für die Jungs. Er seufzte und sah sich weiter um. Das Haus machte einen unaufgeräumten Eindruck. Er musste sich wirklich wieder mehr darum kümmern. Maria hatte mit den Jungs und ihrer Arbeit auf dem Hügel schon genug zu tun. Schließlich ließ er sich auf seinem Stuhl nieder. Er war hundemüde.

Seine Frau setzte sich ihm gegenüber und musterte ihn. Einige Sekunden lang sagte keiner ein Wort. Dann seufzte sie, nahm den Deckel des Topfes ab und tat Gabriel Suppe auf. »Wolltest du mich nicht in der Mittagspause besuchen?«

Gabriel wollte sich gerade einen Löffel Suppe in den Mund schieben, doch er ließ seine Hand sinken. »Ich wurde aufgehalten. Tut mir leid, Liebes.«

»Aufgehalten? Wovon?«

»Ich habe mit Muller gesprochen, über den Mondhain. Aber ich habe keine Antworten erhalten.«

»Was meinst du damit, du hast keine Antworten erhalten?«

Gabriel wiegte den Kopf hin und her. »Ich weiß es nicht.«

Maria stand auf und begann den Tisch abzuräumen, obwohl Gabriels Teller noch halb voll war. »Du solltest zu Adrians Familie gehen.«

Gabriel sah von seinem Teller auf. »Warum? Ich kann ihren Sohn nicht gesund machen.«

»Du bist der Vorsteher. Irgendjemand muss etwas tun.«

Gabriel schob sich einen Löffel Suppe in den Mund. Sein Blick fiel unvermittelt auf den Bogen seines Vaters, der an einem Nagel an der Wand hing. Gabriel hatte ihn seit Jahren nicht mehr angerührt.

»Die Leute vertrauen dir. Sie müssen sich auf dich verlassen können.« Maria legte ihre Hand auf seine.

Gabriel schnaubte. »Sie sehen mich nicht einmal mehr an. Sie haben mich verstoßen wie einen Hund.«

»Wie sie dich behandeln, ist falsch. Trotzdem bist du ihr Vorsteher, ihre Stimme bei den Weißen. Du kennst deren Regeln, deren Sprache, deren Gesetze.«

»Und die Gesetze geben den Weißen Recht.« Gabriel pustete auf seinen vollen Löffel. »Sie sind nun Teil unserer Welt, und sie werden es bleiben.«

»Dieses Land hat einmal uns gehört. Die Weißen haben es den Stämmen gestohlen.«

»Das meiste davon haben die Stämme ihnen voller Absicht verkauft.« Gabriel zuckte mit den Schultern und griff nach seinem Tabakbeutel. »Für ein Pferd oder ein Auto. Oder für Whisky.«

»Aber sie wussten gar nicht, was das für sie bedeuten würde!«

Gabriel zuckte mit den Schultern. »Sie haben sich übers Ohr hauen lassen, kann schon sein. Aber das ist doch nicht meine Schuld!«

»Gabriel, sprich nicht so laut.« Maria sah sich nach den Kindern um, die jedoch tief und fest schliefen. »Ich bitte dich doch nur, etwas für Adrians Familie zu tun.«

»Und was genau soll das sein?« Gabriel griff mit beiden Händen nach der Tischplatte. Er musste sich Mühe geben, nicht zu schreien. »Wenn ich weiter Fragen stelle, verliere ich vielleicht meine Arbeit. Wenn ich es nicht tue, verliere ich meine Heimat.« Er blickte Maria an. Und dich, wollte er sagen, brachte die Worte aber nicht über die Lippen.

Maria legte den Kopf in den Nacken, dann stand sie auf, umrundete den Tisch und umarmte Gabriel. »Mein dummer Mann.«

Er legte die Arme um ihren schmalen Rücken und drückte sie an sich. »Was soll ich tun? Soll ich mit Adrian reden? Vielleicht hat er etwas bemerkt, oben im Mondhain.«

»Hast du es noch nicht gehört, Gabriel?« Maria schob ihn von sich weg und sah ihn betrübt an. »Adrian ist tot.«

*

Dearing reichte Margarete eine Hand und zog sie auf die Füße. »Wir müssen zuerst die beiden Polizisten im Haus ausschalten. Dann holen wir Ihre Tochter. Machen Sie sich keine Sorgen, sie ist in Sicherheit.«

»Also los.« Margarete ging an Dearing vorbei auf das Haus zu, in dem sie mit Wilhelm und Ida Unterschlupf gefunden hatte. Sie war lang genug von Marie getrennt gewesen und hatte sich lang genug von Dearing bequatschen lassen.

»Warten Sie!« Dearing verfiel in einen Laufschritt, um an ihre Seite zu gelangen. In der Hand hielt er eine schlanke Pistole. »Nehmen Sie die Waffe. Ich werde die Wachen herauslocken. Wenn sie beide vor dem Haus sind, kommen Sie aus der Deckung und halten sie in Schach. Ich kümmere mich um den Rest.«

Margarete nickte grimmig.

Wenige Augenblicke später hatten sie das Haus erreicht. Margarete presste sich neben dem Küchenfenster an die Außenwand, um von innen nicht entdeckt werden zu können, während Dearing schnurstracks auf die Vordertür zuging. Als er sie erreicht hatte, drehte er sich zu Margarete um und sah sie mit hochgezogenen Augenbrauen an. Sie nickte ihm zu und entsicherte die Waffe.

Dearing klopfte an die Tür. Geräusche aus dem Inneren verrieten Margarete, dass die beiden das Klopfen gehört hatten. Mindestens einer von ihnen machte sich auf den Weg zur Eingangstür. Dearing stand mit den Händen in den Hosentaschen davor, wippte von den Fußballen auf die Fersen und blickte zu Boden.

Schließlich wurde die Tür geöffnet, und ein Mann blaffte Dearing an: »Wer sind Sie? Was wollen Sie hier?«

»Entschuldigen Sie bitte, dass ich störe. Ich bin mit meinem Auto liegen geblieben.« Er zeigte die Straße hinab in Richtung des Transporters. »Ob Sie mir wohl helfen könnten? Sie müssten lediglich die Zündung betätigen, während ich anschiebe.«

»Wo ist denn der Wagen?« Der Polizist reckte den Hals.

»Gleich dort vorn.« Wieder zeigte Dearing mit dem Arm die Richtung an. »Wenn Sie hierherkommen, dann können Sie ihn sehen.« Dearing wich einen Schritt zurück.

Es funktionierte tatsächlich! Der Polizist machte einen Schritt aus dem Haus hinaus und blickte in die Richtung, die Dearing ihm zeigte. Dann fiel sein Blick auf Margarete und die auf ihn gerichtete Waffe, und er griff instinktiv zu dem Holster, das an seinem Gürtel hing.

Es ist nur einer, ging Margarete durch den Kopf. Wo war der andere Polizist?

»Keine Bewegung!« Dearing trat an die Seite des Mannes. »Und keinen Ton.«

Der Polizist wandte ihm langsam den Blick zu und starrte ihn voller Verachtung an. Dann hob er wie in Zeitlupe die Hände.

»Wo ist dein Kollege?«, fragte Dearing.

Der Polizist zuckte mit den Schultern und schnitt Dearing eine Grimasse.

»In Ordnung.« Dearing versetzte dem Mann einen Faustschlag in den Magen. Nahezu geräuschlos sackte er auf die

Knie, bevor ihn Dearings Ellbogen in den Nacken traf. Wie ein Sack Kartoffeln kippte er nach vorn und blieb liegen.

Mit drei Sätzen war Margarete bei dem Amerikaner. »Was machen wir nun?«

»Ich gehe vor«, erwiderte Dearing. »Still jetzt!«

In diesem Moment drang aus dem Inneren des Hauses das Schreien eines Kleinkindes an ihre Ohren.

Margarete wirbelte herum. »Marie!« Ohne Dearing noch eines Blickes zu würdigen, hob sie die Pistole und lief in das Haus. Aus welcher Richtung war das Schreien gekommen? Mit gezogener Waffe sah sie sich im Flur um. Alles war still. Durch die Fenster fiel kaum Licht ins Innere. Angestrengt lauschte sie und setzte vorsichtig einen Fuß vor den anderen. Die Küche, die rechts von ihr lag, war leer. Margarete schlich weiter den Flur entlang und spähte die Treppe ins Obergeschoss hinauf. Auch dort war nichts zu erkennen.

Ein weiterer lang gezogener Klagelaut drang an ihre Ohren. Er kam aus dem Garten hinter dem Haus.

Margarete lief den Flur entlang auf die geöffnete Hintertür zu, die in den Garten führte. Das hereinfallende Licht blendete sie, dennoch konnte sie eine menschliche Silhouette erkennen, als sie ins Freie trat. Sie richtete die Waffe auf den Umriss. »Nehmen Sie die Hände hoch! Finger weg von meiner Tochter!«

Nach und nach gewöhnten sich ihre Augen an die Helligkeit. Etwa fünf Meter vor ihr stand ein grau uniformierter Polizist und starrte sie erschrocken an. In den Armen hielt er Marie, deren Gesicht hochrot und panisch verzerrt war.

»Lassen Sie mein Kind in Ruhe!«, brüllte Margarete und stapfte auf den Mann zu.

Der Polizist bückte sich und legte Marie, die immer noch

schrie, vor sich zwischen einige Erdbeerpflanzen. Dabei ruhte sein Blick auf der Waffe in Margaretes Händen.

Im Nu war Margarete bei ihm. Mit voller Wucht hieb sie ihm den Griff der Pistole auf die Schläfe. Mit einem überraschten Stöhnen brach der Mann zusammen. Margarete steckte die Waffe in den Bund ihrer Hose. Dann bückte sie sich zu Marie hinab, hob sie vom Boden und drückte sie an sich. »Ich bin da, Marie. Mama ist da.« Ihre Tochter schrie immer weiter. Ihr kleiner Körper war vor Anspannung ganz steif. Margarete begann sie sanft in ihren Armen zu schaukeln.

Als Dearing hinter sie trat, zuckte sie zusammen und verbarg Marie unter ihren Armen. Er lächelte. »Das war nicht schlecht. Ich sehe, Sie wissen sich zu helfen.«

»Was ist hier los?«, fragte Margarete. »Woher wussten Sie …«

Dearing deutete auf Marie. »Schauen Sie mal in ihre Windel!«

»Mir ist nicht nach Späßen zumute. Was wird hier gespielt?«

»Es ist mein Ernst.« Dearing lächelte. »In ihrer Windel finden Sie die Antworten auf Ihre Fragen.«

Margarete fixierte den Amerikaner einige Sekunden lang, dann zog sie am Bund von Maries Höschen. Sofort fiel ihr ein Stück Papier auf, das darin steckte. Sie zog es hervor und faltete es auf.

Es war ein Brief – von Wilhelm.

*

»Ich muss Adrian mitnehmen. Die Weißen müssen sehen, was sie mit ihren Taten angerichtet haben.« Gabriel wandte den Blick nicht von dem in eine gewebte Decke gehüllten Leichnam. Eine einzelne Öllampe tauchte den Wohnraum in düsteres Zwielicht. Adrians lebloser Körper lag mit angezogenen Knien auf einer Bastmatte in einer Ecke des Hauses seiner Eltern. Eine Bastmatte, dachte Gabriel, genau wie die, auf der Jesus und Carlos schliefen. Ein Kloß bildete sich in seinem Hals, den er nicht herunterschlucken konnte.

Carlita, die Mutter des Jungen, saß an einem klapprigen Tisch und vergrub das Gesicht in den Händen. »Er war doch ein gesunder Junge!« Ein Schluchzen erschütterte ihren Körper. »Nie hatte er auch nur einen Schnupfen. Und nun ist er tot.« Sie wandte Gabriel ihr tränennasses Gesicht zu. »Mein Herz ist leer.«

»Adrians Tod geht uns alle an«, sagte er. »Stirbt ein Mitglied unseres Pueblos, so stirbt ein Teil von uns allen.« Seine Worte waren tröstend gemeint, doch Carlita schien sie gar nicht wahrzunehmen. Gabriel atmete tief aus, dann trat er neben die Frau und legte ihr eine Hand auf die Schulter. »Ich werde herausfinden, was passiert ist. Ich verspreche es.«

Carlitas Schultern zuckten, als sie erneut in Schluchzen ausbrach. Zitternd legte sie eine Hand auf die Gabriels und drückte sie.

»Es wird alles gut werden«, sagte er. Es klang falsch, doch ihm fielen keine anderen Worte ein. Er schluckte, ging zu der Schlafstatt hinüber und hob den in die Decke eingewickelten Leichnam an. Er war so leicht! Als bestünde er nur noch aus einer leeren Hülle, ohne Fleisch auf den Knochen. Vorsichtig legte er sich Adrian über die rechte Schulter und verließ das Haus. Auf der Straße wurde er von einigen Männern beäugt, die er vor zwei Tagen bei der Sitzung des Ältestenrats gesehen hatte. Einer von ihnen – Gabriel konnte sich nicht an seinen Namen erinnern – nickte ihm zu. Die anderen starrten ihn nur an und drückten sich an ihm vorbei in die Lehmhütte. Vermutlich wollten sie Carlita ihr Beileid bekunden.

Gabriel rückte den leblosen Körper auf seiner Schulter zurecht und stapfte in Richtung seiner eigenen Behausung, vor der sein Wagen stand. Er war noch nicht weit gekommen, da vernahm er hinter sich eine Stimme. »Avanyu, Bruder, bleib stehen!«

Gabriel drehte sich um und erblickte Viele Knochen, den obersten Priester des Pueblos San Ildefonso. Er trug traditionelle Lederkleidung und hatte sich eine Decke um die Schultern gelegt. Sein Haar war kunstvoll geflochten und mit unzähligen Federn, Zähnen und kleinen Knochen verziert. »Wo bringst du unseren Bruder Adrian hin?«

»Ich bringe ihn auf den Hügel.«

Viele Knochen zuckte zusammen. »Das darfst du nicht tun! Er muss in die Kiva gebracht werden – auf der Stelle!«

Gabriel atmete tief ein und aus, bevor er sprach. »Wenn Adrian tatsächlich vergiftet wurde, dann kann Professor Muller das erkennen. Die Weißen haben Geräte und Mittel für eine solche Untersuchung.«

»Sie werden ihn aufschneiden. Sie werden ihn entweihen. Und dann wird seine Seele niemals den Weg ins Haus des großen Geistes finden.«

Gabriel trat dicht an den Priester heran und blickte auf ihn hinab. »Ihr habt mir gesagt, ich solle mich um Adrian kümmern. Ihr habt gesagt, ich solle diejenigen finden, die ihm das angetan haben.«

»Das haben wir …«, begann der Priester, doch Gabriel ließ ihn nicht ausreden.

»Dann lasst mich eurem Wunsch nachkommen. Ich werde Adrians Körper mit mir nehmen, ihn untersuchen lassen und ihn dann zu euch zurückbringen.« Mit diesen Worten drehte er sich um und ging zu seinem Wagen. Er konnte die bohrenden Blicke des Priesters in seinem Rücken spüren.

»Du hast dich zu weit von den Bräuchen unseres Stammes entfernt, Bruder! Die Weißen haben aus dir einen der ihren gemacht«, rief er Gabriel hinterher.

Gabriel tat so, als höre er den Alten nicht, öffnete die Hintertür des Pick-ups und legte Adrian behutsam auf die Rückbank. Dann hievte er sich auf den Fahrersitz und fuhr los. Erst jetzt, als er allein in seinem Wagen saß, merkte er, wie er zitterte. War es Wut, die durch seine Adern strömte und sein Blut zum Kochen brachte? Oder versteckte sich dort auch eine Prise Angst? Angst davor, aus dem Pueblo ausgeschlossen zu werden? Angst davor, seine Anstellung zu verlieren? Oder seine Frau?

Mit einem Hieb auf das Lenkrad schüttelte Gabriel die Gedanken ab. Er durchquerte das Holztor und steuerte seinen Wagen auf die staubige Straße in Richtung Los Alamos. Sein Fuß drückte das Gaspedal durch. Der Weg war tückisch, doch er kannte ihn wie seine Westentasche. Er wusste, an welchen Stellen Schlaglöcher lauerten und wo der Untergrund abschüssig war. Bald schon raste er über die Otowi-Brücke. Den Rio Grande würdigte er keines Blickes, auch das Haus von Ms. Warner rauschte an ihm vorbei. Vor ihm schlängelte sich die schmale Straße den Berg hinauf zu der Hochebene, die die Mexikaner irgendwann einmal Los Alamos getauft hatten.

Gabriel sah in den Rückspiegel. Adrians Körper wackelte und rollte auf der Rückbank hin und her, als wolle er sich aus der Decke befreien und fliehen. Gabriel wandte den Blick ab und nahm wieder die Straße vor sich in den Fokus. Er trat fester auf das Gaspedal und beschleunigte. Er wollte den Körper des Jungen loswerden, so schnell es ging. Er wollte, dass Muller ihm bestätigte, dass Adrian eines natürlichen Todes gestorben war. An einer Blinddarmentzündung oder einem Hirntumor, ganz egal. Hauptsache, diese verfluchte Geschichte nähme ein Ende.

Eine plötzliche Bewegung vor ihm ließ ihn aufschrecken. Gabriels Körper verkrampfte sich, alle Muskeln spannten sich an, sein Fuß trat auf die Bremse. Der Pick-up kam mit quietschenden Reifen zum Stehen. Vor ihm, mitten auf der Straße, stand ein Kojote. Seine spitzen Ohren waren aufgerichtet, sein Blick schien Gabriel zu fixieren. Sein hellbraunes scheckiges Fell wehte leicht im Wind.

»Tritt zur Seite, Bruder Kojote«, murmelte Gabriel, doch das Tier blickte ihn nur weiter an und rührte sich nicht. Etwas in seinem Blick, an seiner Haltung strahlte eine tiefe Traurigkeit aus. »Tritt zur Seite, bitte«, wiederholte Gabriel. Und diesmal, als habe der Räuber ihn verstanden, wandte er den Blick ab und trabte leichtfüßig von der Straße, wo er zwischen dem Geröll verschwand.

Gabriel starrte noch einige Sekunden lang auf den Asphalt und überlegte, ob er eine Vision gehabt oder ob die Begegnung wirklich stattgefunden hatte. Dann setzte er seinen Weg auf den Hügel fort, allerdings mit deutlich geringerer Geschwindigkeit.

Wenig später stand er vor Lieutenant Jenkins, den toten Adrian hatte er sich wieder über die Schulter gelegt. »Guten Morgen, Gabriel«, begrüßte ihn der Soldat. »Du bist spät dran heute.« Sein Blick fiel auf den in die Decke eingewickelten Körper. »Bringst du mir ein Geschenk mit?« Er kam einen Schritt auf Gabriel zu. »Was ist das, ein Teppich?«

Gabriel legte den Körper vor sich auf den Boden. »Dies ist mein Bruder Adrian. Ich möchte ihn zu Professor Muller bringen.«

Jenkins starrte ihn mit offenem Mund an. »Das ist *was?*« Er stieß mit dem Fuß leicht gegen die Decke und schreckte zurück. »Ist da etwa eine Leiche drin?« Er blickte hektisch hin und her, seine Hände schienen ihm nicht mehr zu gehorchen. Offenbar überlegte er, ob er Alarm schlagen oder seine Waffe ziehen sollte.

Gabriel nickte. »Mein Bruder Adrian ist tot.« Er kniete sich neben den Körper und legte eine Hand an die Stelle, an der er die Stirn vermutete. »Professor Muller soll ihn sich ansehen und herausfinden, woran er gestorben ist.«

»Muller ist kein Arzt«, stammelte Jenkins, der sich immer noch umschaute. Dann nahm er seine Mütze ab und fuhr sich mit der Hand durch die kurzen blonden Haare. »Du kannst nicht einfach eine Leiche mit auf den Hügel bringen, Gabriel. Das ist gegen die Vorschriften.«

»Gegen die Vorschriften«, wiederholte Gabriel. »Adrian ist gestorben, weil sich jemand nicht an eure heiligen Vorschriften gehalten hat.«

»Was ist denn hier los?« Die Stimme hinter ihm ließ Gabriel erschaudern. »Nanu, Pocahontas, bist du jetzt unter die Teppichhändlerinnen gegangen?«

Gabriel drehte sich um und erblickte Mathewson. Der Agent hatte seine Waffe gezogen und richtete sie auf ihn. »Aufstehen, aber langsam!«

*

Margarete erwachte, als die Nacht bereits über der endlosen Straße hereingebrochen war. An ihre Brust geschmiegt lag Marie, ein warmes, weiches Bündel, das tief und regelmäßig atmete. Auf dem Rücksitz lag die Reisetasche, in die sie hektisch einige Kleidungsstücke gestopft hatte, bevor sie Taucha verlassen hatten. Margarete versuchte etwas hinter den Scheiben des Transporters zu erkennen, was ihr einen Anhaltspunkt gegeben hätte, wo sie sich gerade befanden, doch sie sah nur Schwärze. Irgendwann, vielleicht vor zwei Stunden, hatte Regen eingesetzt, der noch immer in großen, trägen Tropfen von der Windschutzscheibe perlte. Dearing lenkte den Wagen und schwieg. Es war seltsam. Sie kannte diesen Mann kaum, dennoch fühlte sie sich sicher mit ihm. Möglicherweise lag es gerade daran, dass er nicht zu viele Worte über das verlor, was vor ihnen lag. Es geschah einfach, weil es geschehen musste.

Margarete griff in die Tasche ihres Mantels und suchte den zusammengefalteten Zettel, den Wilhelm für sie zurückgelassen hatte. Ihre Finger berührten etwas Kaltes, Hartes. Sie zog Dearings Pistole hervor und betrachtete die Waffe. Ein Schauer lief ihr über den Rücken, dann deponierte sie die Waffe vor sich im Handschuhfach des Wagens. Danach suchte sie erneut nach dem Zettel, fand ihn und faltete ihn mit zitternden Fingern auseinander. Sie spürte, wie ihre Augen zu brennen begannen, ehe sie die Worte erblickte. Wieder brach die Erinnerung über sie herein, wieder sah sie die Szene vor sich. Ida, wie sie erst taumelte und dann fiel, und kurz danach Wilhelm, wie er neben ihr zusammenbrach. Trug sie die Schuld an alldem?

»Liebe Grete, wenn du diesen Brief in den Händen hältst, hat dich eine Möglichkeit erreicht, dieses Land zu verlassen. Sieh nicht zurück, wenn du diese Reise antrittst. Ida und ich sind sehr stolz auf dich und wünschen uns, dass du mit Marie ein freies Leben in der Heimat der Mutigen führen kannst. Vergiss uns nicht! Wilhelm.«

Tränen kullerten über Margaretes Gesicht, und ein Schluchzen entfuhr ihrer Kehle. Marie bewegte sich verschlafen und schmiegte sich noch enger an ihre Brust.

Dearing sah zu ihr hinüber und drosselte dann die Geschwindigkeit des Wagens. »Wir machen eine Pause.«

Margarete dachte noch immer über Wilhelms Worte nach. Sie klangen nicht nach Wilhelm, waren zu pathetisch für ihn. Doch es war seine Handschrift, zweifelsohne. Vielleicht hatte er seine poetische Seite nur immer vor ihr geheim gehalten. Das würde zu ihm passen. Doch wie hatte er wissen können, dass Dearing auf einmal auftauchen würde?

»Komm, Margarete, wir vertreten uns etwas die Beine.«

Sie sah ihren Begleiter an. »Seit wann duzen wir uns?«

Er tat so, als würde er auf eine Taschenuhr sehen, dann lächelte er ihr zu. »Seit Stuttgart ungefähr.«

Marie begann zu quengeln, sie hatte Hunger. Margarete öffnete die Beifahrertür, sie stieg aus dem Wagen und erkannte, dass Dearing mitten im Nirgendwo am Rande der Straße gehalten hatte. Sie blickte auf ein weites Tal. Die Landschaft lag im Dunkeln, doch hier und da funkelten die Lichter von isoliert stehenden Gehöften oder Häusern. Auch einzelne Scheinwerferpaare konnte sie ausmachen, die einsam durch die Dunkelheit eilten. Bestimmt gab es unten irgendwo einen Fluss, der sich hier im Laufe der Jahrtausende ein breites Bett gegraben hatte.

Dearing trat neben sie. »Wir sind schon in den besetzten Gebieten. Vor zwei Stunden haben wir den Rhein überquert.«

Margarete knöpfte ihre Bluse auf. »Es stört dich doch nicht?«

»Nicht im Geringsten.« Dearing wandte sich ab, während Margarete ihrer Tochter die Brust gab.

Sie hörte, wie er sich eine Zigarette ansteckte. Eine Zeit lang sagte keiner der beiden ein Wort.

»Du hast sicherlich viele Fragen«, brach er das Schweigen.

Margarete, die Marie auf dem rechten Arm trug, strich sich mit der Linken eine Strähne aus dem Gesicht. »Ich bin zu müde, um mir den Kopf zu zerbrechen.«

»Ich habe Wilhelm vor einigen Tagen zum ersten Mal besucht«, sagte Dearing, als habe er ihre Gedanken erraten. »Ich habe ihm von meinem Angebot berichtet. Er war sich sicher, dass du mich zum Teufel jagen würdest.« Er lachte, dann zog er an der Zigarette und stieß den Rauch durch die Nase aus. »Ich hatte nicht erwartet, dass die Gestapo euch so schnell auf die Schliche kommen würde.«

»Du hättest Ida und Wilhelm retten können.« Margarete klopfte sanft auf Maries Rücken. »Du wusstest, dass sie in Gefahr schwebten, aber du hast nichts getan.«

»Ich wollte euch schon viel früher aus Deutschland rausholen. Euch alle. Aber Wilhelm hatte Hoffnung. Er wollte dir unbedingt ermöglichen, diese Anstellung an der Schule zu bekommen.« Dearing schüttelte den Kopf.

»Ich hätte sie bekommen.«

»Natürlich hättest du sie bekommen. Du bist gut, viel zu gut für die Schule.« Dearing lächelte sie an.

Margarete blickte zu Boden, dann sah sie ihm direkt ins Gesicht. »Ich habe deinen Vornamen vergessen.«

»Clark.« Er tippte sich an die Stirn. »Aber hier nennst du mich besser Hans.«

Margarete nickte und knöpfte ihre Bluse zu. »Kann ich auch eine haben?«

Clark reichte ihr die Zigarettenpackung. Margarete fingerte umständlich eine Zigarette heraus, während sie Marie, die auf ihrem Arm eingeschlafen war, leicht wiegte. Dearing gab ihr Feuer, und sie blies den Rauch in die Juninacht. »Wie geht es jetzt weiter?«

»Wir küssen uns.« Clark grinste sie an.

Margarete verdrehte die Augen. »Ich meine, wo fahren wir hin? Was ist dein Plan?«

»Wir überqueren die Grenze nach Spanien bei Perpignan. Dann schlagen wir uns nach Gibraltar durch. Dort haben die Briten das Sagen, und von dort wird uns ein Schiff in die Staaten bringen. Ganz einfach.« Er reichte ihr zwei Schriftstücke. »Hier, nimm. Ein deutscher und ein spanischer Pass. Du hast zwar schon zwei deutsche, aber dieser hier ist garantiert nicht von einem echten Pass zu unterscheiden. Er ist nämlich echt.«

Margarete stellte keine Fragen mehr. Ihr Leben in Deutschland war vorbei, das war klar. Die Gestapo war ihr auf den Fersen, und alle ihre Freunde waren tot. Es gab hier keine Zukunft für sie. Und auch nicht für Marie, die mit ihren drei Monaten ihr ganzes Leben noch vor sich hatte. Wenn sie das Deutsche Reich verlassen wollte, wenn es irgendeine Möglichkeit dazu gab, dann war es diese. Bisher hatten sie auf ihrer Fahrt unglaubliches Glück gehabt. Zweimal hatten Soldaten sie angehalten, doch Clark hatte die Männer stets mit irgendwelchen Dokumenten, die er aus der Innentasche seiner Jacke gekramt hatte, überzeugen können, dass sie aus rechtmäßigen Gründen unterwegs waren. Und was in Amerika auf sie wartete … Nun, das würde sie ja dann sehen.

»Baut ihr wirklich die Bombe?«, fragte sie und zog erneut an ihrer Zigarette.

Clark nickte. »Es gibt ein geheimes Labor, in der Wüste New Mexicos. Dort arbeiten nur die Besten der Besten. Aber wir können jede Hilfe gebrauchen, die wir bekommen können. Wir müssen schneller sein als die Nazis.«

Margarete schüttelte den Kopf. Die Nazis bauten keine Bombe, da war sie sich sicher. Sie hätte Wind davon bekommen müssen. Aber wenn die Wissenschaftler in den USA tatsächlich diese Waffe entwickelten, dann war es wohl besser, Deutschland so schnell wie möglich zu verlassen. Ein Schauer lief ihr über den Rücken. War es denkbar, dass die Amerikaner die Bombe einsetzten? Wie viele Unschuldige würden dabei sterben? Wenn sie sicher sein wollte, dass das nicht passierte, dann musste sie vor Ort sein. Sie musste nach Amerika und die Forscher aufhalten. Sie umstimmen.

Margarete nickte. »Ich mach's.«

Clark legte ihr eine Hand auf die Schulter. »Ich bin froh, dass du mit mir kommst.«

Sie spürte, wie ihr ein erneuter Schauer den Rücken hinablief. Der Grund dafür war jedoch nicht der Ekel, den sie aus ihren Träumen kannte, sondern eine Aufregung, die sie lang nicht gespürt hatte. Konnte sie diesem Fremden vertrauen? Sie musste es darauf ankommen lassen.

Clark warf ihr den Zündschlüssel des Transporters zu. »Kannst du fahren?«

*

»Sie können diesen Wilden hier nicht länger beschäftigen, Muller.« Mathewson stand in der Tür zum Labor des Professors, die Daumen in seinen Gürtel gehakt, und nickte zu

Gabriel hinüber. »Er hat versucht, hier einzudringen und uns eine Leiche vor die Tür zu legen, wie eine streunende Katze.«

Muller seufzte. Eine altbekannte Hitze stieg in seinen Kopf. Nicht mehr lange, und er würde an die Decke gehen. Mussten Mathewson und Gabriel ihren lächerlichen Kleinkrieg ausgerechnet in seinem Labor austragen? Er hatte Wichtigeres zu tun. Wenigstens waren sie in einem Moment aufgetaucht, in dem er allein gewesen war. Es wäre ihm peinlich gewesen, diesen Konflikt vor seinen Angestellten schlichten zu müssen. »Mathewson, beruhigen Sie sich bitte!« Er hob die Hände als beschwichtigende Geste. Dann sah er Gabriel an. »Jetzt noch einmal ganz langsam, für einen alten Mann: Was ist vorgefallen?«

Gabriel wollte zu einer Erklärung ansetzen, doch Mathewson fiel ihm ins Wort. »Pocahontas hier hat versucht, unerlaubt eine Leiche in Area T hineinzuschmuggeln.« Er schüttelte den Kopf. »Eine Leiche! Wer weiß, was er damit vorhatte! Und wer weiß, wo er sie herhat.«

Mullers Blick suchte den in eine Decke gehüllten Körper zu Gabriels Füßen. Dann sah er den Indianer fragend an. »Und?«

Gabriel trat von einem Fuß auf den anderen. »Adrian ist tot, Professor. Er trank aus dem See im Mondhain, wie ich es Ihnen berichtete. Und nun ist er tot.« Er fuhr mit den Händen an seinen Zöpfen entlang und sah Muller an. »Sie können ihn untersuchen. Sie können herausfinden, was mit ihm geschehen ist.«

Muller seufzte erneut. Er hatte das Gerede des Indianers für Unsinn gehalten und gehofft, dass sich die Aufregung von selbst legen würde. Doch nun stand Gabriel mit einem Toten in seinem Labor! »Ich bin Physiker, Gabriel. Kein Arzt. Habt ihr keinen Doktor in eurem Pueblo?«

»Der Doktor kommt nur alle paar Wochen zu uns«, sagte Gabriel. »Wenn jemand sehr krank ist, müssen wir ihn nach Santa Fe bringen.«

Muller seufzte. »Was erhoffst du dir von einer Untersuchung? Wir können deinen Freund nicht wieder lebendig machen.«

Gabriel straffte sich. »Natürlich nicht«, brach es aus ihm hervor. Dann fiel ihm sein energischer Tonfall offenbar selbst auf, und er sprach leiser weiter. »Aber Sie können herausfinden, was mit Adrian geschehen ist. Warum er sterben musste. Er war ein gesunder Junge.«

Muller sah zu Mathewson hinüber, der ihn mit hochrotem Kopf anstarrte und die Hände in den Hosentaschen vergraben hatte. Dann wandte er sich wieder an Gabriel. »Ich werde sehen, was ich tun kann. Wir werden … Adrian?«

Gabriel nickte.

»Wir werden Adrian auf die Krankenstation bringen. Dr. Ware wird ihn untersuchen. Dann haben wir Klarheit, und dieses Affentheater hat ein Ende.« Er ließ einen strengen Blick von Gabriel zu Mathewson wandern.

Der Indianer schien über Mullers Worte nachzudenken. Schließlich nickte er, deutete unbeholfen eine Verbeugung an und verließ den Raum. Mathewson schob mit dem Fuß die Tür hinter ihm zu.

Eine Zeit lang standen Muller und der Agent schweigend in dem Labor und betrachteten den leblosen Körper, der zwischen ihnen auf dem Boden lag. Schließlich trat Muller an den Leichnam heran und schlug die Decke beiseite, so dass das Gesicht des Jungen zum Vorschein kam. Er war höchstens fünfzehn Jahre alt. Sein Gesicht sah aus, als schliefe er. Allerdings waren seine Lippen aufgesprungen und rissig, und die Haut war von einem ungesunden Grau. Dann fiel Muller noch etwas anderes auf, und er zog scharf die Luft durch die Zähne ein.

Der Junge hatte kaum noch Haare. Sein Kopf war beinahe kahl, selbst Augenbrauen und Wimpern fehlten. Muller blickte zu Mathewson hoch, der sich seine Glatze mit einem dreckigen Tuch abtupfte und wegsah. Wackelnd und auf seinen Gehstock gestützt, kam Muller wieder auf die Beine und ging zu einem Schrank. Er öffnete ihn und nahm das Geiger-Müller-Zählgerät heraus. »Legen Sie den Jungen auf den Tisch hier«, sagte er zu Mathewson, ohne sich umzudrehen.

Der Agent tat, wie ihm geheißen. Mühelos hob er den Körper des jungen Indianers vom Boden auf und trug ihn zu dem Holztisch hinüber, wo er ihn unsanft ablegte. »Was ist los, Professor?«

»Gleich wissen wir es.« Muller schloss das Zählgerät an die Stromversorgung an, wobei er darauf achtete, das sensible Zählrohr, das ionisierende Strahlung erfassen konnte, von dem Leichnam abzuwenden. Ein unregelmäßiges Knacken ertönte aus einem kleinen Lautsprecher.

»Was ist das?«, fragte der Agent.

»Die Hintergrundstrahlung. Kernzerfälle, wie sie überall auf der Welt ständig auftreten. Kein Grund zur Beunruhigung.« Muller schwenkte das Zählrohr langsam in Richtung des toten Jungen. Aus dem Lautsprecher erscholl ein lautes Rauschen. Was vorher einzelne, klar voneinander unterscheidbare Knacklaute gewesen waren, verschwamm nun zu einem brausenden Sturm. Muller legte die Stirn in Falten. Er konnte hören, wie Mathewson sich neben ihm räusperte, und blickte dem Agenten in die Augen. Dieser starrte zurück, ohne zu blinzeln. Keiner der Männer sagte ein Wort. Das wilde Rauschen des Zählgerätes dröhnte aus dem Lautsprecher.

Schließlich stellte Muller die Vorrichtung ab, und das Geräusch erstarb. Er hatte keine Zweifel mehr an Gabriels Darstellung. Dieser Junge war an Strahlenschäden gestorben. Etwas lief schief mit der Entsorgung der Abfälle, und verantwortlich dafür war Mathewson. Sein Gewissen gebot ihm einzuschreiten, den Sicherheitschef zur Verantwortung zu ziehen. Doch was würde dann aus Rahel werden? Mathewson bot mit seinen Kontakten nach Deutschland die einzige Chance, seine Frau wiederzusehen.

Energisch zog Muller die Decke über das Gesicht des jungen Indianers. »Lassen Sie die Leiche verschwinden! Und achten Sie darauf, dass Sie niemand beobachtet!« Er wandte sich von dem Agenten ab. Er brauchte frische Luft.

*

»Wir sind gleich da.« Clark saß auf dem Beifahrersitz und schaukelte Marie auf den Knien, was sie vor Glück zum Quieken brachte.

»Wo?« Margarete hatte Mühe, die Augen offen zu halten. Sie waren die ganze Nacht hindurch gefahren, der Horizont hinter ihnen verfärbte sich petrolblau und kündigte den baldigen Sonnenaufgang an.

»In Perpignan. Dort werden wir die Grenze nach Spanien überqueren.« Clarks Plan klang in Margaretes Ohren völlig absurd. Sie hatte Deutschland noch nie verlassen und hatte auch nie darüber nachgedacht, es zu tun. Seit ihrem Studium in Berlin hatte sich ihr Leben meistens um ihre Arbeit gedreht. Der Krieg hatte den Gedanken an Fahrten ins Ausland endgültig zunichtegemacht. Und nun sollte sie den Atlantik überqueren? Sie wischte sich den Schlaf aus den Augen. »Wie kommen wir über die Grenze? Ich kann mir nicht vorstellen, dass sich die Wehrmacht sonderlich kooperativ verhalten wird.«

»Die Wehrmacht wird nichts davon mitbekommen.« Clarks Augen verengten sich, während er angestrengt in die Dunkelheit hinausstarrte. »Gleich musst du rechts abbiegen.«

Margarete drosselte die Geschwindigkeit und folgte dem Wegweiser nach Perpignan. Wenig später tauchten die ersten Häuser der Stadt im Licht der aufgehenden Sonne auf. Sie waren rötlich oder gelblich verputzt, hatten schiefe Dächer und kamen Margarete fremdartig vor. Die Gassen zwischen den Häusern bestanden aus Kopfsteinpflaster und waren schmal und verwinkelt. Schnell hatte Margarete in dem Gewirr jegliche Orientierung verloren.

Clark jedoch schien den Weg zu kennen und dirigierte sie zielstrebig durch das schlafende Städtchen. Die wenigen Menschen, die zu dieser Uhrzeit auf der Straße unterwegs waren, hatten wettergegerbte braune Haut und dunkle Haare. Margarete kurbelte das Fenster des Transporters herunter und atmete tief ein. Sie konnte das Meer riechen! Ein Lächeln stahl sich auf ihr Gesicht.

»Hier anhalten!« Clark legte seine Hand auf ihren Arm. Margarete trat auf die Bremse. Der Wagen kam vor einem zweistöckigen Gebäude mit bröckelndem Putz und flachem Dach zum Stehen. »Warte hier!« Clark reichte ihr Marie und schwang sich aus dem Wagen.

Margarete strahlte ihre Tochter an. »Wir sind im Urlaub, Marie! Kannst du die Möwen hören?«

Marie strahlte zurück, sah sich mit großen Augen um

und brabbelte vor sich hin. Margarete drückte ihrer Tochter einen Kuss auf die Nase und begann mit dem Finger auf Dinge in der Umgebung des Transporters zu zeigen. »Schau mal, dort ist eine Blume. Und das ist eine Katze. Und dort kommt ein Mann mit einem Karren. Und auf dem Karren liegen Fische. Und dort …« Sie verstummte.

Vor ihnen war ein Trupp Soldaten in schwarzen Uniformen aufgetaucht, der in Reih und Glied auf sie zu marschierte. Deutlich konnte Margarete die blutroten Armbinden mit dem Hakenkreuz darauf erkennen. SS-Männer! Einen Moment lang dachte sie an Flucht, doch dafür war es bereits zu spät. Die Soldaten würden sie sehen und Verdacht schöpfen. Nein, sie würde im Wagen bleiben und darauf hoffen, dass der Trupp sie nicht entdeckte. Vielleicht suchte man hier gar nicht nach ihr.

Mittlerweile konnte sie das rhythmische Geräusch der Stiefel hören, das immer lauter wurde. Sie beobachtete, wie der Fischhändler auf die Straße spuckte, doch die SS-Männer ignorierten ihn und kamen immer näher. Margarete rutschte noch tiefer in ihren Sitz und schloss die Augen. Ihr Herz hämmerte.

Und dann waren die Männer vorbeigegangen. Niemand hatte von ihr Notiz genommen. Natürlich, dachte sie, wieso sollte man hier, am anderen Ende Europas, nach ihr suchen?

Ein Geräusch von der Beifahrerseite ließ sie zusammenschrecken.

Es war Clark, der an die Scheibe klopfte und dann die Tür öffnete. »Die Luft ist rein. Wir werden den Tag hier bei Miguel verbringen. Heute Nacht bringt er uns über die Grenze.« Ehe Margarete etwas erwidern konnte, hatte er sich umgedreht und war wieder in dem Haus verschwunden, aus dem er gekommen war. Eine Bougainvillea rankte an der Fassade. Ihre Blüten strahlten violett im Halbdunkel des frühen Morgens, als leuchteten sie von innen heraus.

Margarete zog den Schlüssel aus dem Zündschloss und folgte Clark mit Marie im Arm. Die Luft war angenehm warm und salzig. Margarete nahm einen weiteren tiefen Atemzug, dann betrat sie das Haus durch eine niedrige Holztür mit hoher Steinschwelle. Es dauerte einen Moment, bis ihre Augen sich an die Dunkelheit im Inneren gewöhnten.

»Buenos dias.« In einer Ecke des Raumes saß eine Frau mit langen schwarzen Haaren. Ihr Oberkörper war nackt, an ihrer Brust lag ein Baby.

»Schau mal, Marie! Da ist ein Spielkamerad für dich.« Margarete lächelte der Frau zu. »Guten Tag. Mein Name ist Margarete.«

»Buenos dias«, wiederholte die Frau und lächelte zurück.

Margarete sah sich um. Der Boden des Raumes war mit bunten Fliesen ausgelegt, die Wände waren kahl bis auf ein Kreuz über einem Kamin, in dem verkohlte Holzscheite lagen. Von Clark war keine Spur zu sehen, offenbar war er schon in einen anderen Raum vorgegangen. Ein alter, kleiner Mann mit schütterem dunklem Haar und krummem Rücken kam aus dem Nachbarraum herein. Er verbeugte sich wieder und wieder und machte eine einladende Geste. »Hola, schöne Frau, kommen mit mir, kommen mit mir!« Sein Grinsen offenbarte eine breite Zahnlücke.

Margarete nickte der Frau mit dem Baby zu und folgte dem Mann in den Nachbarraum. Er wurde durch ein großes Bett dominiert, über dem ein durchscheinendes Tuch gespannt war. »Gegen Mücken«, sagte der Alte. Durch ein Fenster, das auf einen Innenhof führte, fiel Licht herein. An der gegenüberliegenden Wand standen ein massiger

Schrank aus dunklem Holz und ein breiter Sessel, auf dem eine grob gewebte Decke lag. Auf einem Tisch befanden sich ein Krug und zwei Gläser.

»Home, sweet home.« Clark füllte ein Glas mit Wasser und reichte es ihr. »Hier können wir uns erst mal ausruhen. Es wird eine lange Nacht werden.«

Margarete nahm das Glas dankbar entgegen. »Ist es ein weiter Weg über die Grenze?«

»Weit nicht, aber das Gelände ist an einigen Stellen schwierig.« Er klopfte dem kleinen Mann auf die Schulter. »Aber Miguel kennt den Weg und wird uns sicher hinüberbringen.«

»Miguel immer helfen«, sagte der Mann, grinste sein zahnloses Grinsen und fing dann an, auf Spanisch auf Clark einzureden. Immer wieder zeigte er zu dem Bett hinüber, dann sah er Margarete an, und beide lachten. Schließlich verschwand er rückwärts gehend und mit vielen Verbeugungen durch die Tür.

Margarete blickte Clark streng an.

»Keine Sorge.« Er zwinkerte ihr zu. »Ich werde auf dem Sessel schlafen.«

*

Großvater Krähe hatte Gabriel zum Mondhain hinauf begleitet. Nun saß der mächtige schwarze Vogel irgendwo in einem Baum und kreischte die Sterne an. Gabriels Blick suchte die Wipfel ab. »Verpfeif mich nicht wieder, du Mistkerl.« Dann zog er seinen Tabakbeutel hervor und begann sich eine Zigarette zu drehen. Von seinem Versteck aus konnte er die Lichtung und den See überblicken. Er hatte sowohl den Weg im Blick, der vom Pueblo aus hinaufführte, als auch die murmelnde Quelle, die zwischen den Felsen auf der gegenüberliegenden Seite entsprang. Die Szenerie wurde vom Mondlicht in silbrigen Glanz gehüllt. Alles wirkte friedlich.

Gabriel hatte es nicht länger zu Hause ausgehalten. Maria war mit den Jungs zu einer Tanzvorführung gegangen, die im nahe gelegenen Pueblo Santa Clara stattfand. Eine Delegation von Kiowa war aus Oklahoma zu Besuch gekommen, und dieses Treffen wurde mit einem mehrtägigen Fest gefeiert. Es würden allerlei Geschenke überreicht und Tänze dargeboten werden, nebenbei würde es Würstchen und Popcorn geben. Gabriel hatte dankend abgelehnt. Maria und die Kinder würden erst spät in der Nacht zurückkehren, und so war Gabriel in ein verlassenes Haus gekommen, als er von seiner Schicht auf dem Hügel heimgekehrt war.

Nachdem er einige Minuten darüber nachgesonnen hatte, wo er Holz für das Bett der Jungs auftreiben konnte, war ihm mit einem Mal die Hirschkuh wieder eingefallen, die er am Vortag geschossen hatte. Die Erinnerung hatte ihn wie ein Schlag getroffen. Wie lang lag das Tier jetzt schon im Wald herum? Zu lang. Vermutlich hatten sich schon Aasfresser daran zu schaffen gemacht. Und wieder war Gabriel allein im Wald, ohne helfende Hände, die ihn beim Tragen unterstützen konnten. Er schärfte sein Messer und steckte es ein. Vielleicht würde er zumindest die besten Teile retten können.

Er folgte dem Pfad in die Berge hinauf und versuchte sich daran zu erinnern, wo genau er auf die Hirschkuh gestoßen war. Hatte dort nicht eine markante, besonders große Kiefer gestanden? Er suchte die Umgebung danach ab, jedoch ohne Erfolg. Nachdem er schon einige Höhenmeter hinter sich gebracht hatte, hielt er inne. War er bereits an der Stelle vorbeigelaufen? Zögernd kehrte er um. Doch auch bergab konnte er keine Merkmale am Wegesrand entdecken, die ihm die Richtung wiesen. Es musste so sein, wie er befürchtet hatte. Jemand war ihm zuvorgekommen und hatte das Versteck geplündert. Vielleicht der verfluchte Kojote, den er am Morgen beinahe überfahren hatte. Gabriel ging in die Knie und seufzte. Sein Körper war vom Aufstieg erwärmt, obwohl die Nacht kühl war. In diesem Moment bemerkte er, dass er sich bereits auf halbem Weg hinauf zum Mondhain befand. Er konnte also genauso gut oben noch einmal nach dem Rechten schauen, bevor er sich an den Abstieg machte.

Hier war er nun, lehnte sich gegen den Stamm einer gewaltigen Pinie und steckte sich eine Zigarette an. Weit über ihm konnte er Sternbilder erkennen, deren Namen er früher einmal gewusst hatte. Doch die meisten Erzählungen seines Vaters waren längst verblasst, überlagert von neuen Namen für dieselben Sterne, die er auf dem Internat gelernt hatte. Nur den Ersten Mann und die Erste Frau konnte er zweifelsfrei am Nachthimmel erkennen sowie den Großen Bären. Bis auf das Konzert der Grillen und die vereinzelten Schreie der Krähe war kein Laut zu hören. Gabriels Gedanken machten sich selbstständig, schweiften mal hierhin, mal dorthin, umtanzten Maria, Adrian und den Ältestenrat, Muller und das Rindvieh Mathewson. Die Müdigkeit wollte ihn übermannen, und sein Kinn sackte immer wieder auf seine Brust. Vielleicht sollte er besser heimgehen.

Das Motorengeräusch eines Trucks drang an seine Ohren. Schlagartig war Gabriel hellwach und richtete sich auf, nur um sich anschließend hinter ein hohes Grasbüschel zu kauern. Vorsichtig lugte er dahinter hervor. Tatsächlich: Ein Lastwagen fuhr den Pfad hinauf. Die Scheinwerfer hatte der Fahrer ausgeschaltet, doch das Mondlicht offenbarte, dass es sich um einen dunkel lackierten Tankwagen handelte. Er fuhr an den See heran und drehte dann bei, um seitwärts davor stehen zu bleiben. Der Motor erstarb, und ein Mann sprang aus dem Führerhaus. Er ging um den Wagen herum und machte sich an der Rückseite des Gefährts zu schaffen, wo Gabriel ihn nicht mehr beobachten konnte.

Er musste näher heran! Er musste herausfinden, wer dort vorn in der Dunkelheit sein Unwesen trieb. Gabriel kroch auf allen vieren auf den Truck zu. Jetzt geht es dir an den Kragen, Mathewson!

Nach einigen Metern hielt er inne und lauschte. Ein Plätschern hallte durch den Talkessel. Gabriel hob den Kopf und lugte zwischen den Grashalmen hervor. Ein Mann hielt einen dicken Schlauch, aus dem eine dunkle Flüssigkeit in den See sprudelte. Das Licht seiner Taschenlampe erhellte die Stelle, an der der Schwall die Oberfläche des Sees traf. Dort bildete sich zäher Schaum. Es war also wahr! Der heilige See wurde tatsächlich entweiht. Gabriel spürte, wie Hitze in sein Gesicht schoss. Er würde denjenigen zur Rechenschaft ziehen, der für Adrians Tod verantwortlich war. Doch noch konnte er den Mann vor sich nicht erkennen. Er musste näher heran. Wenigstens machte die Pumpe des Tankwagens genügend Krach, so dass er riskieren konnte, zügiger vorzugehen. Er erhob sich und schlich in gebückter Haltung weiter.

Ein Knacken unter seinen Stiefeln ließ Gabriel zusammenzucken. Sofort ließ er sich flach auf den Boden fallen, wo das hohe Gras ihn verstecken würde. Er hielt die Luft an. Der Lichtkegel der Taschenlampe kam näher, strich über die Spitzen der Grashalme links und rechts von ihm und entfernte sich schließlich wieder. Gabriel erlaubte sich auszuatmen. Sein Blick huschte zu seinen Stiefeln und fand den trockenen Zweig, auf den er getreten war. Mit den traditionellen Mokassins wäre ihm das nicht passiert. Ärger durchströmte Gabriel. Gleichzeitig überkam ihn Hektik. Er hatte immer noch nicht erkennen können, wer dort vorn in der Dunkelheit stand. Wie in Zeitlupe hob er den Kopf.

Gabriel riss die Augen auf.

Er kannte diesen Mann. Doch sein Name war nicht Mathewson.

*

»Kommen schneller, schneller!« Miguels Schritte waren irgendwo in der Dunkelheit vor ihr.

Margarete stolperte schweißgebadet durch die Nacht, Marie fest an sich gepresst. Ihr Herz hämmerte, und das Geschrei der Grillen dröhnte in ihren Ohren. Miguel gönnte ihnen keine Atempausen. Obwohl die Sonne bereits vor Stunden untergegangen war, war die Luft immer noch stickig und heiß. Der Weg führte immer weiter hinauf, nicht besonders steil, aber stetig. Links und rechts wanden sich Reihen von Weinstöcken ins Tal und den Hügel hinauf. Alles war in tiefes Blau getaucht, bis auf die Momente, in denen der Mond durch die Wolkendecke lugte. Dann erstrahlten die Weinstöcke in fahlem Weiß.

»Müssen gehen schneller, sind Patrouillen hier in der Nähe!« Miguel stand einige Meter vor ihnen, die Hände in die Hüften gestemmt, und wartete, bis Clark und Margarete aufgeschlossen hatten.

»Ist es noch weit?« Margarete wischte sich mit dem Handrücken über die Stirn.

»Nicht weit.« Miguel reichte ihr eine Feldflasche. »Aber ist gefährlich hier. Viele Deutsche. Mit Hunde.«

Hastig schraubte Margarete den Verschluss der Flasche auf und nahm einen Schluck. Clark lehnte mit einem Kopfschütteln ab.

»Weiter jetzt!« Miguel drehte sich um und verschwand in der Dunkelheit.

Clark trat an sie heran und streckte die Arme aus. »Lass mich Marie eine Zeit lang nehmen. Sie muss doch höllisch schwer werden auf die Dauer.«

Margarete reichte ihm ihre Tochter, die von der Bewegung nicht einmal aufwachte. Ihre gleichmütige Ruhe war beneidenswert. Der schweißnasse Stoff von Margaretes Bluse klebte kühl an ihrer Brust, nun, da etwas Luft herankam. Ein herrliches Gefühl. Clark nickte ihr zu, dann stapften sie weiter den steinigen Weg entlang, der sich in Kurven immer höher schlängelte. Irgendwo hinter diesen Hügeln lag Spanien. Eine Weile gingen sie schweigend hintereinander her. In Margaretes Ohren dröhnte nach wie vor der vielstimmige Gesang der Grillen, eine monotone Kakophonie, ohne Strophen, ohne Anfang und Ende.

Doch was war das? Margarete blieb für einen Moment stehen. Sie hatte etwas gehört. Angestrengt lauschte sie in die Nacht hinaus. Da war es wieder.

Hundebellen.

Waren die Deutschen ihnen bereits auf den Fersen? Margarete setzte sich wieder in Bewegung und beeilte sich, zu Clark und Miguel aufzuschließen. »Habt ihr das gehört?« Ihre Stimme klang unnatürlich laut in der Dunkelheit. Miguel wirbelte herum und versiegelte seine Lippen mit dem Zeigefinger. Dann deutete er auf einen Trampelpfad, der von ihrem Weg abging und zwischen zwei Reihen von

Weinstöcken bergab verlief. Clark nickte und ging voraus. Margarete folgte, immer noch lauschend. Das Bellen der Hunde konnte sie jedoch nicht mehr hören.

Ein plötzlicher Schmerz im rechten Fuß ließ sie in die Knie gehen. Gerade noch konnte sie sich mit den Händen abfangen, sonst wäre sie mit dem Gesicht auf dem harten, rissigen Boden aufgeschlagen. Sie sah an sich hinab. Ihr rechter Fuß steckte in einem Erdloch. Einem Kaninchenbau oder einem Mauseloch. Sie blickte auf. Clark hatte nichts von ihrem Missgeschick bemerkt und ging unbeirrt weiter. Nach wenigen Sekunden verschluckte ihn die Dunkelheit. Margarete wollte nach ihm rufen, aber das hätte zu viel Aufmerksamkeit auf sie gelenkt.

Eine Hand legte sich auf Margaretes Schulter. Erschrocken drehte sie sich um.

Es war Miguel. »Weiter, weiter!«, zischte er und reichte ihr eine Hand.

Margarete ergriff das Hilfsangebot und zog sich an dem kleinen, aber stämmigen Mann empor. Vorsichtig verlagerte sie ihr Gewicht auf den rechten Fuß und zuckte sogleich vor Schmerz zusammen. Er schien verstaucht zu sein oder angebrochen. Jedenfalls tat er höllisch weh. Wieso hatte sie auch so tollpatschig sein müssen?

Miguel ergriff ihren Arm und legte ihn über seine Schultern. Dann setzte er sich in Bewegung und zog Margarete mit sich. Sie hopste und humpelte neben ihm her, so gut und so leise es ging. Ein Licht blitzte vor ihnen auf. Miguel blieb stehen, ging in die Hocke und zwang Margarete mit sich auf den Boden. Sie starrten den Hügel hinab. Das Licht bewegte sich. Es war eine Taschenlampe!

»Halt, wer da?« Eine Männerstimme, deutsch. Jetzt erklang auch wieder das Bellen der Hunde. Margarete duckte sich noch tiefer. Der Lichtkegel der Taschenlampe war noch weit von ihnen entfernt. »Kommen Sie heraus und nehmen Sie die Hände über den Kopf!«, brüllte die Stimme. »Schneller!«

»No dispares!« Es war Clarks Stimme, die sie da hörte! Die Deutschen hatten ihn entdeckt! Margarete konnte erkennen, wie Clark etwa fünfzig Meter vor ihnen auf den Weg und in den Lichtkegel der Taschenlampe trat. Entgegen dem Befehl des Deutschen hielt er seine Hände vor der Brust. Er trug Marie! Die Erkenntnis traf Margarete wie ein Faustschlag in den Magen.

»Nehmen Sie die Hände über den Kopf!«, rief der Deutsche.

»Tengo una hija«, erwiderte Clark, der sich offenbar als Spanier ausgeben wollte. »No dispares!«

In diesem Moment vernahm Margarete ein Rascheln neben sich. Sie blickte sich um. Hinter ihr verschwand Miguel in der Nacht.

Sie war allein.

*

Der Truck hatte kaum die Lichtung und den Mondhain verlassen, da begann Gabriel ihm zu folgen. Er achtete auf jeden seiner Schritte, denn er wusste, dass es im Mondlicht einfach war, zu stürzen und sich einen Knöchel zu verstauchen. Oder Schlimmeres. Mit Bedacht setzte er einen Fuß vor den anderen und folgte den Reifenspuren des Tankwagens, die er trotz der Dunkelheit in dem Teppich aus Piniennadeln erkennen konnte. Am kommenden Morgen würden diese Spuren verschwunden sein, verschluckt vom Wald, unkenntlich gemacht vom Wind. Nicht, dass es nötig gewesen wäre, den Reifenabdrücken zu folgen. Gabriel konnte den Motor des Trucks vor ihm in der Nacht hören. Zudem gab es nur einen einzigen Weg den Berg hinab, der für ein so großes Gefährt tauglich war.

Der Ruf von Großvater Krähe ließ Gabriel in seiner Bewegung verharren. Der Vogel folgte ihm. Oder flog er voraus? Gabriel ließ seinen Blick von Baum zu Baum schweifen, doch er konnte ihn nicht entdecken. Mal schienen die Rufe von einem Punkt bergauf zu kommen, mal von weiter unten. War dies ein gutes Omen? Oder wollte der Vogel ihn warnen? Gabriel schüttelte den Kopf. Was für ein Quatsch! Der Vogel wollte gar nichts von ihm – wie auch? Vermutlich verteidigte er bloß sein Revier. Alles andere war Aberglaube.

Doch dann sah Gabriel zwei bernsteinfarbene Punkte, die vor ihm in der Finsternis leuchteten, und bekam eine Gänsehaut. Die Punkte verschwanden, nur um gleich darauf wieder aufzuleuchten. Dann begannen sie, sich langsam zu bewegen. Erst seitlich, dann direkt auf Gabriel zu. Und dann erkannte er das Tier. Es war der Kojote! Als er an eine Stelle des Weges gelangte, die vom Mondlicht beschienen wurde, konnte Gabriel den Räuber erkennen. Still stand er da im fahlen Schein und schaute Gabriel an, als wolle er direkt in sein Herz blicken. Er schien nicht zufrieden zu sein, mit dem, was er dort sah.

Dann huschte das Tier ins Unterholz, so schnell, dass in Gabriel Zweifel aufkamen, ob der Anblick überhaupt real gewesen war. Er schluckte und spürte, wie der Puls in seinem Hals pochte. Geistesabwesend richtete er seine Zöpfe, dann machte er sich wieder an den Abstieg, diesmal schnelleren Schrittes. Er wollte den Wald hinter sich lassen, er sehnte sich nach der Behaglichkeit seines Hauses, nach den Mauern des Pueblos.

Im Laufschritt stolperte er den steilen Pfad entlang. Der Boden war weiter hangabwärts so hart und trocken, dass die Spuren des Trucks nicht mehr zu erkennen waren, und auch das Motorengeräusch war schon in der Ferne verschwunden. Immer schneller wurden Gabriels Schritte, er ließ Bruder Kojote hinter sich und auch Großvater Krähe und all die Geschichten, die mit ihnen verbunden waren.

Und dann passierte das Unvermeidliche. Gabriels Stiefel verhakte sich unter einer knorrigen Wurzel, die der Regen freigelegt hatte. Er wedelte mit den Armen, während er durch die Luft flog, doch er war keine Krähe, und so schlug er auf den harten Boden auf, rollte über seine Schulter, überschlug sich mehrmals und blieb schließlich in einer dornigen Hecke liegen, die zwar seinen Sturz bremste, aber auch seine Kleidung zerriss und ihm zahlreiche blutende Wunden an den Armen und im Gesicht zufügte.

Einige Atemzüge lang blieb Gabriel in dem Gebüsch liegen und betrachtete die Sterne über sich. Er hatte genug von dieser Pirsch. Aber er war es Adrian schuldig, diejenigen zu finden, die seinen Tod zu verantworten hatten. Einen von ihnen hatte er oben im Mondhain erkannt. Er würde ihn nicht entkommen lassen. Gabriel rappelte sich auf, klopfte seine Ärmel und Hosenbeine ab und setzte seinen Weg den Berg hinab fort, diesmal jedoch langsamer und vorsichtiger.

Nach einer halben Stunde des Abstiegs erblickte er endlich die Mauern des Pueblos vor sich. Er durchschritt das Holztor und überquerte den Platz mit der Kiva. Im Haus des Ältesten schien noch Licht, die Tür stand offen. Sie hielten dort irgendeine Versammlung ab, doch Gabriel war nicht interessiert. Er wusste nun, was zu tun war. Die Alten konnten ihm nicht helfen, er würde die Angelegenheit selbst regeln müssen, oben auf dem Hügel.

Als er in den Weg einbog, der zu seinem Haus führte, bemerkte er, dass ein Schatten davor hockte. Es war ein Junge, der Sohn eines Nachbarn. Gabriel hatte seinen Namen vergessen. Das Kind blickte ihn mit müden Augen an. »Die Alten erwarten dich.«

Gabriel schnaufte, machte kehrt und ging zurück zur Plaza, wo das Haus des Ältesten lag. Ohne zu klopfen, trat er ein.

Die Alten saßen an den Außenwänden des Raumes, versunken in ihre Gedanken. Das Feuer in der Mitte war heruntergebrannt. Niemand sah zu ihm auf, als er eintrat. »Ihr habt nach mir geschickt?« Keine Reaktion. Die Alten ließen ihn warten, hingen ihren Gedanken nach oder ignorierten ihn schlicht. Wut kam in Gabriel auf. Er spürte sie bis in die Fingerspitzen kribbeln. »Ihr habt nach mir geschickt, nun sprecht mit mir. Ich sehne mich nach meinem Bett und meinem Weib.«

Ein Hüsteln ertönte in einer Ecke des Raumes, aber keiner der Männer machte Anstalten, ihm zu antworten.

»Ich bin euer Vorsteher, ich regele die Angelegenheiten unseres Pueblos, und ich verlange, dass ihr mit mir sprecht!«

Ein einzelner Schatten an der gegenüberliegenden Wand erhob sich und tat einige Schritte auf Gabriel zu. Als er schließlich den schwachen Schein der glühenden Kohlen erreichte, konnte Gabriel ihn erkennen. Luis, die rote Feder, stand dort und sah ihm in die Augen. Nach unzähligen Sekunden erhob er schließlich die Stimme. »Du bist nicht länger der Vorsteher unseres Pueblos, Gabriel.«

*

»Legen Sie das Kind auf den Boden!«

Margarete konnte zwei Uniformierte erkennen, die mit Gewehren auf Clark zielten. Ein Dritter stand etwas von ihm entfernt und hielt in der einen Hand die Taschenlampe, in der anderen die Leine eines Schäferhundes, der hektisch daran zog und sich immer wieder auf die Hinterbeine stellte. Sein Bellen hallte durch die Finsternis des Tals.

Clark ging in die Knie und legte Marie auf dem steinigen Weg ab. Prompt begann sie zu schreien und sich wie ein Käfer hin und her zu wälzen. Das Geräusch wirkte völlig unpassend zu der Szenerie, die sich Margarete bot. Ein Kind gehörte nicht an diesen Ort, nicht in diese düstere Welt. Das Leid und der Schrecken, den ihre Tochter empfand, schnürten ihr die Kehle zu. Sie musste etwas tun! Der Hund begann zu bellen, nur wenige Meter trennten ihn von Marie, die ihre Ärmchen in die Nacht reckte und voller Inbrunst schrie.

»Durchsuchen Sie den Mann!«, befahl der Uniformierte mit der Taschenlampe. »Und legen Sie ihm Handschellen an!«

Einer der beiden ging auf Clark zu, der die Hände über den Kopf gehoben hatte, und begann, seine Kleidung zu durchsuchen. Schnell hatte er die Pistole entdeckt, die Clark bei sich trug, und warf sie seinem Kollegen zu. Dann zog er etwas aus Clarks Jackentasche, das Margarete nicht sofort erkannte. Der Deutsche pfiff durch die Zähne. »Das Bürschchen hat drei Pässe dabei. Einer davon ist deutsch.«

»Willst du uns nicht sagen, wer du bist?« Der Mann mit der Taschenlampe und der Hundeleine machte einen Schritt auf Clark zu. Der Hund kläffte und war jetzt nur noch etwa einen Meter von ihm und Marie entfernt. Der dritte Soldat zielte weiterhin mit dem Gewehr auf Clark.

»Que quieres de mi? Tengo una hija!« Clarks Stimme klang flehend.

»Das kannst du deiner Großmutter erzählen.« Der Soldat, der Clark durchsucht hatte, ergriff nun seine Arme und wollte ihm gerade Handschellen anlegen, als Margaretes Begleiter sich plötzlich fallen ließ.

Ein Knall ertönte und hinterließ ein Pfeifen in Margaretes Ohren. Der Soldat hinter Clark brach zusammen und blieb regungslos liegen. Einige Sekunden lang wirkte die Szenerie wie erstarrt. Die beiden verbliebenen Deutschen starrten sich ungläubig an. Der Bewaffnete ließ das Gewehr sinken. Erst dann verstand Margarete, was passiert war. Der Soldat, der mit dem Gewehr auf Clark gezielt hatte, hatte abgedrückt, als er die Bewegung bemerkt hatte. Doch Clark war zu schnell gewesen, und so hatte die Kugel den Kameraden des Deutschen erwischt.

Der Soldat erlangte seine Fassung wieder, hob seine Waffe und ging auf Clark zu. »Du Schwein! Dafür mache ich dich fertig!« Er holte mit dem Gewehr aus und hieb damit auf Clark ein, der zwar noch die Hände über den Kopf riss, aber dennoch unter dem Schlag mit dem Gewehrkolben zu Boden ging.

Wo war Marie? Margarete konnte ihre Tochter in dem Gemenge nicht mehr sehen. Doch sie konnte ihr Schreien hören. Wieso nur hatte sie Clark die Pistole zurückgegeben? Fieberhaft sah Margarete sich in ihrer Umgebung um, bis ihr Blick auf etwas fiel, das ihr geeignet erschien. Sie ergriff einen faustgroßen Kieselstein und stolperte in geduckter Haltung auf die Männer zu. Dabei versuchte sie, nahe an den Weinstöcken entlangzuschleichen, um möglichst lang unentdeckt zu bleiben. Doch die Soldaten waren ohnehin viel zu beschäftigt, um von ihr Notiz zu nehmen. Clark hatte die Waffe des Angreifers gegriffen und versuchte, sie dem Mann abzunehmen. Der andere Deutsche hatte Mühe, den Hund unter Kontrolle zu behalten, der angesichts der tumultartigen Situation immer schriller kläffte und mit aller Kraft an der Leine zog.

Margarete hatte keine Zeit, um nachzudenken. Sie sprang auf den Mann zu, so schnell sie mit ihrem schmerzenden Fuß konnte, holte mit dem Arm weit aus und versuchte, ihm den Stein gegen die Schläfe zu schlagen. Im letzten Moment drehte der Soldat sich zu ihr um, so dass der Stein ihn lediglich an der Schulter erwischte. Dennoch ging er mit einem Schmerzensschrei in die Knie und ließ die Taschenlampe fallen. Der Lichtkegel machte eine schwindelerregende Pirouette, kam dann zum Liegen und tauchte den Schauplatz in ein noch gespenstischeres Licht. Im nächsten Moment riss sich der Hund los und stürmte auf die beiden am Boden kämpfenden Männer zu.

»Clark, pass auf!« Margarete beobachtete voller Panik, wie der Hund auf ihren Begleiter zusprang, das Maul aufgerissen, Geifer verspritzend. Im letzten Moment gelang es Clark, sich unter den deutschen Soldaten zu wälzen, der mit einem Mal aufschrie. Der Hund war in eine Raserei verfallen, die ihn nicht mehr zwischen Freund und Feind unterscheiden ließ. Knurrend verbiss sich das Tier in den Nacken des Mannes und schüttelte ihn hin und her, bis er sich nicht mehr rührte.

Margaretes Blick suchte in Panik nach Marie. Seit die Taschenlampe zu Boden gefallen war, konnte sie kaum noch etwas erkennen. Schwankend ging sie auf die am

Boden liegenden Männer zu. Dann löste sich erneut ein Schuss, und das Knurren des Hundes erstarb. Das einzige Geräusch, das verblieb, war Maries schrilles Geschrei.

Margarete beobachtete starr vor Schreck, wie Clark sich unter den Körpern des Deutschen und des Hundes hervorarbeitete und aufrappelte. Ohne zu zögern, griff er nach der Waffe des Mannes und reichte sie Margarete. Den am Boden knienden Soldaten, den Margarete mit dem Stein getroffen hatte, streckte er mit einem Hieb seines Gewehrkolbens nieder. Dann bückte er sich erneut und hob Marie auf seinen Arm. Blut lief aus einer Wunde an seiner Stirn über das Gesicht. Sein Blick suchte den Margaretes. »Wir sollten hier verschwinden.«

*

»Was soll das heißen, Luis?« Gabriel sah sich in dem Raum um, doch keiner der Alten erwiderte seinen Blick. »Ihr wollt mich loswerden?«

»Du warst der Vorsteher«, sagte der Älteste. »Du hast gelobt, die Kinder des Stammes zu beschützen. Und was hast du getan?« Er machte eine Pause und ließ seinen Blick durch den Raum schweifen. »Nichts. Ist dein Name nicht Avanyu? Bist du nicht die gefiederte Schlange, der Beschützer des Wassers?«

Gabriel machte eine wegwerfende Handbewegung, als er seinen Tewa-Namen vernahm. »Dieser Aberglauben«, brach es aus ihm hervor. »Er ist der Grund, warum ihr euch hier in euren Pueblos verkriechen müsst und die Welt um euch herum immer näher rückt, sich immer höher auftürmt und euch verschlingt, bis die letzten Erinnerungen an euch verschwunden sind.« Gabriel blickte die Alten der Reihe nach an, er sprach nun zur ganzen Versammlung.

»Ihr lebt in einer Welt, die längst untergegangen ist. Ihr klagt über das Unrecht, das die Mexikaner euch vor hundert Jahren angetan haben, aber ihr ändert nichts an eurer Situation heute. Ihr wollt nicht, dass die Weißen eure heiligen Stätten betreten, aber ihr merkt nicht, dass die Weißen längst überall sind, im ganzen Land!«

Immer noch reagierte keiner der Männer auf Gabriels Worte, doch er sah, dass einige von ihnen die Lippen aufeinanderpressten oder mit den Knien wippten. »Eure alte Welt ist tot!«, ereiferte er sich und schrie die Worte beinahe.

Einige Sekunden lang herrschte Stille im Haus des Ältesten. Dann erklang eine ruhige Stimme hinter Gabriel. »Es ist auch deine Welt, Avanyu.«

Er drehte sich um und blickte in das Gesicht von Salvador, seinem älteren Bruder, der ihn traurig ansah. Er setzte an, um etwas zu erwidern, doch in diesem Moment erscholl von draußen der Ruf von Großvater Krähe. Das Geräusch fuhr Gabriel durch Mark und Bein. Tränen schossen in seine Augen. Er stürzte an Salvador vorbei und aus dem Haus, hinaus auf den Platz mit der Kiva. Der Mond stand noch hoch am Himmel, es würde noch lange nicht Tag werden.

Wie in Trance strebte er auf sein Heim zu. Vielleicht waren Maria und die Jungs schon von dem Fest zurückgekehrt. Er wünschte sich nichts mehr, als sie in den Arm zu nehmen. Warum regte er sich auf? Er hatte den Posten des Vorstehers ohnehin nie haben wollen, hatte sich überreden lassen, ihn anzunehmen. Sollten sie doch selbst für sich sorgen, sollten sie ihre Probleme allein lösen. Er wollte nur noch in den Schoß seiner Familie zurückkehren und für die Seinen da sein.

Als sein Haus in Sicht kam, machte sein Herz einen

Sprung. Aus dem einzigen Fenster, das nach vorn zur Straße zeigte, drang warmes Licht. Maria war zurück! Die Trauer und die Wut waren mit einem Mal wie weggewischt. Gabriel beschleunigte seine Schritte, erreichte schließlich die Tür und riss sie auf. »Ihr seid schon zurück!«, rief er und trat ein. »Wie habe ich euch vermisst.«

Der Anblick, der sich ihm bot, ließ ihn zurückprallen. Es waren nicht Maria und die Kinder, die dort in seinem Haus waren. Es war Marias Mutter Olaya. Die runzelige Frau mit den silbrigen Haaren blickte nicht auf, obwohl sie ihn gehört haben musste. Mit gebeugtem Rücken stand sie über der geöffneten Wäschetruhe und nahm Kleidungsstücke heraus, die sie in einen Leinenbeutel stopfte.

»Maria kehrt nicht zu dir zurück, Avanyu«, sagte sie, ohne sich umzudrehen. »Sie hat mich geschickt, um einige Sachen für Jesus und Carlos zu holen.«

Die Worte trafen Gabriel wie ein Faustschlag. Rückwärts stolperte er aus der Tür und auf die Straße, dann lief er die Gasse hinab und über den Platz, durch das Holztor, in die Nacht.

*

»Wo sind wir?« Margarete blickte sich verschlafen um. Ihre Bluse klebte an ihrem Oberkörper, obwohl der Fahrtwind durch den Innenraum des Lastwagens pfiff, in dem sie saßen. Die Luft war trocken und sengend heiß. Das Bild der leblosen Körper der deutschen Soldaten im Weinberg schwebte immer noch vor ihren Augen. Es schien aus einem Albtraum zu stammen. Margarete rieb sich die Augen, um die Erinnerung zu vertreiben. Dann sah sie Marie an, die auf ihrem Schoß schlummerte, und streichelte ihr mit der Hand über den weichen Kopf. »Ich werde dich immer beschützen, das verspreche ich«, flüsterte sie tonlos. Sie hoffte, dass die furchtbaren Bilder jener Nacht nicht an ihre Tochter herangedrungen waren. Sonst würden sie sie eines Tages aus dem Unterbewussten heimsuchen.

Clark, der dicht neben Margarete auf dem breiten Beifahrersitz hockte, tupfte sich die Stirn mit einem Stofftaschentuch ab. Keiner von ihnen hatte die Kraft gehabt, über den Vorfall im Weinberg zu sprechen. »Wir haben eben Marbella hinter uns gelassen. Es ist jetzt nicht mehr weit.« Der Fahrer des Lastwagens, der sie mitgenommen hatte, schien keine Notiz von ihrem Gespräch zu nehmen. Offenbar verstand er kein Deutsch.

Margarete seufzte und verlagerte ihr Gewicht, um ihren schmerzenden Rücken zu entlasten. Ihre Schulter berührte dabei Clark, doch das ließ sich in der Enge des Fahrerhauses kaum vermeiden. Es kam ihr so vor, als säßen sie seit einer Woche in Autos. Tatsächlich waren sie seit der Grenzüberquerung mehr als zwanzig Stunden lang unterwegs gewesen, hatten nach der Flucht vor den deutschen Soldaten zunächst die Nacht in einem Stall verbracht und dann morgens einen auf einem Ochsenkarren vorbeifahrenden Bauern gebeten, sie zur nächsten Landstraße mitzunehmen. Dort hatten sie so lange am Straßenrand gestanden, bis ein Lastwagenfahrer sich ihrer erbarmt und sie bis Valencia mitgenommen hatte, wo sie in einen anderen Wagen gewechselt waren. Clark hatte die Kommunikation übernommen. Wie sich herausgestellt hatte, sprach er fließend Spanisch. Überhaupt schien er sich, wo er auch war, wie zu Hause zu fühlen. Es wirkte gar nicht, als wäre er auf der Flucht. Er schien sich eher wie im Urlaub zu fühlen, machte Witze und grinste vor sich hin.

Margarete bemerkte, dass sie ihren Begleiter angestarrt hatte, und senkte den Blick. Marie lag auf ihrem Schoß und schlief immer noch. Was musste ihre Tochter in ihrem Alter schon alles erdulden? Es war ein Wunder, wie gleichmütig sie die Strapazen hinnahm.

Clark brach in Gelächter aus, nachdem der Fahrer des Lastwagens etwas auf Spanisch zu ihm gesagt hatte.

Margarete sah ihn an. »Was hat er gesagt?«

Clark überlegte einen Moment lang, dann winkte er ab und ging nicht weiter auf ihre Frage ein. Pfeifend blickte er aus dem Fenster, sein offenes Hemd flatterte im Wind. Ein roter Striemen prangte dort, wo der Gewehrkolben des Deutschen ihn getroffen hatte. Doch wenn er Schmerzen hatte, so schienen sie seine gute Laune nicht zu beeinträchtigen.

Für ihn ist das wirklich Urlaub, dachte Margarete. Aber für mich geht es hier um Leben und Tod. Mehrmals schon war sie ihren Verfolgern nur knapp entkommen. Deutschland war für sie kein sicherer Ort mehr. Und selbst die Teile Europas, die nicht unter deutscher Besatzung standen, fühlten sich nicht mehr sicher an. Wie würde es wohl in den Vereinigten Staaten sein? Wenn Margarete ehrlich war, wusste sie nicht allzu viel über dieses Land. Es erschien ihr riesengroß und so vielseitig, dass sie sich kein richtiges Bild davon machen konnte. Sie stupste Clark an. »Wo genau werden wir hingehen in den USA?«

Er sah sie an. »New Mexico. Mehr darf ich dir nicht sagen. Streng geheim.«

»Wie ist es da?«

»Warm.« Er grinste.

Margarete verzog das Gesicht. »Noch wärmer als hier?«

»Worauf du dich verlassen kannst.«

Zwei Stunden später erwachte Margarete erneut aus einem unruhigen Schlaf. Der Lastwagen hatte angehalten. Clark wechselte einige Sätze mit dem Fahrer, dann drückte er ihm ein Bündel Geldscheine in die Hand, packte seinen Rucksack und sah Margarete an. »Endstation. Noch zweihundert Meter bis zur Grenze.« Er öffnete die Beifahrertür und sprang auf den glühenden Asphalt.

Margarete folgte ihm mit Marie auf dem Arm, die sich müde die Augen rieb, und warf sich ihre Reisetasche über die Schulter. Sie hatte Schmerzen in ihrem verletzten Fuß, doch er schien nicht geschwollen zu sein. Sie war wohl mit dem Schrecken davongekommen.

»Hast du deinen Pass?«, fragte Clark.

Margarete wühlte in ihren Taschen. »Den britischen?«

Clark nickte.

Margarete öffnete das Dokument und betrachtete das Passbild, das darin klebte. Wie war Clark an dieses Foto gelangt? Es war schon älter, sie hatte es in Berlin anfertigen lassen, während sie promoviert hatte. »Carla Jennings« stand daneben im Feld für ihren Namen. Daran würde sie sich wohl gewöhnen müssen.

Sie sah sich um. Eine schnurgerade Straße führte zu einer Reihe von niedrigen, rechteckigen Häusern mit flachen Dächern. Dahinter ragte ein seltsam geformter Felsen in den Himmel. Möwen kreisten in den warmen Winden, das ferne Rauschen von Wellen verriet das nahe Mittelmeer. Für einen Moment überkam Margarete nun doch ein Gefühl, das sie an Urlaub erinnerte.

»Verhalte dich an der Grenze ganz normal. Lass mich reden. Wir haben nur diesen einen Versuch.« Clarks Stimme klang angespannt. Margaretes gute Laune war so schnell verflogen, wie sie gekommen war. Er ging voraus, drehte sich dann aber noch einmal zu ihr um. »Du sprichst doch Englisch, oder?«

Margarete zuckte mit den Schultern. »Ein bisschen.« Eine deutliche Untertreibung. Ihre Tante hatte häufig Englisch mit ihr gesprochen, um sie auf die Welt da draußen vorzubereiten, wie sie gesagt hatte.

»Das wird reichen müssen.« Clark drehte sich wieder um, und sie legten die Strecke bis zu den Häuschen zurück, in denen die Grenzposten Wache hielten, ohne zu sprechen. Ein rot-weiß gestreifter Schlagbaum versperrte die Straße. »Papiere, bitte!« Ein braun gebrannter Mann mit Sonnenbrille und einer dunkelblauen Uniform trat ihnen aus einem der Gebäude entgegen. Er sprach Englisch.

Clark nahm ihr den Pass ab und reichte ihn zusammen mit seinem eigenen Dokument dem Grenzer. Der Mann blätterte in den Papieren und runzelte die Stirn. »Einen Moment, bitte.« Er drehte sich um und verschwand wieder in dem Gebäude.

Margaretes Herz begann zu klopfen. Hatte der Soldat die Pässe als Fälschungen erkannt? Sie suchte Clarks Blick, doch der sah zu Boden. Nichts schien ihn aus der Ruhe zu bringen. »Ist alles in Ordnung?«, fragte sie ihn.

Clark sah sie zornig an und legte einen Finger an die Lippen. Margarete zuckte vor Schreck zusammen. Sie hatte Deutsch gesprochen! Sie blickte zu dem Gebäude hinüber. Der Soldat war nicht zu sehen. Ob die Männer drinnen ihre Frage gehört hatten?

Schließlich kehrte der Mann zurück und reichte Clark die Pässe. Ohne weitere Worte machte er einen Schritt zur Seite und bedeutete ihnen, den Schlagbaum zu passieren. Margarete hielt die Luft an und folgte Clark, den merkwürdigen Felsen vor ihnen fest im Blick.

Nachdem sie den Grenzposten außer Hörweite gelassen hatten, sah Clark sie an. »Willkommen in Great Britain, willkommen in Gibraltar.«

Margarete wäre am liebsten vor Freude in die Luft gesprungen. Sie hatten es geschafft! Sie waren auf britischem Boden.

Clark lächelte sie an. »Weißt du, wie es dazu kam, dass hier heute eine britische Exklave liegt?«

Margarete rümpfte die Nase. Sie wusste, dass die Spanier das Land rund um den namensgebenden Felsen im Rahmen des Friedensvertrags von Utrecht 1713 an die Briten übergeben hatten. Doch sie wollte Clark die Freude nicht nehmen und tat so, als höre sie ihm zu, während er zu einem erklärenden Monolog ansetzte. Geistesabwesend ließ sie den Blick durch die Umgebung schweifen. Auf den Straßen waren fast ausschließlich Soldaten zu sehen. Einige Händler boten am Straßenrand Zigaretten und Schnitzereien an. Ihre Waren hatten sie auf bunten Decken ausgebreitet. Als sie Margarete sahen, sprangen sie auf und priesen ihr Angebot in gebrochenem Englisch an.

Clark verstummte und sah sie an. »Hörst du mir eigentlich zu?«

Margarete beeilte sich zu nicken.

»Komm, wir müssen uns ranhalten.« Er legte einen Arm um ihre Schultern und zog sie mit sich.

»Wo gehen wir denn hin?«

»Wirst du schon sehen.« Clark beschleunigte seine Schritte, und plötzlich lag wieder das Meer vor ihnen. Auf dem Meer, mit Seilen an einem Kai vertäut, lag das größte Schiff, das Margarete je gesehen hatte.

»Darf ich vorstellen? Dein Ticket in ein neues Leben, die RMS Caronia.«

Margarete blieb stehen und legte den Kopf in den Nacken. Das Schiff schien mindestens zweihundert Meter lang zu sein. Der Rumpf war schwarz gestrichen und endlos hoch, darüber türmten sich strahlend weiß drei Decks mit zahllosen Fenstern. Gekrönt wurde der Koloss von einem riesigen Schornstein, aus dem schwarzer Rauch quoll. Scharen von Menschen tummelten sich auf dem Kai. Über einen langen schmalen Steg mit Geländern auf beiden Seiten schob sich ein steter Strom von Passagieren in den Bauch des Schiffes.

Clark strahlte sie an. »Was sagst du?«

»Es ist riesig. So etwas kenne ich nur aus der Wochenschau.«

»Du musst es von innen sehen.« Clark rieb sich die Hände. »Es hat im Krieg etwas gelitten, aber der alte Glanz ist noch erkennbar.« Er ging voraus, geradewegs auf die Gangway zu.

Margarete verharrte noch für einen Augenblick und sog den Anblick in sich auf. Es war, als träumte sie.

»Na, komm schon!« Dearing hatte sich umgedreht und winkte ihr zu. »Sonst fahren sie noch ohne uns.«

Margarete ging auf den riesigen Dampfer zu. Mit zitternden Knien setzte sie einen Fuß auf die Gangway. Sie blickte zurück, sah den Felsen, sah die Möwen, spürte ihr Herz pochen. Dann drehte sie sich um und schritt den hölzernen Steg hinauf.

ZWEITER TEIL

*

Kriminalinspektor Ulrich Labes stürzte aus dem überfüllten, stickigen Speisesaal an die frische Luft. Er musste sich beeilen. Lang würde er sein Essen nicht mehr bei sich behalten können. Keuchend trat er an die Reling, umklammerte mit beiden Händen das kühle Metall und blickte sich um. Einige Meter weiter stand ein junges Pärchen eng umschlungen unter einer Laterne, die im Fahrtwind hin- und herschwang.

Die beiden würden ihn nicht bemerken.

Zitternd schob er sich einen Zeigefinger in den Hals und erbrach sich über die Reling. Bei voller Fahrt konnte er weder hören, wie sein Abendessen die Wasseroberfläche traf, noch konnte er es sehen. Eine Wolkendecke verdunkelte den Sternenhimmel. Mit immer noch flatternden Fingern zerrte er ein Taschentuch aus der Innentasche seiner Jacke und säuberte seine Hände. Ein erneuter Blick zur Seite zeigte ihm, dass das Pärchen keine Notiz von ihm genommen hatte. Es wäre ihm auch egal gewesen.

Dr. Grewe hatte ihm damals in Berlin erklären wollen, dass seine Essstörung mit der Trennung von seiner Frau zusammenhing. Genauer: mit ihrem Liebhaber. Der war einige Jahre jünger gewesen als Labes und gute vierzig Kilo leichter. Nachdem die Sache aufgeflogen war, hatte Labes tatsächlich aufgehört zu essen. Beziehungsweise Nahrung bei sich zu behalten. Aber doch nicht, um dieser halben Portion nachzueifern, in deren knochige Arme seine Frau gefallen war! Dr. Grewe hatte jedes Mal nur milde lächelnd genickt, wenn Labes seine Erklärungen in den Wind geschossen hatte. Irgendwann hatte Labes die Blicke des Psychiaters nicht mehr ausgehalten, alle weiteren Termine abgesagt und sich mit der ständigen Übelkeit abgefunden.

Bei dem Gedanken an den Psychoklempner wurde Labes schon wieder schlecht. Er lehnte sich erneut über die Reling und öffnete den Mund. Der Fahrtwind verursachte ein angenehmes Gefühl auf seinen Lippen. Er spürte, wie sich sein Magen verkrampfte.

Eine Stimme hinter ihm ließ ihn zusammenfahren. »Mr. Walcott, geht es Ihnen nicht gut?«

Labes verzog das Gesicht und drehte sich um. Vor ihm stand der junge Page, der ihn zu seiner Kajüte geführt hatte, nachdem er das Schiff betreten hatte. In sein Gesicht stand immer noch derselbe erbärmliche Ausdruck geschrieben, eine Mischung aus geheucheltem Interesse und unterwürfiger Diensteifrigkeit. Labes seufzte. »Verschwinden Sie!«

Die Augen des Jungen weiteten sich nur unmerklich. Für sein Alter hatte er sich erstaunlich gut unter Kontrolle. Schließlich nickte er. »Willkommen auf der RMS Caronia.« Dann salutierte er und zog endlich von dannen.

In diesem Moment sah Labes durch das Panoramafenster ein junges Paar in den Speisesaal kommen. Die Frau hielt ein Baby im Arm.

Alles verlief genau nach Plan.

*

Beim Betreten des Speisesaals der RMS Caronia fühlte Margarete sich in bessere Zeiten zurückversetzt. Kronleuchter hingen von der Decke, die Wände waren mit dunklem Holz vertäfelt, und irgendwo spielte eine Band sanften Jazz. Einen Moment lang musste sie an das Lokal Fischers in Leipzig denken, wo sie im vergangenen Sommer mit ihrem Onkel gegessen hatte. Damals war er noch ihr Lieblingsonkel gewesen, im Grunde ihr Ziehvater. Doch dann hatten sich die Dinge drastisch geändert. Was wohl aus ihm geworden war?

Clark ergriff ihren Arm und führte sie in eine stillere Ecke des Saals, wo ein Tisch auf sie zu warten schien. Elegant zog er einen Stuhl zurück und ließ Margarete, die die schlafende Marie auf dem Arm trug, Platz nehmen. Dann setzte er sich ihr gegenüber, griff nach der Speisekarte, die auf weißen Karton gedruckt war, und strahlte sie an.

Erneut fielen ihr seine strahlend weißen Zähne auf, seine blauen Augen, sein gesunder Teint – er war wirklich ein gut aussehender Mann. Nach der überstürzten Flucht aus Deutschland und ihrer Reise durch halb Europa hatten sie sich an Bord der Caronia zunächst gründlich gewaschen und dann zwölf Stunden lang geschlafen. Ihre Kabine war erstaunlich groß und verfügte über ein breites Doppelbett. Margarete war zu müde gewesen, um zu protestieren. Und Clark war zu müde gewesen, um Annäherungsversuche zu starten, wenn er das denn überhaupt vorgehabt hatte. Als sie schließlich erwachten, war es glücklicherweise gerade Zeit zum Abendessen gewesen.

Clark bemerkte, wie Margarete ihn musterte, und lächelte. Sie wandte den Blick ab und ließ ihn durch den Saal schweifen. Die Abendgesellschaft wirkte gut betucht, die Herren dinierten in dunklen Anzügen, die Damen in eleganten Kleidern. Die meisten von ihnen waren deutlich älter als Clark und Margarete. Dazwischen saßen einige Kinder. Margarete fragte sich, wie sie in diese Gesellschaft passten. Waren diese Kinder mit ihren Großeltern unterwegs? Die Generation ihrer Eltern schien jedenfalls nicht mit an Bord zu sein. »Wer sind all diese Leute?«, fragte sie und wandte sich damit wieder Clark zu.

»Flüchtlinge.« Er blickte von der Karte auf und sah sie an. »Was sagst du zu Bœuf Bourguignon?«

Margarete musterte erneut die Menschen um sie herum. »Die sehen mir aber nicht nach Flüchtlingen aus.«

Clarks Blick blieb auf die Karte gerichtet. »Ja, ich nehme das Bœuf. Und für dich? Einen Krabbencocktail?«

»Ich habe mir Flüchtlinge immer ganz anders vorgestellt. Die, die aus dem Osten nach Leipzig kamen, waren verwahrlost, gezeichnet vom Krieg.« Sie schüttelte den Kopf. »Die Leute hier sehen eher aus, als wären sie auf einer teuren Ferienreise.«

Clark fuhr sich mit der Hand durch die Haare. »Teuer ist die Reise für diese Leute tatsächlich. Deswegen siehst du hier auch nur diejenigen, die es sich leisten können, Europa auf diesem Wege zu verlassen.«

Margarete legte die Stirn in Falten. »Die Alliierten verkaufen Plätze auf den Schiffen, um Leute aus Europa rauszubringen?«

»Natürlich!« Clark schnaubte. »Umsonst ist der Tod. Nehmen wir vorab einen Salat?«

»Und in die andere Richtung?« Margarete hatte Clarks Frage bewusst überhört. »Wen bringen die Schiffe nach Europa?«

»Army und Navy planen die Landung in Sizilien. Gleichzeitig finden jede Nacht Bombenangriffe auf deutsche Städte statt. Dafür braucht es viel Material. Und Personal.«

»Du meinst Soldaten.«

»Soldaten, aber auch Techniker, Sanitäter, Beamte und sonstige Helfer.« Er blickte wieder in die Karte. »Was willst du trinken? Ich weiß schon: Champagner! Wir haben schließlich eine geglückte Flucht zu feiern.«

Margarete ging nicht auf die Frage ein. Ihr Blick hatte eines der Fenster gefunden und draußen auf den Wellen weitere Schiffe entdeckt. Einige ähnelten der Caronia, andere schienen für militärische Zwecke konstruiert worden zu sein. »Werden wir verfolgt?«

Clark blickte sie erst fragend an, dann brach er in Gelächter aus. »Wir werden nicht verfolgt, wir werden beschützt. Wir bewegen uns in einem Konvoi über den Atlantik. Mit uns besteht er aus vierunddreißig Schiffen.«

»Und alle sind voll mit Flüchtlingen?«

»Einige schon. Andere sind mehr oder weniger leer. Es geht hauptsächlich darum, Material an die Front zu schaffen. Dafür müssen die Schiffe aber erst mal wieder in die Staaten, um dort neu beladen zu werden.« Er winkte erfolglos nach dem Kellner. »Und dann werden wir natürlich von einigen Kriegsschiffen begleitet, die für unseren Schutz zuständig sind.«

»Schutz wovor?«

Clark zappelte auf seinem Stuhl herum und versuchte durch wildes Rudern mit beiden Armen, einen Kellner auf sich aufmerksam zu machen. »Schutz wovor? Vor euch natürlich!«

»Ich betrachte mich nicht als Teil der Wehrmacht.«

»Du weißt, wie ich das meine.« Clark gab das Winken

auf und drehte sich wieder zu Margarete um. »Die Deutschen greifen unsere Konvois aus der Luft und aus dem Wasser heraus an. Hast du noch nie etwas von den Wolfsrudeln gehört?«

»Doch, natürlich. In der Wochenschau. Große Verbände von U-Booten, die gemeinsam Jagd auf alliierte Schiffe machen.«

»Genau. Und dagegen hilft nur Masse.«

Ein Kellner im Frack trat an den Tisch und räusperte sich.

Clark drehte sich zu dem Mann um. »Na endlich. Wir hätten gern eine Flasche Champagner, wir haben etwas zu feiern. Dazu den Salat Nizza. Und dann für mich das Bœuf Bourguignon und für die Dame einen Krabbencocktail.«

Der Kellner verzog die Nase. »Es tut mir leid, aber ich bin nicht für Ihren Tisch zuständig. Ich bin lediglich hier, um Ihnen zu sagen, dass Sie zu einem Gespräch erwartet werden. Der Herr hat mir seinen Namen nicht genannt, aber es schien sehr wichtig zu sein.«

Clark starrte den Mann einige Sekunden lang entgeistert an. Schließlich seufzte er und erhob sich. »Ich bin gleich zurück«, sagte er an Margarete gewandt. »Versuch du inzwischen, uns in diesem Etablissement etwas Essbares und eine Flasche Schampus zu besorgen.« Er zwinkerte ihr zum Abschied zu, dann folgte er dem Kellner und ließ Margarete verwundert zurück.

*

Gabriels Pick-up schlitterte einige Meter über die Schotterpiste, bevor er stehen blieb, und eine rötliche Staubwolke aus aufgewirbeltem Dreck stieg auf. Er sprang aus dem Wagen, schlug die Tür zu und stieß einen Schrei aus. Ein großer Vogel erhob sich, aufgeschreckt vom Lärm, aus einem Baum und stürzte sich in die Nacht.

Gabriel stolperte in die Dunkelheit, verließ die Straße und folgte einem kaum sichtbaren Pfad, der durch eine enge, von Geröll bedeckte Schlucht steil bergauf führte. Sein Blick war tränenverschleiert. Immer wieder fuhr er sich mit dem Handrücken über das Gesicht. Diese Ungerechtigkeit!

Einige Male kam er in der Finsternis ins Straucheln, Lawinen aus Geröll prasselten hinter ihm ins Tal, doch dann wurde der Boden fester, bis er nur noch nackten Fels unter seinen Stiefeln spürte. Die Wände der Schlucht rückten näher, bis Gabriel sich in einem schmalen Spalt wiederfand. So eng war der Einschnitt im Berg, dass zwei Männer, die sich entgegenkamen, nicht ohne Weiteres aneinander vorbeigehen konnten. Der Mond war hinter dem Fels verschwunden, Gabriel konnte kaum noch seine Füße sehen. Doch er kannte den Weg, er war ihn oft gegangen, früher.

Schließlich wurde der Spalt wieder breiter, so dass der Mond über den Rand des Canyons hineinscheinen konnte. Hier und da wuchsen trockene, stachelige Büsche. Die Hänge des Tals waren übersät von schwarzen Flecken. In diesem Licht war kaum zu erkennen, dass es sich dabei um Höhlen handelte. Die Anasazi, die Vorfahren der Tewa, denen Gabriel angehörte, hatten einst hier oben in den Felsen gelebt. Einige der Höhlen waren früher durch Ziegelmauern verschlossen gewesen. Archäologen hatten sie geöffnet und darin alte Feuerstellen und Wandmalereien entdeckt. Die Weißen vom Hügel waren ganz versessen darauf. An Sonntagen kamen sie oft hierher und staunten über die Zeugnisse einer vermeintlich untergegangenen

Kultur. Mehr als einmal hatten sie versucht, Gabriel als Führer anzuheuern, was er jedoch abgelehnt hatte.

Endlich kam sein Ziel in Sicht. Er beschleunigte seine Schritte auf eine der Felswände zu. Nie würde er vergessen, wo genau sie zu finden war. Zu oft war er diesen Weg gegangen. Als er den Rand der Schlucht erreicht hatte, legte er die Hände auf den Stein. Er war warm und rau und weich. Mit geschlossenen Augen tastete er umher, bis er fand, was er suchte. Seine Finger griffen in zwei tiefe natürliche Kerben und fanden sofort Halt. Er hob einen Fuß, fand auch mit ihm eine Vertiefung im Stein, stützte sich darauf und zog sich mit den Armen in die Höhe. Immer noch ließ er seine Augen geschlossen. Er brauchte sie nicht. Wie im Schlaf fanden seine Hände die nächsten Mulden im Stein, griffen mal nach links, mal nach rechts. Immer höher kletterte er, bis er spürte, dass die Luft allmählich kühler wurde. Noch drei Griffe, noch zwei … Einer noch …

Gabriels Hände griffen ins Leere, tasteten auf sandigem ebenem Fels, fanden Halt, zogen seinen Körper hinauf. Er setzte ein Knie auf das Plateau, zog die Füße hinterher, ließ sich auf den Boden sinken und rollte auf den Rücken. Jetzt endlich öffnete er die Augen. Der Erste Mann und die Erste Frau sahen ihm vom klaren Nachthimmel aus zu. Er spürte den Puls in seinen Ohren rasen. Die Anstrengung hatte seinen Geist klarer werden lassen, die Tränen waren getrocknet.

Gabriel atmete einige Male tief ein und aus, dann erhob er sich und blickte in das Tal, das ihm nun zu Füßen lag. Die Höhle, in der er sich befand, lag zwanzig Meter über dem Boden und war von unten kaum zu erkennen. Er hatte sie vor mehr als dreißig Jahren gefunden, als die Army den

Hügel noch nicht für sich beansprucht und die Hirten verjagt hatte. Damals war er ständig in den Felsen herumgeklettert, sehr zum Missfallen seiner Mutter. Mehr als einmal hatte er sich fast das Genick gebrochen. Eines Tages war er auf diese hoch gelegene Grotte gestoßen, und seitdem war sie sein geheimer Unterschlupf gewesen. Nie hatte er jemandem davon erzählt, geschweige denn, dass er jemanden mit hierhergebracht hätte.

Mit zitternden Knien drehte er sich um und stapfte in die Höhle hinein, die einige Meter weit in den Fels führte. Hier gab es keine Anzeichen einer früheren Nutzung, anscheinend hatten nicht einmal die Anasazi diesen Ort gekannt. Zu sehen waren lediglich die Spuren, die Gabriel selbst hier zurückgelassen hatte. Eine ausgebrannte Feuerstelle, Brennholz, eine kleine Pfanne und … irgendwo hier musste doch … Da war sie! Gabriel erblickte das mit Schnitzereien verzierte Holzkästchen unter einer halb zerfallenen Decke, bückte sich und öffnete es. Als er hineinblickte, spürte er, wie sein Puls sprunghaft anstieg. Es war alles noch da.

Er fachte ein kleines Feuer an und setzte sich im Schneidersitz an den Höhleneingang, so dass er die Sterne und das schmale Tal vor sich überblicken konnte. Er öffnete die Kiste und holte drei trockene Knollen vom Peyote-Kaktus hervor. Mit andächtigen Bewegungen legte er sie in einer Reihe vor sich hin und stellte die Holzkiste beiseite. »Ich danke dir, Vater Peyote«, murmelte er. »Dieser Mann hier fragt nach Rat. Zeige ihm einen Weg, guter Vater!«

Er nahm die erste Knolle, steckte sie in den Mund und kaute darauf herum. Der Geschmack war scheußlich, aber auf eine Weise auch angenehm vertraut. Nachdem er den Kaktus zu einer breiigen Masse zerkaut hatte, spuckte er sie in seine Handfläche und rollte sie zu einer Kugel. »Ich danke dir, Vater Peyote«, wiederholte er, dann schluckte er die Kugel hinunter. Mit einem Seufzer ließ er sich auf den Rücken sinken. Über ihm begannen der Erste Mann und die Erste Frau zaghaft, sich zu bewegen.

*

Ulrich Labes lehnte mit den Armen auf der Reling und beobachtete die fernen, schwankenden Lichter in der nächtlichen See, die die Positionen der anderen Schiffe des Konvois verrieten. Mehr als dreißig Frachter, nur einige bewaffnete Geleitschiffe – wie eine Herde fetter Büffel in der schutzlosen Weite der Prärie zog der Verband durch das Meer. Eine leichte Beute für ein Rudel hungriger Wölfe. Doch Labes wusste, dass diesmal keine Wölfe kommen würden. Dafür hatte er gesorgt.

Das Quietschen der Schiebetür, die in den Speisesaal führte, signalisierte ihm, dass sein Spitzel gekommen war. Er drehte sich um und musterte Dearing, dem der Wind durch die Haare strich. Labes konnte nicht anders, als den Amerikaner zu hassen. Für das, was er war. Jung, gut aussehend, gesund, selbstbewusst. Optimistisch.

In diesem Moment blickte Dearing jedoch eher entsetzt drein. »Sind Sie wahnsinnig?«, herrschte er Labes an. Sein Gesicht leuchtete selbst in der Dunkelheit der Nacht knallrot wie eine Tomate.

Labes zog betont lässig eine Augenbraue hoch und zuckte mit den Schultern. »Was meinen Sie? Ich sagte Ihnen bereits, dass Sie jetzt mir gehören. Und hier sind Sie. Kommen brav angelaufen, wie ein gut erzogenes Schoßhündchen.«

Dearing wirkte, als würde er gleich an die Decke gehen,

doch es gelang ihm, sich unter Kontrolle zu halten. »Was wollen Sie? Wollen Sie, dass Margarete etwas bemerkt?«

»So, so, nun duzen Sie sich also schon.« Labes zog einen Mundwinkel nach oben. »Gewöhnen Sie sich besser nicht allzu sehr an ihre Nähe.«

»Sie brauchen mir meinen Job nicht zu erklären, Labes. Was wollen Sie?«

Labes genoss den zitternden Unterton in Dearings Stimme. Dieses sanfte Anzeichen von Unsicherheit, vielleicht sogar Angst. Diesen Moment würde er auskosten, solange es ging. Er drehte dem Amerikaner den Rücken zu und blickte wieder auf die schwarze See hinaus. »Es gibt Neuigkeiten. Gute und schlechte. Welche wollen Sie zuerst hören?«

*

Margarete war zu überrascht gewesen, um Fragen zu stellen. Dennoch schwirrten sie in ihrem Kopf herum, bis ihr schwindelig wurde. Wer konnte auf diesem Schiff etwas von Clark wollen? Kannte er überhaupt andere Menschen hier? Wusste jemand Bescheid über ihre Flucht aus Deutschland? Wenn es so war, bedeutete das nicht, dass sie in Gefahr war?

Margarete bekam eine Gänsehaut. Vorsichtig blickte sie sich im Speisesaal um. Die Gäste waren in ihre Unterhaltungen und in ihr Essen vertieft, niemand schien von ihr Notiz zu nehmen. Vermutlich waren ihre Sorgen unbegründet. Jetzt, wo sie darüber nachdachte, erschien ihr die Vorstellung absurd, dass ein Agent im Auslandseinsatz allein arbeitete. Sicherlich hatte Clark Komplizen. Mit einem Kopfschütteln vertrieb sie die düsteren Gedanken und hielt Ausschau nach einem Kellner, um ihre Bestellung aufzugeben.

Sie schreckte zusammen, als eine Stimme hinter ihr ertönte. »Hier ist der Champagner, Madame. Es tut mir schrecklich leid, dass das so lange gedauert hat. Die Hälfte der Besatzung ist neu, und auf den unteren Decks herrscht ein Tumult, wie Sie ihn sich nicht ausmalen können.« Ein Kellner im Frack trat in Margaretes Sichtfeld. Auf der linken Hand balancierte er ein Silbertablett mit einer bauchigen Flasche und zwei langstieligen Kristallgläsern. »Der Oberkellner hat mir Ihre Bestellung weitergegeben. Ich bitte vielmals um Verzeihung für die Unannehmlichkeiten.«

Margarete rückte unruhig auf ihrem Stuhl hin und her. »Machen Sie sich keine Gedanken. Hier ist noch keiner verdurstet.« Sie setzte ein vorsichtiges Lächeln auf. Eine solch noble Gesellschaft war sie nicht gewohnt, dementsprechend unsicher fühlte sie sich, was die Benimmregeln betraf.

Der Kellner, ein junger Mann mit einem schlanken Gesicht und einer spitzen Nase, blickte sie einen Augenblick lang verdutzt an, dann brach er in gackerndes Gelächter aus. »Keiner verdurstet, sehr gut!« Mit geübten Bewegungen stellte er die Gläser auf den Tisch und schenkte Margarete ein. »Darf ich Ihrem Begleiter auch schon einschenken?«

»Ja, er kommt gleich wieder.«

»Sehr wohl. Der Salat sollte dann auch jeden Moment servierfertig sein.« Nach getaner Arbeit entfernte sich der Kellner mit einer angedeuteten Verbeugung.

Margarete betrachtete die feinen Perlen, die in ihrem Champagnerglas aufstiegen. Mit einem Mal drängte sich eine Erinnerung in ihr Bewusstsein. Willi, am Morgen, als sie auf dem Weg in die Schule gewesen war. Er hatte ihre neue Anstellung mit Champagner feiern wollen, doch dazu war es nicht gekommen. Sie hatte die Stelle nicht antreten können. Und Willi war …

Tränen traten in Margaretes Augen. Sie musste sich zusammenreißen, um nicht laut zu schluchzen. Mit zitternden Fingern griff sie nach der weißen Stoffserviette und tupfte sich die Wangen ab. Marie war halb aus ihrem Schlaf erwacht und räkelte sich quengelnd auf Margaretes Schoß. Sie fühlte sich mit einem Mal schrecklich einsam. Wieder einmal hatte sie alle verloren, denen sie vertraut hatte, bei denen sie sich heimisch gefühlt hatte. Jetzt gab es nur noch die kleine Marie und sie.

Und Clark. Margarete wurde bewusst, dass sie sich diesem Fremden ausgeliefert hatte. Dabei kannte sie ihn gar nicht! Aber hatte sie eine andere Wahl gehabt?

»Und hier ist Ihr Salat Nizza.«

Die Worte des Kellners, der erneut geräuschlos aus dem Nichts aufgetaucht war, rissen Margarete aus ihren Gedanken. »Danke«, stammelte sie und vermied dabei Blickkontakt. Der junge Mann sollte nicht sehen, dass sie geweint hatte.

»Geht es Ihrem Begleiter gut? Soll ich vielleicht einmal nachschauen, ob er vielleicht seekrank geworden ist?«

Bei der Vorstellung, wie Clark sich in Krämpfen über der Reling erleichterte, stahl sich ein Lächeln auf Margaretes Gesicht. »Nein, danke. Ich werde selbst nach ihm schauen, wenn er nicht gleich zurückkommt.«

»Wie Sie wünschen. Bon appétit.« Der Kellner zog von dannen.

Margarete betrachtete den Salatteller, auf dem sich, appetitlich angerichtet, schwarze Oliven, gekochte Eier und Thunfischstücke türmten. Sie hatte riesigen Hunger. Wo blieb Clark nur? Mit spitzen Fingern griff sie nach einer Olive und steckte sie sich in den Mund. Köstlich!

Dann wurde es ihr zu viel. Mit einer energischen Bewegung schob sie ihren Stuhl zurück und stand auf. Sie würde nicht länger hier herumsitzen. Wenn Clark sie zu seiner Komplizin machen wollte, dann sollte er mit offenen Karten spielen. Sie würde ihn suchen und zur Rede stellen. Zielstrebig schritt sie auf den Ausgang zu, durch den Clark den Speisesaal verlassen hatte. Marie war auf ihrem Arm aufgewacht und beäugte neugierig die ungewohnte Umgebung. Einen Finger hatte sie sich in den Mund geschoben. Margarete ignorierte die Blicke der anderen Gäste.

Endlich hatte sie die Tür erreicht. Durch die geschliffenen Glaseinsätze konnte sie schemenhaft Clark sehen. Er stand lässig an die Reling gelehnt und sprach mit einem dürren, älteren Mann. Draußen herrschte Dunkelheit, so dass Margarete das Gesicht seines Gesprächspartners nicht erkennen konnte. Durch die Glasscheiben drangen auch die Worte nicht an ihre Ohren.

Mit Schwung zog Margarete die Tür auf. Das Gespräch der beiden Männer verstummte abrupt. Beide drehten sich zu ihr um. Margarete blickte in das Gesicht des Mannes, mit dem Clark dort sprach, und erkannte ihn sofort. Dieser Mann hatte Willi und Ida erschossen.

*

Weit über Gabriel tanzten der Erste Mann und die Erste Frau am Sternenhimmel. Sie waren vor langer Zeit, als es noch keine Himmelsrichtungen gegeben hatte, aus dem Wasser gekommen, so wie alle ersten Menschen. Verdammt zu einem Leben in Luft und Unwissenheit, hatten sie die Jahre verbracht, die ihnen gegeben waren, bis sie eines Tages wieder zu ihren Ahnen zurückkehren konnten und das Universum erkannten. Der ewige Tanz.

Er war eigentlich ganz einfach.

Gabriel lächelte über diese unverhoffte Erkenntnis. Dann fiel ihm eine Veränderung auf. Der Erste Mann und die Erste Frau schienen zu wachsen. Die Lichtpunkte, aus denen sie bestanden, entfernten sich voneinander und nahmen an Intensität zu. Gabriel drehte den Kopf und erschrak. Er lag nicht länger in seiner Höhle, er war durch den Eingang hinausgeschwebt und stieg dem Reigen am Himmel entgegen. Die Landschaft unter ihm, die Canyons und Geröllfelder, schrumpfte und war bald kaum noch zu erkennen. Aber noch mehr hatte er sich verändert. Gabriel blickte an seinem Körper herab und stellte fest, dass er selbst ein anderer war. Etwas anderes.

Er war mit einem Mal riesengroß. So groß, dass er kaum seine Füße erkennen konnte. Sie schienen meilenweit entfernt zu sein. Mehr noch, es kam ihm vor, als habe er gar keine Füße mehr. Sein Unterkörper hatte sich zu einem schlangenartigen Leib verformt, der hinter ihm Wellenbewegungen ausführte, während er den Sternen entgegenflog. Auch seine Arme hatten sich verändert, waren länger und stärker geworden und hatten ihre Hände eingebüßt. Rote und goldene Federn brachen aus der Haut hervor und blähten sich majestätisch im Wind. Ihm wuchsen Flügel! Mit einem Mal sah Gabriel klar: Er hatte sich in Avanyu verwandelt, die gefiederte Schlange. Immer höher stieg er, bis er über die Gebirge hinwegschauen konnte, die die vier Enden der Welt markierten. Doch die Welt war dort nicht zu Ende, nein. Hinter den Gipfeln lagen grüne Täler, eisige

Meere, sonnenverbrannte Ebenen. Avanyu konnte den ganzen Planeten, das ganze Universum überblicken. Das Land der Tewa war nur ein Sandkorn in der Wüste.

Ehe er weiter über diese Einsicht nachdenken konnte, zwang eine höhere Macht ihn, die Flügel anzulegen. Sein Aufstieg verlangsamte sich und kam schließlich zum Ende. Für einen Moment hing er in der Luft, dann fiel er wie ein Stein in Richtung Erde zurück.

Gabriel verspürte keine Angst. Wie auch? Er war eine Gottheit. Avanyu, die gefiederte Schlange, Beschützerin des Volkes der Tewa, Bringerin der Stürme und des Feuers. Der Erdball raste ihm entgegen, doch er hatte sich verändert. Wo zuvor rötliche Felswände in den Himmel geragt hatten, wogte nun ein dunkler Ozean. Ehe Gabriel den Anblick vollständig erfassen konnte, durchbrach er die Wasseroberfläche. Mit einem gewaltigen Zischen tauchte er unter. Milliarden von Luftblasen entstanden dort, wo das Wasser explosionsartig verdampfte. Erst jetzt wurde Gabriel der Tatsache gewahr, dass er in Flammen stand. Sein Federkleid brannte lichterloh und kämpfte mit dem nassen Element, das ihn zu umschließen versuchte. Einige Augenblicke lang konnte er eine Aussicht auf die Welt am Grund des Meeres erhaschen, dann zog es ihn wieder nach oben.

Erneut teilte er das Wasser und schoss wie ein Korken daraus hervor. Schneller und schneller wurde sein Flug, und nun spürte Gabriel die Hitze, die von seinem Körper ausging. Eine sengende Glut, die alles Leben verdorren und in Flammen aufgehen ließ. Dort, wo er entlangflog, mähte er die Bäume nieder. Meterdicke Stämme wurden umgeknickt wie Streichhölzer und gerieten in Brand, als seine Flügel über sie hinwegstrichen. Wolken von Funken stoben in Wirbeln hinter ihm auf, sonst blieb nur schwarze Asche zurück.

Vor ihm tauchte ein steiler Hügel auf. Gabriel schlug mit den Flügeln und gewann an Höhe. Die Schneise der Verwüstung folgte ihm, verzehrte Sträucher, Bäume und alles, was in ihnen lebte. Schließlich hatte er die Kuppe des Hügels erreicht und drehte eine weite Runde, die alles vernichtete, was dort einst gestanden hatte. Inmitten des Feuersturms konnte Gabriel eines deutlich erkennen: hölzerne Baracken, weiß gestrichen und vom Wind geschliffen. Sie hatten nie an diesen Ort gehört.

Inmitten der Häuser stand einsam ein Mann. Er hatte die Arme flehend zum Himmel ausgestreckt, sein Gesicht war verzerrt vor Angst und Schmerz. Es war der Mann, den Gabriel im Mondhain gesehen hatte. Seamus Collister.

*

Margarete starrte mit angehaltenem Atem den Mann an, der Wilhelm und Ida erschossen hatte. Genau wie Clark zeigte er für den Bruchteil einer Sekunde einen entsetzten Gesichtsausdruck, setzte dann jedoch sein gewinnendes Lächeln auf. Clark fand zuerst seine Stimme wieder. »Margarete, was machst du denn hier? Ich bin sofort fertig. Fang ruhig schon ohne mich mit dem Essen an.«

»Was …?« Margarete wusste nicht, was sie darauf entgegnen sollte, so perplex war sie.

Clarks Gesprächspartner kam mit ausgestreckter Hand auf sie zu. »Darf ich mich vorstellen? Mein Name ist Rogers. Es tut mir schrecklich leid, dass ich Ihnen Ihren Begleiter so lang vorenthalten muss.«

In diesem Moment fand Margarete ihre Stimme wieder.

Sie musste sich zusammenreißen, um nicht zu schreien. »Sie heißen nicht Rogers! Ich habe sie erkannt! Sie sind bei der Gestapo. Oder der SS. Oder sonst wo.« Sie machte einen Schritt rückwärts und umklammerte Marie noch fester. »Und ganz sicher werde ich Ihnen nicht die Hand schütteln.« Ihr Blick fiel auf Clark. »Was hast du mit diesem Mann zu schaffen?«

Clark rang nach Worten, hob die Arme und ließ sie wieder sinken.

Plötzlich wurde ihr alles klar. Die beiden steckten unter einer Decke! Clark hatte sie an die Gestapo ausgeliefert. Er hatte zugelassen, dass dieser Mann Willi und Ida erschoss, und nun war sie an der Reihe. Er war nicht ihr Retter und Beschützer, im Gegenteil.

Clark musste ihre Gedanken erraten haben, denn er hatte die Augen aufgerissen. Sein Blick sprang einige Male zwischen Margarete und dem Deutschen hin und her.

Dann ging alles plötzlich ganz schnell. Mit einer fließenden Bewegung griff Clark in die Innentasche seiner Jacke, zog etwas Weiches, aber scheinbar Schweres heraus, machte einen Schritt auf den Deutschen zu, holte aus und hieb ihm das Ding auf den Kopf. Geräuschlos sackte der Mann in sich zusammen. Margarete konnte gerade noch einen Schrei unterdrücken, doch Marie fing an loszubrüllen. »Was hast du getan?«, zischte Margarete und starrte auf den leblosen Körper, der vor ihr auf dem Deck lag. Wie Faustschläge trommelte ihr Puls in den Ohren. »Was geht hier vor sich?«

»Keine Zeit.« Clark steckte den Totschläger zurück in die Tasche. »Ich erzähle dir alles später. Aber jetzt müssen wir erst mal schauen, dass wir ihn außer Sichtweite schaffen.« Er blickte sich um und zeigte auf eine Tür in der

Seitenwand des Deckaufbaus. »Erst mal da hinein, dann sehen wir weiter.« Sein Blick fokussierte sich auf etwas, das hinter Margarete lag. »Damn!«

»Was ist los?«, fragte Margarete, die immer noch am ganzen Leib zitterte.

Clarks Augen verengten sich. »Da kommt jemand.«

*

Das Erste, was Gabriel tat, als er erwachte, war, sich ausgiebig zu erbrechen. Der Kontakt zu den Göttern musste teuer erkauft werden. Er würde die Nachwirkungen noch den ganzen Tag lang spüren. Egal. Er wusste nun, was er zu tun hatte. Die Weißen hatten ihn und die Seinen wie Hunde behandelt. Sie entweihten die heiligen Plätze seines Stammes. Und sie hatten Adrian getötet. Sie würden ihrer gerechten Strafe nicht entkommen. Avanyu würde die Schuldigen finden und zur Rechenschaft ziehen. Das musste nicht bedeuten, dass er den ganzen Hügel in Brand setzte. Aber Collister und seine Komplizen würden seine Rache zweifelsohne zu spüren bekommen.

Gabriels Zufriedenheit über diese Erkenntnis wurde von einem erneuten Würgeanfall unterbrochen. Keuchend stützte er sich auf Hände und Knie und spuckte Galle, bis ihm der Schweiß von der Stirn tropfte. Schließlich wischte er sich mit dem Handrücken über den Mund, lehnte sich schwer atmend gegen die Wand seiner Höhle und ließ den Blick zum Ausgang wandern. Die Sonne stand hoch am Himmel. Er hatte lange geträumt. Erst jetzt wurde ihm klar, dass er heute nicht zur Arbeit gegangen war. Man würde sein Fehlen bereits bemerkt haben. Doch auch das war ihm mittlerweile egal.

Er kam schwankend auf die Beine und machte sich an den nicht ganz ungefährlichen Abstieg. Sein Kopf dröhnte noch vom Peyote, den er gekaut hatte. Immer wieder wurde ihm schwindelig, doch die jahrelange Erfahrung half ihm dabei, die versteckten Mulden im Fels zu finden, die seinen Händen und Füßen Halt gaben. Schließlich spürte er wieder festen Grund unter den Stiefeln und schleppte sich zu seinem Wagen, den er am Vorabend achtlos am Rand des Weges abgestellt hatte.

Während der Fahrt auf den Hügel malte Gabriel sich das Gespräch aus, das er mit Muller führen wollte. Er hatte es mit eigenen Augen gesehen! Er hatte gesehen, dass Collister den Lastwagen gelenkt hatte, der die flüssigen Abfälle in den See pumpte. Und er würde nicht eher ruhen, bis Muller ihm versprach, den Mann zu bestrafen, der dieses Unrecht begangen hatte. Während die Gedanken in Gabriels Kopf rasten, knetete er mit den Händen das Lenkrad, so dass das Leder knarzende Geräusche von sich gab. Er war so tief in seine Grübelei verstrickt, dass er erschrak, als der Wagen plötzlich vor dem Tor zu Area T zum Stehen kam.

»Mann, siehst du scheiße aus«, begrüßte ihn Jenkins. »Hast du gesoffen? Wo kommst du überhaupt her? Hast du mal auf die Uhr geschaut?«

Gabriel ließ den Motor des Wagens aufheulen. »Zu viele Fragen.«

Jenkins schüttelte nur den Kopf. »Mit dem Wagen kommt du hier nicht rein, das weißt du doch.« Er deutete auf einen freien Bereich neben dem Zaun, wo schon andere Autos standen. »Du kannst ihn da abstellen.«

»Keine Zeit«, erwiderte Gabriel, legte den ersten Gang ein und drückte aufs Gas. »Ich muss Muller sprechen.« Der Wagen durchbrach scheppernd das Gittertor. Gabriel beobachtete den verdutzten Jenkins im Rückspiegel und lächelte. Der Arme schien nicht zu wissen, ob er seinen Vorgesetzten informieren oder das Geschehene lieber unter den Teppich kehren sollte. Gabriel konnte auch das inzwischen egal sein.

Nachdem der Pick-up vor der Baracke zum Stehen gekommen war, in der Mullers Büro lag, schwang Gabriel sich aus dem Wagen und musste sich einige Sekunden lang am Türrahmen abstützen, weil ihm erneut schwindelig wurde. Er war zu schnell aufgestanden, und nun drohte sein Magen zu rebellieren. Reiß dich zusammen, schnauzte er sich selbst in Gedanken an. Muller darf nicht bemerken, dass du ein wenig neben dir stehst. Er muss dir Glauben schenken! Gabriel atmete einige Male tief ein und aus, dann schlug er die Wagentür zu und betrat die Baracke.

»Seamus Collister!«, rief er, nachdem er die Tür zu Müllers Büro geöffnet hatte, ohne anzuklopfen. »Wo ist er?«

Professor Muller stand, auf seinen Stock gestützt, am Fenster und hatte Gabriel den Rücken zugewandt. Bei den Worten des Eindringlings war er zusammengezuckt, fand jedoch schnell die Fassung wieder und drehte sich zu ihm um. Seine Stimme war unnatürlich leise, was kein gutes Zeichen war. »Wovon reden Sie, Gabriel?«

»Ich habe ihn gesehen. Er hat Adrian getötet.«

Muller riss die Augen auf. »Was soll diese wirre Anschuldigung?« Sein Gesicht hatte mittlerweile eine dunkelrote Färbung angenommen. »Und wie kommen Sie überhaupt dazu, ohne zu klopfen in mein Büro einzudringen?«

Gabriel spürte, dass die Situation aus dem Ruder lief, aber nun quollen die Worte über seine Lippen, wie sie wollten. Er konnte sie nicht mehr aufhalten. »Collister wirft Gift in unseren heiligen See. Ich habe ihn gesehen. Er muss bestraft werden.« Immer schneller sprudelten die Sätze nun aus ihm heraus. »Wenn Sie ihn nicht zur Rechenschaft ziehen, dann werde ich es tun. Oder Avanyu. Oder wir beide.«

Muller hob beschwichtigend eine Hand und machte einige Schritte auf Gabriel zu. »Nun beruhigen Sie sich erst mal.« Der Professor kniff die Augen zusammen. »Wie sehen Sie überhaupt aus? Sind Sie betrunken?«

Gabriels Redefluss geriet ins Stocken. »Ich … nein, es geht mir gut!«

»Sie riechen aber nicht so.« Muller verzog das Gesicht. Es entstand eine kurze Pause, dann seufzte der Professor und schüttelte den Kopf. »Gabriel, wir kennen uns schon eine ganze Weile. Wenn Sie jetzt augenblicklich mein Büro verlassen, dann will ich mein Bestes geben, um diesen unerfreulichen Zwischenfall zu vergessen.«

»Aber … ich habe ihn gesehen. Das müssen Sie mir glauben!«

»Gabriel, denken Sie doch einmal nach! Warum, in Gottes Namen, sollte Dr. Seamus Collister Ihren verfluchten See vergiften?« Muller tippte mit seinem Stock auf den Boden. »Was hätte er davon?«

Gabriel fuhr mit den Fingern an seinen Zöpfen entlang und legte sie ordentlich nach vorn über seine Schultern. Sie fühlten sich fettig an. »Vielleicht hasst er meine Leute. Vielleicht will er, dass wir dieses Land verlassen.«

Muller kniff die Augen zusammen. »Sie kennen Dr. Collister. Er kann keiner Fliege etwas zuleide tun.«

»Aber ich habe ihn gesehen!« Gabriel unterstrich jedes seiner Worte mit einer energischen Geste.

»Dr. Collister wäre zu so einer Tat niemals in der Lage!« Muller hob einen Finger. »Und nun scheren Sie sich hier raus, fahren Sie nach Hause und schlafen Sie Ihren Rausch aus, ehe ich noch einmal scharf über Ihren Arbeitsvertrag nachdenke!«

Richtig, dachte Gabriel, nachdem die Tür hinter ihm zugefallen war. Collister wäre zu so einer Tat niemals in der Lage. Zumindest nicht allein. Er musste einen Verbündeten haben.

*

»Sie sind nicht zufällig ein Offizier mit der besonderen Begabung, schreiende Kinder zu beruhigen?« Margarete versuchte, sich ihre Anspannung nicht anmerken zu lassen. »Ich habe wirklich schon alles versucht.«

Sie war schnurstracks auf die Person zugelaufen, die ihnen auf dem Deck entgegengekommen war, und hatte so getan, als habe sie den Speisesaal lediglich verlassen, um die schreiende Marie zu beruhigen.

Die Person entpuppte sich als einer der Offiziere des Schiffes. Margarete erkannte den Mann wieder, weil sich die Besatzung zu Beginn der Überfahrt mit einer feierlichen Zeremonie vorgestellt hatte. Seinen Namen hatte sie sich aber nicht gemerkt. Er war einige Jahr älter als sie und sah ganz und gar anders aus, als sie sich einen Seefahrer vorgestellt hatte. Er war hager und blass, ganz so, als würde er in einem Büro arbeiten.

»Da muss ich Sie leider enttäuschen.« Der Offizier zuckte mit den Schultern, ohne seinen Schritt zu verlangsamen. »Bitte entschuldigen Sie mich.«

Margarete versuchte dem Mann den Weg zu versperren. Sie musste ihn um jeden Preis aufhalten, sonst würde er Clark und den bewusstlosen Deutschen entdecken. Sie machte noch einen Schritt in Richtung des Offiziers, während sie versuchte, die brüllende Marie durch sanftes Wiegen zu besänftigen. »Haben Sie denn keine Kinder zu Hause?«

Der Mann sah sie entgeistert an. »Wie bitte?« Er verlangsamte seine Schritte ein wenig, um nicht mit Margarete zusammenzuprallen, machte aber auch keine Anstalten, stehen zu bleiben.

Sie musste sich etwas einfallen lassen. Ohne Vorwarnung stieß sie einen Schrei aus, tat so, als käme sie ins Stolpern, taumelte auf den Offizier zu und drückte ihm die schreiende Marie in den Arm. Dann ging sie in die Knie und hielt sich das Bein, wobei sie sich alle Mühe gab, ein schmerzverzerrtes Gesicht zu machen.

Ihr Gegenüber geriet ins Stammeln. »Was, was ... Geht es Ihnen gut?« Irritiert hielt er Marie, die mittlerweile einen hochroten Kopf bekommen hatte, mit ausgestreckten Armen von sich.

Margarete stöhnte vor Schmerzen. »Eine Wespe. Sie hat mich gestochen, glaube ich.«

»Hier, auf hoher See?«

Margarete verfluchte sich für ihre Unüberlegtheit. Aber jetzt gab es kein Zurück mehr. Schwankend kam sie wieder auf die Beine, strauchelte und stützte sich auf der Schulter des Offiziers ab, der nun seinerseits ins Schwanken geriet. Die Szenerie wurde begleitet von Maries Geschrei, das sich in bisher ungeahnte Tonlagen hinaufgeschraubt hatte.

Der Offizier entpuppte sich als standhafter, als er ausgesehen hatte. Auf dem rechten Arm brachte er Marie zum Liegen, während er mit dem linken versuchte, Margarete zu stabilisieren. »Kommen Sie, ich bringe Sie zum Schiffsarzt. Der wird sich Ihr Bein ansehen.« Sanft zog er sie mit sich, weiter in die Richtung, in der Clark dabei war, den bewusstlosen Deutschen zu verstecken. Ob die Luft schon rein war?

Margarete versuchte, sich der Bewegung zu widersetzen, und täuschte ein starkes Humpeln vor. »Warten Sie, ich kann nicht so schnell. Es tut so weh!«

»Es wird schon gehen«, sagte der Offizier, der offenbar so schnell wie möglich aus dieser Situation fliehen wollte. Sie kamen der Stelle, an der der Deutsche gelegen hatte, immer näher. Hoffentlich hatte Clark den Körper verschwinden lassen!

Und dann sah Margarete ihn. Ihr Begleiter lehnte rauchend an der Reling und schaute in die Richtung, aus der sie, auf den Offizier gestützt, angehumpelt kam. Als sie beide in das Licht einer Laterne traten, riss er die Augen in gespieltem Erstaunen auf und kam auf sie zugelaufen. »Margarete, was ist los mit dir?«

Der Offizier seufzte erleichtert. »Sie kennen die Dame? Sie hat Schmerzen am Bein. Würden Sie die Freundlichkeit besitzen, sie zum Schiffsarzt zu geleiten? Ich habe dienstliche Verpflichtungen, denen ich nachkommen muss.«

»Natürlich.« Clark legte einen Arm um Margarete und ließ sich Marie bereitwillig in den anderen drücken. »Vielen Dank für Ihre Hilfe.«

Der Offizier strich seine Uniform glatt, nickte Clark zu und verschwand, so schnell es ihm möglich war. Margarete atmete auf und griff nach Marie, um sie fest an sich zu drücken. Ihre kleine Tochter hatte nun schon so lange geschrien! Margarete summte eine Melodie und wiegte ihren Körper auf und ab, um die Kleine zu beruhigen. Dann blickte sie Clark an. »Warst du erfolgreich?«

Er schüttelte mit dem Kopf. »Wir haben ein Problem.«

»Du meinst wohl, *du* hast ein Problem. Ich wüsste nicht, was ich mit alldem zu tun hätte.«

Clark wollte ihr eine Hand auf den Arm legen, zog sie jedoch zurück, als er ihre ausweichende Bewegung bemerkte. »Ich erkläre dir alles, das verspreche ich.« Er sah zu der Tür hinüber, hinter der vermutlich der Deutsche lag. »Aber erst musst du mir noch einmal helfen.«

Als Clark die Tür zu der dahinter liegenden Kammer öffnete, zuckte Margarete vor Schreck zusammen. Der Körper des Mannes war fest in etwas eingewickelt, das wie eine orangene Plane aussah. Ein Schlauchboot, kam Margarete in den Sinn. »Kriegt er dadrin überhaupt Luft?«

Clark seufzte. »Die braucht er nicht mehr.«

»Wie meinst du das?«

»Ich habe wohl ein wenig zu fest zugehauen.« Er seufzte erneut.

»Du meinst, er ist tot?«

Er nickte. »Wir müssen die Leiche loswerden.«

Margarete schüttelte verständnislos den Kopf. »Wie meinst du das? Du hast den Mann umgebracht!« Sie blickte Clark an, wobei ihr Kopf die Bewegung fortführte. »Wer ist dieser Mann? Und wer bist du?« Sie versuchte sich zu sammeln. »Worüber habt ihr euch unterhalten? Ich verlange Antworten.«

Clark fuhr sich mit der Hand durch die Haare. »Die wirst du bekommen. Ich verspreche es.« Er machte einen Schritt auf die Leiche zu. »Aber jetzt musst du mir noch ein letztes Mal zur Hand gehen.«

*

Was hatte er erwartet? Gabriel trat gegen einen Stein, der auf der staubigen Straße vor Mullers Baracke lag. Mit vor

Wut zitternden Fingern drehte er sich eine Zigarette und trabte los, ohne ein konkretes Ziel vor Augen zu haben. Seinen Wagen ließ er so stehen, wie er vor wenigen Minuten zum Halten gekommen war: quer auf der Straße vor der Baracke von Mullers Forschungsgruppe.

Der Professor hatte seinen Worten keinen Glauben geschenkt. Warum überraschte ihn das? Er war Gabriel, der Technikwart. Der Hausmeister. Der Indianer. Der Wilde. Die meisten Angestellten auf dem Hügel nahmen ihn kaum wahr. Noch weniger nahmen ihn ernst. Der Professor war zwar meistens freundlich zu ihm, doch das war nur Höflichkeit und Ausdruck eines schlechten Gewissens, weil er wusste, wie miserabel Gabriel bezahlt wurde. Wenn es hart auf hart kam, schenkte Muller ihm keinen Glauben. Und Muller war der einzige sogenannte Vertraute, den Gabriel auf dem Hügel hatte. Es gab niemanden sonst, an den er sich wenden konnte.

Er kramte in seiner Hosentasche nach dem Feuerzeug, fand es und drehte an dem metallenen Reibrad. Nichts. Gabriel stieß einen grunzenden Laut aus. Immer wieder versuchte er, die Gasflamme des Feuerzeugs zu entzünden, doch das verdammte Ding hatte den Geist aufgegeben. Für einen Augenblick züngelte eine winzige Flamme, doch im nächsten Moment war sie schon wieder erloschen. Gabriel vergrub es wieder in seiner Hosentasche und setzte seinen Weg fort, wobei er die Zigarette immer noch im Mundwinkel hielt. Plötzlich tippte ihn jemand von hinten an, knapp über der Hüfte. Er blieb stehen, drehte sich um und erblickte einen blonden Jungen, der ihm eine Packung Streichhölzer entgegenhielt. Das Päckchen klapperte, so sehr zitterte seine Hand. Gabriel starrte den Kleinen einige Sekunden lang an, dann zwang er ein Lächeln auf sein Gesicht.

»Feuer, Sir?«, fragte der Junge.

Gabriel nahm die Streichhölzer entgegen und nestelte eines aus der Packung. »Danke.« Er zündete seine Zigarette an und inhalierte genüsslich den Rauch. Dann gab er dem Jungen die Schachtel zurück, der sie mit der Faust umschloss und ohne ein weiteres Wort davonrannte.

Gabriel sah ihm einen Moment lang hinterher. Kurz spürte er das Verlangen, die Sache mit dem See einfach zu vergessen. Vielleicht hatte er sich Collisters Gesicht in jener Nacht ja tatsächlich nur eingebildet. Es wäre schön, einfach seiner Arbeit nachgehen zu können und sich nicht mit den illegalen Machenschaften auf dem Hügel abzugeben. Er war schließlich nicht der Sheriff. Doch welchen Preis hätte diese Ruhe? Der Pueblo hatte ihn verstoßen, und seine Frau war fortgegangen. Er würde nur Frieden mit seiner Sippe schließen können, wenn er diese Sache aus der Welt schaffte. Und dafür brauchte er Beweise. Hätte er doch nur einen Fotoapparat gehabt, als er Collister oben beim See beobachtet hatte! Einer seiner Lehrer im Internat hatte ihm seine Kamera gezeigt und versucht, ihm die Funktionsweise zu erklären. Gabriel hatte nicht alles verstanden, doch er wusste, dass er damit den Beweis hätte erbringen können, den er nun so dringend brauchte.

Er krümmte sich, als ein plötzlicher Hustenanfall ihn überkam. Ein junger Mann in Zivilkleidung, offenbar ein Wissenschaftler, blieb stehen und sah ihn an. »Geht es Ihnen gut?«, fragte er unnötig laut und betonte dabei jede Silbe. Offenbar war er unsicher, ob Gabriel ihn verstehen würde. Dieser machte eine unwirsche Geste mit der Hand und ging weiter, ohne ein Wort zu verlieren.

Wie würde ein Sheriff vorgehen, wenn es auf diesem

verdammten Hügel einen gäbe? Hier gab es nur Mathewson, und der war der Letzte, den Gabriel um Hilfe bitten konnte. Wenn er Muller überzeugen könnte, selbst mit hoch zum See zu kommen und sich auf die Lauer zu legen, dann würde der Professor mit eigenen Augen sehen, wer die heilige Quelle entweihte. Doch das war ausgeschlossen. Muller hatte klargestellt, dass er Gabriel keinen Glauben schenkte. Er würde sich nicht auf eine Nacht-und-Nebel-Aktion einlassen. Gabriel musste allein weitermachen.

Die Zigarette war schon beinahe bis zu Gabriels Fingern heruntergebrannt. Gierig zog er noch einmal an dem Stummel, bis er die Hitze an den Fingerkuppen spürte. Erneut wurde er von einem heftigen Husten geschüttelt. Er schnippte die Kippe auf die Straße und trat mit seinem Stiefel darauf. Dann sah er sich um. Überrascht sog er die Luft ein. Hatte das Schicksal ihn hierhergeführt? Er stand vor dem Haus der Collisters. Es war eines der Gebäude in der Bathtub Row, die ihren Namen dem Umstand verdankte, dass alle Häuser dieser Straße über ein eigenes Bad mit Wanne verfügten. Mehr Luxus war auf dem Hügel nicht zu bekommen.

Gabriel spürte einen Kloß im Hals. Maria arbeitete bei den Collisters als Haushälterin. Ob sie wohl gerade vor Ort war? Oder hatte sie freibekommen? Gabriel musste sich eingestehen, dass er nicht richtig zugehört hatte, als Maria von ihren Plänen für eine Fahrt zu ihren Verwandten erzählt hatte. Hatte sie am Ende nicht nur ihm, sondern auch dem Hügel den Rücken gekehrt?

Wie von unsichtbaren Fäden gezogen, bewegte sich Gabriel von der Straße weg und auf das Haus der Collisters zu. Er ging an der hölzernen Veranda vorbei, auf der ein Schaukelstuhl verstaubte, und bemerkte, dass an der Seite des Hauses ein Fenster offen stand.

Ein kurzer Blick konnte ja nicht schaden.

*

Margaretes Blick war starr auf die Wasseroberfläche gerichtet, auch wenn sie dort im schwachen Licht, das vom Deck des Schiffes kam, kaum etwas erkennen konnte. Ihre Hände umklammerten die metallene Reling so fest, dass ihre Knöchel weiß hervortraten. Marie schlummerte auf dem Boden des Decks, eingewickelt in Clarks Jacke.

Vor wenigen Sekunden war der Deutsche dort unten vor ihren Augen in den Wellen verschwunden. Die orangefarbene Plane des Schlauchbootes war noch einen Moment lang zu sehen gewesen, dann hatten die Fluten sie verschluckt. Ob der Körper des Deutschen mittlerweile auf dem Meeresgrund angekommen war? Wie tief war der Atlantik hier vor der portugiesischen Küste?

Es dauerte einige Sekunden, bis der Gedanke endgültig in Margaretes Bewusstsein ankam. Sie hatte Clark gerade dabei geholfen, eine Leiche zu beseitigen! Hatte sie sich dadurch nicht mitschuldig gemacht? Zugegeben, Labes war ein Mörder gewesen, ein Monster, das sicherlich nicht nur Willi und Ida, sondern auch viele andere unschuldige Menschen auf dem Gewissen hatte. Trotzdem war es falsch, Gleiches mit Gleichem zu vergelten. Oder? Einem Richter konnte sie vielleicht schildern, dass nicht sie Labes getötet hatte. Das war Clark gewesen. Aber sie half ihm gerade dabei, den Mord zu vertuschen. Doch konnte man in diesem Fall überhaupt von Mord sprechen? Hatten sie nicht in Notwehr gehandelt?

In diese Kaskade von Gedanken preschte mit einem Mal eine einzige Frage: Was hatte Clark überhaupt mit Labes zu schaffen gehabt? Langsam wandte Margarete den Blick von der finsteren Wasseroberfläche ab und drehte den Kopf in seine Richtung. Er blickte gedankenverloren auf das Meer hinaus. »Was wollte Labes von dir?«

Clark atmete tief ein und aus, dann sah er ihr in die Augen. »Ich arbeite für ihn.«

Margarete riss die Augen auf. »Du tust was?«

»Ich habe für ihn gearbeitet.« Clark wandte den Blick wieder von ihr ab und lehnte sich über die Reling, um irgendetwas tief unter ihm zu beobachten.

Margarete verschränkte die Arme vor dem Körper. »Clark, du schuldest mir eine Erklärung! Ich verlange zu wissen, was hier gespielt wird. Ich bin dir gerade auf eine Reise gefolgt, die mich auf einen anderen Kontinent führt, auf dem ich niemanden kenne, und ich weiß nicht, was mich dort erwartet. Alles nur, weil ich dir vertraut habe. Und nun arbeitest du für den Mann, der meine Freunde ermordet hat?« Sie gab ihm eine schallende Ohrfeige. »Was ist hier los, verdammt?«

»Hey, stop that!« Clark wandte sich ihr zu. Margarete hätte ihn am liebsten noch mal geschlagen, als sie sah, dass er grinste.

»Es ist eine lange Geschichte.« Das Grinsen verschwand aus seinem Gesicht. »Ich bin vor einigen Wochen nach Deutschland gekommen, mit einem Flugzeug. Über der Nordsee haben sie mich abgeschossen. Ich bin mit einem Fallschirm abgesprungen, geriet jedoch in deutsche Gefangenschaft.«

»Was war dein Auftrag hier?«, unterbrach ihn Margarete.

»Ich sollte dich finden.«

»Mich?« Margarete legte den Kopf schief. »Das kann nicht sein. Niemand kennt mich. Weder hier noch in den USA.«

Clark lachte. »Nicht dich im Speziellen. Ich sollte Menschen finden, die für das deutsche Atomprogramm arbeiten. Ich sollte herausfinden, wie weit ihr mit dem Bau der Bombe seid.«

»Ich arbeite nicht für das deutsche Atomprogramm! Mein Gott, es gibt nicht einmal ein deutsches Atomprogramm!« Margarete war kurz davor, Clark eine weitere Backpfeife zu verpassen.

»Stimmt ja.« Clark zwinkerte ihr zu. »Das hatte ich vergessen. Jedenfalls sollte ich Leute wie dich rekrutieren und in die USA bringen, damit sie für uns arbeiten. Doch dann geriet ich in deutsche Gefangenschaft. Nachdem Labes und seine Schergen mich einige Tage lang intensiv befragt hatten, willigte ich zum Schein ein, für sie zu arbeiten.«

»Was solltest du tun?«

»Der Auftrag blieb derselbe. Ich sollte dich finden.«

Margarete lief ein Schauer über den Rücken. Konnte es wahr sein, dass die Gestapo so viel Energie darauf verwandt hatte, ihrer habhaft zu werden? »Das heißt, du hast die ganze Zeit für Labes gearbeitet?« Margarete schüttelte den Kopf und ließ die Schultern hängen.

Clark deutete mit den Händen auf das Meer vor ihm. »Wie du siehst, habe ich mich gerade auf sehr deutliche Art und Weise von ihm distanziert!« Er legte seine Hand auf ihre. »Ich bin auf deiner Seite, Liebes.«

Seine Hand war warm und schwer. Die Berührung fühlte sich gut an. Einen Moment lang kämpfte Margarete gegen das wohlige Gefühl an. Durfte sich das hier gut anfühlen? Beziehungsweise warum durfte es das nicht? Sie brauchte jemanden, dem sie vertrauen konnte. Sie war es nicht mehr gewohnt, auf sich allein gestellt zu sein.

Das Heulen einer Sirene riss Margarete aus ihren Gedanken. Ein erneutes Zittern erfasste ihre Gliedmaßen, diesmal heftiger, und im selben Augenblick überspülte sie eine tiefschwarze Welle aus Erinnerungen. Erinnerungen an einige der schlimmsten Minuten ihres Lebens, die sie im vergangenen Sommer auf einer Brücke über den Main erlebt hatte. Dort war sie mit Wilhelm und Ida mitten in einen feindlichen Bomberangriff geraten. Sie presste Marie an ihre Brust und klammerte sich mit der freien Hand an die Reling. Dann blickte sie sich mit zusammengekniffenen Augen um und versuchte, in der Dunkelheit etwas zu erkennen.

Wolken verdeckten Mond und Sterne, die Nacht war pechschwarz. Die wenigen anderen Passagiere, die draußen standen, reckten die Hälse und spähten in den Himmel. Margarete tat es ihnen gleich und lauschte, ob sie irgendwo in der Ferne die Motoren von Flugzeugen hören konnte.

»Du schaust in die falsche Richtung.« Clark deutete mit dem Finger in die Dunkelheit vor ihnen. »Du musst weiter unten suchen. Die Wölfe haben Witterung aufgenommen.«

*

Gabriel schlich an der Seite des Hauses von Ehepaar Collister entlang und ging auf Hände und Knie hinunter, um nicht durch das geöffnete Fenster hindurch gesehen zu werden. Sorgfältig achtete er darauf, nicht aus Versehen auf einen Stock oder trockenes Laub zu treten und sich durch ein Geräusch zu verraten. Er kroch vorwärts, bis er unter dem Fenster angekommen war. Die Holzschindeln der Fassade gaben in der Sonne einen harzigen Geruch ab.

Hockend lauschte Gabriel. Zunächst vernahm er kaum ein Geräusch außer dem immerwährenden Pfeifen des Windes über dem Hügel. Erst mit der Zeit fokussierte sich seine Wahrnehmung, und er konnte Laute in der Umgebung ausmachen. Irgendwo über ihm röhrten die Motoren eines Flugzeugs, und weit im Osten dröhnten Explosionen von Testsprengungen. Doch aus dem Haus der Collisters kam kein Mucks.

Gabriel wollte sich gerade erheben, um einen Blick in das Zimmer hinter dem Fenster zu werfen, doch dann hörte er, wie eine Tür geöffnet wurde. Schwere Schritte ertönten, die die Dielen zum Knarren brachten. Die Person, die den Raum betreten hatte, blieb stehen. Dann hörte Gabriel fließendes Wasser. Weitere Schritte ertönten, diesmal leiser, federnder. Dann eine männliche Stimme. »Wir machen also einfach so weiter wie bisher? Das ist doch Wahnsinn!«

»Ich bezahle dich nicht fürs Fragenstellen«, erwiderte ein anderer Mann. Gabriel zuckte beim Klang der Stimme zusammen. Kein Zweifel, es war Mathewson.

»Aber, aber …« Der erste Mann, vermutlich Collister, stockte. »Wenn der Indianer von den Abfällen weiß, dann … Er kann uns ins Gefängnis bringen!«

»Bullshit!« Ein Knall ertönte. Mathewson hatte wohl mit der Hand auf eine Tischplatte gehauen. »Niemand glaubt einer Rothaut. Nicht mal Muller. Sei keine Memme, Collister!«

Gabriel glaubte, sein Herz müsse jeden Moment stehen bleiben. Seamus Collister und Mathewson steckten tatsächlich unter einer Decke! Und nun breiteten sie genüsslich ihre Pläne vor ihm aus. Das war beinahe zu einfach, um wahr zu sein. Gabriel hielt die Luft an und lauschte weiter.

»Und was ist, wenn Muller anfängt, Fragen zu stellen? Was sagen wir ihm, wo die Abfälle gelandet sind?« Collisters Stimme bebte.

»Vergiss Muller. Er wird uns in Ruhe lassen, dafür habe ich gesorgt.« Wieder ertönten Schritte. Als Mathewsons Stimme erneut erklang, setzte Gabriels Herzschlag tatsächlich für einen Moment aus. Der Agent war an das Fenster getreten, unter dem Gabriel hockte. Er traute sich nicht, den Kopf zu drehen, deswegen konnte er nicht sehen, in welche Richtung Mathewson blickte. Offenbar hatte der Sicherheitschef ihn aber noch nicht entdeckt, denn er sprach einfach weiter. »Ich habe den alten Zausel in der Hand.«

»Wie das?«, fragte Collister.

»Lass das meine Sorge sein. Im Moment musst du nur wissen, dass hier eine Menge Geld zu verdienen ist.«

»Und was ist mit dem Jungen?«

Mathewson gab nur ein fragendes Grunzen von sich.

»Ich meine Adrian. Den Toten.«

Mathewson grunzte noch einmal. »Was ist mit dem? Er ist tot. Der erzählt keinem mehr ein Wort.«

»Und seine Leiche?«

»Ist weg.«

»Was heißt weg?«

»Musst du nicht wissen.« Die Lichtverhältnisse über Gabriel änderten sich ein wenig. Offenbar hatte Mathewson sich bewegt.

»Was ist mit Gabriel?«, fragte Collister. »Er ist der Vorsteher des Pueblos. Er wird Nachforschungen anstellen.«

Mathewson bewegte sich erneut, danach klang seine Stimme gedämpfter. Wahrscheinlich hatte er sich zu Collister umgedreht. »Was soll die Fragerei? Willst du aussteigen? Du weißt, dass du für mich dann potenziell gefährlich wärst. Ich bin mir nicht sicher, ob du das willst.«

Collister fing an zu stottern. »Daniel, so war es doch nicht gemeint. Ich will doch nur sichergehen, dass ...«

»Scheiß drauf«, unterbrach ihn Mathewson. »Hör auf, dir Gedanken zu machen. Ich habe alles im Griff. Pocahontas ist keine Gefahr für uns.« Er stockte. »Apropos Pocahontas: Arbeitet seine Frau nicht für euch?«

»Maria? Ja. Aber sie hat sich ein paar Tage freigenommen. Irgendetwas Familiäres.«

Mathewson seufzte. »Zu schade. Die Kleine ist ein scharfes Luder. Viel zu elegant für Pocahontas. Sei ehrlich, Seamus, hast du schon mal ...?«

Ehe Collister auf die Bemerkung reagieren konnte, sprang Gabriel aus seiner Deckung heraus. Mit einer fließenden Bewegung und ohne einen weiteren Gedanken wirbelte er herum, packte Mathewson von hinten durch das geöffnete Fenster, schlang sein Arme um die Hüfte des Agenten und zerrte ihn über den Fenstersims. Krachend ging er vor Gabriels Füßen zu Boden. Ehe Mathewson verstand, was mit ihm geschehen war, warf Gabriel sich auf ihn und schlug ihm eine Faust ins Gesicht.

*

Margarete blickte in die Richtung, in die Clark zeigte. »Ich kann nichts erkennen. Was meinst du? Was hat es mit dem Alarm auf sich?«

In diesem Moment erhellte ein greller Lichtblitz die

Nacht. Mit einem Mal kam das ganze Panorama, wie von einem Stroboskop beleuchtet, zum Vorschein. Die flachen Wellenberge, die sanft gekräuselte Wasseroberfläche, dort, wo Böen darüberstreiften – und das explodierende Dampfschiff, das etwa dreihundert Meter entfernt fuhr und aussah, als hätte eine riesige göttliche Faust darauf eingeschlagen.

Instinktiv ging Margarete in die Knie und suchte hinter der Reling Deckung. Einige Sekundenbruchteile später erreichte die Schallwelle der Explosion die RMS Caronia. Und mit dem Schall der Druck. Margarete spürte, wie ihre Trommelfelle gedehnt wurden, als der ohrenbetäubende Knall ertönte. Das Schiff neigte sich seitlich, und Margarete musste ihr Gewicht verlagern, um nicht zu stürzen. Kurz fürchtete sie, die Caronia könnte kentern, doch dann schwankte das riesige Schiff wieder in die Ausgangsposition zurück.

»Ein U-Boot-Angriff!«, rief Clark neben ihr. Auch er war in die Hocke gegangen. »Das Rudel hat uns gefunden!«

Margarete nahm Marie auf den Arm, die von der Explosion aufgewacht war und vor Angst schrie. Schon wieder. Ihre helle Stimme drang nach dem Lärm der Explosion kaum an Margaretes Ohren. Sie fühlte sich, als hätte ihr jemand Wachs in die Gehörgänge gegossen. »Was können wir tun?«, brüllte sie, ohne selbst einschätzen zu können, wie laut ihre Stimme war.

»Nichts«, rief Clark zurück. »Wir können nur abwarten. Die Crew weiß schon, was zu tun ist.«

Eine weitere Detonation, diesmal weiter weg, erschütterte die Nacht. Im nächsten Moment donnerten zwei Propellermaschinen über die Caronia hinweg.

Margarete zog den Kopf ein. »Werden wir nun auch noch aus der Luft angegriffen?«

»Nein, das sind unsere Leute.« Clark erhob sich und sah den Flugzeugen hinterher. »In unserem Konvoi befindet sich auch ein Flugzeugträger, genau für solche Fälle.«

Margarete richtete sich auf und lugte über die Reling. Vor ihr entfaltete sich eine gespenstische Kulisse. Der dunkle Nachthimmel, beinahe ohne Sterne, darunter die tiefschwarzen Wogen des Atlantiks. Wie ferne Gebirge wirkten die Silhouetten der Schiffe, die sie begleiteten, spärlich beleuchtet von dem brennenden Dampfer, der als Erster getroffen worden war. Langsam gewöhnten Margaretes Augen sich an das Zwielicht, als plötzlich erneut gleißendes Weiß die Szenerie erhellte. Mehrere starke Lichtkegel, die Margarete an die Flakscheinwerfer in Leipzig erinnerten, richteten sich auf die Meeresoberfläche und streiften suchend über die Wellen.

»Sie versuchen, die Angreifer zu finden, damit die Bomber ihnen den Garaus machen können«, kommentierte Clark das Geschehen. Im nächsten Moment detonierte etwas auf der Meeresoberfläche. Diesmal wurde jedoch kein Schiff getroffen. Eine gewaltige Wasserfontäne bildete sich dort, wo offenbar eine Fliegerbombe explodiert war. Kurz darauf erbebte die Caronia unter ihren Füßen, erhob sich aus den Fluten und schien für einige Sekunden zu schweben. Margarete spürte, wie sie den Halt verlor. Verzweifelt kämpfte sie darum, das Gleichgewicht wiederzufinden, schaffte es nicht und kippte vornüber über die Reling. Panisch presste sie Marie an sich, während ihr Körper über die hüfthohe Balustrade glitt.

Dann stürzte sie. Hätte man sie später gefragt, sie hätte nicht wiedergeben können, welche Gedanken in diesem Moment durch ihren Kopf schossen. Der Augenblick des freien Falls rauschte an ihr vorbei, dann durchbrach sie die

Wasseroberfläche, und die Welt versank in Dunkelheit. Zwei, drei Sekunden lang war alles still, beinahe friedlich. Der Lärm der Explosionen war in weite Ferne gerückt, die Eiseskälte des Wassers wirkte beruhigend wie eine Droge. Dann drückten die Gesetze der Physik sie wie einen Korken nach oben, wieder durchstieß sie die Trennlinie zwischen den Elementen, und das Gebrüll des Krieges kehrte mit Wucht zurück.

Voller Panik riss Margarete die Augen auf, um sich zu vergewissern, dass sie Marie während des Fallens nicht losgelassen hatte. Ihr ganzer Körper schmerzte, und sie konnte kaum ein Glied rühren, weil ihre Muskeln krampften. Doch Marie war noch da, blinzelte heftig wegen des Salzwassers und setzte gerade zu einem markerschütternden Schrei an, als eine Welle über sie beide hinwegspülte. Wieder verstummte das Getöse um sie herum, nur um kurz darauf wieder aufzuwallen. Margarete strampelte panisch mit den Beinen, um sich und Marie über Wasser zu halten. Niemals würde sie ihr Kind loslassen!

Erst dann realisierte sie, was passiert war. Sie war mitten in einem U-Boot-Angriff über Bord gegangen und trieb nun hilflos im Atlantik! Bei diesem Gedanken erinnerte sie sich daran, dass sie nicht allein an der Reling gestanden hatte. Sie blickte nach oben und versuchte, Clark in der Finsternis auszumachen. Ihr Blick suchte die Reling der Caronia ab, glitt nach links und dann nach rechts. Doch Clark war nicht dort. Er war nicht dort!

Die Erkenntnis, dass er sie im Stich ließ, traf Margarete wie ein Schlag. Doch statt Angst empfand sie Ärger. Am meisten ärgerte sie sich über sich selbst. Wie hatte sie sich nur auf Clark verlassen können, auf einen völlig Fremden, der offenbar nicht davor zurückschreckte, diejenigen zu verraten, die auf ihn vertrauten? Nie wieder, schwor sie sich in diesem Moment. Nie wieder würde sie so leichtsinnig sein. Beinahe hätte sie lachen müssen, als sie realisierte, dass sie dazu wohl auch keine Gelegenheit mehr bekommen würde.

Eine Bewegung an der Reling erregte ihre Aufmerksamkeit. Dort oben trat jemand aus dem Schatten! Es war Clark. Und er hielt einen Rettungsring in den Händen!

*

»Du Schwein!«, zischte Gabriel und drosch Mathewson eine weitere Faust ins Gesicht. »Sprich nicht so über Maria!«

Mathewson spuckte ihm ins Gesicht und lachte. Gabriels Schläge schienen ihm nichts auszumachen. Der Agent verfügte über die Konstitution eines Bären.

In Gabriels Gehirn ratterte es. Ihm war klar, dass es aus dieser Situation keinen guten Ausweg gab. Er hatte die Entscheidung getroffen, Mathewson anzugreifen, und mit den Konsequenzen musste er nun leben. Nun, eigentlich hatte sein Körper die Entscheidung ohne ihn getroffen. Als Mathewson begonnen hatte, von Maria zu sprechen, war eine Sicherung bei Gabriel durchgebrannt. Daraufhin hatte sich ein Kampf entwickelt, der erst mit dem Knockout eines der Kontrahenten enden würde. Gabriel hatte nicht vor, diese Person zu sein. Mit einem weiteren Schlag versuchte er, diese Ansicht zu unterstreichen.

»Was soll ich tun?«, rief Collister, der oben am Fenster stand und die Hände vor das Gesicht geschlagen hatte. »Ich … ich …«, stotterte er, doch seine Stimme versagte.

Stattdessen machte er eine Geste, die aussah, als wolle er sich bekreuzigen.

»Mach die Sau kalt!«, brüllte Mathewson.

»Aber …«, kam es von oben, dann verstummte Collister. Mit einem Blick vergewisserte sich Gabriel, dass dieser ins Haus gelaufen war. Wollte er Hilfe holen? Ein furchtbarer Schmerz durchzuckte seine Stirn. Erst nachdem er seitlich von Mathewsons Körper heruntergekippt und rücklings liegen geblieben war, dämmerte ihm, dass der Agent ihm einen heftigen Schlag auf den Kopf verpasst hatte. Es fühlte sich an, als sei die Schädeldecke zersplittert. Immer noch dröhnte die Wucht des Aufpralls in Gabriels Ohren.

»Endlich habe ich einen Grund, dich loszuwerden.« Mathewson stützte sich mit der Hand auf einem Knie ab und erhob sich schwankend. Dann trat er an Gabriel heran und setzte ihm einen Stiefel auf den Brustkorb. »Auf diesen Moment habe ich schon lang gewartet.« Er verlagerte sein Gewicht mehr und mehr auf das Bein, mit dem er seinen Kontrahenten auf den Boden drückte.

Gabriel blieb die Luft weg. Sein Körper verlangte nach frischem Sauerstoff, doch Mathewsons Stiefel drückte seine Luftröhre zu. Instinktiv wollte Gabriel etwas erwidern, einfach nur, um nicht klein beizugeben. Er brachte jedoch keinen Ton heraus. Allmählich wurde ihm schwarz vor Augen. Mathewson drückte immer fester zu. Gabriel hörte sein Brustbein knacken. Wenn nicht gleich etwas passierte, würde der Agent ihm die Rippen brechen.

Immerhin waren seine Hände frei. Fieberhaft klopfte er die Taschen seiner Jacke ab. Irgendwo musste doch sein Messer stecken oder wenigstens ein Schlüssel oder irgendein Werkzeug, mit dem er Mathewson in die Knie zwingen konnte. Er fand nichts. Die Taschen seiner Jacke waren leer.

In Gedanken verfluchte er seine Ordnungsliebe. Seine Werkzeuge lagen säuberlich aufgereiht in der Werkstatt im Hochsicherheitsbereich. Verzweifelt vergrub er die Hände in den Hosentaschen, und dort stieß er endlich auf etwas, das ihm nützlich erschien. Mit zitternden Fingern zog er sein Feuerzeug hervor, ließ den Verschluss aufschnappen und drehte das Zündrad.

Nichts geschah. Das verfluchte Ding funktionierte noch immer nicht. Währenddessen drückte Mathewson immer fester zu. Gabriel bemerkte, wie schwarze Flecken in seinem Sichtfeld auftauchten. In wenigen Sekunden würde er bewusstlos werden. Wieder und wieder betätigte er den Zündmechanismus des Feuerzeugs. Das kratzende Geräusch ging im Lärm des Handgemenges unter. Irgendwie musste es doch …

Als endlich eine kleine Flamme aufloderte, zog Gabriel das Hosenbein des Agenten nach oben und versengte dessen Wade. Mathewson stieß einen Schrei aus, der eher nach Ärger als nach Schmerz klang, doch er verlagerte für einen kurzen Moment sein Gewicht. Gabriel reagierte blitzschnell, rollte sich zur Seite und kam auf die Beine, auch wenn die Welt sich um ihn drehte, als säße er in dem Karussell, das er einmal auf dem Jahrmarkt in Santa Fe gesehen hatte. Mit letzter Kraft warf er sich auf seinen Widersacher und versuchte, das Feuerzeug als Schlagwaffe einzusetzen.

Mathewson wich seinem Hieb aus und packte Gabriels Arme. Sein Griff war eisern. Voller Wut rammte Gabriel dem Agenten sein Knie in die Weichteile, so dass Mathewson keuchend zu Boden ging. Gabriel reckte das Feuerzeug in seiner Faust weit über den Kopf in die Höhe, um es dem Agenten auf den Schädel zu hämmern.

»Nimm die Hände hoch, Gabriel!« Collisters Stimme klang leise und zittrig, dennoch brachte sie den Kampf der beiden Kontrahenten zu einem jähen Ende. In der entstandenen Stille konnte Gabriel deutlich das metallische Klicken hören, das entstand, als Collister den Revolver entsicherte, den er in seinen Händen hielt. Gabriel hob die Arme über den Kopf. Ein heftiger Schlag traf seinen Hinterkopf, dann versank die Welt endgültig in Schwärze.

*

Vier Tage und Nächte lang wanderte Margarete durch ein dunkles Land. Wobei wandern kaum das richtige Wort war. Eher flog sie oder schwebte. Vielleicht stand sie auch völlig still. In ihrem Umfeld war nichts auszumachen, das eine Orientierung erlaubt hätte. Es war eher ein körperliches Gefühl, das sie glauben ließ, sich fortzubewegen. Leichte Veränderungen der Temperatur, hier und da ein kühler Luftzug auf der schweißnassen Stirn. Gott, war ihr heiß! Ab und an schien auch das Grau um sie herum zu changieren, doch die Veränderungen gingen so langsam vor sich, dass Margarete nicht sicher war, ob sie nicht nur Einbildungen waren.

Dann, am fünften Tag, manifestierte sich vor ihr im dunklen Grau ein etwas hellerer Schemen. Ein dumpfer Fleck, der langsam größer wurde. Kam er ihr entgegen? Oder bewegte sie sich auf ihn zu? Margarete hatte nicht das Gefühl zu gehen, eher schwebte sie oder wurde gezogen. Der Fleck füllte beinahe schon ihr ganzes Sichtfeld aus. Kalte Panik ergriff sie, als sie ihn erkannte. Es war die Felswand. Die Wand aus Muschelkalk in Haigerloch. Nun sah sie auch den Eingang, den schwarzen Spalt im weiß leuchtenden Stein. Sie versuchte, sich gegen die Bewegung zu stemmen, doch ihre Muskeln gehorchten ihr nicht. Sie glitt weiter auf den Berg zu, bis sie schließlich in ihn eintauchte.

Schwärze umfing sie.

Dann wachte sie auf.

Auf Margaretes Stirn lag etwas Nasses, Kaltes. Blinzelnd öffnete sie die Augen. Sie befand sich in einem Bett, in einem engen Raum aus Metall. Durch kleine runde Fenster drang Sonnenlicht hinein. Eines der Fenster war geöffnet und erlaubte einer warmen und feuchten Luftmasse, in das eigenartige Zimmer zu strömen. Ein helles Geräusch lag in der Luft. Es erinnerte sie an Urlaub an der Ostsee.

Margarete zuckte zusammen, als sich die Tür der Kammer öffnete. Ein Mann kam herein und lächelte sie an. Er hatte blonde, gewellte Haare und rötliche Haut, als hätte er einen Sonnenbrand.

Dann fiel ihr alles wieder ein. Für einen Moment überkam sie die Erinnerung an die kalten Wassermassen, an ihre krampfenden Muskeln, an Maries angstverzerrtes Gesicht. Und an Clark, der oben an der Reling mit einem Rettungsring aufgetaucht war. Geschickt hatte er den Ring so geworfen, dass er nur wenige Meter von Margarete entfernt auf der Wasseroberfläche gelandet war. Mit letzter Kraft gelang es ihr, sich darauf zuzubewegen, wobei sie sich auf den Rücken drehte, um Marie über Wasser zu halten. Margarete spürte, wie ihre Kräfte sie verließen. Sie war sich absolut nicht sicher, ob sie den rettenden Reifen erreichen würde. Sie hatte nur die Beine und einen Arm zum Paddeln. Mit dem anderen Arm presste sie Marie an sich. Sie würde ihre Tochter niemals loslassen, auch wenn es sie beide das Leben kostete.

Die heranrollenden Wellen überspülten sie immer wieder. Doch nach einer gefühlten Ewigkeit war sie am Ziel. Sie umklammerte den Reifen mit dem rechten Arm und spürte im nächsten Moment, wie sie in die Höhe gezogen wurde. Ihre Finger krallten sich in das nasse Gummi des Reifens. Ruckartig ging es aufwärts. Schon befand sich Margaretes Hüfte über der Wasseroberfläche. Ein grimmiges Lachen entfuhr ihrer Kehle.

Doch dann fing ihre Hand an, von der rutschigen Oberfläche des Reifens abzugleiten. Margarete spürte, dass sie keine Chance hatte. Sie wandte ihre gesamte Kraft auf, klammerte sich an den Ring, bis ihre Muskeln schmerzten. Doch die Bewegung war nicht mehr aufzuhalten. Mit einem kurzen, enttäuschten Schrei fiel sie hinab in die Dunkelheit. Erneut schlugen die Wellen über ihrem Kopf zusammen. Sie schlang die Arme fest um Marie. Sie würde sie nicht verlieren, niemals.

Keuchend kam sie wieder an die Oberfläche. Keine Zeit zum Fluchen, sie musste es noch einmal versuchen oder ertrinken. Mit einigen Paddelbewegungen ihrer Beine erreichte sie den Reifen und schlang einen Arm darum. Dann packte sie mit der Hand den Stoff ihrer Jacke, um sicheren Halt zu bekommen. Sie schaute nach oben. Clark hatte sie fest im Blick.

Im nächsten Moment ging wieder ein Ruck durch den Reifen. Jetzt bloß nicht loslassen, koste es, was es wolle! Margarete biss die Zähne aufeinander. Stück für Stück wurde ihr Körper aus dem Wasser gehoben, bis ihre Füße über der Oberfläche schwebten. Es funktionierte! Schmerzen durchzuckten ihre Hand, ihren Ellbogen, ihre Schulter. Muskeln und Sehnen wurden bis zum Zerreißen gedehnt. Margarete wusste, dass sie nicht die Kraft haben würde, ein weiteres Mal aufzutauchen, wenn sie erneut stürzen sollte.

Eine Explosion in der Nähe ließ einen Schauer eisigen Wassers über sie niedergehen. Margarete hielt die Luft an. Gleich musste sie oben sein! Sie bemerkte, dass sie die Augen fest zugepresst hatte und ihr Kiefer knirschte. Sie musste sich entspannen! Ein Krampf würde sie das Leben kosten. Vorsichtig öffnete sie die Augen. Was sie sah, hätte ihr ein Lächeln auf die Lippen gezaubert, hätte sie es geschafft, auch nur einen Muskel zu bewegen. Marie hatte den Mund zu einem staunenden Lachen geöffnet und blickte sich neugierig um. Glückliche Marie, dachte Margarete. Du verstehst noch nicht, was um dich herum vorgeht. Du siehst nicht die Gefahr. Du weißt nicht, wie düster die Welt ist.

Dann hatten sie die Reling erreicht. Feste Hände packten sie an den Schultern und zogen sie an Deck. Sie sah Clark, sank in seine Arme, und alles wurde schwarz.

Nun, vier Tage später, war die Helligkeit in Margaretes Leben zurückgekehrt. Clark stand strahlend an ihrem Bett. Im Arm hielt er Marie, die friedlich schlief. Er reichte Margarete ihre Tochter, die sie behutsam an sich drückte. »Wie geht es dir, mein Engel?« Seufzend schüttelte sie den Kopf. »Meine arme Marie, was musst du alles ertragen?« Bei dem Gedanken daran, dass sie mitsamt ihrer Tochter mitten im Atlantik über Bord gegangen war, wurde ihr ganz flau. Wenn sie in Amerika ankam, würde sie sich aus allem Ärger heraushalten, so viel war sicher. Marie sollte in Sicherheit aufwachsen.

Clark setzte sich auf die Bettkante und blickte Margarete an. »Du bist wieder da.« Er legte seine Hand auf ihre Stirn. »Und du glühst nicht mehr.«

»Ich hatte grässliche Träume.«

»Du hattest hohes Fieber. Wir haben uns Sorgen gemacht. *Ich* habe mir Sorgen gemacht.« Clark sah sie einige Sekunden lang nachdenklich an. Dann beugte er sich zu ihr hinab und küsste sie.

Margarete war zu überrascht, um zu reagieren. Sie wollte auch gar nicht reagieren. In diesem Moment wollte sie gar nichts mehr. Alles war gut so, wie es war. Eine gefühlte Ewigkeit lang spürte sie Clarks Lippen auf ihren, dann löste er sich von ihr und lächelte sie verträumt an.

»Du hast mir das Leben gerettet«, sagte sie, dann ereilte sie eine düstere Erinnerung und verfinsterte ihre Miene. »Der Angriff … Was ist mit dem Konvoi passiert?«

Clark fuhr sich mit der Hand durch die Haare. »Wir sind glimpflich davongekommen. Drei unserer Schiffe wurden versenkt, aber dann hat das Rudel plötzlich von uns abgelassen.«

»Und hier an Bord? Gab es Verletzte?«

»Nach dem Angriff wurde lediglich ein Passagier als vermisst gemeldet.« Clark presste die Lippen aufeinander. »Man hat ihn nicht wiedergefunden. Vermutlich ist er über Bord gegangen, als unser Kahn ins Straucheln geriet.«

Margarete blickte ihrem Retter lang und tief in die Augen. Und dann verstand sie.

*

Gabriels Welt bestand aus einem dumpfen Brummen, durchsetzt von gelegentlichem Scheppern und Rumpeln. Erst weit nach den akustischen Signalen trafen auch die sensorischen Reize in seinem Bewusstsein ein. Er fühlte sich, als habe ihn eine Dampflok überrollt. Sein Kopf dröhnte, seine Muskeln kreischten, und einige Knochen schienen gebrochen zu sein.

Stück für Stück setzten sich in Gabriels Verstand Fragmente von Erinnerungen und Wahrnehmungen zusammen. Mathewson hatte ihn ausgeknockt, daran konnte kein Zweifel bestehen. Gabriel hatte keine Kraft mehr übrig, um die Augen zu öffnen, doch das Brummen, das er hörte, gehörte vermutlich zum Pick-up des Sicherheitschefs. Im Gesicht konnte Gabriel den Fahrtwind spüren, also lag er wohl auf der Ladefläche. Eine leichte Bewegung seiner Gliedmaßen verriet ihm, dass Mathewson ihn an Händen und Füßen gefesselt hatte.

Er musste die Augen nicht öffnen, um zu wissen, dass seine Lage aussichtslos war.

Gabriel rollte auf die Seite und versuchte in eine angenehmere Position zu gelangen. Dann atmete er tief aus und ergab sich seinem Schicksal. Das monotone Geräusch des Motors hatte etwas Beruhigendes. Die Straße schien sanft bergab zu führen. Vater Sonne streichelte Gabriels Gesicht. Es war ein beinahe friedlicher Moment. Für einige Minuten gelang es ihm sogar, einzunicken.

Ein abruptes Bremsmanöver riss ihn aus dem Schlaf. Sofort kehrten die Schmerzen zurück, stärker noch als zuvor. Blinzelnd versuchte er, die Augen zu öffnen. Das Sonnenlicht blendete ihn, so dass er seine Umgebung nicht erkennen konnte. Doch die Stimme, die sich in barschem Tonfall an ihn wendete, erkannte er ohne Zweifel. »Endstation, alle Rothäute aussteigen!«

Gabriel zwang sich dazu, die Augen aufzureißen, auch wenn es ihm Schmerzen bereitete. Schemenhaft schälten sich Formen aus den explodierenden Sternen hinter seinen Lidern. Er lag tatsächlich auf der Ladefläche eines Trucks, Mathewson stand mit in die Hüften gestemmten Händen davor und grinste ihn an. Die Umgebung war flach, steinig und spärlich von Kakteen durchsetzt. Gabriel blickte sich um, doch die Landschaft sah in allen Himmelsrichtungen gleich aus. Sie mussten sich ein gutes Stück vom Hügel entfernt haben. Der Wagen hatte vor einem einzelnen kahlen Baum gehalten, in den wohl vor Jahren einmal der Blitz eingeschlagen war. Vater Sonne stand beinahe im Zenit und brannte unbarmherzig herab. Gabriel konnte spüren, wie ihm der Schweiß aus allen Poren sickerte.

»Raus mit dir«, schnauzte Mathewson ihn an. Auch der Agent sah ziemlich ramponiert aus, wie Gabriel plötzlich auffiel. Immerhin hatte er sich nicht kampflos überwältigen lassen. Nur würde ihm das jetzt nichts mehr nutzen. Gabriel war derjenige, der in Handschellen steckte, nicht Mathewson. Ein kleines Detail, das über Leben und Tod entscheiden würde. Denn um nichts anderes ging es hier, daran bestand kein Zweifel. Mathewson war nicht mit ihm in die Wüste gefahren, um sich zu unterhalten. Nein, er würde Gabriel hier aussetzen und ihn den Kräften der Natur überlassen. Und die Natur wusste viel mit einem Mann von neunzig Kilogramm anzufangen.

Der Agent schlug mit dem Lauf seines Revolvers auf die metallene Laderampe. »Wird's bald? Oder sollen wir es hier und jetzt beenden?« Er zielte mit der Waffe auf Gabriel.

»Dazu fehlt dir der Mumm.« Gabriel wälzte seinen Körper in Richtung der Klappe am Heck des Wagens. »In Wahrheit bist du ein Feigling, nichts weiter.«

Mathewson packte ihn am Kragen und riss ihn von der Ladefläche herunter. Gabriel hörte, wie die Luft beim Aufprall auf dem steinigen Boden aus seinen Lungen entwich. Wieder hatte er Sterne vor Augen. Er wurde an den Schultern gepackt und weggeschleift, in Richtung des einsamen Baumes. Dort angekommen, versetzte Mathewson ihm einen Schlag ins Gesicht, der ihn erneut das Bewusstsein verlieren ließ. Wohlig ließ Gabriel sich in die Schwärze sinken.

Dann erwachte er wieder. Der Stamm des Baumes drückte in seinen Rücken. Seine Arme waren nach hinten verdreht und hinter dem Stamm mit den Handschellen des Sicherheitschefs gefesselt. Immerhin hatte Mathewson die Fesseln an Gabriels Füßen gelöst. Offenbar hatte er noch Verwendung für den Strick. Sein Widersacher stand vor ihm und rauchte. Er wandte Gabriel den Rücken zu und sah in die Ferne. Schweiß troff in dicken Bahnen unter seinem breitkrempigen Hut hervor.

»Und nun?«, fragte Gabriel.

Mathewson drehte sich zu ihm um. »Und nun kannst du den Sonnenuntergang genießen. Ein letztes Mal zuschauen, wie dein Vater Sonne dem Land deiner Ahnen in den Arsch kriecht.« Er hielt inne und spuckte auf den Boden. »Und dann sterben.«

»Hört, hört – ein Poet«, murmelte Gabriel, mehr zu sich selbst als zu dem Agenten.

Doch Mathewson war noch nicht fertig. »Wenn du gehofft hast, dass ich dir jetzt lang und breit erkläre, warum ich getan habe, was ich getan habe, dann hast du dich geschnitten. Mir ist es hier zu heiß. Ich schiebe ab und gönne mir ein kühles Bier auf dem Hügel.« Er tippte sich an den Hut. »Hab einen schönen Tod, Pocahontas. Vergiss mich nicht.« Damit drehte er sich um, ging zu seinem Wagen, stieg ein und raste davon.

Einige Sekunden später verriet nur noch eine rote Staubwolke, dass Gabriel Gesellschaft gehabt hatte. Er verlagerte schwerfällig sein Gewicht und versuchte, in eine angenehmere Sitzposition zu rutschen. Dann prüfte er lustlos, ob die Handschellen hinter seinem Rücken wirklich festsaßen. Nachdem er sich dessen vergewissert hatte, atmete er tief aus und ließ den Kopf gegen den Baumstamm sinken.

Mathewson hatte recht. Er würde hier sterben.

Schon jetzt konnte Gabriel spüren, wie seine Zunge anschwoll. Er schwitzte, Wasser drang in kleinen Rinnsalen aus seinem Körper, und da der Baum, an dem er lehnte, kahl war, würde die Sonne noch einige Stunden lang unbarmherzig auf ihn niederbrennen. Das würde er vermutlich noch überleben. Doch dann käme die Nacht. Die Nacht, die in der Wüste eisig war. Der Temperaturunterschied würde seinem ausgelaugten Körper den Garaus machen, daran konnte kein Zweifel bestehen.

Ernüchtert sah er sich um. Weit und breit konnte er keine Landmarke erkennen, die er hätte zuordnen können. Er befand sich weitab von sämtlichen Straßen, die er kannte. Es würde keinen Zweck haben, nach Hilfe zu rufen. Noch einmal rutschte er auf dem steinigen Boden hin und her, bis er eine halbwegs bequeme Position gefunden hatte. Dann schloss er mit einem Seufzer die Augen.

*

Margarete erwachte in Clarks Armen. Seit sie das Fieber besiegt hatte, teilten die beiden sich eine Koje. Es war praktischer gewesen und … angenehmer. Der Alltag auf hoher See konnte eintönig werden. Margarete musste sich eingestehen, dass sie sich tief im Inneren nach Nähe gesehnt hatte. Nach einer Person, der sie vertrauen konnte. Müde rieb sie sich den Schlaf aus den Augen, bis sie merkte, dass das Schiff sich nicht mehr bewegte. Durch das Fenster der

Kajüte drang das Geschrei von Möwen. Sie sprang auf. »Clark, wir sind da!«

Er lächelte gequält. »Ehrlich? Toll!«

»Was ist, freust du dich nicht?«

»Ich fand es hier eigentlich ganz angenehm.« Er ließ sich wieder auf die Matratze fallen. Dann legte er die Stirn in Falten. »Was ist eigentlich mit deinen Haaren los?«

Margarete fasste sich mit der Hand in die Frisur und drehte sich zu dem Spiegel um, der über einem kleinen Waschbecken hing. »Wieso?« Nachdem sie einen Schritt auf ihr Spiegelbild zu gemacht hatte, sah sie, was Clark gemeint hatte. Am Scheitel war ein Ansatz ihrer natürlichen Haarfarbe zu erkennen. Ein schmaler dunkler Streifen in ihrer blondierten Haarpracht. Sie wurde wieder sie selbst.

»Das habe ich aber nicht bestellt!«, rief Clark und lachte.

Margarete warf ein Kissen nach ihm. »Los, aufstehen!« Sie machte einen Schritt auf das Bett zu. »Oder muss ich dich scheuchen?« Sie versuchte, ernst zu klingen, doch es gelang ihr ganz und gar nicht.

Ein metallisches Geräusch ertönte. Jemand klopfte an die Tür. Margarete erstarrte in ihrer Bewegung. »Ja, bitte?«

»Is Officer Dearing in there?« Eine Stimme, die Margarete nicht kannte.

Clark sprang aus dem Bett und suchte hektisch nach seiner Kleidung. »Yes, Sir!«

Die Klinke der Tür wurde nach unten gedrückt. Wer auch immer dort draußen stand, versuchte, die Kajüte zu betreten. Die Tür war jedoch verschlossen. »Let me in!«

»Yes, Sir!« Clark versuchte, auf einem Bein hüpfend, die Hose einer Uniform anzuziehen, die Margarete in diesem Moment zum ersten Mal sah. Wo hatte er die nur hergezaubert? »Just a second, Sir!«

»When will you ever grow up, Dearing?« Margarete konnte sich das Augenrollen des Mannes hinter der Tür bildlich vorstellen. Sie eilte Clark zu Hilfe und knöpfte sein Hemd zu, während er sich seine Jacke überzog. Schließlich strich sie ihm mit der Hand die Haare aus dem Gesicht, setzte ihm die Mütze auf und gab ihm einen Kuss. Mit den Augen deutete sie zur Tür. »Nun mach schon!«

Clark schritt zum Eingang und entriegelte das Schloss. Im nächsten Moment schwang die Tür auf, und ein übergewichtiger Mann in Uniform kam zum Vorschein. Sein Gesicht war rot angelaufen, Schweißperlen glänzten auf seiner Stirn. An seinem Kinn prangte eine breite Narbe, die hellrot leuchtete und förmlich zu glühen schien. Clark stand stramm und salutierte. Margarete wäre beinahe in Gelächter ausgebrochen. So hatte sie Clark noch nie gesehen. Er hatte sich ihr gegenüber immer so lässig gegeben. Nun erkannte sie, dass auch er hin und wieder seriös erscheinen musste. Und konnte.

»Is that the girl?« Der Mann, der offenbar Clarks Vorgesetzter war, zeigte mit dem Finger auf Margarete.

»Yes, Sir!«, antwortete Clark in militärischer Lautstärke.

Der Mann kam auf sie zu und streckte ihr die Hand hin. »Pleased to meet you, Ms. von Brühl, and welcome to Trinidad. I am General Gibbons. I will take care of you from now on.« Der General sprach das »von« in ihrem Namen wie ein weiches »w« aus.

Margarete sah Clark hilfesuchend an, doch der zog nur die Augenbrauen hoch. Unbeholfen deutete sie einen Knicks an. »Good day, Sir.«

Der General wandte sich an Clark und rief im Befehlston: »Dismissed!«

Clark salutierte erneut, griff den dunkelgrünen Seesack,

mit dem er das Schiff betreten hatte, und verließ die Kajüte. Auf der Schwelle drehte er sich noch einmal um und zwinkerte Margarete zu. Dann war er verschwunden.

Margarete verstand die Welt nicht mehr. So plötzlich wollte Clark sie verlassen? Sie unterdrückte das Bedürfnis, ihm etwas hinterherzurufen. Mach dich nicht lächerlich!, herrschte sie sich an. Du wirst ihn gleich wiedersehen, in der Militärbasis, in der er stationiert ist. Erneut wurde ihr bewusst, wie wenig sie über Clark wusste. Sie hatte in den letzten Tagen keine Kraft gehabt, sich den Kopf darüber zu zerbrechen, wie es nach der Atlantiküberquerung weitergehen würde. Nun war der Moment gekommen, und Margarete fühlte sich alles andere als bereit dafür.

General Gibbons unterbrach ihre Gedanken. »Follow me, please.«

Margarete nickte und ging zum Bett hinüber, um Marie auf den Arm zu nehmen. Sie registrierte den überraschten Gesichtsausdruck des Generals beim Anblick des Babys, reagierte jedoch nicht darauf, sondern packte rasch die persönlichen Gegenstände, die sie auf die Reise mitgenommen hatte, in ihre Tasche. Viele waren es nicht.

Kurze Zeit später verließ sie im Schlepptau des Generals das Schiff, das sie in die Neue Welt gebracht hatte. Die meisten Passagiere waren schon von Bord gegangen, die Gänge und Decks waren menschenleer. Dunkelhäutige Hilfskräfte machten sich daran, das Schiff wieder auf Vordermann zu bringen, schrubbten die Decks und trugen bergeweise weiße Bettwäsche zusammen. Margarete nickte ihnen freundlich zu, aber niemand nahm von ihr Notiz. Staunend schritt sie die Gangway hinab. Sie fühlte sich, als sei sie in einer Postkarte aus einem fernen Land aufgewacht. Auf dem Kai herrschte ein Gewimmel von Personen und Fahrzeugen. Palmen wiegten sich leicht im Wind. Die schwülwarme Luft verschlug Margarete beinahe den Atem. Es roch so ungewohnt! Aromatisch und süßlich-herb, wie überreifes Obst.

»We are glad to have you here«, eröffnete Gibbons das Gespräch, nachdem Margarete neben ihm auf dem Beifahrersitz eines kastenförmigen Militärfahrzeugs Platz genommen hatte.

Sie lächelte unsicher. »Thank you.«

Der Hafen schien ausschließlich vom Militär genutzt zu werden. Unscheinbare Baracken umringten die Kais und einen asphaltierten Platz, auf dem Berge von Gepäck und Kisten standen, die man gerade ausgeladen hatte. Gibbons ließ den Motor an und lenkte den Wagen in halsbrecherischem Tempo vom Kai weg, an dem die RMS Caronia festgemacht hatte. Margarete blickte noch einmal zurück auf das Schiff, das sie aus Europa fortgebracht hatte. Ob sie ihre Heimat jemals wiedersehen würde?

Als sie den Blick wieder nach vorn wandte, hatte sich die Umgebung verändert. Gibbons steuerte den Wagen durch dichten Urwald. Dunkelgrüne Palmwedel ragten über die die asphaltierte Straße, die bald einer löchrigen Schotterpiste Platz machte. Margarete erwartete, dass aus dem Dickicht neben der Straße jeden Moment ein Jaguar oder ein anderes wildes Tier aus dem Dschungelbuch hervorspringen würde.

»Bitte beantworten Sie mir nur eine Frage.« Der General sprach auf einmal in perfektem Deutsch zu ihr. Sie blickte zu ihm hinüber und erschrak. Er starrte ihr direkt in die Augen. »Wie weit sind die Deutschen mit ihrer Bombe?« Die Augen des Generals verengten sich ein wenig.

Margarete stotterte. Was wollte der Mann von ihr hören?

»Wir … Meinen Sie …? Sprechen Sie von der Atombombe?«

Der General starrte sie weiter an, ohne etwas zu sagen.

»Es gibt keine Atombombe im Deutschen Reich.« Margarete versuchte, dem Blick des Generals standzuhalten. »Die Pläne dafür wurden verworfen.«

Gibbons wandte den Blick von ihr ab und nickte bedächtig. Während der verbleibenden Fahrt durch den Dschungel Trinidads sagte keiner der beiden ein weiteres Wort. Margarete war mulmig zumute. Wo war sie hier hineingeraten? Waren diese Menschen ihr wirklich wohlgesinnt? Mit einem Mal kam ihr ein schrecklicher Gedanke. Hatte sie sich etwa willentlich dem Feind ausgeliefert? Was, wenn Gibbons ihr nicht glaubte? Wenn er davon überzeugt war, dass die Deutschen an einer Bombe forschten und dass sie daran beteiligt war? Margaretes Handflächen wurden schlagartig schweißnass. Vor ihrem geistigen Auge entstand das Bild eines dunklen Raums. Unter einer einzelnen Lampe, die trübe von der Decke leuchtete, stand ein einsamer Stuhl. An den Beinen und Armlehnen befanden sich Fesseln, die für sie bestimmt waren.

Plötzlich hörte der Urwald vor ihnen auf und gab den Blick frei auf eine weite Ebene, die man offenbar vor wenigen Jahren gerodet hatte. Wenn Margarete vier Wochen früher in Deutschland gefragt worden wäre, wie sie sich eine amerikanische Militärbasis in der Karibik vorstellte, hätte sie das Bild einer traumhaften Insel gezeichnet, auf der braun gebrannte Soldaten in Hängematten Cocktails schlürften, während sie mit den lediglich in Baströcke gekleideten einheimischen Frauen flirteten.

Die Wirklichkeit war deutlich nüchterner. Gibbons steuerte den Wagen auf ein Tor zu, das mit einem Schlagbaum gesichert wurde. Die Schranke öffnete sich, offenbar hatten die Wachen Gibbons schon aus der Ferne erkannt. Die Carlsen Air Force Base, nahe Chaguanas an der geschützten Westküste Trinidads gelegen, war eine schmucklose Ansammlung halbzylindrischer Wellblechbaracken, die sich um eine riesige Freifläche drängten. Drei Start- und Landebahnen standen den amerikanischen und britischen Flugzeugen zur Verfügung, wie Gibbons ihr erklärte. Überragt wurde die Anlage von einem gigantischen Hangar für Luftschiffe. Soldaten in verschwitzten Uniformen liefen mit grimmigen Mienen hin und her. Hängematten und Cocktails suchte man hier vergeblich.

»Was haben Sie hier mit mir vor?«, fragte Margarete.

»Here? Nothing.« Der General sah sie mit einem nicht zu deutenden, scheinbar gleichgültigen Gesichtsausdruck an. »From here you will continue your journey by plane.«

*

Vater Sonne verbrannte Gabriels Gesicht, ohne jemals zu blinzeln. Er konnte spüren, wie sich die Haut auf seiner Stirn und seinen Wangen rötete. Bald würde sie Blasen schlagen. Doch das würde seine geringste Sorge sein.

Mühsam öffnete er die Augen. Hatte er geschlafen? Er konnte es nicht sagen. Vielleicht war er in Ohnmacht gefallen. Oder gestorben. In diesem Fall sah das Haus der Geister allerdings genauso aus wie die Welt, die er schon kannte. Die Landschaft flimmerte still vor sich hin, weit und breit war keine Bewegung auszumachen. Gabriel kräuselte die Nase und schniefte. Etwas juckte ihn dort. Unbeholfen versuchte er, sie an der Schulter zu reiben. Ein glühendes Stechen fuhr unvermittelt durch seinen Nacken. Irgendein Nerv war gequetscht. Scharf sog er die Luft ein und legte den Kopf auf die andere Seite, bis der Schmerz nachließ.

Dann traf ihn so unvermittelt wie ein Faustschlag eine Erkenntnis. Er würde hier sterben, allein in der Wüste. Was ihn übermannte, war nicht die simple Tatsache seines Ablebens, sondern die Art und Weise. Er hatte sich oft vorgestellt, dass er eines fernen Tages friedlich in seinem Bett den letzten Atemzug tun würde, umringt von seinen Liebsten. Von Maria und den Jungs. Doch Maria hatte ihm den Rücken gekehrt, Jesus und Carlos sahen schon lange nicht mehr zu ihm auf, und von einem dritten Kind hatten seine Frau und er ewig nicht mehr gesprochen. Das Jucken in der Nase kehrte zurück, als Marias Gesicht vor seinen Augen erschien. Ihre dunklen, leicht schief stehenden Mandelaugen. Die Sommersprossen. Ihre langen, schwarzen Zöpfe. Die Art, wie sie die Stirn in Falten legte, wenn sie lachte.

Eine einzelne Träne lief über Gabriels Gesicht. Das Salz brannte auf der versengten Haut der Wangen. Er zwang sich, die Augen zu öffnen, doch seine Sicht war verschwommen. Die Sonne stand mittlerweile knapp über einer fernen Bergkette, die Gabriel nicht erkannte. Den Tag hatte er nun beinahe hinter sich gebracht, doch es war die Nacht, die ihm Sorgen bereitete. Der Himmel war wolkenlos. Die Hitze des Tages würde zu den Sternen entschwinden und ihn hier unten im Stich lassen. Die Unterkühlung würde ihm den Rest geben. Immerhin würde er noch einmal den Tanz der Ersten Frau und des Ersten Mannes miterleben, ehe er den Löffel abgab. In diesem Moment wünschte er sich, er hätte die übrig gebliebenen Peyote-Knollen eingesteckt, bevor er seine Höhle verlassen hatte.

Eine Bewegung, aus dem Augenwinkel beobachtet, erregte Gabriels Aufmerksamkeit. Unter Schmerzen legte er den Kopf in den Nacken und blickte gen Himmel. Mehrere schwarze Balken kreisten über ihm. Sie sahen aus wie fliegende Teppiche. »So früh schon, Bruder Geier?« Er reckte den Aasvögeln herausfordernd das Kinn entgegen. »Noch ist ein wenig Leben in dieser Rothaut.« Er spürte wieder das Zwicken in den Augenwinkeln, das die Tränen ankündigte. Doch er kämpfte dagegen an. Wie konnte er so tief sinken, am Ende seiner Tage zu plärren wie ein Kleinkind? Er würde seinen Abgang mit Würde genießen, als Schauspiel der Natur. Er ging. Er gab. Und andere nahmen. Bruder Geier zum Beispiel. Ob die Vögel auch ein Gebet sprechen würden, wenn sie sich über ihn hermachten, so wie er es mit der erlegten Hirschkuh gemacht hatte? Der Gedanke ließ ihn zusammenzucken. Er hatte das Tier nie geholt. Es war umsonst gestorben und verrottete im Wald, wenn nicht jemand anders es gefunden und verwertet hatte. »Ich weiß, dass dein Leben so wertvoll wie meines ist«, murmelte er versonnen, ohne den Blick von den kreisenden Vögeln abzuwenden. Irgendwo in der Ferne heulte ein Kojote.

Was für ein Unsinn! Sein Leben war wertvoller als das eines Geiers. In diesem Punkt irrten die Alten, wie so oft. Auf dem Internat hatten die Priester ihm beigebracht, dass er das Ebenbild des weißen Gottes sei, Fleisch von seinem Fleisch … Auch das klang verdammt nach Unsinn. Gabriel bildete sich nicht ein, etwas Besonderes zu sein. Doch Maria war in jedem Fall etwas Besonderes. Jesus und Carlos auch. Und ebenso Adrian. Gabriel konnte nicht einfach hier in der Wüste verrecken. Er durfte nicht. Er musste seine Leute zurückgewinnen. Er musste Gerechtigkeit für Adrian herbeiführen. Und vor allem musste er sich an Mathewson rächen.

Ein Schatten huschte über Gabriels Gesicht. Reflexartig riss er den Kopf nach oben und erwartete einen herabstürzenden Geier. Blinzelnd versuchte er den Angreifer zu entdecken. Über ihm im Baum saß tatsächlich ein Vogel. Es war jedoch kein Geier, sondern eine Grackel, schlank, drahtig, blauschwarz glänzend. Aus funkelnden, kalten Augen musterte sie Gabriel. Kühl und berechnend. Die Grackeln genossen bei den Forschern auf dem Hügel eine Art Kultstatus, weil sie verdammt schlau waren. Vor allem wenn es darum ging, Essbares zu stibitzen, waren die Biester erfindungsreich. Die Wissenschaftler machten sich einen Spaß daraus, Nahrung so auf dem Gelände zu verstecken, dass die Vögel zunächst Rätsel lösen mussten, um daran zu gelangen. Und sie freuten sich wie die Kinder, wenn es den Tieren tatsächlich gelang.

Was führte der Vogel im Schilde? Gabriel hatte die Grackeln bisher nicht für Aasfresser gehalten. Aber er wollte es auch nicht ausschließen. Ein schlauer Vogel würde sicherlich auf sein baldiges Ableben setzen. Dann fiel Gabriel auf, dass das Tier etwas im Schnabel hielt. Einen langen, spitzen Stachel, den der Vogel offenbar von dem trockenen Baum abgebrochen hatte, an den er gefesselt war. Im nächsten Moment erhob sich die Grackel und flatterte mit ihrer Beute im Schnabel davon.

Gabriel sah ihr nach. Eine Idee begann in ihm zu reifen.

*

Der General lenkte den Wagen auf das Rollfeld und steuerte auf ein bulliges olivgrünes Flugzeug mit vier Propellern zu.

Anscheinend war kein Zwischenstopp auf der Militärbasis vorgesehen. Margarete lenkte ihren Blick auf die Baracken, an denen sie vorbeirauschten. In einer davon musste sich Clark befinden. »Wohin bringen Sie mich?«

»Auf den Hügel.« Gibbons, der wieder ins Deutsche gewechselt war, sah sie nicht an, während er mit ihr sprach.

Allmählich wurde Margarete wütend. »Hören Sie, wenn Sie möchten, dass ich Ihnen helfe, dann verlange ich jetzt ein paar Informationen!«

Gibbons trat auf die Bremse. Das Fahrzeug kam abrupt zum Stehen, so dass Margarete sich mit beiden Händen auf der Konsole vor ihr abstützen musste, um nicht mit dem Kopf gegen die Windschutzscheibe zu prallen. Der General starrte sie an. »Schön. Was möchten Sie wissen?«

Margarete versuchte ihre Gedanken zu sortieren. Sie hatte so viele Fragen, dass sie kaum wusste, wo sie anfangen sollte. »Was ist der Hügel? *Wo* ist er?«

»Dazu kann ich Ihnen nichts sagen.« Gibbons wandte den Blick von ihr ab und schüttelte den Kopf.

Margarete lachte auf. »Das ist doch wohl ein schlechter Scherz.« Sie biss sich auf die Unterlippe, dann fixierte sie Gibbons. »Ich weiß, dass er in New Mexico liegt.« Der General zeigte keine Reaktion. Margarete seufzte. »Nun gut. Was wollen Sie von mir?«

»Ich möchte, dass Sie für uns arbeiten. Für die alliierten Streitkräfte.«

»Ich bin kein Soldat.«

»Nein.« Gibbons sah sie an. »Sie sind viel mehr als das. Viel wertvoller.« Als Margarete nicht reagierte, sprach er weiter. »Sie haben Einblick in das deutsche Atomprogramm erhalten, ganz egal, wie weit es fortgeschritten ist. Sie sind

Kernphysikerin, und nach allem, was ich gelesen habe, sind Sie gut in dem, was Sie tun.«

Margarete konnte nicht anders, als zu lächeln. Es kam nicht oft vor, dass Männer offenherzig ihre Arbeit lobten.

»Deswegen brauchen wir Sie«, fuhr Gibbons fort. »Sie sollen uns helfen, die Bombe zu bauen.«

»Wie weit sind Sie damit?« Margarete wandte Gibbons den Blick zu. »Wie weit sind Sie mit der Bombe?«

»Weiter als die Deutschen, wenn es stimmt, was Sie sagen. Trotzdem ist es ein Wettlauf gegen die Zeit. An jedem Tag, den wir verlieren, sterben Tausende Unschuldige in einem Krieg, der sofort beendet werden müsste.«

Margarete rieb sich die Stirn. »Aber mit einer solchen Bombe würden noch viel mehr Menschen sterben!«

»Wir würden sie ja nicht einsetzen!«, erwiderte Gibbons. »Sie würde nur zur Abschreckung dienen. Damit die Deutschen wissen, dass sie nicht gewinnen können.« Er seufzte. »Außerdem gibt es keinen anderen Weg. Wenn Sie sich irren und das deutsche Atomprogramm weiter gediehen ist, als Sie annehmen, dann wäre die Welt dem Dritten Reich ausgeliefert. Wenn Hitler die Bombe zuerst bekommt, ist er unbesiegbar. Dieses Risiko können wir nicht eingehen.«

Margarete nickte bedächtig. »Das ganze Theater also nur, weil Sie hoffen, dass ich Ihnen dabei helfe, diese Bombe zu bauen.«

»So ist es.«

»Und wenn ich es nicht tue?«

Wieder seufzte der General. »Schauen Sie es sich erst mal an. Mehr verlange ich nicht von Ihnen. Fahren Sie auf den Hügel und reden Sie mit Ihren Kollegen dort. Ich respektiere Ihren Pazifismus. Aber wenn Sie mit den Forschern dort gesprochen haben, werden Sie vielleicht anders darüber denken.« Er sah sie an. »Wollen Sie das versuchen?«

Margarete dachte einige Sekunden lang darüber nach, dann nickte sie. »Wird Clark … ich meine, wird Officer Dearing mich begleiten?«

Gibbons ließ den Wagen an und beschleunigte. »Das wird er Ihnen gleich selbst sagen.«

Wenig später erreichten sie den Flieger, dessen Propeller sich bereits drehten. Eine steile Treppe führte in den Rumpf der Maschine. »Grüßen Sie die Wüste von mir.« Gibbons nickte ihr zu. Offenbar erwartete er, dass Margarete aus dem Wagen stieg. Sie öffnete die Wagentür, hob Marie auf den Arm und stieg aus dem Fahrzeug. Bevor sie zu dem Flugzeug ging, drehte sie sich noch einmal zu Gibbons um. »Auf Wiedersehen.«

»Viel Glück, Ms. von Brühl.«

Margarete warf die Beifahrertür zu, und Gibbons fuhr davon. Einen Moment lang sah sie ihm hinterher, dann drehte sie sich zu dem wartenden Flugzeug um. Ein Soldat mit einer Fliegerkappe steckte den Kopf aus der Luke, zu der die Treppe führte, und winkte. Mit weichen Knien ging sie darauf zu. Sie war noch nie geflogen. Der Soldat kam ihr entgegen und grüßte. »Willkommen an Bord! Ich bin Sergeant Blake, aber Sie können mich Tommy nennen. Ich werde Sie rüberbringen.«

»Wohin genau werden Sie mich bringen?«

Der Pilot tat so, als habe er ihre Frage überhört, und zeigte auf Marie. »Geben Sie mir die Kleine, dann haben Sie die Hände frei auf der Gangway!«

Margarete reichte dem Soldaten ihre Tochter und kletterte ihm hinterher in den Bauch des Flugzeugs. Das Geräusch der Motoren wurde hier zu einem dumpfen Dröhnen. In der kleinen Kabine befanden sich acht Sitzplätze, die jedoch alle leer waren. Aus dem Cockpit winkte ihr ein zweiter Soldat und wandte sich dann wieder seinen Konsolen zu.

Hinter Margarete zog Blake die Luke zu. Im nächsten Moment ging ein Ruck durch die Maschine. Das Flugzeug begann sich zu bewegen.

Margarete wandte sich an Blake. »Wann wird Officer Dearing zu uns stoßen?«

Der Pilot zog eine mitleidige Miene. »Tut mir leid. Ich fürchte, er konnte es nicht einrichten.« Er reichte ihr einen zusammengefalteten Zettel. »Aber ich soll Ihnen das hier von ihm geben.«

*

Gabriel fluchte. Die verdammte Grackel kehrte nicht zurück. Als der Vogel in der Dämmerung verschwunden war, hatte Gabriel gehofft, dass er bald wiederkommen würde. Minute um Minute hatte er gelauert und die Umgebung mit seinen Blicken abgesucht, doch die Grackel war nicht wieder aufgetaucht. Schließlich hatte er den Kopf gegen den Stamm des Baumes sinken lassen und die Augen geschlossen. Er würde hier sterben. Bereits jetzt war es deutlich kühler geworden, dabei stand die Sonne noch über dem Horizont. Die Nacht würde unbarmherzig kalt werden. Seufzend ließ er die Luft aus den Lungen entweichen. Vielleicht war es besser so.

Ein kratzendes Geräusch ließ ihn aufschrecken. Er öffnete die Augen und blickte nach oben. Da war der Vogel! Er machte sich an einer weiteren Dorne des Baumes zu schaffen, bog sie mit dem Schnabel, bis sie mit einem trockenen Knacken abbrach, packte die Beute und stürzte sich in die Dämmerung. Was führte die Grackel im Schilde? Baute sie ein Nest? Wenn dem so wäre, konnten die Biester ihrem Nachwuchs nicht besonders wohlgesinnt sein. Ein Nest aus Dornen. Gabriel schüttelte den Kopf beim Gedanken an dieses Bild. Es klang verrückt, doch irgendwo tief in ihm brachte es eine Saite zum Klingen. Er hatte keine Lust, darüber nachzudenken. Wieder erklang das Geheul eines Kojoten, näher als beim letzten Mal.

Nun, da er sich ziemlich sicher war, dass der Vogel zurückkehren würde, fiel Gabriel das Warten leichter. Er überbrückte die Zeit dösend mit ausgestreckten Beinen. Als das kratzende Geräusch wieder über ihm ertönte, blickte er nach oben und lauerte. In dem Moment, in dem die Grackel ihre Beute vom Baum abbrach, stieß er einen Schrei aus. Der Vogel sauste davon, jedoch ohne den Stachel fallen zu lassen. Gabriel verzog das Gesicht. Sein Plan hatte so einfach gewirkt. Nun, er hatte alle Zeit der Welt, es erneut zu versuchen. Und wenn es das Letzte war, was er tat.

Eine Stunde später – die Sonne war noch immer nicht hinter dem fernen Gebirgskamm verschwunden – begann er sich Sorgen zu machen. Die Grackel war noch achtmal aufgetaucht und hatte achtmal einen Stachel abgebrochen. Achtmal hatte Gabriel versucht, sie derart zu erschrecken, dass sie ihre Beute fallen ließ, doch vergeblich. Er musste sich etwas anderes ausdenken oder sich auf seinen Tod vorbereiten.

Vor ihm ertönte ein neues Geräusch. Es klang wie ein Tier, das dort draußen herumschlich. Oder bewegte sich dort ein Mensch? »Hallo?«, rief Gabriel. Keine Antwort. »Ich könnte hier Hilfe gebrauchen!« Immer noch keine

Reaktion. Wenn dort ein Mensch war, führte er nichts Gutes im Schilde. Gabriel entschied sich, nicht vom Schlimmsten auszugehen. Vermutlich trippelte dort irgendein kleiner Nager über den steinigen Wüstenboden, der den Tag in einem Erdloch verbracht hatte und nun auf Futtersuche war. Oder ein weiterer Aasfresser machte sich bereit, die bald anfallende Beute zu verteidigen.

Ein kaum vernehmbares Geräusch riss Gabriel aus seinen Gedanken. Der Vogel war wieder da. Gabriel hielt den Atem an und spähte nach oben. Die Grackel war in der hereinbrechenden Dunkelheit kaum noch zu erkennen. Gabriel machte sich bereit, sie zu erschrecken. Vielleicht musste er nur den richtigen Moment abpassen. Er nahm sich vor, diesmal just in dem Augenblick zu schreien, in dem der Vogel den Stachel abbrach. Vielleicht konnte er ihn so überrumpeln.

Ein plötzlicher Schmerz ließ Gabriel aufheulen. Etwas hatte in seine Wade gebissen. Nagten etwa schon die Ratten an ihm? Er wendete den Blick seinem Bein zu und traute seinen Augen kaum. Vor seinen Füßen, die immer noch in den festen Arbeitsstiefeln steckten, kauerte ein Kojote und blickte ihn neugierig an. Das Tier hielt den Kopf gesenkt. Irgendwie kam es Gabriel bekannt vor. War es etwa dasselbe, das er schon auf seiner nächtlichen Fahrt auf den Hügel gesehen hatte? Das konnte nicht sein.

Der Kojote stieß ein leises Knurren aus, drückte sich noch tiefer auf den Boden und nahm eine lauernde Haltung an. Dann sprang er plötzlich hervor und biss Gabriel erneut in die Wade. Wütend trat Gabriel nach dem Tier, das behände zurücksprang und dem Stiefel entging. Gabriel schnaubte. »Willst wohl Ärger, was?«

Der Kojote fixierte ihn. Wieder kauerte er sich tief auf

den Boden. Dann sprang er noch einmal nach vorn. Diesmal war Gabriel auf die Attacke eingestellt. Sein Stiefel traf das Tier in die Seite. Jaulend verschwand es in der Nacht.

»Verfluchtes Biest.« Gabriel rieb sich mit der Stiefelspitze die verletzte Wade. Es schien eher eine Quetschung zu sein als eine offene Wunde. Anscheinend hatte der Kojote ihn nicht verletzen wollen. Was war nur in das Tier gefahren? Hatte es die Tollwut? Gabriel konnte sich gut an eine Geschichte der Alten erinnern, in der ein Angehöriger des Pueblos von einem tollwütigen Hund gebissen wurde. Man hatte den Mann erschießen müssen, damit er nicht andere in Gefahr brachte. Aber hatten tollwütige Tiere nicht Schaum vor dem Mund?

Gabriel stemmte die Hände hinter dem Baumstamm auf den Boden und drückte seinen Körper nach oben, um dichter an den Stamm heran zu rutschen. Langsam begann sein Rücken zu schmerzen. Ein weiterer Schmerz, diesmal in der rechten Hand, ließ ihn in eine lange und lautstarke Schimpftirade ausbrechen. Konnte er nicht einfach in Ruhe hier sterben? Er verdrehte den Oberkörper und sah einen einzelnen Blutstropfen aus der Handfläche quellen. Irgendetwas hatte ihn gestochen.

Die Erkenntnis traf ihn wie ein Schlag. Vorsichtig suchte er den Boden neben sich mit den Fingern ab, tastete über Sand und Steine, bis er in der Hand hielt, was er suchte. Mit einem triumphierenden Grinsen hielt er sich den Stachel vor die Augen. Sein Schmerzensschrei musste die Grackel so sehr erschreckt haben, dass sie ihn fallen ließ. Der verfluchte Kojote hatte ihm möglicherweise das Leben gerettet.

*

Margarete sah aus dem winzigen Fenster des Flugzeugs auf die öde Landschaft und knirschte mit den Zähnen. Endlose Weizen- und Maisfelder waren unter ihr hinweggezogen, riesige Wälder und hohe Bergketten. Mittlerweile war die Aussicht eintöniger geworden, der Boden trockener, die Vegetation spärlicher. Margarete folgte dem glitzernden Lauf eines mäandernden Flusses mit den Augen bis zum Horizont.

Währenddessen zerknüllte sie Clarks Brief zu einem winzigen Knäuel. Wie hatte sie nur auf diesen aufgeblasenen Schönling hereinfallen können? »Andere Verpflichtungen« hielten ihn in Trinidad fest. Andere Verpflichtungen? Hatten sie ihn auch davon abgehalten, ihr Lebewohl zu sagen? Wann hatte er überhaupt die Zeit gefunden, diesen Brief zu schreiben? In Trinidad hatte er das wohl kaum getan. Also war es schon an Bord der Caronia geschehen. Er hatte die ganze Zeit über gewusst, dass Margarete allein weiterreisen würde. Es war ihm nur um die Erfüllung einer Dienstpflicht gegangen. Er hatte den Auftrag gehabt, sie nach Amerika zu bringen, und er hatte den Auftrag ausgeführt. Nicht mehr und nicht weniger. Alles, was sonst noch an Bord des Schiffes geschehen war, all die angenehmen Momente waren wohl nur Teil dieser lästigen Pflicht gewesen. Wie war sie auf die Idee gekommen, sich etwas anderes einzubilden? Lernte sie eigentlich nie dazu? Man konnte sich auf die Menschen nicht verlassen.

Aus den Lautsprechern über den Sitzen ertönte die Stimme des Piloten. Er sagte irgendetwas auf Englisch, was Margarete aber in dem allgegenwärtigen Lärm des Flugzeugs nicht verstand. Kurze Zeit später ging die Maschine in den Sinkflug, so dass Margarete annahm, dass sie sich ihrem Ziel näherten. Das wurde auch Zeit, denn abgesehen von einem kurzen Schläfchen hatte sie beinahe sechs Stunden Zeit gehabt, um sich über Clarks Brief zu ärgern. Sie blickte erneut aus dem Fenster. Unter ihr lag eine endlose Einöde. Sandige Schluchten und weite Ebenen voller Geröll und niedriger Büsche. Die Sonne stand noch hoch am Himmel. Dort unten musste es sicher höllisch heiß sein.

Das Flugzeug sank, bis Margarete einzelne Häuser erkennen konnte. Immer mehr Gebäude kamen in ihr Blickfeld, bis man tatsächlich von einer Art Stadt sprechen konnte. Das Stadtbild wirkte jedoch ganz anders, als sie es gewohnt war. Die Gebäude waren niedrig und hatten flache Dächer. Die meisten hatten dieselbe Farbe wie der sandige Untergrund drum herum. Die Straßen waren breit, aber oftmals nicht geteert. Margarete wurde ein wenig mulmig zumute.

Wenig später landete das Flugzeug auf einer staubigen Rollbahn unweit der Stadt. Der Pilot kam aus dem Cockpit gekrochen und öffnete die Einstiegsluke. Schlagartig strömte eine Welle von trockener, heißer Luft in die Maschine. Schweiß bildete sich auf Margaretes Stirn. Gleichzeitig hatte sie das Gefühl, dass der Wind eine staubige Wolke hereintrug, die sich auf ihre Haut legte. Mit dem Handrücken wischte sie sich die Stirn ab, dann löste sie ihren Sicherheitsgurt, hob Marie auf ihren Arm und gab ihr einen Kuss. Ihre Tochter reagierte mit einem strahlenden Grinsen und sah sich neugierig um.

»Wir sind da, mein Engel.« Margarete zog den Kopf ein und stieg durch die niedrige Tür aus dem Flugzeug. »Wo geht es jetzt hin?«, fragte sie den Piloten, der zufrieden auf die verloren wirkenden Gebäude am Rande des Flugplatzes blickte.

»Sie werden gleich abgeholt. Hank und ich werden eine

Nacht in der Stadt verbringen und morgen früh zurückfliegen.« Er wies mit der Hand in Richtung des Cockpits. »Die schenken hier einen spitzenmäßigen Tequila aus, nicht wahr, Hank?«

»Wie heißt denn dieser Ort?«, fragte Margarete.

»Santa Fe, Mam! Die Perle New Mexicos.«

Sie konnte nicht einschätzen, ob der Pilot das Gesagte ernst gemeint hatte oder ob er sie auf den Arm nahm. Sie hatte auch nur eine ungefähre Ahnung davon, wo New Mexico oder Santa Fe lagen. Die Hitze jedoch war ein deutliches Anzeichen dafür, dass sie sich weit im Süden der Vereinigten Staaten befand.

Eine weithin sichtbare Staubwolke kündigte ein heranrasendes Fahrzeug an. Als es näher kam, erkannte Margarete, dass es sich um ein weiteres der unförmigen Armeefahrzeuge handelte. Sie nahm an, dass auf dem Fahrersitz wieder ein griesgrämiger General sitzen würde, und war überrascht, als sie dort eine junge Frau erblickte, die eine dunkelgrüne Uniform trug. Der Wagen bremste wenige Meter vor dem Flugzeug. Die junge Frau, deren Gesicht so dunkel wie eine Tafel Bitterschokolade war, grinste. »Du bist Margarete, richtig?«

Margarete war über diese joviale Ansprache so verblüfft, dass es ihr die Sprache verschlug. Die Soldatin gab sich Mühe, langsam zu sprechen, damit Margarete sie gut verstehen konnte. Auch wenn dieser Gefallen nicht notwendig war, war sie dankbar für die Geste. »Spring rein, ich beiße nicht!« Die junge Soldatin stieß die Beifahrertür von innen auf und machte mit der Hand eine einladende Bewegung. »Ich heiße Danielle. Ich bringe dich nach Santa Fe, ins Büro. Von da aus geht es mit dem Bus weiter.«

Margarete stieg in das Fahrzeug und kam kaum dazu, sich

von dem Piloten zu verabschieden, weil Danielle augenblicklich auf das Gaspedal trat und mit durchdrehenden Reifen über die sandige Piste davonfuhr. Die Soldatin zeigte auf einige Abzeichen an ihrer Brust. »Ich diene im Women's Army Corps.«

Margarete nickte, als würde sie verstehen, was Danielle ihr erzählte. »Danke, dass du mich abholst.«

Danielle lachte. »Das ist mein Job, Süße!« Sie sah zu Margarete herüber. »Du scheinst ganz schön wichtig zu sein. Hast du eine Ahnung, was so ein Flug kostet? Und das alles nur für eine einzige Person!«

»Bis jetzt hatte ich nicht das Gefühl, sonderlich wichtig zu sein.« Margarete betrachtete die vorbeifliegende Landschaft. Rötlicher Sand und Geröll soweit das Auge blickte. Dazwischen schlanke Kakteen und verdorrtes Gestrüpp. Kein Leben weit und breit. In dieser von der Sonne versengten Einöde konnte ein Mensch sicherlich keinen Tag lang überstehen. Sie wandte sich wieder an Danielle. »Kannst du mir sagen, wo die Reise hingeht? Wo wird die Bombe gebaut?«

Danielle legte erschrocken einen Finger an die Lippen. »Psssst! Sprich mit niemandem darüber! Hat dir keiner gesagt, dass das Projekt total geheim ist?«

Margarete sah sich um. »Außer dir und mir ist doch niemand hier.«

»Aber *ich* darf auch nichts davon wissen.« Danielle grinste sie an.

»Und doch weißt du es.«

»Ich kenne die Gerüchte, ja. Aber ich war nie oben auf dem Hügel.« Sie legte Margarete eine Hand auf die Schulter. »Erzählst du mir, wie es oben ist, wenn du mal wieder nach Santa Fe kommst?«

Margarete lachte. »Werde ich dann nicht verhaftet?«

Danielle fiel in ihr Lachen mit ein. »Vermutlich schon, ja.«

Mehr und mehr Häuser tauchten neben der schnurgeraden Straße auf. Es waren jedoch kaum Menschen zu sehen, was an der brutalen Mittagshitze liegen mochte. Die wenigen Passanten hatten sonnengegerbte Haut und schwarze Haare. Einige trugen breitkrempige Hüte und hatten sich in bunte Decken gewickelt.

Schließlich stoppte Danielle den Wagen vor einem großen Haus mit einem Arkadengang an der Straßenseite. »Wir sind da. Von hier aus geht ein Bus auf den Hügel.«

Margarete benötigte einige Sekunden, um zu realisieren, dass die Soldatin von ihr erwartete auszusteigen. Offenbar war das kurze Intermezzo mit ihr schon vorüber. Schade, dachte Margarete. Danielles offene Art war ihr von Anfang an sympathisch gewesen. »Danke für die Fahrt«, sagte sie, als sie sich aus dem Wagen schwang. »Besuch mich mal oben auf dem … Hügel!« Es fühlte sich seltsam an, diesen irgendwie geheimen Namen auszusprechen, den alle so gedankenlos benutzten.

»Sicher!«, rief Danielle lachend und brauste davon.

Margarete betrachtete noch einige Sekunden lang die Staubwolke, die hinter dem Fahrzeug aufstieg, dann wandte sie sich dem Eingang des Gebäudes zu, dessen Dach über den Gehweg ragte und von weißen Holzstützen getragen wurde. »U. S. Army Corps of Engineers« stand darüber auf einem Schild. Eine streng dreinschauende Frau von vielleicht fünfzig Jahren trat heraus und blickte sie mit einer hochgezogenen Augenbraue an. »Sind Sie neu? Wollen Sie auf den Hügel?«

Margarete ließ ihre Reisetasche vor sich in den Staub sinken und wollte sich gerade vorstellen, doch die Frau war schneller.

»Tut mir leid, der letzte Bus für heute ist schon weg.«

*

Der Kojote folgte ihm mit einigem Abstand, blieb aber stets in Sichtweite.

Gabriel taumelte durch einen ausgedörrten Nadelwald und rieb sich die schmerzenden Handgelenke. Dort, wo die Handschellen auf seiner Haut gescheuert hatten, brannten rote Striemen. Seine Beine gehorchten ihm nur widerwillig, seine Zunge klebte dick und trocken am Gaumen.

Wasser, er brauchte zuallererst Wasser. Fieberhaft suchte er den kargen, felsigen Untergrund nach Spuren ab. Der Pfad führte leicht bergauf. Der Stand der tief stehenden Sonne verriet ihm, dass er sich nach Norden bewegte, was gut war. Vielleicht würde er auf eine Schlucht stoßen, die tagsüber schattig genug gelegen hatte, damit dort ein wenig Wasser vom letzten Regenguss übrig geblieben war. Vielleicht. Eine Spur von wandernden Tieren hätte seine Zuversicht deutlich vergrößert. Die Tiere wussten immer, wo sie Wasser finden konnten. Als könnten sie es riechen.

Gabriel blickte über seine Schulter nach hinten. Der Kojote lief etwa zehn Meter hinter ihm. Immer wenn Gabriel stehen blieb, verharrte auch das Tier in seiner Bewegung und starrte ihn an. »Was ist? Willst du mir nicht zeigen, wo ich Wasser finde?« Gabriel war drauf und dran, einen Stein nach dem Vieh zu werfen. Stattdessen setzte er kopfschüttelnd seinen Weg fort. Immerhin hatte das Tier ihm das Leben gerettet.

Als Gabriel den Stachel in seiner Hand gehalten hatte, den die Grackel hatte fallen lassen, lag der schwierigste Teil noch vor ihm. Es verlangte enormes Fingerspitzengefühl, den Stachel in den Fingern der rechten Hand zu drehen und so zu halten, dass die Spitze in das Schloss der Handschellen gleiten konnte. Dutzende Male fiel Gabriel das improvisierte Werkzeug aus der Hand. Einmal bekam er es mit der Angst zu tun, weil er den Stachel auf dem sandigen Boden nicht mehr wiederfinden konnte. Hektisch wühlte er auf dem Grund herum, bis ein stechender Schmerz ihm zeigte, dass er gefunden hatte, was er suchte.

Nach endlosen Versuchen hörte er endlich das erlösende Klicken, und die Handschellen fielen klirrend zu Boden. Gabriel sackte erleichtert gegen den Baum und führte die Arme vor den Körper, um sich ausgiebig zu strecken. Er hielt Ausschau nach dem Kojoten, doch der war nirgends zu sehen. Mühsam kam Gabriel auf die Beine. Sterne tanzten vor seinen Augen, so dass er einige Minuten lang gegen den Baumstamm gelehnt verharren musste, ehe er seinen Weg antreten konnte.

Seitdem war er sicherlich eine Stunde lang unterwegs gewesen. Sobald er Wasser gefunden hätte, würde er auf eine Anhöhe steigen und sich eine bessere Orientierung verschaffen. Doch wohin sollte er sich wenden? Wer würde auf ihn warten? In seinem Pueblo bestimmt niemand. Und auf dem Hügel war er nun ebenfalls unerwünscht. Vielleicht sollte er sich an die Landstraße stellen und sich von einem Farmer in die nächste Stadt mitnehmen lassen, um dort nach einer Anstellung auf dem Bau zu suchen.

Darüber konnte er sich Gedanken machen, wenn es so weit war. Jetzt musste er erst mal Wasser finden. Jetzt musste er überleben. Ein Donnergrollen ganz in der Nähe ließ ihn innehalten. Wieder sah er sich um. Der Kojote war verschwunden. Gabriel richtete seinen Blick gen Himmel. Von Süden zogen Wolken heran und brachten kühlen Wind mit sich. Vielleicht würde er sich wegen des Wassers keine Sorgen mehr machen müssen. Doch dieses Risiko konnte er nicht eingehen. Wenn das Gewitter an ihm vorbeizog, würde er auf dem Trockenen sitzen.

Gabriel beschleunigte seine Schritte und wandte den Blick wieder zum Boden. Wenige Minuten später fand er, was er suchte. Eine Fährte. An dieser Stelle war eine Gruppe von Rehen vorbeigekommen, vor einigen Tagen erst. Gabriel folgte der Spur bergab. Schneller und schneller huschte er durch die nächtliche Landschaft, die hier von niedrigen Bäumen und Buschwerk besiedelt wurde. Schließlich kam er an sein Ziel. Die Fährte führte zu einem schmalen Talkessel. Gabriel überwand den steilen Abhang eher rutschend als laufend. Wenn es hier Wasser gab, dann sammelte es sich am Grund der Schlucht. Doch als Gabriel unten ankam, fand er die ehemalige Wasserstelle ausgetrocknet vor, zumindest an der Oberfläche.

Er würde graben müssen.

Mit beiden Händen formte er einen flachen Trichter und machte sich an die Arbeit. Ein leises Knacken im Unterholz verriet ihm, dass er beobachtet wurde. Der Kojote hatte sich wieder zu ihm gesellt und lief unruhig am Rand des Talkessels auf und ab.

»Hast wohl auch Durst?«, rief Gabriel ihm zu.

In diesem Moment wurde die Szenerie von einem fahlen Blitz in grelles Licht getaucht. Einen Augenblick lang konnte Gabriel seinen Begleiter gestochen scharf erkennen. Dem Tier fehlte ein Ohr. Einen Sekundenbruchteil später folgte der Donner. Das Gewitter war fast über ihm. Er brauchte nicht weiterzugraben.

*

Margarete betrachtete die dunklen Wolken, die sich östlich von ihr über den Bergen auftürmten. Vielleicht war es doch keine gute Idee gewesen, auf eigene Faust den Weg auf den Hügel anzutreten.

Mrs. Moore, die streng wirkende Frau aus dem Army-Büro in Santa Fe, war auf den zweiten Blick sehr freundlich gewesen. Sie hatte Margarete eingeladen, die Nacht bei ihr zu verbringen, um am nächsten Morgen den Bus auf den Hügel zu nehmen, den die Armee zur Verfügung stellte. Aber Margarete hatte die Spannung nicht mehr ausgehalten. Sie wollte endlich erfahren, was die amerikanischen Forscher dort oben taten und was ihre Rolle in alldem sein sollte. Also hatte sie so lang mit der älteren Dame diskutiert, bis diese eingeknickt war und irgendwo einen geländegängigen Wagen organisiert hatte, mit dem Margarete die zweistündige Fahrt antreten konnte. Sie musste Mrs. Moore jedoch versprechen, zu niemandem ein Sterbenswörtchen zu sagen, dass sie sie allein hatte fahren lassen, denn das stellte einen groben Verstoß gegen die Vorschriften dar.

Der Weg auf den Hügel war leicht zu finden gewesen. Es führte nur eine einzige Straße nach Los Alamos, die die Armee eigens für die Forscher ausgebaut hatte. Und für die Soldaten, die sie bewachten. Wobei der Begriff »Straße« eine schmeichelhafte Umschreibung für die bereits jetzt schon vielfach geflickte Piste war, auf der Margarete sich nun wiederfand. Los Alamos, diesen Namen hatte sie von Mrs. Moore zum ersten Mal gehört. Vorher war immer nur vom ominösen Hügel die Rede gewesen. Die spanische Ortsbezeichnung klang romantisch, auch wenn Margarete nicht wusste, was sie bedeutete. Eine unbestimmte Vorfreude machte sich in ihr breit. Fasziniert betrachtete sie die Landschaft, die an ihr vorbeizog. Es war eine karge Steppe, und nur besonders zähe Pflanzen hatten die Kraft, die nötig war, um sich durch das Geröll hindurch ans Tageslicht zu kämpfen. Trotzdem fand Margarete den Ausblick wunderschön. Die Straße wand sich, nachdem sie die Stadt verlassen hatte, in die Berge empor. Westlich von ihr lag ein markanter Tafelberg mit senkrecht abfallenden Hängen. Dahinter waren in der Ferne schneebedeckte Gipfel zu erkennen. Die tief stehende Sonne tauchte die Umgebung in ein dunkles Rot. Es war herrlich anzusehen. Lediglich die dräuenden Gewitterwolken machten Margarete Angst.

Ein Donnergrollen ließ sie zusammenzucken. Sofort ging ihr Blick hinüber zu Marie, die auf dem Beifahrersitz in einem Korb lag, den Mrs. Moore aus den Untiefen ihres Büros hervorgezaubert hatte. Die Kleine blickte sich neugierig um und machte abwechselnd schmatzende und prustende Laute. Sie wirkte quietschvergnügt.

Margarete wandte den Blick wieder zur Straße. Sie musste höllisch aufpassen, den Wagen nicht in eines der vielen Schlaglöcher zu manövrieren. Viel mehr als Schritttempo traute sie sich nicht zu. Immerhin stand die Sonne noch ein gutes Stück über dem Horizont. Wenn nichts Unvorhergesehenes geschah, würde sie es rechtzeitig vor Sonnenuntergang bis nach Los Alamos schaffen.

Der Weg machte eine enge Kurve um eine steil aufragende Felskante herum. Dahinter bot sich Margarete ein Ausblick auf ein staubiges Tal, durch das träge ein dunkelroter Fluss verlief. Eine an Stahlseilen hängende Holzbrücke führte an das andere Ufer, dahinter stand ein gemütlich aussehendes Holzhaus, das man aus ganzen Baumstämmen errichtet hatte. In der Ferne schimmerten blau und violett hohe Bergrücken. Die Sicht wurde jedoch durch den Staub, der in der Luft lag, stark beeinträchtigt.

Ein erneutes Donnern ertönte, lauter als zuvor. Näher. Margarete blickte in den Rückspiegel des Wagens und stellte erschrocken fest, dass die schwarzen Wolken mittlerweile über die Bergkette geschwappt waren und sich mit einer beängstigenden Geschwindigkeit näherten.

Während sie das Fahrzeug auf die Brücke lenkte, knallte etwas auf das metallene Dach des Wagens. Margarete stieß einen spitzen Schrei aus, so sehr hatte sie das unerwartete Geräusch erschreckt. Erst als weitere Aufschläge folgten und sich nach und nach zu einem monotonen Rauschen steigerten, erkannte sie das Geräusch des Regens. Zum Glück war sie in dem Gefährt in Sicherheit. Auch vor Blitzschlägen war sie hier geschützt. Kein Grund zur Panik!

Die Reifen erzeugten ein rhythmisches Poltern auf den Bohlen der Brücke. Nachdem Margarete das andere Ende erreicht und das Holzhaus hinter sich gelassen hatte, führte die Fahrbahn asphaltiert weiter in die Berge. Abseits davon, wo der Untergrund aus Sand und Staub bestand, bildeten sich matschige Kuhlen. Es wäre sicherlich leicht, sich dort mit dem Wagen festzufahren. Und in dieser abgeschiedenen Gegend gab es weit und breit niemanden, der ihren Wagen aus dem Matsch schieben würde.

Immer heftiger wurde der Regen. Blitze tauchten die Umgebung in ein unwirkliches, gespenstisches Licht. Mehr als einmal erschrak Margarete, weil sie einen fahl erleuchteten Kaktus für einen Menschen hielt, der mit erhobenen Armen am Straßenrand stand. Der Weg verlief steil bergauf und mündete schließlich in einer schmalen Schlucht. Links und rechts der Fahrbahn ragten zerklüftete Wände aus rötlichem Stein in die Höhe. Die gezackten Felsen bildeten bizarre Formen, die als Kulisse in einem Gruselfilm getaugt hätten. Margarete sah mit Sorgen, wie das Wasser daran herablief. An einigen Stellen hatten sich regelrechte Wasserfälle gebildet. Doch sie würde kein Problem bekommen, denn ihr Fahrzeug schien für dieses Gelände und dieses Wetter ausgelegt zu sein. Die Reifen des Wagens hatten ein dickes Profil.

Im nächsten Moment starb der Motor. Margarete benötigte einige Sekunden, ehe sie die plötzliche Veränderung bemerkte. Der Wagen wurde langsamer, blieb dann ganz stehen und begann schließlich rückwärts zu rollen. Margarete trat wie wild auf das Gaspedal, doch sie konnte die Bewegung nicht aufhalten. Der Motor war ausgegangen. Hektisch versuchte sie, die Zündung erneut zu betätigen, um ihn wieder in Gang zu bringen, doch vergeblich. Immer schneller rollte der Wagen rückwärts, bis Margarete die Handbremse zog. Der plötzlich Halt drückte sie in den Sitz. Marie wurde in ihrem Korb kräftig durchgeschüttelt, doch sie fand die Situation offenbar amüsant und strahlte über das ganze Gesicht.

Einige Sekunden lang lauschte Margarete dem Regen, der auf das Dach des Wagens prasselte, und ging ihre Handlungsmöglichkeiten im Kopf durch. Wäre es möglich, langsam mit dem Wagen bergab zu rollen, bis sie das Holzhaus an der Brücke erreichte? Margarete war sich ziemlich sicher, dass es seit der Flussüberquerung nicht durchgehend bergauf gegangen war. Außerdem bezweifelte sie, dass es ihr nur mit Hilfe der Bremse gelingen würde, heil unten anzukommen. Den Weg zu Fuß zurückzulegen war bei diesem Wetter und mit Marie im Arm auch keine Option.

Mit einem Seufzen öffnete sie die Fahrertür und stieg aus. Binnen Sekunden war sie komplett durchnässt. Und wie kalt es geworden war! Die Temperatur war mit dem Regen sicherlich um mehr als zehn Grad abgestürzt. Die dicken Wolken tauchten die Umgebung in ein düsteres Zwielicht. Leise fluchend ging sie um den Wagen herum zur Motorhaube. Vielleicht würde sie den Fehler entdecken und provisorisch beheben können. Sie hatte zwar noch nie ein Auto repariert, doch über technischen Sachverstand verfügte sie. Sie tastete mit den Fingern unter der Motorhaube, um den Mechanismus zum Öffnen zu finden.

Margaretes Blick fiel auf ihre Füße, und sie erschrak. Sie stand in knöcheltiefem Wasser. Auf der steilen Straße bildete sich so etwas wie ein Fluss, der den Regen ins Tal leitete. Und das Wasser stieg immer weiter. Sie musste hier weg! Dann hörte sie ein Donnern irgendwo über ihr. Ihr Kopf wirbelte herum, in Richtung des Gipfels. Von dort kam noch mehr Wasser. Viel mehr. Hilfesuchend sah Margarete sich um. Links und rechts des Weges ragten steil die zerklüfteten Felswände empor. Sie würde klettern müssen.

*

Gabriel tapste durch den Wald aus krüppeligen Kiefern und lachte schallend. Er hatte den Kopf in den Nacken gelegt und den Mund aufgerissen. Kaltes, klares Regenwasser stillte seinen Durst. Es schmeckte herrlich. Stück für Stück kehrten seine Kräfte zurück.

Nach den ersten Blitzen hatte es nicht mehr lang gedauert, bis der Regen einsetzte. Gabriel hatte seine Bemühungen aufgegeben, nach Wasser zu graben, und sich suchend umgeschaut. In der Richtung, in der er Norden vermutete, wurde das Gelände hügeliger. Das schien am ehesten der Landschaft zu ähneln, die er seine Heimat nannte, also trottete er in diese Richtung los. Nach einer Weile bemerkte er, dass der Kojote ihm im Abstand von einigen Dutzend Metern folgte. Gabriel wertete dies als positives Zeichen. Ab und an leuchteten die Augen des Tieres auf, wenn das bleiche Licht eines nahen Blitzes sich in ihnen spiegelte.

Der Regen wurde stärker, und die Blitze zuckten mit immer kürzeren Abständen herab. Allmählich wich die Erleichterung über seinen gestillten Durst der Sorge vor den Schattenseiten des Unwetters. Wenn der Regen sich weiter steigerte und noch längere Zeit anhielt, konnte das Gelände, durch das Gabriel streifte, gefährlich werden.

Keuchend stapfte er einen Berghang hinauf in der Hoffnung, von oben erkennen zu können, wo er sich befand. Immer wieder rutschte er auf dem durchnässten Untergrund aus. Sandige Stellen hatten sich in schlammige Pfützen verwandelt, und das ansonsten staubige Geröll war nun schlüpfrig und locker. Kleinere Lawinen aus Steinen prasselten hinter ihm ins Tal. Gabriel blickte über die Schulter, konnte den Kojoten aber nicht mehr entdecken. Die Sonne war hinter den Bergen untergegangen, und Dunkelheit legte sich über die Landschaft.

Dann wurde das Gelände mit einem Mal flacher. Er hatte den Gipfel erreicht. Eine eisige Böe erfasste ihn. Schwankend versuchte er sein Gewicht zu verlagern, um nicht von den Beinen gerissen zu werden. Das Tosen des Windes und das Prasseln des Regens auf seiner Haut hüllten ihn ein. Doch er hatte keine Angst. Nein, er genoss es, eins mit der Natur zu werden, sich ihr auszuliefern und hinzugeben. Gabriel schloss die Augen. Sein Atem wurde ruhiger, und er breitete die Arme aus. Die nasse Landschaft verströmte einen modrigen, uralten Geruch. Einige Sekunden lang gab er sich dem überwältigenden Gefühl hin, Teil von etwas Größerem zu sein.

Dann riss ihn ein ohrenbetäubender Knall aus seiner Meditation. Das Blut, das durch seine geschlossenen Augenlider floss, leuchtete grellrot. Gabriel riss die Augen auf und warf einen Blick auf die Landschaft, die vor ihm lag. Der Blitz tauchte ein tiefes Tal in totes, weißes Licht. Weit unter Gabriel floss ein Fluss, über den eine Brücke führte. Die Otowi-Brücke, die sich über den Rio Grande erstreckte. Er war beinahe zu Hause.

Ein weiterer Blitz zuckte herab und schlug keine hundert Meter entfernt in einen toten Baum ein. Gabriels Erleichterung schlug in Besorgnis um. Er musste vom Gipfel verschwinden, sonst könnte ihn der nächste Blitz das Leben kosten. Vorsichtig schritt er durch das Zwielicht voran, bis das Terrain abschüssig wurde. Mit dem Fuß prüfte er die Beschaffenheit des Untergrundes. Bei so starkem Regen war die Gefahr von Erdrutschen immens. Das Ergebnis der Probe bereitete Gabriel Sorgen. Der Boden bestand aus losem Geröll, das schon in Bewegung geriet, wenn er nur leicht den Stiefel darauf setzte. Er kniff die Augen zusammen und suchte den Hang links und rechts von sich nach einer festeren Stelle ab, konnte jedoch in der Dunkelheit nicht viel erkennen. Sollte er auf den nächsten Blitz warten, um sich umzusehen? Dabei würde er das Risiko eingehen, dass dieser Blitz das Letzte war, was er sah.

Ein weiterer Knall nahm ihm die Entscheidung ab. Der Blitz erhellte für einen Moment die Umgebung, und Gabriel blickte sich um. Der Abhang vor ihm führte etwa fünfzig Meter steil hinab, bis er auf der geteerten Straße endete, die auf den Hügel führte. Einige Meter weiter links standen einige knorrige Bäume, die sich im Hang festgekrallt hatten. Dort musste der Untergrund also zumindest ein wenig verlässlicher sein.

Die Umgebung versank wieder in Dunkelheit, und Gabriel wandte sich nach links. Als er meinte, die Stelle erreicht zu haben, an der er die Bäume entdeckt hatte, begann er den Abstieg. Sofort lösten sich Steine unter seinen Füßen und rollten in Richtung Tal. Instinktiv breitete er die Arme aus und lehnte sich nach hinten, um nicht das Gleichgewicht zu verlieren. Er stellte sich vor, wie die Lawine prasselnd ins Tal stürzte. Hören konnte er es durch den tosenden Regen nicht. Stück für Stück wagte er sich hinab, jeden Schritt mit Bedacht setzend. Dennoch konnte er nicht verhindern, dass er mehr bergab schlitterte, als dass er ging.

Und dann geschah es. Sein linker Stiefel trat auf etwas Festes, vielleicht eine Wurzel, und die unerwartete Veränderung des Untergrundes brachte ihn ins Straucheln. Einige Sekunden lang ruderte er mit den Armen in der Luft, dann stürzte er nach vorn in die Dunkelheit. Was folgte, geschah zu schnell, als dass er es vollständig hätte erfassen können. Er spürte, wie er mit der Schulter aufschlug und das Gestein unter ihm weiter in Bewegung geriet. Panisch versuchten seine Hände, in der Finsternis nach etwas zu greifen, doch sie fanden keinen Halt. Gabriel rutschte den Hang hinab, schlug mit dem Kopf gegen etwas Hartes, vielleicht gegen einen der Bäume, drehte sich um die eigene Achse und rutschte weiter. Er hätte geschrien, hätte der Sturz ihm nicht die Luft aus den Lungen gepresst. So ging der Lärm seines Abgangs im Prasseln des Regens unter.

Schließlich prallte er auf den harten Asphalt der Straße,

und sein Sturz kam zu einem jähen Ende. Die Versuchung, einfach liegen zu bleiben, bis es irgendwann hell werden würde, war enorm. Doch Gabriel vernahm weit über sich etwas, das ihn dazu bewegte, sich auf die Seite zu rollen und auf die Knie zu stemmen. Er lauschte. Kein Zweifel. Über ihm kam der Berg ins Rutschen. Er musste hier weg. Keuchend kämpfte er sich auf die Beine und torkelte in die Richtung, in der er die Brücke vermutete. Das Haus von Ms. Warner kam ihm in den Sinn, das unweit der Brücke stand. Hinter sich konnte Gabriel hören, wie die Lawine aus Geröll auf die Straße prasselte.

Dann spürte er unter seinen Füßen die Holzbohlen der Otowi-Brücke. Die gelegentlichen Blitze wiesen ihm den Weg zu dem Holzhaus, doch als er versuchte, die Tür zu öffnen, fand er sie verschlossen vor. Er hämmerte mit der Faust dagegen und rief nach Ms. Warner, allerdings vergeblich. Hier würde er keine Zuflucht finden. Er ging weiter die Straße entlang und steuerte ein neues Ziel an. In seiner versteckten Höhle würde er für die Nacht Unterschlupf finden.

Immer schneller lief Gabriel nun die Straße hinauf, während seine Stiefel sich mit Wasser vollsaugten. Das schmale Tal, durch das die Straße verlief, verwandelte sich allmählich in ein Flussbett. In Gabriel wuchs die Angst vor einer neuen Gefahr. Wenn der Regen nicht bald nachließ, würden sich die Wassermassen aus den höheren Bergen der Umgebung sammeln und als Flutwelle ins Tal schießen. Bevor das geschah, musste er sein Ziel erreicht haben.

Ein völlig unerwartetes Geräusch ließ Gabriel aufmerken. Angestrengt lauschte er. Da war es wieder! Kein Zweifel, es war das Schreien eines Babys. Was hatte ein Baby während eines Unwetters in der Wildnis zu suchen? Gabriel beschleunigte seine Schritte und stürmte in die Richtung, aus der das Geräusch kam. Dann sah er den Ursprung: In einer Felsspalte, nicht weit von dem schmalen Pfad, der zu seiner Höhle führte, hockte eine junge Frau. Eine Weiße. Eng an die Brust gepresst hielt sie ein durchnässtes Bündel, das ungehemmt seine Angst in die Welt hinausschrie.

*

»Sie müssen hier verschwinden!« Wie aus dem Nichts kam die Männerstimme, die Margarete in gebrochenem Englisch anschrie. Erst jetzt bemerkte sie, dass sie in ihrer Angst die Augen zugepresst hatte, um die Welt um sich herum auszusperren. Als sie sie vorsichtig öffnete, konnte sie in der Dunkelheit zunächst nichts erkennen. Dann trat ein Mann aus dem strömenden Regen und starrte sie entgeistert an. Er war groß und stämmig, hatte sein schwarzes Haar zu zwei dicken Zöpfen geflochten und trug einen blauen Overall. Sein Gesicht war von Hämatomen und blutigen Schürfwunden entstellt, und in seinen Augen stand nackte Angst.

»Wir müssen hier weg! Los, stehen Sie auf!«, brüllte er sie an. Dann griff er nach Marie.

Margarete wandte sich von dem Mann ab, um ihre Tochter zu schützen. Ihr Herz pochte vor Schreck in der Brust.

»Geben Sie mir das Kind, ich werde es tragen. Wir müssen klettern.« Der Mann packte Margarete an den Schultern und hob sie auf die Beine, als wöge sie nicht mehr als eine Aktentasche. Einen Moment lang blickte er ihr in die Augen. »Ich bin Gabriel.« Dann entwand er Marie ihrem Griff und lief in die Dunkelheit.

»Halt! Warten Sie!«, rief Margarete ihm hinterher.

Doch der Mann rannte einfach weiter. Fluchend und voller Angst nahm sie die Verfolgung auf. »Geben Sie mir meine Tochter zurück!« Das Wasser auf der Straße war noch höher gestiegen. Sie hatte allmählich Mühe, ihre Füße normal zu bewegen. Der Mann, der sich Gabriel genannt hatte, lief zum Rand der Straße und begann einen Abhang hinaufzusteigen. Nein, es war ein Pfad! Dort führte ein schmaler Weg in eine Art Felsspalte. Wieso hatte sie ihn vorher nicht gesehen? Keuchend schulterte sie ihre Reisetasche und folgte Gabriel, konnte ihn jedoch nicht einholen. Er schien das Gelände zu kennen und setzte seine Füße auf magische Weise immer auf die Steine, die nicht wackelten oder wegrutschten. Margarete dagegen stolperte ungeschickt den Hang hinauf.

Schließlich blieb Gabriel vor einer Felswand stehen und wartete, bis Margarete ihn einholte. »Ab hier müssen wir klettern.« Ehe sie etwas erwidern konnte, hatte er Maries kleinen Körper in den Ausschnitt seines Overalls geschoben und den Reißverschluss zugezogen. Dann wandte er sich der Felswand zu und begann den Abhang hinaufzuklettern. »Folge mir, schnell!«

Margarete lachte nervös auf. Wie sollte sie diese senkrechte Wand erklimmen können? Sie hatte es zwar schon als Kind geliebt, zu klettern, und war einigermaßen geübt darin. Doch der rote Fels vor ihr wies kaum natürliche Vorsprünge oder Mulden auf, in denen die Finger Halt finden konnten. Zudem war der Stein durch den Regen nass und glitschig. Sie schüttelte den Kopf und sagte leise und kraftlos: »Das schaffe ich nie.« Dann riss sie ein Geräusch aus ihren Gedanken. Ein tiefes Murmeln, nein, ein Dröhnen. Es schien von oben zu kommen, aus der Richtung, in die der Pfad führte. Wasser, eine Menge davon!

»Schneller!«, brüllte Gabriel von oben.

Margarete verstand. Offenbar führte der andauernde Regenguss zu Überschwemmungen. Darüber hatte sie schon etwas gehört. Doch dieses Wetterphänomen in der Wüste New Mexicos am eigenen Leibe zu erfahren war etwas völlig anderes, als in der warmen Stube in einem Magazin davon zu lesen. Sie atmete tief durch und wagte einen neuen Anlauf. Mehr tastend als sehend suchte sie nach einer Mulde, in die sie ihren linken Fuß drücken konnte. Gleichzeitig strichen ihre Hände über den Fels und suchten nach Halt. Nachdem Margarete schließlich fündig geworden war, drückte sie sich vom Boden ab und hing endlich im Fels.

Eine gefühlte Ewigkeit später zog sie sich keuchend über die Kante, die den Abschluss der Felswand markierte, und blieb erschöpft auf dem Bauch liegen. Der Aufstieg war beschwerlich gewesen. Ohne Gabriels Hilfe hätte sie ihn nicht bewältigt. Kaum zu glauben, dass er die Kletterei auch noch mit dem zusätzlichen Gewicht von Marie bewältigt hatte. Dabei sah er nicht gerade gelenkig aus, sondern eher schwerfällig. Dennoch war er flink wie eine Eidechse die senkrechte Wand emporgekrabbelt, hatte Marie oben abgelegt und war wieder nach unten geeilt, um Margarete beim Aufstieg zu unterstützen.

Jetzt half er ihr, sich aufzusetzen, und legte ihr eine schwere Decke über die Schultern. Sie roch, genau wie er, nach lang erloschenem Feuer. Eine Erinnerung stieg in Margarete empor. Es dauerte einen Moment, bis sie sie zuordnen konnte. Die Decke verströmte den gleichen Geruch wie Wilhelm. Gabriel sah sie ruhig an und drückte ihr Marie in die Arme. Die Kleine schlief seelenruhig, ihre Wangen leuchteten rosig.

Du liebes Kind, dachte Margarete, wo sind wir nur hineingeraten? Du hast es gut, bekommst von alldem nichts mit. Dir reicht es, wenn dich jemand im Arm hält, dich zudeckt und dich füttert. Was ist das nur für eine Welt, in die ich dich geführt habe?

Nachdem sie sich ein wenig beruhigt hatte, sah sie ihren Retter an. »Danke«, stieß sie tonlos hervor. »Ich heiße Margarete.«

Gabriel erwiderte ihren Blick nicht, sondern machte sich an einigen trockenen Ästen zu schaffen, die er aus dem Schatten hervorgeholt hatte. Offenbar führte die Höhle tiefer in den Fels, als man in der Dunkelheit erkennen konnte. »Sie hätten nicht herkommen dürfen.«

»Wie meinen Sie das?«

Gabriel schnaufte. »Ach, vergessen Sie es. Ich bin gerade nicht ganz bei Trost.«

»Dann geht es Ihnen wie mir.« Margarete lachte auf.

»Das bezweifle ich.«

Eine zarte Flamme schlängelte sich aus dem aufgeschichteten Holz empor und tauchte die Höhle in ein gespenstisches, flackerndes Zwielicht. Endlich konnte Margarete erkennen, wo sie sich befand. Die Öffnung im Fels führte tatsächlich einige Meter weit in den Berg. Sie wirkte bewohnt oder so, als wäre sie einmal bewohnt gewesen. Werkzeug und Geschirr lagen herum, und weiter hinten gab es eine primitive Schlafstatt. Jetzt konnte sie auch Gabriels Gesicht besser erkennen. Es war zerfurcht, vielleicht hatte er als Kind die Windpocken gehabt. Seine Haut war dunkel, wie es bei den Ureinwohnern hier üblich war. Über dem Mund prangte ein dicker Oberlippenbart. Müde blickte er an Margarete vorbei in die Nacht.

Sie rutschte näher an das Feuer heran, das mittlerweile

groß genug geworden war, um ein wenig Wärme abzugeben. »Was machen Sie, Gabriel?«

»Was meinen Sie? Ich schaue hinaus.«

»Ich meine …« Margarete stockte. »Was arbeiten Sie? Sie arbeiten doch, oder?« Sie deutete auf den blauen Overall.

»Ich habe gerade gekündigt.« Gabriel rieb sich die Augen, als würden sie jucken. »Was machen Sie?«

»Ich …« Margarete stockte erneut. »Ich schaue mir nur die Gegend an.«

»Ha!«, rief Gabriel aus. »Ich weiß schon. Sie arbeiten auf dem Hügel.«

»Auf dem Hügel?« Margarete tat ahnungslos.

Gabriel nickte heftig. »Genau dort. Sie bauen die Bombe.«

Margarete riss die Augen auf. »Woher wissen Sie davon?«

»Ich höre so einiges.« Gabriel blickte ihr in die Augen. »Wissen Sie überhaupt, was Sie da tun?«

»Wie meinen Sie das?« Margarete zog eine Augenbraue in die Höhe.

Gabriel schien eine Weile nachzudenken, bevor er weitersprach. »Alles, was wir tun, hat Folgen.« Er rieb sich erneut die Augen. »Wie ein Stein, den man in einen See wirft. Dort, wo er auftrifft, entstehen Wellen. Der Stein verschwindet, aber die Wellen bleiben. Der Stein hebt den Pegel. Und der See wird nachher nicht mehr derselbe sein, der er vorher war.«

Margarete schwieg und dachte über Gabriels Worte nach. Einige Minuten lang war nichts zu hören außer dem Rauschen des Regens und dem unsteten Knistern und Knacken des Feuers.

Schließlich brach er das Schweigen. »Sie sind nicht von hier, oder?«

Sie schüttelte den Kopf. »Ich komme aus Deutschland.«

»Dann sind Sie weit gereist.« Gabriel blickte in die Nacht und schien sich in seinen eigenen Gedanken zu verlieren, doch dann sprach er weiter: »Können Sie mir eine Frage beantworten?«

»Sicher, gern.«

Gabriel sah sie an. »Wer ist Pocahontas?«

Margarete brach in schallendes Gelächter aus.

*

Zum Glück bemerkte Gabriel schnell, dass die junge Frau ihn nicht auslachte. Sie war lediglich müde, ängstlich und ein wenig hysterisch. Er entschied sich dafür, ihr das Lachen nicht übelzunehmen, und setzte selbst ein linkisches Grinsen auf. »Sie kennen Pocahontas?«

Margarete nickte. »Seltsam, dass Sie mich danach fragen. Ist Pocahontas … ist sie nicht … nun ja, eine von Ihnen?«

Gabriel spürte nun doch Wut in sich aufsteigen. »Sie meinen, eine Rothaut?« Er konnte erkennen, wie sehr Margarete erschrak.

»Um Gottes Willen, nein.« Sie hob abwehrend die Hände. »Ich dachte nur, dass man eine so bekannte historische Figur im eigenen Land kennen müsste. Tut mir leid, wenn ich Ihnen zu nahe getreten bin.«

Gabriel schnaufte und ordnete mit beiden Händen seine Zöpfe neu. »Ich kenne sie nicht. Mir war nicht einmal klar, dass sie eine Frau war.«

»Sie war eine der ersten Ureinwohnerinnen, auf die die weißen Siedler in Amerika gestoßen sind. Angeblich hatte sie auch eine Liebschaft mit einem Weißen. Sie hat ihr Land bereitwillig mit den neuen Nachbarn geteilt. Dafür wurde sie von manchen ihrer Stammesmitglieder sehr kritisiert.«

»Hm«, machte Gabriel. Der verfluchte Mathewson hatte mit seinem Schmähnamen ins Schwarze getroffen. Dass Gabriel sich zu gut mit den Weißen verstand, war genau das, was die Alten ihm vorwarfen. Obwohl es Unfug war, verdammt. Er vermutete, dass Mathewson die Geschichte der echten Pocahontas gar nicht kannte. Ihm war es wohl nur darum gegangen, Gabriel mit einem Frauennamen zu belegen.

Das lang gezogene Geheul eines Kojoten durchbrach seine Gedanken. Margarete zuckte vor Schreck zusammen und presste ihre Tochter an ihre Brust, doch auf Gabriels Gesicht stahl sich ein mildes Lächeln. Offenbar hatte es sein Begleiter ebenfalls lebendig durch das Unwetter geschafft. In diesem Moment fiel Gabriel auf, dass das Rauschen des Regens verklungen war, und er blickte zum Eingang der Höhle. Der Himmel hatte aufgeklart, und fahles Mondlicht fiel auf die gegenüberliegende Felswand.

»Kommen Sie«, sagte er zu Margarete und erhob sich. Dann ging er zum Höhleneingang, setzte sich und ließ die Beine über den Abhang baumeln.

Zögernd folgte Margarete seinem Beispiel, legte den Kopf in den Nacken und betrachtete die Sterne, die zwischen den dicken Regenwolken hervorlugten. Wieder heulte der Kojote. Ob er nach seinen Artgenossen rief? Das Geheul klang klagend, triefend vor Einsamkeit. Gabriel stellte sich vor, wie es sein musste, sein ganzes Leben lang allein durch die Wildnis zu streifen und den Mond anzuheulen. Interessanterweise fühlte es sich für ihn eher nach Freiheit an als nach Einsamkeit.

Margarete durchbrach das lange Schweigen und stieß Gabriel ihren Ellbogen in die Rippen. »Dort ist der große Wagen, sehen Sie!«

Gabriel folgte ihrem ausgestreckten Arm und versuchte sich an das zu erinnern, was sein Vater ihm über die Sterne beigebracht hatte. Es fiel ihm nicht leicht. Jahrzehntelang hatte er versucht, alles zu vergessen, was sein Vater gesagt hatte. »Ich glaube, Sie meinen den Wolf.«

Interessiert zog Margarete die Augenbrauen hoch. Sie zeigte auf eine andere Ansammlung von Sternen. »Das da nennen wir Orion. Welchen Namen haben Sie dafür?«

»Das ist die alte Frau«, sagte Gabriel. »Sie tanzt mit dem alten Mann.« Er zeigte zu dem benachbarten Sternbild hinauf.

Margarete kicherte. »Ist das nicht verrückt? Wir leben an unterschiedlichen Enden der Welt, aber wir sehen zum selben Sternenhimmel hinauf. Wir mögen unsere eigenen Geschichten dazu haben, doch letzten Endes meinen wir alle das Gleiche damit. Letzten Endes wünschen wir uns alle nur Freunde. Und Frieden.« Sie fuhr sich mit der Hand durch die Haare. »Tut mir leid, ich werde gerade etwas sentimental.«

»Schon gut.« Gabriel versuchte sich nicht anmerken zu lassen, wie brüchig seine eigene Stimme geworden war. Frieden! Was für ein dürftiges Wort für das unermessliche Bedürfnis, das er verspürte. Trotzdem hätte er es nicht besser ausdrücken können. Er wünschte sich Frieden. Frieden für seine Familie, für seinen Stamm. Für Adrian. Er räusperte sich, dann drehte er sich zu Margarete um. »Ich habe Ihnen das Leben gerettet.«

Margarete nickte. In der Dunkelheit konnte er die Bewegung eher spüren als sehen.

»Und das Ihrer Tochter.«

Dieselbe Bewegung.

Gabriel räusperte sich. »Sie schulden mir einen Gefallen.«

*

Nachdem irgendwo hinter den Felsen die Sonne aufgegangen war, hatten sie sich an den Abstieg gemacht. Bei Tageslicht und ohne Regen war es Margarete leichtgefallen, die Felswand hinabzusteigen. Die Wassermassen, die in der Nacht die Landschaft überflutet hatten, waren verschwunden, als hätten sie nie existiert. Überhaupt kamen Margarete die vergangenen Stunden wie ein fiebriger Traum vor. Schweigend ging sie neben Gabriel her, der darauf bestanden hatte, sie zum Hügel zu begleiten. Bald kamen sie an der Stelle vorbei, an der Margarete fluchtartig das Auto verlassen hatte. Der Wagen war spurlos verschwunden. Vermutlich hatte die Flut ihn mit ins Tal gespült, und nun lag er irgendwo im Rio Grande. Oder gar im Golf von Mexiko.

Erneut wurde ihr bewusst, wie knapp sie mit dem Leben davongekommen war. Wäre Gabriel nicht aus der Finsternis aufgetaucht, wäre sie in den Fluten ertrunken. Und mit ihr Marie. Vorsichtig blickte sie zu ihrem Retter hinüber. Er trottete mit etwas Abstand neben ihr her und summte eine Melodie, die sie nicht kannte. Die Geschichte, die er ihr in der Nacht erzählt hatte, verfolgte sie noch immer. Adrian, der tote Junge, der Gabriels Meinung nach mit giftigem Abfall in Berührung gekommen war. Sie hatte eine gewisse Ahnung, was dahinterstecken konnte. Wenn die Forscher ihren strahlenden Müll tatsächlich in der Umgebung der Forschungseinrichtung entsorgten, ohne für ausreichenden Schutz zu sorgen, dann war das ein Skandal. Und dass Gabriel gefeuert und beinahe ermordet worden war, weil er versucht hatte, den Tod des Jungen aufzuklären, machte sie noch wütender. »Ich will dir helfen.« Margarete blickte Gabriel an.

»Ich weiß«, erwiderte er, ohne aufzuschauen. »Du hast ein gutes Herz.«

Margarete dachte einige Momente lang über Gabriels Worte nach. Stimmte das? Hatte sie ein gutes Herz? Sie hatte stets nur Gutes im Sinn gehabt, aber die Erlebnisse der letzten Jahre hatten bei ihr nicht den Eindruck hinterlassen, als habe sie tatsächlich Gutes getan. Es waren wohl keine einfachen Zeiten, um eine weiße Weste zu behalten. »Der Mann, den du an eurem heiligen See gesehen hast, kennst du ihn?«

Gabriel nickte.

»Warum bist du dann nicht zur Polizei gegangen? Ihr habt doch eine Polizei in Amerika, oder?«

»Auf dem Hügel ist Mathewson das Gesetz. Und der hat offensichtlich kein Interesse, das Ganze aufzuklären.«

»Und in der Stadt?«

Gabriel schüttelte den Kopf. »Ich glaube nicht, dass die sich an den Hügel herantrauen. Die Forschungsstation ist militärisches Gebiet. Dort hat der Sheriff keine Macht.«

Margarete dachte einige Sekunden lang nach. »Wir brauchen Adrian. Ich meine, seinen Körper. Die Leiche. Damit könnten wir überprüfen, woran er gestorben ist. Ob er Strahlung abbekommen hat.«

Gabriel zuckte mit den Schultern. »Ich habe keine Ahnung, wo sie ihn hingebracht haben.«

Margarete nickte. »Du musst es rauskriegen. Wer weiß noch von dem Fall?«

»Professor Muller, aber er will mir nicht helfen. Ich

glaube, er hat Angst vor Mathewson. Und die Leute aus meinem Pueblo. Aber sie glauben mir nicht. Sie verstehen nichts von eurer Wissenschaft.«

»Hm«, machte Margarete. »Sieht so aus, als würden die Dinge hier doch gar nicht so anders laufen als in Deutschland. Das Militär macht, was es will, und alle schauen betreten weg.« Da kam ihr eine Idee. »Was ist mit der Presse? Hast du dich an die Zeitung gewandt? Wenn hier tatsächlich giftiger Müll in der Natur entsorgt wird, dann sollten sich die Anwohner doch dafür interessieren, meinst du nicht?«

»Welche Anwohner?« Gabriel wog skeptisch den Kopf hin und her. »Der Mondhain ist Teil des Stammesgebiets. Die Städter kommen dort nicht hin. Sie dürfen es nicht mal. Deswegen interessieren sie sich auch nicht dafür.«

»Du musst es probieren«, erwiderte Margarete. »Wenn die Reporter hier auch nur einen Funken Anstand im Leib haben, werden sie dem Hinweis zumindest nachgehen und Fragen stellen.«

Ein scharrendes Geräusch hinter ihr veranlasste Margarete, sich umzudrehen. Sie erblickte ein graues, dürres Tier, das einem zerzausten Hund ähnelte, dem ein Ohr fehlte. Linkisch tänzelte es hinter ihnen her. Die Zunge hing ihm schief aus dem Maul. Das musste der Kojote aus der Nacht sein. Sie sah Gabriel an. »Gehört der zu dir?«

Er lächelte. »Er läuft mir nach.«

»Hat er einen Namen?«

»Es ist ein Kojote.« Gabriel schüttelte den Kopf.

Margarete beobachtete das Tier, das ihnen im Abstand von etwa einer Steinwurfweite folgte. »Meine Tante hatte früher einen Hund, einen Dackel. Antonia von der Vogtei Engern.«

Gabriel schnaubte. »War sie eine Königin?«

»Sie hat sich auf jeden Fall so aufgeführt«, erwiderte Margarete lachend.

Plötzlich blieb Gabriel stehen. »Wir sind da.«

Margarete hob den Blick. Etwa hundert Meter vor ihnen erblickte sie einen zwei Meter hohen Zaun aus Maschen- und Stacheldraht. Die Straße führte zu einem Schlagbaum, neben dem ein Wachhäuschen stand. Über dem Eingang prangte ein Schild: »Los Alamos Project Main Gate«.

»Willkommen auf dem Hügel«, sagte Gabriel.

Margarete schluckte. »Ich bin ein wenig aufgeregt.«

Gabriel nickte. »Das verstehe ich.« Dann wandte er sich zum Gehen.

Margarete blickte ihm nach. »Kommst du nicht mit?«

Er drehte sich um, ohne stehen zu bleiben, und schüttelte den Kopf. »Das ist vorbei. Du hörst von mir.« Er zwinkerte ihr zu, dann ging er mit hängenden Schultern seines Weges. Der Kojote folgte ihm.

Margarete drehte sich um. Die Forschungseinrichtung sah verschlafen, geradezu verlassen aus. Hier, mitten im Nirgendwo, sollte die schrecklichste Waffe der Menschheitsgeschichte entwickelt werden? Margarete konnte es nicht glauben. »Also gut«, sagte sie zu sich selbst. »Willkommen auf dem Hügel!«

*

Gabriel blieb stehen und blickte über seine Schulter zurück. Margarete war auf die Einfahrt zur Forschungsanlage zugegangen und vor dem Schlagbaum stehen geblieben. Das Gewicht ihrer Reisetasche, die sie sich über die Schulter geworfen hatte, krümmte ihren Rücken. Einen Moment lang verharrte sie und blickte sich unschlüssig um, dann hob sie schreckhaft die Arme mitsamt der kleinen Marie über den Kopf. Jenkins trat aus seiner Bude, mit gerecktem Kinn und gezogener Waffe. Anscheinend wollte er die junge Frau beeindrucken. Vielleicht dachte er, sie habe sich verlaufen. Gabriel konnte sehen, wie Margarete energisch den Kopf schüttelte, dann senkte sie die Arme und kramte aus ihrer Tasche einen Stapel Papiere hervor, den sie Jenkins in die Hände drückte. Gabriel schmunzelte. Er konnte sich Jenkins' leidenden Gesichtsausdruck angesichts all des Papierkrams gut vorstellen. Offenbar kam Margarete zurecht.

Gabriel drehte sich um und setzte seinen Weg fort, verharrte dann jedoch erneut. Wo wollte er eigentlich hin? Er dachte über Margaretes Worte nach. Hatte es einen Sinn, zur Polizei zu gehen? Nicht ohne Beweise. Seinen Anschuldigungen würde niemand Glauben schenken, schon gar nicht, wenn sie Mathewson betrafen. Bei der Presse hätte er vielleicht mehr Glück. Die Journalisten freuten sich immer über eine reißerische Schlagzeile. Aber wenn er keine Beweise liefern konnte, würde auch diese kurze Aufmerksamkeit verpuffen.

Es half nichts. Er brauchte einen Beweis für seine Anschuldigungen. Doch beim Gedanken an Margaretes Worte drehte sich ihm der Magen um. Adrians Totenruhe stören? Das war nicht im Sinne der Götter. Und auch nicht im Sinne des Gottes der Weißen. Die Einsicht, dass er mit einer einzigen Tat allen Göttern vor die Füße spucken konnte, machte die Aktion jedoch fast schon wieder interessant. Aber wo sollte er nach Adrian suchen? Mathewson hatte seinen Körper sicherlich nicht nach Santa Fe gebracht, um ihm dort ein ordentliches Begräbnis zuteil werden zu lassen. Und im Pueblo brauchte er wohl auch nicht nach ihm suchen. Wenn der Sicherheitschef schlau war, dann hatte er die Leiche verbrannt. Doch Mathewson war ein Idiot, also bestand Hoffnung.

»Hey, Gabriel!«

Gabriel drehte sich um. »Hey, Jenkins!«

Der Wachmann stand am Schlagbaum und hatte die Hände in die Hüften gestützt. Verwundert schüttelte er den Kopf. »Wo hast du gesteckt? Kommst wohl, um deinen Wagen abzuholen?«

Gabriel trottete auf Jenkins zu. »Ähm … Genau. Deswegen bin ich hier.«

Jenkins schüttelte immer noch den Kopf und pfiff anerkennend durch die Zähne. »Was für ein Auftritt, Mann. Dass du Muller einfach so deinen Ausweis auf den Tisch knallst und kündigst. Was ist denn eigentlich passiert? Wen hast du diesmal verprellt? Hast wohl was ausgefressen? Die falschen Fragen gestellt?« Er machte eine wegwerfende Handbewegung. »Eigentlich will ich es gar nicht wissen.«

Gabriel fuhr mit den Händen an seinen Zöpfen entlang. »Ist vielleicht besser so.«

»Ich hab deine Karre da hingestellt.« Jenkins machte eine Geste in Richtung des Besucherparkplatzes, der außerhalb des Zaunes lag. »Der Schlüssel steckt.«

»Danke.« Gabriel nickte in Richtung der Forschungseinrichtung. »Pass ein bisschen auf das Mädchen auf, das gerade reingekommen ist.«

Jenkins' Augen weiteten sich. »Ihr kennt euch?«

»Flüchtig.« Gabriel hob die Hand zur Verabschiedung und wandte sich zum Gehen. »Danke, Jenkings, warst ein netter Kerl. Schönes Leben noch.«

»Wenn wir uns wiedersehen, musst du mir sagen, was du angestellt hast!«, rief Jenkins ihm nach. »Hörst du?«

Gabriel trottete auf den Parkplatz zu. »Sicher nicht.« Eine Bewegung linker Hand ließ ihn aufmerken. Der Kojote war immer noch da und streunte am mannshohen Stacheldrahtzaun entlang, der den Hügel umgab. Antonia – so hatte Margarete das Tier getauft. Was für ein bescheuerter Name für einen Kojoten. Tony vielleicht schon eher. Aber auch das war völlig verrückt. Hatte man schon jemals von einem Kojoten gehört, der einen Namen trug?

Plötzlich war das Tier verschwunden, wie vom Wüstenboden verschluckt. Gabriel blieb stehen und kniff die Augen zusammen. Wo war es geblieben? Einige Sekunden lang passierte nichts, doch dann huschte Antonia auf der anderen Seite des Zaunes entlang, sah sich noch einmal um und verschwand zwischen den Baracken. Offenbar hatte der Kojote ein Loch im Zaun gefunden und war nun auf dem Weg zum Hühnerstall. Ein verdammt schlaues Biest.

Gabriel sah dem Kojoten nach und strich seine Zöpfe glatt. Ein Plan begann in ihm zu reifen. Er stieg in den Wagen und öffnete das Handschuhfach. Zufrieden nahm er zur Kenntnis, dass das schmale Bündel Dollarscheine, das er dort zurückgelassen hatte, noch da war. Jenkins war in Ordnung. Er ließ den Motor an und rollte langsam vom Parkplatz. Dann beschleunigte er und fuhr die Straße hinab nach Santa Fe.

Eine Stunde später stellte Gabriel seinen Pick-up vor einem hell erleuchteten Waffenladen mit dem einfallsreichen Namen »Desert Guns« ab. Er schien brandneu zu sein und wirkte eher wie eines dieser Burgerrestaurants denn wie ein Geschäft, in dem tödliche Schießeisen verkauft wurden.

Gabriel stieg aus und betrat den Laden. Eine Glocke über der Tür kündigte sein Eintreten an. Zwischen den Regalen lungerten einige Weiße mit Bierbäuchen herum, die sich leise über die Vorzüge von verschiedenen Munitionsarten unterhielten. Als sie Gabriel sahen, verstummten sie und beäugten ihn mit kaum verhohlenem Misstrauen. Zielstrebig ging er zum Tresen, hinter dem ein Mann mit langem weißem Bart und Baseballmütze stand und ihn düster anfunkelte. »Was darf's sein?«

»Ein 44er Colt und sechzig Schuss Munition.«

Der Verkäufer rümpfte die Nase, dann drehte er sich um, nahm die Waffe hinter sich aus einem Regal und legte sie auf den Tresen. Dann bückte er sich und kramte zwei rote Pappschachteln mit Munition hervor. »Kannst du zahlen?«

Gabriel warf das Bündel Dollarscheine auf den Tresen.

»Mhm. Und du brauchst die Knarre, um ...«

»Zum Jagen.« Gabriel verzog keine Miene.

Der Verkäufer nickte langsam. »Zum Jagen, so, so ...« Dann sah er Gabriel an. »Mit dem Colt hast du aber eine beschissene Reichweite. Willst du nicht lieber eine Flinte nehmen?«

»Manchmal kommen einem die Biester verflucht nah.«

»Mhm«, machte der Bärtige, nahm das Geld und händigte ihm die Waffe aus.

*

Margarete trabte verlegen neben Lucy Collister her. Die rothaarige Forscherin schien nicht recht zu wissen, wie sie mit dem Neuankömmling aus Deutschland umgehen sollte. »Wie heißt denn die Kleine? Oder ist es ein Junge?«

»Marie«, antwortete Margarete und suchte in ihrem Gedächtnis fieberhaft nach einer unterhaltsamen Anekdote, die sie zum Besten geben konnte, um das Eis zu brechen. Doch ihr fiel keine ein. Zu tief saß noch der Schrecken, den die Sicherheitsprozedur beim Betreten des Geländes hinterlassen hatte.

Nachdem sie an dem Schlagbaum angekommen war, der die Durchfahrt auf das Gelände des Hügels versperrte, hatte sie ein Soldat mit Gewehr im Anschlag zum Stehenbleiben aufgefordert. Er hatte eine schwarze Armbinde getragen, die Margarete schlagartig an die SS erinnerte. Sie verspürte eine dumpfe Angst in der Magengrube. Hatte sie Deutschland nicht verlassen, um dem Krieg zu entgehen? Wie angewurzelt blieb sie stehen.

»Hände über den Kopf«, schnauzte der Soldat sie an.

Margarete zuckte mit den Schultern. »Ich habe ein Kind bei mir.« Sie hob die Hände und reckte die kleine Marie in die Höhe.

»Oh«, machte der Mann und trat unsicher von einem Bein auf das andere. »Haben Sie Papiere?«

»Mehr, als mir lieb ist.« Margarete ließ Marie wieder hinunter, suchte ihren Pass und die Dokumente, die Clark ihr gegeben hatte, aus ihrer Tasche und reichte alles an den Uniformierten.

Der Soldat riss die Augen auf. »Sie sind Deutsche?«

Margarete nickte. »Desertiert.« Sie schmunzelte über ihren Scherz, doch der Wachmann schien nicht amüsiert zu sein.

»Warten Sie hier.« Er verschwand in dem kleinen Wachhäuschen, das kaum mehr als eine weiß angestrichene Bretterbude war. Die Farbe sah rissig und spröde aus. Gedämpft vernahm sie die Stimme des Wachmanns. Offenbar telefonierte er mit jemandem. Einige Minuten später rauschte ein Geländewagen aus dem Inneren der Forschungseinrichtung heran. Ein auf den ersten Blick enorm fülliger, auf den zweiten Blick jedoch muskelbepackter Mann mit rotem Gesicht und Glatze sprang heraus und kam auf Margarete zu. Der Wachmann salutierte. Margarete wusste nicht so recht, wie sie auf den Neuankömmling reagieren sollte, und nickte vage.

»Fraulein Bruhl?« Der Glatzköpfige sprach Deutsch mit starkem amerikanischem Akzent.

Margarete nickte erneut, diesmal energischer. »Von Brühl, melde mich zum Dienst.« Wieder scheiterte ihr Versuch, die angespannte Stimmung aufzulockern.

»Wer hat Ihnen von der Existenz dieses Ortes erzählt?«, fragte der Mann, ohne sich vorzustellen.

Margarete beobachtete, wie sich die Schweißperlen auf seiner Stirn zu größeren Tropfen verbanden und schließlich über sein Gesicht liefen. »Ich …«, begann sie, bevor sie ins Stocken kam. Warum ließen die Soldaten sie nicht ein? Hatte Clark nicht Leib und Leben riskiert, um sie hierherzubringen? Sollte man sie nicht eigentlich erwarten? Was, wenn alles ein Missverständnis war und man sie wegen Spionage einsperrte? Ein Kloß bildete sich in ihrem Hals. Sie schluckte, dann erhob sie ihre Stimme erneut. Sie klang erstaunlich fest, fand sie. »Ich bin Dr. Margarete von Brühl, Physikerin aus Leipzig. Ich wurde von Officer Clark Dearing in Deutschland rekrutiert, um am Manhattan Project zu arbeiten. Deswegen bin ich hier. Und all das geht auch aus den Dokumenten hervor, die ich Ihrem … Kollegen gegeben habe.«

Margarete meinte bemerkt zu haben, dass der Glatzkopf bei Clarks Namen zusammengezuckt war. Kannten die beiden sich? Er blickte auffordernd zu dem Wachmann herüber, der ihm prompt die Papiere reichte. Schnaufend machte er sich daran, sie durchzublättern. Immer wieder warf er Margarete düstere Blicke zu, dann wischte er sich mit einem fleckigen Stofftaschentuch über die Stirn. »Ich hasse diese Hitze hier.« Er sah Margarete an. »Haben Sie sich das gut überlegt? Es gibt kein Zurück mehr, wenn Sie diesen Zaun passieren. Eigentlich gibt es jetzt schon kein Zurück mehr. Sie dürften nicht mal vom Manhattan Project gehört haben. Also haben Sie sich bereits entschieden. Daher: Willkommen.« Er hielt ihr eine riesige Pranke entgegen. »Ich bin Special Agent Mathewson.«

Margarete spürte, wie sich ihre Nackenhaare aufrichteten. Das war der Kerl, von dem Gabriel ihr berichtet hatte. Zitternd schüttelte sie ihm die Hand. »Danke, Sir. Ich bin sicher, dass ich mich an die Hitze gewöhnen werde. Und an alles andere auch.«

Mathewson nickte. »Eins noch: Auf Spionage steht die Todesstrafe.« Er nickte ihr zu. »Ich behalte Sie im Auge.« Mit diesen Worten wandte er sich von ihr ab und schritt zurück zu seinem Wagen.

Der Kloß in Margaretes Hals war zurück. Spionage? Was dachte der Mann von ihr? Doch sie verstand, dass das Militär die Anlage hütete wie seinen Augapfel. Zu viel hing vom Ausgang dieses Projektes ab. Eigentlich alles. Der ganze Krieg.

»Du musst Margarete sein!«

Sie drehte sich um und erblickte eine zierliche junge Frau mit feuerroten Haaren, die schnurstracks auf sie zueilte. Ohne Vorwarnung fiel sie Margarete um den Hals. »Ich freue mich so, dass du da bist.« Sie fasste Margaretes Schultern und strahlte ihr ins Gesicht. »Endlich jemand, der mich versteht.«

Margarete setzte ein Lächeln auf. »Ich … ich freue mich auch.«

Die Rothaarige zog eine Schnute. »Du bist müde, was?

Kein Wunder, war sicher eine lange Fahrt.« Sie riss die Augen auf. »Moment mal, du bist ja mitten in dem Unwetter gekommen und dazu noch nachts. Wie hast du das geschafft? Du hättest ertrinken können! Das musst du mir alles noch mal in Ruhe erzählen. Ich bin Lucy. Lucy Collister.« Mit diesen Worten drückte sie Margarete erneut. »Komm, ich bringe dich ins Labor. Da kannst du auch die anderen kennenlernen.«

Auf dem Weg kam Margarete aus dem Staunen nicht mehr heraus. In ihrer Vorstellung war die Forschungseinrichtung eine kaum zu findende unterirdische Bunkeranlage im Inneren eines Berges gewesen. Oder hinter den hohen Mauern eines militärischen Hochsicherheitsbereichs. Der echte Hügel wirkte eher wie eine in die Jahre gekommene Jugendherberge auf dem Land. In blättrigem Weiß gestrichene Holzbaracken, eine neben der anderen. Dazwischen vereinzelte Häuser, die älter wirkten und aus groben Feldsteinen und Holzbalken erbaut worden waren.

Die meisten Menschen, die sie trafen, waren jünger als Margarete, keine dreißig Jahre alt, und trugen Zivilkleidung. Viele von ihnen waren in Diskussionen vertieft, kaum jemand nahm von ihr Notiz. Lediglich ein vielleicht achtjähriger Junge, der ihnen entgegengelaufen kam und lachend einen Fahrradreifen vor sich her schubste, winkte ihr zu.

Lucy sah sie an. »Es ist toll hier, nicht?«

»Es ist … anders.« Margarete lachte. »Ich kann kaum glauben, dass ich hier bin.«

»Du hast recht, es ist eine große Ehre.« Lucy nickte. »Du musst echt was draufhaben.«

Margarete schnaubte und ließ den Blick weiter durch die Gegend schweifen. So hatte sie es nicht gemeint.

»Hier sind wir.« Lucy deutete auf die Holzbaracke, vor der sie standen. Sie unterschied sich nicht von all den anderen, und Margarete fragte sich, wie sie sie je wiederfinden sollte. Lucy öffnete die Tür und trat ein. Im Innern roch es muffig, nach altem Papier und technischen Gerätschaften, in deren Ritzen der Staub saß. In einem offenen Büro standen fünf Schreibtische. Zwei davon waren besetzt. Ein junger Mann mit Nickelbrille und ein älterer mit weißem Rauschebart und Gehstock drehten sich zu ihr um, dann standen sie auf und kamen auf Lucy und Margarete zu.

Der Alte streckte ihr die Hand entgegen. Er trug ein braunes Cordsakko über einem weißen Rollkragenpullover und wirkte wie ein freundlicher Großvater. »Dr. von Brühl, ich freue mich, Sie hier begrüßen zu dürfen. Wir alle haben uns schon sehr auf Ihre Ankunft gefreut.« Er sprach perfektes Deutsch.

Margarete schüttelte seine Hand. »Vielen Dank, ich freue mich auch.«

»Ich bin Professor Müller, aber hier sagen sie Muller zu mir.« Er lächelte. »Ich werde Ihr Vorgesetzter sein. Und das hier …«, er zeigte auf den jungen Mann mit der Nickelbrille, der ein wenig verstockt wirkte, »das ist Seamus Collister.«

Lucy flüsterte in Margarete Ohr. »Mein Mann.«

»Wir haben uns hier sehr intensiv mit Ihren Forschungen beschäftigt und sind uns sicher, dass Sie unser Team bestens verstärken werden«, fuhr der Professor fort. Dann nahm er einen dünnen Ordner von einem Schreibtisch und reichte ihn Margarete. »Das ist der Los Alamos Primer. Darin steht alles, was Sie über den derzeitigen Stand des Projektes wissen müssen. Ich glaube, ich übertreibe nicht, wenn ich sage: Es wird Sie umhauen.« Stolz nickte er Lucy und Seamus zu. Dann wurde sein Gesicht ernst. »Der Primer ist als streng geheim eingestuft. Ihn aus dem Hochsicherheitsbereich herauszuschmuggeln wäre Hochverrat.« Ein Lächeln stahl sich auf sein Gesicht. »Aber nun kommen Sie erst mal an, lesen Sie sich ein, und morgen melden Sie sich um neun Uhr hier zu Ihrem ersten Arbeitstag.«

Margarete wischte sich eine Locke aus dem Gesicht. »Was genau ist denn meine Arbeit?«

»Sie werden die Bombe bauen, Mädchen.« Muller runzelte die Stirn.

»Die Bombe?« Margarete rang nach Worten. »Ich weiß nicht, ob das eine gute Idee ist. Eigentlich dachte ich …«

Muller lief rot an. »Eine gute Idee? Wir haben Sie nicht um die halbe Welt geschifft, damit Sie unsere Vorgehensweise infrage stellen. Sie werden für uns arbeiten, oder Sie wandern in den Knast. So einfach …«

Lucy unterbrach ihn. »Komm, Maggie, ich bringe dich zu deinem Trailer.« Sie ergriff Margaretes Hand. »Da hast du alle Zeit der Welt, um dir den Primer anzuschauen.« Sie zog Margarete in Richtung der Tür. »Du wirst dich schon eingewöhnen.«

Margarete hob eine Augenbraue. »Maggie?«

*

»Ich vertraue ihr nicht.« Seamus stand mit einer dampfenden Schüssel voller Kartoffeln in der Küche und lugte durch die Durchreiche.

»Du vertraust niemandem.« Lucy nahm ihm die Schüssel ab, trug sie zum Esstisch und stellte sie auf einen bunten Untersetzer aus geflochtenem Bast, den sie auf einem

Markt in einem der nahe gelegenen Pueblos von einer alten Indianerin gekauft hatte.

Die Stimme ihres Mannes drang aus der Küche. »Sie ist aus Deutschland, schon vergessen?« Lucy konnte hören, wie Seamus den Ofen öffnete, um den Hackbraten herauszuholen. Das liebte sie an ihm. Er konnte kochen, und er tat es gern. Natürlich liebte sie noch mehr an ihm. Sein Misstrauen war jedoch kein Teil davon. Seine Stimme wurde immer energischer. »Ich kann mir einfach nicht vorstellen, wie man sein Land verlässt und einmal quer über den Atlantik fliegt, um dann hier in der Wüste in einem Labor zu arbeiten, dessen Ziel es ist, die eigene Heimat in Schutt und Asche zu legen.«

Lucy trat an die Durchreiche und betrachtete ihren Mann. Die Nickelbrille und die Krawatte hatte er abgelegt, die blonden Haare unordentlich nach hinten gekämmt. Während er vornübergebeugt am Ofen hantierte, fielen sie ihm immer wieder ins Gesicht. Lucy und er hatten sich an der Universität kennengelernt, in Berkeley. Ihr lief jedes Mal ein Schauer über den Rücken, wenn sie an diese Zeit dachte. Sie stammte aus Boston und hatte sich zum Studieren eine Universität ausgesucht, die möglichst weit weg von zu Hause lag. So war sie nach San Francisco gekommen. Ihr Vater hatte einen Holzgroßhandel betrieben und sich nichts sehnlicher gewünscht, als dass sie die Firma übernahm. Nichts außer einem Sohn, der diese Aufgabe an ihrer Stelle hätte erfüllen können. Doch da ihm dieses Glück verwehrt geblieben war, ruhten seine Hoffnungen auf Lucy. Es hatte ihr beinahe das Herz gebrochen, ihm diesen Wunsch zu versagen, konnte sie sich nun einmal ein Leben im elterlichen Betrieb nicht vorstellen. Also war sie nach Berkeley gekommen, dank eines Freundes der Familie, der dort Professor war und ihr gestattete, ihre unzureichenden Noten aus der Schule durch ein Motivationsschreiben und zusätzliche Prüfungen auszugleichen. Und dann war Seamus in ihr Leben getreten.

»Was ist? Hast du keine Meinung dazu?«

Lucy schreckte aus ihren Gedanken auf. »Ich finde sie nett.«

Seamus kam kopfschüttelnd mit dem Hackbraten ins Esszimmer. Seine Hände steckten in dicken wärmeisolierten Handschuhen. »Nett. Was ist denn das für eine Kategorie? Spione können nett sein. Hochstaplerinnen auch.«

Bei dem letzten Satz zuckte Lucy zusammen.

Seamus bemerkte ihre Reaktion, stellte die Auflaufform mit dem Braten auf dem Tisch ab und schloss Lucy in die Arme. Sie spürte, wie die dicken Handschuhe ihren Rücken streichelten. »Tut mir leid. Das wollte ich so nicht sagen.«

»Solange du nur sie für eine Hochstaplerin hältst, soll es mir recht sein.«

Er drückte sie ein wenig von sich weg und sah ihr in die Augen. »Ich habe dich nie dafür gehalten. Das tust nur du selbst.«

Lucy schluckte. Manchmal wünschte sie sich, sie hätte Seamus nie von ihren Gedanken erzählt. Es hatte während der Schulzeit angefangen. Ihr Mathematiklehrer hatte ihr prophezeit, dass sie niemals einem Beruf nachgehen könne, in dem Zahlen eine Rolle spielten. Sie habe einfach kein Talent dafür. Seit jenem Tag waren ihre Noten in den Keller gegangen. Es stimmte, sie hatte immer viel mehr arbeiten müssen als die anderen. Und genau das hatte sie auch gemacht. Mit Ehrgeiz und Akribie hatte sie den Vorsprung aufgeholt, den Leute wie Seamus hatten. Leute, denen immer alles zufiel, die mathematische Gleichungen durch bloßes Draufschauen lösen konnten. Dank dieser Einstellung hatte Lucy es nach Berkeley geschafft und dort einen der besten Abschlüsse ihres Jahrgangs in Experimentalphysik gemacht. Trotzdem verfolgten sie immer noch diese Träume, in denen sie als Schwindlerin enttarnt und mit Schimpf und Schande vom Hügel verbannt wurde. Nur Seamus konnte sie in diesen dunklen Momenten auffangen.

»Es ist schon gut, lass uns essen.« Sie löste sich aus seiner Umarmung und setzte sich an den Tisch.

Seamus setzte sich ihr gegenüber und legte sich die weiße Stoffserviette auf die Knie. »Wir wollen beten.«

Lucy verdrehte lächelnd die Augen, doch dann faltete sie die Hände. »Fang du an.«

Seamus schloss die Augen und legte seine Hände auf ihre. Seine Finger fühlten sich warm und weich an. »Im Namen des Vaters, des Sohnes und des Heiligen Geistes …«, begann er, doch Lucy hörte kaum richtig zu. Ihre Gedanken schweiften ab und fanden sich schnell bei ihrer neuen Kollegin ein. Margarete von Brühl. Was für ein Name! Er klang so altbacken, so aristokratisch. Als Lucy ihn zum ersten Mal gehört hatte, hatte sie sofort Seamus' Mutter vor Augen gehabt. Diese war zwar nicht adelig, legte aber herrschaftliche Manieren an den Tag und war so voller Standesdünkel, dass Seamus ihr nicht einmal von ihrer Hochzeit erzählt hatte. Lucy war das ganz recht gewesen, so musste sie seine Mutter zumindest nicht mehr besuchen.

Doch Margarete war so völlig anders als erwartet! Sie war viel jünger, viel moderner und auf eine angenehme Art viel unsicherer, als ihr Name vermuten ließ. Und viel hübscher. Lucy spürte, wie eine warme Welle durch ihren Körper spülte. In Berkeley hatte es eine Kommilitonin gegeben, die ihr gewaltig den Kopf verdreht hatte. Karen. Zwei Monate lang hatten sie sich abends getroffen, ehe sie plötzlich die Uni verlassen hatte. Das war kurze Zeit vor ihrer ersten Begegnung mit Seamus gewesen. Karens Körper war so sinnlich gewesen, so stark und gleichzeitig so zerbrechlich. Bei diesen Gedanken errötete Lucy. Es erforderte eine gewaltige Anstrengung, sich wieder auf die Stimme ihres Mannes zu konzentrieren. »Segne uns, o Herr, und diese deine Gaben, die wir dank deiner Güte durch Christus, unseren Herrn, erhalten haben. Amen.«

Lucy schob die ablenkenden Bilder beiseite und blickte Seamus in die Augen. »Amen.«

Er sah sie fragend an. »Geht es dir gut?«

Eilig nickte sie. »Wieso?«

»Deine Hände … Sie sind ganz heiß, als hättest du Fieber.«

Mit einer Geste wischte sie seine Frage weg.

Während des Essens hingen sie beide ihren Gedanken nach. Seufzend ließ Seamus schließlich seine Serviette auf den Teller fallen. Er strich sich die Haare aus dem Gesicht und sah Lucy an. »Das war lecker. Machst du hier Ordnung? Ich muss noch mal ins Büro.«

»Wieso das? Willst du jetzt noch arbeiten?«

Er schüttelte den Kopf. »Ich bin nicht sicher, aber ich glaube, ich habe meinen Bericht auf dem Schreibtisch liegen lassen. Wenn morgen früh jemand ins Büro kommt und sieht, dass ich ihn nicht eingeschlossen habe, kriegen sie mich wegen Spionage dran.«

»Kannst du morgen früh nicht der Erste im Büro sein?«

Seamus verzog das Gesicht. »Willst du davon unsere Karrieren abhängig machen?«

Lucy runzelte die Stirn und sah ihrem Mann in die Augen. Dann zuckte sie mit den Schultern, stand auf und begann den Tisch abzuräumen. Sie konnte nicht sagen, warum, doch nachdem er die Tür hinter sich zugezogen hatte, ging sie zur Garderobe und streifte sich ihre Jacke über.

Dann zählte sie bis zehn, öffnete die Tür und folgte ihrem Mann in die Nacht.

*

Es waren immer noch dieselben Sterne.

Margarete saß auf der rostigen metallenen Stufe, die zur Eingangstür ihres Trailers führte, und blickte in den Nachthimmel über dem Hügel. Sie hatte das Wort »Trailer« nie zuvor gehört und hätte ihre Behausung eher eine Metallkiste auf Rädern genannt. Er sah aus wie ein an den Ecken abgerundeter Schiffscontainer und war kniehoch aufgebockt, damit das Wasser darunter durchlaufen konnte. Zudem verfügte er über kleine Fenster und war zur Hälfte weinrot angestrichen. Davor, am Rand des sandigen Weges, der zu ihrem neuen Heim führte, stand eine Metalltonne für den Abfall. Fließendes Wasser zum Waschen sowie Toiletten gab es lediglich in einem Gemeinschaftsbad am Ende des Stichweges. Komfort sah anders aus, hatte sie gedacht, als sie ihre Behausung zum ersten Mal von außen erblickte.

Doch sie hatte sich getäuscht. Von innen entpuppte sich der Trailer als erstaunlich gemütlich. Die Wände waren holzvertäfelt, der Boden mit Teppich ausgelegt, vor den Fenstern hingen Gardinen. Es gab eine kleine Küche und ein Waschbecken, das allerdings nur über einen winzigen Wassertank verfügte. Das Bett, das den gesamten hinteren Teil der Behausung ausfüllte, wirkte wie eine Höhle. Hier könnte sie es vielleicht doch aushalten, zumindest solange

Marie noch ein Baby war. Mit einem Kleinkind würde der Trailer sicherlich zu eng werden. Der Gedanke an ihre Tochter erfüllte sie mit einer lange vermissten Wärme. Möglicherweise war dieser einsame Ort mitten in der Wüste der sicherste Platz für sie. Nach all den Strapazen hatte Marie endlich Frieden verdient.

Die Lektüre des schmalen Ordners, den Muller ihr gegeben hatte, hatte Margaretes Sicht auf die Welt verändert. Der Los Alamos Primer enthielt Informationen, über die sie vor wenigen Wochen noch gelacht hätte, weil sie sie für die Phantasien eines Wahnsinnigen gehalten hätte. Das Manhattan Project überstieg schlicht ihre Vorstellungskraft, so gewaltig war es. Geheime Anlagen in allen Teilen des Landes, Forschungsreaktoren, riesige Fabriken zur Anreicherung von Uran, Tausende von Angestellten und Forschern, Millionen und Abermillionen von Dollars Budget. Es war schlicht unglaublich.

Doch alles schien wahr zu sein.

Gegenüber dieser Maschinerie kam Margarete ihre eigene Forschung in Leipzig wie ein schlechter Witz vor. Ihre Uranmaschine hatte sie mit ein paar Helfern mehr oder weniger eigenhändig zusammengeschraubt. Ihr Assistent Karl war nicht einmal ausgebildeter Naturwissenschaftler oder Ingenieur gewesen. Und von einem Budget konnte kaum die Rede sein. Die deutsche Atomforschung fristete ein Schattendasein. Die Amerikaner dagegen hatten sich ganz und gar dem Bau der Atombombe verschrieben. Und sie hatten aus wissenschaftlicher Sicht enorme Fortschritte gemacht. In Chicago hatten Arthur Compton und Enrico Fermi einen acht Meter hohen Haufen aus Uran und Graphit aufgeschichtet und festgestellt, dass die Mischung sich genau so verhielt, wie sie vorher berechnet hatten. Die Mischung wurde kritisch, erzeugte also Unmengen von Wärme, einfach aus sich selbst heraus. Ähnliches hatte Margarete selbst auch in Leipzig an ihrer Uranmaschine beobachtet. Damals hatte sich in Deutschland jedoch kaum jemand dafür interessiert. Die Versuche der Amerikaner erfolgten dagegen in einer Geschwindigkeit und mit einer Stringenz, die ihr den Atem raubte. Die größte Überraschung stellten die Experimente mit Plutonium dar. Sie hatte noch nie von ernsthaften Versuchen gehört, ein anderes Element als Uran zur Atomspaltung zu verwenden. Doch die Amerikaner schienen sich einiges davon zu versprechen.

Ein bisher ungelöstes Problem schien der Zündmechanismus zu sein. Das spaltbare Material, sei es nun Uran oder Plutonium, durfte erst genau im richtigen Moment die kritische Masse erreichen, bei der die Kettenreaktion in Gang kam. Die amerikanischen Forscher hatten dazu zwei Ansätze entwickelt. Entweder teilte man das Material in zwei Teile, die erst bei Zündung der Bombe zusammengeführt wurden und die kritische Masse ergaben, oder man komprimierte das Material mithilfe einer konventionellen Sprengung so sehr, dass es kritisch wurde. Diese Technik der sogenannten Hohlladungen war das Thema von Margaretes Doktorarbeit gewesen. Sie zweifelte nicht daran, dass sie sich genau aus diesem Grund hier in der Wüste New Mexicos befand.

Ein Schauer lief über ihren Rücken. Sie hatte Waffen und Krieg immer verabscheut. Das Thema ihrer Doktorarbeit war ihr aufgezwungen worden. Als junge Frau war sie froh gewesen, überhaupt einen Betreuer zu finden, der ihr die höheren akademischen Würden zutraute. Dass ihre Forschung zur Entwicklung von Waffen taugen könnte, die

Menschen töteten, war eine Tatsache, die sie stets zu verdrängen versucht hatte. Auch am kernphysikalischen Institut in Leipzig war es ihr immer um die Forschung gegangen, nicht um den Krieg. Nachdem ihr der Verdacht gekommen war, das Militär könnte ihre Ergebnisse missbrauchen, hatte sie buchstäblich alles dafür aufs Spiel gesetzt, diese Versuche zu vereiteln. Und nun sollte sie ihre Prinzipien über Bord werfen und die Bombe für die Amerikaner bauen?

Ein Bild erschien vor ihren Augen. Gabriel, der Indianer, hatte es in der letzten Nacht in ihren Kopf gepflanzt. Ein Stein, der in einen See geworfen wurde. Wassermoleküle wurden aus ihrer Ruhelage gerissen, schwangen auf und ab. Kreisrunde Wellen entstanden. Nichts blieb ohne Folgen. Wirkung folgte auf Ursache.

Ein Räuspern riss sie aus ihren Gedanken. Margarete drehte den Kopf und erblickte Professor Muller, der sie aus einigen Metern Abstand ansah. Unter den rechten Arm hatte er eine lederne Aktentasche geklemmt. Tief über seinen Stock gebeugt sah er unheimlich alt aus und wirkte fast, als habe er sich verlaufen.

»Guten Abend«, sagte Margarete.

Muller machte einen Schritt auf sie zu. »Wie ich sehe, studieren Sie den Primer. Beeindruckend, oder?«

Margarete nickte.

»Wie haben Sie ihn hierherbringen können?«

Margarete zog die Stirn kraus. »Wie meinen Sie das?«

Der Professor lächelte. »Diese Informationen dürfen den Hochsicherheitsbereich nicht verlassen. Nicht auszudenken, was passieren würde, wenn sie in die falschen Hände gelangten.«

Margarete spürte, wie ihr augenblicklich der Schweiß

ausbrach. Natürlich, Muller hatte sie gewarnt! Den Primer aus dem Labor mitzunehmen war Hochverrat! »Ich … Es tut mir schrecklich leid.«

»Schon gut. Bringen Sie ihn morgen einfach wieder mit ins Büro. Ich werde Sie nicht melden.« Er zwinkerte ihr zu. »Es tut mir leid, dass ich Ihnen heute Morgen mit dem Gefängnis gedroht habe. Das war rüpelhaft. Es ist nur … Wir stehen alle unter einem hohen Druck.« Dann wurde sein Gesicht abrupt wieder ernst. »Haben Sie sich eine Meinung gebildet?«

Margarete atmete tief ein und aus, dann erhob sie sich und streckte dem Professor den Primer entgegen. »Ich will diese Welt nicht noch schlimmer machen, als sie ist.«

Muller hob die Hände über seinen Kopf. »Aber wir wollen diese Welt besser machen!«

»Wie soll die furchtbarste Waffe, die die Menschheit je gesehen hat, irgendetwas besser machen?«

»Indem sie zur Abschreckung dient.« Der Professor machte eine Pause, schien nach Worten zu ringen. »Niemand will die Bombe einsetzen. Aber die Tatsache, dass wir sie haben, wird Hitler zwingen einzulenken. Den Krieg aufzugeben.« Er sah ihr tief in die Augen. »Wir können das Töten beenden!«

Margarete seufzte und blickte zu den Sternen hinauf. »Können Sie mir das versprechen? Dass Hitler einlenken wird?«

Muller schürzte die Lippen. Margarete konnte hören, wie sein Atem lauter wurde. »Wenn er uns nicht zuvorkommt.«

»Wie meinen Sie das?«

Er fixierte sie mit seinen Augen. »Das deutsche Atomprogramm – wie weit ist es fortgeschritten?«

Margarete legte den Kopf in den Nacken. »Es gibt kein deutsches Atomprogramm.«

»Das glauben Sie doch nicht wirklich.« Muller schnaubte. »Die Deutschen sind führend im Bereich der Kernphysik. Einige unserer besten Männer hier sind Deutsche. Und Hitler steckt alles in die Kriegsmaschinerie. Sie können mir nicht weismachen, dass er die Bombe dabei außer Acht lässt.«

»Sie mögen es mir glauben oder nicht. Aber das, was ich in Ihrem Primer hier gesehen habe, stellt alle Anstrengungen, die die Deutschen auch nur unternehmen könnten, bei Weitem in den Schatten.«

»Wir können uns nicht auf Hörensagen verlassen!« Hektisch wühlte Muller in der Aktentasche, die er mitgebracht hatte. Schließlich wurde er fündig und hielt Margarete einige Fotografien entgegen. »Schauen Sie sich das an!«

Margarete nahm die Abzüge und betrachtete sie. Beinahe wäre sie vor Schreck aufgesprungen. Sie zeigten eine Anlage, die der Forschungseinrichtung von Los Alamos nicht unähnlich zu sein schien. Längliche Holzbaracken, umgeben von hohen Zäunen aus Stacheldraht. Doch die Menschen, die vor diesen Baracken kauerten, sahen völlig anders aus als die jungen Forscher, die den Hügel bevölkerten. Sie waren kaum mehr als Skelette, ausgemergelte Gestalten in gestreifter Häftlingskleidung. Margarete zog die nächste Fotografie hervor und musste sich beherrschen, um nicht aufzuschreien. Das Bild zeigte einen Berg von Leichen, achtlos aufeinander geworfen und nackt. Die meisten Körper schienen nur aus Haut und Knochen zu bestehen. Margarete wagte es nicht, die restlichen Fotos anzusehen. Stumm blickte sie Muller an. »Das ist … schrecklich!«

»Das ist Ihr Deutschland. Das sind die deutschen Lager. Meine Frau ist in einem davon.« Mullers Stimme bebte. »Ich werde nichts unversucht lassen, um diesen Barbaren das Handwerk zu legen. Werden Sie mich dabei unterstützen oder nicht?«

Vor Margaretes Augen erschien wieder die Wasseroberfläche mit den konzentrischen Wellen. Actio und reactio. Ursache und Wirkung. Vielleicht war tatsächlich schon der Besitz der Bombe eine Möglichkeit, den Krieg zu beenden. Aber sie durfte niemals eingesetzt werden. Dafür zu sorgen würde Margaretes Aufgabe sein. Sie seufzte und sah Muller an. »Abschreckung, richtig?«

Muller nickte. Hoch über seinem Kopf funkelten der Wolf und die Alte Frau um die Wette.

*

Gabriel stellte den Wagen am Straßenrand ab und stieg aus. Den Rest des Weges musste er zu Fuß zurücklegen, wenn er nicht die Aufmerksamkeit der Wachleute auf sich ziehen wollte. Ihm war klar, dass das, was er vorhatte, Wahnsinn war, mindestens aber äußerst gewagt. Er hatte noch nie von dem Versuch eines Einbruchs in die Forschungsanlage auf dem Hügel gehört. Klar, es hatte schon Fälle von Schmuggelei gegeben, bei denen Forscher oder andere Angestellte versucht hatten, irgendwelche Papiere vom Hügel zu schaffen. Aber das war meistens geschehen, weil einer der Eierköpfe sich seine Arbeit mit in den Urlaub nehmen wollte. Es war auch einmal vorgekommen, dass einer der Angestellten eine Waffe auf den Hügel gebracht hatte, versteckt zwischen Ersatzteilen für irgendeine Maschine. Doch auch dieses unerlaubte Mitbringsel war schließlich entdeckt worden.

Dass sich ein Mensch unbefugt Zutritt zum Hügel verschafft hätte, war Gabriels Wissen nach noch nie vorgekommen. Oder es hatte einfach niemand davon Wind bekommen.

Gabriels Blick fiel auf die schweren Arbeitsstiefel, in denen seine Füße steckten. Er liebte diese Stiefel, sie waren praktisch und bequem, und er konnte einen Hammer aus Schulterhöhe darauf fallen lassen, ohne sich die Zehen zu brechen. Aber zum Anschleichen taugten sie nicht. Er ging in die Hocke, löste die Schnürbänder und streifte die Stiefel ab. Dann öffnete er die Beifahrertür seines Wagens und wühlte in dem Gerümpel unter dem Beifahrersitz, bis er die schlanken Mokassins gefunden hatte, die seine Leute traditionellerweise trugen. Die angemessene Kleidung für die bevorstehende Aufgabe. Das dünne Leder unter seinen Fußsohlen fühlte sich zunächst ungewohnt an, doch nach ein paar Schritten hatten sich seine Füße wieder daran gewöhnt.

In gebückter Haltung schlich er einige Meter abseits der Straße bergauf, bis er an einer Hügelkuppe ankam und einen Blick auf die Anlage werfen konnte. Das Tor, das die Durchfahrt versperrte, war beleuchtet und deutlich zu erkennen. Der Zaun selbst lag im Dunkeln. Etwas weiter entfernt konnte Gabriel den Lichtkegel einer Taschenlampe erkennen. Dort war eine Patrouille unterwegs.

Er passte einen Moment ab, in dem sich der Lichtkegel von ihm wegbewegte, und schlich hinunter zum Zaun. Hoffentlich hatte er sich die Stelle, an der Antonia auf das Gelände gelangt war, richtig eingeprägt. Er warf einen Blick nach links und erschrak, als er einen Wachmann an der Zufahrt zur Anlage entdeckte. Der Mann rauchte eine Zigarette und blickte direkt in Gabriels Richtung.

Gabriel ließ sich hinter einen Felsbrocken fallen und erstarrte. Hatte der Soldat ihn gesehen? Er wagte nicht zu atmen. Still starrte er zu dem Mann hinüber, und es schien, als starre der zurück. Aber das war Unsinn, in der Dunkelheit konnte der Wachmann ihn unmöglich bemerkt haben. Oder doch?

Nach einer Ewigkeit warf der Soldat die Zigarettenkippe auf den Boden, trat mit dem Stiefel darauf und verkroch sich wieder in sein Wachhäuschen. Gabriel atmete auf. Als er gerade seinen Weg fortsetzen wollte, sah er rechts von sich einen Lichtkegel durch das niedrige Gebüsch zucken. Die Patrouille! Er hatte zu viel Zeit damit vergeudet, der verdammten Wache beim Rauchen zuzuschauen. Jetzt musste er sich beeilen. Zurück konnte er nicht, der Weg war viel zu weit und bot keine Deckung. Gabriel zog den Kopf noch ein wenig tiefer ein und sprintete auf den Zaun zu. Es kam jetzt weniger auf das Vermeiden von Geräuschen an, als darauf, schnell das Ziel zu erreichen und dem Lichtkegel der Taschenlampe zu entgehen.

Schließlich hockte er vor dem Stacheldrahtzaun. Jenkins hatte ihm einmal anvertraut, dass er unter Strom stand. Das wollte Gabriel lieber nicht genauer wissen. Fieberhaft suchte er nach dem Loch, durch das Antonia gekrochen war. Er bewegte sich einige Meter nach links, weg von der Patrouille, doch dort konnte er nichts entdecken. Verdammt, irgendwo hier musste es doch sein! Hatte er sich im Ort getäuscht? Oder hatte er den Durchschlupf übersehen?

Er drehte sich um und suchte in der anderen Richtung. Das Licht der Taschenlampe war jetzt nur noch etwa zwanzig Meter von ihm entfernt. Ihm blieb nicht mehr viel Zeit.

Dann sah er es. Das Loch war viel kleiner, als er gehofft hatte. Eigentlich war es gar kein Loch, sondern lediglich eine Kuhle im Sand, an der der Draht ein Stück weit nach oben gebogen war. Offenbar hatte Antonia das Erdreich darunter ausgebuddelt und sich unter dem Zaun entlanggequetscht. Gabriel sank das Herz in die Hose. Wie sollte er da hindurchpassen? Doch einen Weg zurück gab es nicht mehr. Wenn er sich nicht sofort durch diese Lücke zwängte, würde die Patrouille ihn erwischen.

Gabriel warf sich auf den Bauch und robbte auf den Spalt zu. Dann überlegte er es sich anders und drehte sich auf den Rücken. So würde er besser sehen können, wie eng es war. Er atmete noch einmal tief ein und aus, dann drückte er sich mit den Füßen ab und schob sein Gesicht unter den Zaun. Nur eine Haaresbreite trennte seine Nasenspitze von dem Draht. Gabriel versuchte, die tödliche Spannung zu vergessen, die durch das Metallgewebe floss. In einer ungelenken Mischung aus Beherrschtheit und Hast schob er sich Zentimeter für Zentimeter nach vorn. Er musste tief ausatmen, um seinen Bauch unter dem Zaun entlangzuzwängen.

Der Lichtkegel der Taschenlampe strich über Gabriel hinweg. Er verharrte in seiner Bewegung und wartete darauf, von der Wache angebrüllt zu werden. Doch nichts geschah. Offenbar war der Mann nicht sonderlich aufmerksam. Oder es war Gabriels Glückstag. Er wollte es nicht darauf ankommen lassen. Hektisch stieß er sich mit den Füßen ab und rutschte mit dem ganzen Körper durch den Spalt unter dem Zaun hindurch. Keuchend kam er auf die Beine und verschwand in geduckter Haltung zwischen den Schatten der Baracken.

Im Haus der Collisters brannte Licht. Anscheinend waren sie noch nicht zu Bett gegangen. Ein Schmerz zuckte durch Gabriels Brust, als ihm klar wurde, dass auch Maria sich im Haus befinden konnte. Seine geliebte Frau. Hin und wieder hatte sie bei den Collisters übernachtet, wenn es viel zu tun gab und es sich nicht mehr gelohnt hatte, heimzufahren. Gabriel versuchte den Gedanken abzuschütteln. Er wusste ja nicht einmal, ob Maria überhaupt noch auf dem Hügel arbeitete.

Er wischte sich mit dem Handrücken den Schweiß von der Stirn und betrachtete das Haus, das ruhig in der Dunkelheit lag. An dieser Stelle endete sein Plan. Wie sollte er Seamus zu fassen bekommen, ohne die Aufmerksamkeit der gesamten Nachbarschaft zu erregen?

In diesem Moment öffnete sich die Haustür.

*

Widersprüchliche Gefühle beschäftigten Lucy, als sie aus dem Haus auf die dunkle Straße trat. Sie spürte ihr Herz in der Brust pochen, was ein klares Signal ihrer Anspannung und Aufregung war. Sie fühlte auch den Anflug eines schlechten Gewissens, weil sie ihrem Mann nachspionierte. Doch über diesem Gefühl hockte eine unzähmbare Neugier und lachte Lucy ins Gesicht. Sie hatte keine Wahl, sie musste wissen, was Seamus im Schilde führte. Unvorstellbar, dass ihr Mann vertrauliche Dokumente aus dem Labor mit nach Hause genommen haben sollte, wo sie Gefahr liefen, gestohlen zu werden. Er war der gewissenhafteste Mensch, den Lucy kannte. Gewissenhaft – oder zwanghaft. Nie würde ihm ein solcher Lapsus passieren. Außerdem musste er, um ins Labor zu kommen, an einem Wachposten vorbei, der mitten in der Nacht niemanden unbeaufsichtigt in den Forschungsbereich einlassen würde.

Was also hatte er vor? Hatte er eine Geliebte? Bei dem Gedanken hätte Lucy beinahe laut losgelacht. Seamus war nun wirklich nicht mit einem überbordenden Sexualtrieb ausgestattet. Wenn Lucy damals nicht den ersten Schritt und auch den zweiten und dritten gemacht hätte, dann hätte er sie im Seminar für Quantenphysik nicht einmal bemerkt. Dass er eine Liebschaft auf dem Hügel hatte und dazu noch die Dreistigkeit besaß, seiner Frau ins Gesicht zu lügen, um sie besuchen zu können, das kam Lucy unvorstellbar vor.

Aber was führte er dann im Schilde?

Sie zog die Haustür hinter sich zu und folgte Seamus, der zielstrebig in Richtung der Forschungs- und Verwaltungseinrichtungen marschierte. Es war weit und breit kein anderer Mensch auf den Straßen zu sehen. Wenn nicht gerade eine Veranstaltung im Versammlungsraum stattfand, ein Theaterabend oder ein Tanztee, führten die meisten Bewohner des Hügels ein häusliches Leben.

Seamus passierte einige unbeleuchtete Schuppen, deren Nutzen Lucy unbekannt war. Weiterhin hielt er auf den wissenschaftlichen Bereich zu. Hatte er am Ende doch die Wahrheit gesagt? Lucys schlechtes Gewissen meldete sich erneut. Es war nicht richtig, dass sie ihrem Ehemann so wenig Vertrauen entgegenbrachte. Zumal Seamus ihr nie auch nur den geringsten Anlass für Misstrauen gegeben hatte. Vielleicht sollte sie umkehren und so tun, als sei nichts passiert, wenn Seamus zurückkehrte.

Ihre Gedanken wurden von einer überraschenden Beobachtung unterbrochen. Seamus war verschwunden. Eben war er noch vor ihr durch die Nacht geeilt, keine fünfzig Meter von ihr entfernt. Doch nun war er nirgends mehr zu sehen. Lucy bekam eine Gänsehaut. Hatte er bemerkt, dass er verfolgt wurde? Hatte er sich irgendwo versteckt, um sie seinerseits überraschen zu können?

Lucy verharrte in ihrer Bewegung und lauschte in die Dunkelheit. Zuerst hörte sie nichts außer dem ewigen leisen Pfeifen des Windes über der Wüste und dem Gesang der Grillen. Doch dann vernahm sie Stimmen. Sofort war ihre Neugier zurück. Vorsichtig bewegte sie sich weiter, zog den Kopf ein und bückte sich ein wenig. Wie ein Indianer, der sich an das Lager der Weißen anschlich. Sie schmunzelte bei dem Gedanken. Nachdem sie an die Ecke eines der Holzschuppen gelangt war, erkannte sie eine der Stimmen. Hinter der Ecke stand Seamus und unterhielt sich mit einem anderen Mann. Doch wer war der Fremde?

»Was willst du von mir, Gabriel?«, hörte sie Seamus sagen, der ihre Frage damit prompt beantwortete. Lucy war perplex. War Gabriel es gewesen, den Seamus so spät am Abend treffen wollte? Aber wieso? Was hatte ihr Mann mit dem Technikwart zu schaffen?

»Du weißt, wo mein Bruder Adrian ist. Sag es mir.« Gabriels Stimme klang knorrig, als würde ein alter Baum anfangen zu sprechen.

Seamus schnaubte. »In den ewigen Jagdgründen, schätze ich.«

»Ich scherze nicht, Seamus. Wo ist seine Leiche? Sag es mir!« Gabriels Stimme klang nun lauter, beinahe schneidend.

»Ich bin gerade auf dem Weg zu Mathewson«, erwiderte Seamus. »Wenn du es unbedingt wissen willst, dann komm doch mit und frag ihn selbst. Oder traust du dich nicht?«

»Du bist ein lustiger Mann, Seamus. Wobei, so lustig auch wieder nicht. Du weißt ganz genau, dass ich den Hügel nicht mehr betreten darf und dass Mathewson mich verhaftet, wenn er mich erwischt. Vielleicht erschießt er mich auch einfach. Deswegen habe ich jetzt die hier.« Lucy vernahm das Geräusch einer plötzlichen Bewegung.

»Verdammt, Gabriel, was hast du vor?«, zischte Seamus. »Nimm die Waffe runter!«

Lucy erstarrte. Welche Waffe? Hatte Gabriel ein Messer? Oder eine Pistole? Was geschah dort? Einen Augenblick lang war sie versucht, ihr Versteck zu verlassen und die beiden zur Rede zu stellen. Doch was sollte das nutzen? Wenn Gabriel bewaffnet war, würde sie sich nur selbst in Gefahr bringen. Nein, sie musste Hilfe holen. Den Sicherheitsdienst. Sie musste zu Mathewson laufen! Oder sollte sie von ihrem Haus aus dort anrufen? Sie musste sich entscheiden, Seamus schwebte in Lebensgefahr!

»Okay, Gabriel, beruhige dich. Ich sage dir ja, wo er liegt. Aber verrate Mathewson nichts davon!«

»Warum muss es immer erst zur Gewalt kommen, bis die Menschen sich gegenseitig helfen?« Gabriel schien keine Antwort zu erwarten. »Also, wo ist Adrian, mein Bruder?«

»Wir haben ihn mit dem Wagen in die Wüste gebracht. Mathewson kennt da einen abgelegenen Ort, vielleicht fünf Meilen die Straße nach Santa Fe runter. Auf der rechten Seite kommt irgendwann ein ausgetrocknetes Flussbett, dem sind wir etwa zehn Minuten lang gefolgt. Du kommst dann zu einem Baum, den kannst du nicht verfehlen. Das Grab darunter sollte noch deutlich zu erkennen sein.«

Lucy verstand die Welt nicht mehr. Von wem sprachen die beiden da? Wieso begrub Seamus Menschen in der Wüste?

»Du sagst die Wahrheit, Seamus?«, knurrte Gabriel.

Eine kurze Pause entstand, offenbar antwortete Seamus mit einer stummen Geste.

»Und du wirst Mathewson nichts hiervon erzählen, habe ich recht?«, fuhr Gabriel fort. »Ansonsten würdest du dich und deine reizende Frau in Gefahr bringen, und das willst du doch bestimmt nicht. Wie du siehst, ist der Hügel nicht so sicher, wie du vielleicht dachtest. Hier gehen alle möglichen Leute ein und aus. Dinge können passieren …«

»Ich habe dich verstanden«, unterbrach Seamus den Technikwart. »Ich gehe nach Hause.«

»Gut.« Gabriel erhob nach einer kurzen Pause erneut die Stimme. »Es tut mir leid, dass es so weit kommen musste, Seamus. Ich halte dich nicht für einen schlechten Menschen. Aber ich muss wissen, was mit Adrian passiert ist.«

»Fick dich, Gabriel«, zischte Seamus. Dann ertönten Schritte auf dem steinigen Untergrund.

Lucy wirbelte herum und rannte nach Hause.

*

»In Ordnung, ich mach's.« Margarete stand vor Mullers Schreibtisch, die Mappe mit dem Los Alamos Primer hielt sie eingerollt in den Händen. Sie hatte Eselsohren, einige Blätter waren aus der Heftung gerissen. Margarete hatte die ganze Nacht damit zugebracht, das Dokument durchzuarbeiten, immer und immer wieder. Die Informationen darin waren unglaublich. Sie hatte sich nicht vorstellen können, dass die Amerikaner mit ihren Forschungen und der Entwicklung der Bombe so weit gekommen waren.

Mullers Worte am vergangenen Abend hatten sie jedoch nicht überzeugt. Würde die Bombe tatsächlich der ganzen Welt zeigen, dass Kriege von nun an apokalyptische Konsequenzen haben würden und dass es besser wäre, gar keine mehr zu führen? Margarete bezweifelte das. Wenn ein solches Machtinstrument erst einmal in der Welt war, dann würde es auch benutzt werden. Und genau das wollte sie doch verhindern! Stundenlang hatte sie mit dem Gedanken gespielt, abzureisen und dem Hügel den Rücken zu kehren. Doch ihr war klar, dass man sie nicht würde gehen lassen. Sie wusste bereits zu viel. Nein, sie musste den Krieg hier überstehen und so tun, als sei sie ganz auf Linie. Vielleicht ergab sich eine Möglichkeit, den Bau der Bombe noch aufzuhalten. Doch das würde sie natürlich niemandem erzählen.

Muller erhob sich von seinem Sessel und reichte ihr die Hand. »Ich freue mich, dass Sie sich so entschieden haben.« Er lächelte matt. »Ehrlich gesagt, hätte ich auch nicht gewusst, was wir ansonsten mit Ihnen hätten anstellen sollen. Nach Hause hätten wir Sie nicht gehen lassen können. Vermutlich hätte ich Sie an Special Agent Mathewson übergeben müssen, und der hätte sie bis zum Ende des Krieges weggesperrt.« Er machte eine wegwerfende Handbewegung. »Na ja, Schnee von gestern. Willkommen im Team, Fräulein von Brühl.«

»Äh … Danke … danke, dass Sie mich nicht einsperren.«

Muller zwinkerte ihr zu. »Sie müssen verzeihen, ich neige gelegentlich zur Ehrlichkeit. Dabei fällt mir ein, ich sollte Ihnen noch ein paar Takte über Ihre neuen Kollegen erzählen. Wir sind ein kleine Gruppe in diesem riesigen Projekt, und wir kämpfen beständig um unser Stück vom Kuchen. Wie Sie gelesen haben, gibt es verschiedene Ansätze bei der Entwicklung der Vorrichtung.«

»Vorrichtung?«

Muller sah sie fragend an. »Die Bombe. Mir gefällt das Wort nicht. Ich sage Vorrichtung.«

»Vorrichtung, verstanden.«

»Gerade was den Zündmechanismus angeht, gibt es eine erbitterte Auseinandersetzung zwischen verschiedenen Forschungsgruppen auf dem Hügel. Die einen wollen die kritische Masse einfach durch große Mengen an Uran zusammenbringen. Eine Technik, die ich, höflich ausgedrückt, ein wenig plump finde. Unser Ansatz beruht auf der Erzeugung von extrem hohem Druck. Und da kommen Sie ins Spiel.«

»Das dachte ich mir.« Margarete nickte. »Sie wollen Hohlladungen verwenden.«

»Richtig, Hohlladungen. Sie haben zu dem Thema geforscht. Sie haben den Primer gelesen. Ich brauche Ihre ehrliche Meinung: Was halten Sie von unseren bisherigen Ideen?«

In Margaretes Kopf ratterten die Gedanken. Konnte sie Muller gegenüber ihre ehrliche Meinung aussprechen? Sie hatte schon beim ersten Durchblättern Fehler in den Berechnungen des erzeugten Drucks gefunden, und sie hatte auch Ideen gehabt, wie der technische Entwurf optimiert werden konnte. Aber geziemte es sich, diese Kritik gleich am ersten Arbeitstag zu äußern? Muller schien ein cholerischer Typ zu sein. Womöglich würde er sie anschreien und aus dem Büro werfen, wenn sie die Arbeit seiner Gruppe infrage stellte. »Ich …«, begann sie, verstummte dann jedoch.

Muller wedelte mit der Hand. »Nur keine falsche Scheu, immer raus mit der Sprache.«

»Ich kann Ihre Überlegungen nachvollziehen, hätte aber noch einige Ideen beizusteuern.« Margarete versuchte in Mullers Miene abzulesen, wie er ihre Worte aufnahm. Sie konnte jedoch keine Regung erkennen, deswegen sprach sie weiter. »Bei der Dimensionierung des Kegels und auch bei den Winkeln hätte ich noch Fragen.« Mullers Gesicht zeigte immer noch keine Veränderung. »Und auch zu den Materialien.« Muller blieb ruhig. »Eventuell würde ich einen ganz neuen Entwurf vorschlagen, wenn Sie es gestatten.« Margarete rollte die Mappe enger, um ihre Hände zu beschäftigen. »Ich denke, das wäre alles.«

Muller starrte sie an, ohne zu blinzeln. Für eine gefühlte Ewigkeit sagte keiner ein Wort. Schließlich brach er sein Schweigen. »Ich danke Ihnen für Ihre Ehrlichkeit. Sie können jetzt zu den anderen gehen.« Er wandte den Blick von ihr ab und setzte sich. Margarete konnte nicht einschätzen, ob ihre Worte den Mann verärgert oder ob sie ihn lediglich ins Grübeln gebracht hatten. Zögernd ging sie zur Tür.

»Eine Sache noch«, sagte Muller, als sie schon die Hand auf der Türklinke liegen hatte. »Heute entfällt die Mittagspause. Es wird einen Sprengtest draußen auf dem Versuchsfeld geben. Keine große Sache, reine Routine, aber so lernen sie schon einmal unsere Möglichkeiten hier kennen. Heute Nachmittag können sich alle frei nehmen. Es wird am Abend eine Feier zum vierten Juli geben. Außerdem wird ein Sandsturm erwartet. Er wird uns voraussichtlich morgen früh treffen. Sie werden also alle genug zu tun haben, um ihre Häuser vor dem Sturm zu schützen und die Feier vorzubereiten.« Er schüttelte den Kopf. »Ich hätte den Test verschoben, aber wir haben einen engen Zeitplan einzuhalten.«

»Was hat es mit dem vierten Juli auf sich?«, fragte Margarete.

»Der amerikanische Unabhängigkeitstag. Morgen feiern wir die Helden dieser Nation. Und deswegen gibt es heute

Abend Punsch und Tanz.« Er verdrehte die Augen. »Fragen Sie mich nicht, worin der Zusammenhang besteht.«

Margarete nickte. »Ich werde den anderen Bescheid sagen.«

»Nein«, erwiderte Muller. »Bitte halten Sie noch still. Ich werde es ihnen gleich selbst sagen.«

»Ist gut.« Margarete öffnete die Tür und betrat das Büro, in dem Lucy, Seamus und zwei andere Mitarbeiter an ihren Schreibtischen saßen. Im nächsten Moment durchfuhr sie ein Schock. Sie hatte den Primer immer noch bei sich. Ohne darüber nachzudenken, hatte sie ihn wieder in ihre Tasche gesteckt. Sie würde ihn Muller überreichen, wenn er aus seinem Büro kam. Lucy hob den Kopf und sah sie an. »Und, was hat er gesagt?«

»Er hat mich nach meiner Meinung zum Fortschritt der ... der Vorrichtung gefragt.«

»Und was hast du gesagt?«

Margarete spürte, dass sie rot anlief. »Ich habe gesagt, dass ... dass ich sehr beeindruckt von eurer Arbeit bin. Ich bin schon sehr gespannt auf den Test heute Mittag. Ich habe in Deutschland an ähnlichen Themen geforscht, und ...«

Einer der beiden anderen Kollegen, ein etwa vierzigjähriger Mann mit einem schütteren Haarkranz und einem Bierbauch, unterbrach sie. »Viel wichtiger ist doch: Hat er etwas wegen der Feier heute Abend gesagt? Und wegen des Sturms? Wenn ich nicht bald nach Hause komme, fliegt mir morgen die halbe Bude weg!«

Margarete schüttelte den Kopf. »Nein, leider nicht.« Sie musste sich beherrschen, um nicht zu grinsen.

»Nicht zu fassen«, murmelte der Mann.

In diesem Moment flog hinter Margarete die Tür auf,

und Muller trat in das Büro. »Ich möchte, dass Sie alle Fräulein von Brühl bei der Einarbeitung unterstützen. Sie hat einige Ideen, wie wir die Vorrichtung noch verbessern können. Ich will, dass Sie ihr alles entlocken, was sie weiß. Verstanden?«

»Aye, aye, Sir«, sagte Seamus, und die anderen lachten.

Muller nickte zufrieden. »Außerdem habe ich noch eine Ankündigung zu machen. Wir werden uns heute Mittag gemeinsam zum Versuchsfeld begeben und Fräulein von Brühl zeigen, worauf sie sich eingelassen hat. Danach gehen Sie bitte nach Hause und bereiten sich auf den Sturm vor, der morgen früh kommen soll. Nageln Sie die Fenster zu, das wird ein richtiger Orkan. Heute Abend sehen wir uns im Saal, wenn bis dahin nicht alles weggeflogen ist. Oppie gibt zur Feier des vierten Juli einen aus. Morgen Nachmittag erwarte ich Sie allerdings alle wieder nüchtern im Labor, wenn uns das Wetter keinen Strich durch die Rechnung macht.«

Margaretes neue Kollegen sprangen begeistert auf und klatschten in die Hände. Sie selbst war irritiert. Ein solch jovialer Ton war in Deutschland undenkbar. Offenbar versuchten die amerikanischen Chefs, ihre Mitarbeiter durch ein angenehmes Arbeitsklima zu motivieren und nicht durch Druck und Einschüchterung. Lediglich einer der Kollegen, der sich Margarete noch nicht vorgestellt hatte, hob die Hand »Was ist mit dem Feiertag morgen? Warum können wir morgen nicht bei unseren Familien bleiben?«

Muller zog eine Augenbraue hoch und sah den Mann an. »Denken Sie, die Nazis gönnen sich freie Tage?« Zufrieden beobachtete er, wie der Fragesteller sich kopfschüttelnd auf seinen Bürostuhl fallen ließ. Dann trat er neben Margarete. »Sie haben dichtgehalten – wie schön. Ich freue mich, dass ich mich auf Sie verlassen kann.«

Margarete sah ihrem Vorgesetzten ins Gesicht. »Natürlich.«

Er nickte und sah sie an. »Sie werden feststellen, dass das auf dem Hügel keine Selbstverständlichkeit ist. Sie leben jetzt in einer Schlangengrube.« Dann verwandelte sich sein Gesichtsausdruck in ein Grinsen, und er legte seine Hand auf ihre Schulter. »Willkommen!«, rief er laut. »Ich freue mich, dass Sie an Bord sind.«

*

Gabriel hatte keine Schwierigkeiten, Seamus' Wegbeschreibung zu folgen. Das ausgetrocknete Flussbett lag vor ihm im roten Licht der aufgehenden Sonne. Die Erdkruste war an vielen Stellen aufgesprungen. Die Risse bildeten regelmäßige Formen, als wollte der verbrannte Boden das Wellenmuster nachstellen, das sich während der Regenzeit auf der Oberfläche des Flusses zeigte.

Gabriel ließ den Blick über die Landschaft schweifen, die hier, abseits des Hügels, flach und karg war. Schutzlos. Hätte er Verfolger gehabt, hätte er sie schon viele Meilen im Voraus entdeckt. Andererseits würde auch seine Fahrt durch das Flussbett niemandem verborgen bleiben, der sich in dieser Gegend aufhielt. Gabriel dachte nicht weiter darüber nach. Er hatte das Recht auf seiner Seite. Oder zumindest die Gerechtigkeit.

Wenig später erblickte er den Baum, von dem Seamus gesprochen hatte. Er stand einsam am Rande des ausgetrockneten Flusses. Es war ein Laubbaum, doch seine Zweige waren kahl. Ein ungewöhnlicher Anblick in dieser Einöde, die mit ihrer brutalen, lebensfeindlichen Art meist nur von Nadelbäumen und Kakteen besiedelt wurde. Die

Tatsache, dass er keine Blätter trug, schien aber darauf hinzuweisen, dass die Wüste auch diesen besonders kühnen Vertreter seiner Art dahingerafft hatte. Oder doch nicht? Vielleicht würden die Blätter eines Tages nachwachsen. Irgendwie kam es Gabriel so vor, als sollte der kahle Baum ihm etwas verdeutlichen.

Er dachte lieber nicht weiter darüber nach, sondern lenkte den Wagen neben den Stamm, hielt an und stieg aus. Die Stelle, wo Mathewson und Seamus Adrians Leichnam verscharrt hatten, war deutlich zu erkennen. Die Erde war dort dunkler und lockerer, nicht so glatt und festgebacken wie anderswo. Es musste die beiden Männer einiges an Kraft gekostet haben, die steinharte Erdkruste aufzubrechen.

Gabriel würde es nun leichter haben. Er war sehr zufrieden mit sich, dass er in der Nacht noch einen Abstecher zu seinem Lagerschuppen gemacht hatte, um einen Spaten mitzunehmen. Er nahm das Werkzeug von der Ladefläche seines Wagens und schritt an das Grab heran. Mit einem Mal spürte er, wie schwer ihm das Atmen fiel. In einer gerechten Welt sollte das hier nicht passieren. Es war nicht richtig, Adrians Ruhe zu stören. Gabriels Vorfahren hatten ihre Toten in Höhlen und Nischen aufgebahrt. Es war streng verboten gewesen, die tiefen Schluchten, in denen die Toten ruhten, zu betreten. Nur die Priester durften das. Später jedoch kamen die mexikanischen Schäfer und trieben ihre Schafe durch die Canyons. Und noch später kamen die Touristen. Sie trampelten durch die Höhlen, machten Fotos und fanden alles höchst interessant und auch ein bisschen unheimlich. Seither begrub Gabriels Stamm seine Toten in der Erde. Dort blieben sie ungestört. Jedenfalls die meisten.

Er seufzte und setzte den Spaten an. Wie viel Mühe mochten Mathewson und Seamus sich gegeben haben? Er ging nicht davon aus, dass er sechs Fuß tief würde graben müssen. Er verlagerte sein Gewicht allmählich auf den Spaten, und das Blatt glitt mühelos in die lockere Erde. In zehn Zentimetern Tiefe stieß es auf Widerstand. Gabriel verharrte in der Bewegung. Konnte das Adrians Leichnam sein? Waren Mathewson und Seamus tatsächlich derart faul gewesen?

Er hob den Spaten ein Stück an und schaufelte die erste Ladung lehmiger Erde zur Seite. Ein dunkelblaues Hosenbein kam zum Vorschein. Tatsächlich, dort lag der Junge, keinen Fuß tief unter der Erde. Gabriel hieb den Spaten neben sich in das trockene Flussbett und stemmte die Arme in die Hüften. Kopfschüttelnd betrachtete er das offene Grab. Eine Welle aus Wut und Trauer überkam ihn. Er spürte, wie sich die Gefühle Stück für Stück seinen Hals hocharbeiteten. Wenn er nichts unternahm, würde er gleich losheulen. Er griff den Spaten und machte sich daran, den restlichen Körper freizulegen.

Adrian hatte sich in den Tagen, die er hier gelegen hatte, deutlich verändert. Sein Gesicht war blau und schwarz und eingefallen. Seine Lippen waren beinahe verschwunden, so dass Gabriel das Gebiss des Jungen erkennen konnte. Die Zahnlücke, die er sich beim Baseballspielen zugezogen hatte und die so etwas wie sein Markenzeichen geworden war. Adrians Wangen waren hohl, als herrsche in seinem Inneren ein Unterdruck. Die Augen waren vertrocknet. Sein Kopf war beinahe kahl, die Haare waren ihm büschelweise ausgefallen. Doch insgesamt war der Anblick nicht so schlimm, wie Gabriel erwartet hatte. Es gab keine Insekten, keine Maden. Wahrscheinlich war der Boden zu trocken.

Einen Moment lang spielte er mit dem Gedanken, den Jungen anzuheben und auf die Ladefläche seines Trucks zu legen. Doch dann entschied er sich anders, kniete sich neben Adrians Kopf und machte sich daran, ihm mit dem Messer eine Strähne seines verbliebenen dunklen Haares abzuschneiden. Ehe er die Klinge ansetzen konnte, hatte er schon ein Büschel Haare in der Hand. Sie fielen dem Jungen einfach so aus, waren trocken wie Stroh und knisterten zwischen Gabriels Fingern.

Plötzlich überkam ihn Übelkeit. Wie von Sinnen sprang er auf, lehnte sich an den toten Baumstamm und erbrach sich.

*

Margarete rauchte der Kopf. In den vergangenen Stunden hatte sie sich alle Mühe gegeben, den nicht enden wollenden Ausführungen von Lucy und Seamus zu folgen. Mit einer enormen Detailtiefe hatten sie ihr die Spezifikationen und Resultate der Experimente erklärt, die sie in den vergangenen Monaten durchgeführt hatten. Danach folgte der Planungsstand der aktuellen Versuchsreihe, an deren neuester Ausgabe sie am Mittag teilnehmen sollte. Vieles davon erkannte Margarete wieder. Ihre Arbeit in Leipzig, vor allem aber ihre Dissertation in Berlin hatten sie tatsächlich hervorragend auf ihre neue Anstellung auf dem Hügel vorbereitet. Genau, wie Clark es prophezeit hatte. Dennoch musste sie ständig nachfragen, weil sie etwas nicht verstand.

Als sie gegen elf Uhr eine Pause einlegten, war Margarete schweißgebadet. Die beiden anderen Kollegen, die sich bisher nicht vorgestellt hatten, waren schon vor einiger Zeit in eine nicht näher definierte »zweite Frühstückspause«

verschwunden. Sie schienen kein großes Arbeitsethos an den Tag zu legen.

»Kommst du mit, Lucy?« Seamus war hinter den Stuhl getreten, auf dem seine Frau saß. »Ich will mir draußen ein wenig die Beine vertreten und eine rauchen.« Er legte ihr die Hände auf die Schultern. Margarete stellte erstaunt fest, dass Lucy bei der Berührung ihres Mannes zusammenzuckte.

»Geh ruhig. Ich will Margarete noch die letzten Testreihen mit den neuen Metalllegierungen zeigen.«

Margarete bekam bei dem Gedanken an noch mehr neues Wissen Kopfschmerzen. Doch nachdem Seamus das Büro allein verlassen hatte, drehte Lucy sich zu ihr um und grinste verschwörerisch. »Nun erzähl mal, was denkst du über all das hier?«

Margarete verzog den Mund und dachte nach. Konnte sie Lucy gegenüber offen sein, oder sollte sie lieber eine höfliche Distanz wahren? »Also … Ich bin euch sehr dankbar für eure Hilfe. Aber ich fürchte, ich werde noch einen Moment brauchen, um auf euren Stand zu kommen. Bei uns … Nun ja, in Deutschland liefen die Dinge doch ein wenig anders.«

Lucy sah sie ein paar Sekunden lang mit gerunzelter Stirn an, dann begann sie laut zu gackern. »Du bist lustig. Denkst du immer nur an die Arbeit?« Sie kam aus dem Lachen nicht heraus. »Ich wollte eigentlich wissen, wie es dir geht, Maggie! Wie findest du die Leute? Nervt dich die Hitze schon? Bereust du es, jemals in diese gottverlassene Gegend gekommen zu sein?«

Nun musste auch Margarete lachen. »Ach so! Eigentlich fühle ich mich ganz wohl. Alle sind sehr nett zu mir. Ich hatte gedacht, dass man mir mehr Misstrauen entgegenbringen würde.« Sie legte einen Finger an die Lippen und dachte nach. »Wobei, dieser Agent Mathewson war schon recht unhöflich.«

Lucy machte eine wegwerfende Handbewegung. »Denk dir nichts dabei, der benimmt sich immer wie ein Arschloch. Offenbar denkt er, dass das zu seinem Beruf gehört.« Sie schüttelte den Kopf. »Aber sag mal, gehst du heute Abend zu der Party?«

»Wegen des vierten Juli?« Margarete zuckte mit den Schultern. »Ich weiß nicht. Ich habe ja Marie, da bin ich nicht so flexibel. Tagsüber passt die Haushälterin meiner Nachbarn auf sie auf, aber abends muss ich für sie da sein. Vielleicht mache ich mir lieber einen ruhigen Abend zu Hause und lese mich weiter ein.«

Lucy schüttelte energisch den Kopf. »Quatsch. Du musst auf jeden Fall hingehen. Alle werden dich kennenlernen wollen!« Sie verstummte und dachte einen Moment lang nach. »Pass auf: Ich frage Seamus, ob er auf Marie aufpassen kann. Er macht sich sowieso nichts aus Partys. Wahrscheinlich freut er sich sogar, dass er einen Grund hat, nicht hinzugehen.« Ihr Blick wurde ernst. »Was hältst du eigentlich von Seamus?«

Margarete zog die Augenbrauen hoch. Wollte Lucy jetzt ein Kompliment von ihr hören? »Er ist … sehr nett«, begann sie stammelnd. »Und sehr intelligent. Manchmal habe ich Mühe, ihm zu folgen.« Lucy nickte lächelnd, offenbar war Margarete auf dem richtigen Weg. »Ich finde, er ist auf seine eigene Art auch sehr gut aussehend.« Lucy grinste, was Margarete veranlasste, noch einen draufzusetzen. »Diese Brille und sein Sachverstand, das strahlt wirklich einen gewissen Sexappeal aus.«

Lucy klappte die Kinnlade herunter. »Oh, so viel Ehrlichkeit hatte ich dir gar nicht zugetraut. Muss ich mir Sorgen machen?«

Margarete hob abwehrend die Hände. »Um Gottes willen, nein. Ich wollte nur … Ich meine nur, du hast einen guten Fang gemacht. Meinen Glückwunsch.« Innerlich verfluchte sie sich für ihre Worte. Was hatte sie sich nur dabei gedacht? Sie verhielt sich ja wie eine Studentin im ersten Semester.

Lucy schien den peinlichen Zwischenfall jedoch schnell verdaut zu haben. Sie deutete mit dem Finger auf den Schreibtisch, an dem Seamus arbeitete. »Kannst du für mich mal eben in die Schublade unten links greifen? Manchmal hat Seamus da eine Banane oder einen Apfel versteckt. Ich vergehe vor Hunger. Und Muller gönnt uns nicht mal eine Mittagspause.«

Margarete zögerte, doch dann trat sie an den Schreibtisch heran und zog die Schublade auf. »Hier ist kein Obst drin, tut mir leid.«

Margaretes Blick fiel auf ein in rotes Leder gebundenes Notizbuch. »Mathewson« stand in krakeliger Handschrift darauf. Sie wollte gerade Lucy danach fragen, als die Tür aufging.

Seamus eilte auf sie zu. »Was suchst du in meinem Schreibtisch? Wie kommst du dazu, meine Sachen zu durchwühlen?« Er wandte sich an Lucy. »Siehst du? Ich habe dir gesagt, dass man ihr nicht trauen kann!« Mit erhobenem Zeigefinger baute er sich vor Margarete auf. »Muller wird davon erfahren, das schwöre ich dir. Deine Zeit auf dem Hügel wird kurz sein. Mathewson hat dich auch schon im Blick.«

Margarete bekam vor Schreck keinen Ton heraus. Während sie noch nach Worten suchte, bemerkte sie, dass Lucy sich eine Hand vor den Mund pressen musste, um nicht loszuprusten.

*

Lucy sah zu Margarete hinüber, die mit versteinerter Miene Mullers Ausführungen lauschte. Zwar hatte sie das Missverständnis aufgelöst und Seamus erklärt, wieso die neue Kollegin in seinem Schreibtisch gewühlt hatte, doch ihr Mann brütete immer noch wütend vor sich hin und würdigte die beiden Frauen keines Blickes.

Muller schien die Verstimmung in seinem Team nicht zu bemerken. Der Professor platzte vor Vorfreude über den bevorstehenden Sprengversuch und referierte unbehelligt über Detonationsfronten und Sprengstofflinsen. In seinem Anzug wirkte er deplatziert und beinahe komisch, wie er da in der Wüste New Mexicos stand. Seine Lederschuhe waren vom Wüstensand bepudert, und immer, wenn er von einem Fuß auf den anderen trat, stieg eine kleine Staubwolke empor. Die Mitglieder seiner Forschungsgruppe hatten sich im Halbkreis um ihn herum gruppiert. In dreißig Metern Entfernung waren zwei Techniker damit beschäftigt, letzte Vorbereitungen am Versuchsturm mit dem Sprengkörper vorzunehmen. Um sich vor der brennenden Sonne zu schützen, trugen sie alle Strohhüte. Lange würden sie sie nicht mehr benötigen, denn am Horizont zogen bereits dunkle Wolken auf. Der Sturm kündigte sich an, und das, was sich dort in ihre Richtung wälzte, sah nicht gut aus. Hoffentlich würde die Feier am Abend nicht davon in Mitleidenschaft gezogen. Auch Muller blickte während seiner Ausführungen immer wieder besorgt zum Horizont.

Lucy schaute erneut zu Margarete hinüber. Vielleicht hatte sie es mit ihrem Streich ein wenig übertrieben. Doch die Art, wie Margarete über Seamus gesprochen hatte, hatte eine lodernde Eifersucht in ihr geweckt, wie sie sie lang nicht verspürt hatte. Und dann war eines zum anderen gekommen. Sie hatte ja nicht ahnen können, dass Seamus ausgerechnet in diesem Augenblick ins Büro zurückkehren und derart an die Decke gehen würde. Sie streckte Margarete, die neben ihr stand und angestrengt ihren Blick mied, eine Hand entgegen. »Maggie, es tut mir leid. Gut, dass das Missverständnis jetzt aus der Welt geschafft ist.«

Margarete hob den Kopf und lächelte sie müde an. Dann nickte sie langsam und wandte sich wieder Muller zu.

»Ich meine es ernst«, versuchte Lucy es erneut. »Kann ich es wiedergutmachen?« Margarete antwortete nicht, also sprach sie weiter. »Ich habe eine Idee. Wir gehen gemeinsam zu dem Fest heute Abend. Wir putzen uns fein raus, und dann tanzen wir bis zum Morgengrauen. Was sagst du?«

Margarete schüttelte mit dem Kopf. »Wie gesagt: Ich muss auf Marie aufpassen. Außerdem bin ich zu müde zum Feiern. Die Reise sitzt mir noch in den Knochen.«

»Mach dir keine Sorgen.« Lucy legte Seamus eine Hand auf die Schulter. Ihr Mann schien die Berührung kaum zu bemerken. »Seamus wird heute Abend den Babysitter spielen. Er macht sich nichts aus Partys. Und tanzen mag er auch nicht.«

Margarete blickte nachdenklich drein, doch Seamus knurrte so etwas wie: »Macht, was ihr wollt.«

»Komm schon, Maggie, gib dir einen Ruck. Arbeiten wirst du hier noch genug. Ich möchte dich gern besser kennenlernen und diesen blöden Start vergessen.«

Zögerlich nickte ihre neue Kollegin. »In Ordnung.«

Lucy klatschte in die Hände. »Super! Bring die Kleine doch so um sechs zu uns, dann trinken wir noch ein Bier und gehen zusammen zum …«

»Die Damen!« Mullers Stimme riss Lucy und Margarete aus ihrem Gespräch. »Es betrübt mich, dass sie meinen Ausführungen so wenig Interesse entgegenbringen. Aber wenn ich Sie mit unserer Arbeit hier bei der Partyplanung störe, so möchte ich Sie nicht weiter belästigen.« Mit einem tadelnden Gesichtsausdruck starrte er Lucy an, dann wandte er sich an Margarete. »Fräulein von Brühl, Sie werden nun Zeuge eines Tests unserer neuesten Errungenschaft. Wie Sie wissen, ist das Ziel unserer Forschung eine Vorrichtung, die auf einer Implosion beruht. So wollen wir das spaltbare Material verdichten und die Kettenreaktion auslösen.« Er wedelte mit der Hand, wie um sich selbst zur Eile zu rufen. »Aber das kennen Sie ja alles. Das Neue ist nun, dass wir mit zwei unterschiedlichen Sprengstoffen arbeiten, um eine sphärisch konvergierende Detonationsfront zu erzeugen.«

Margarete nickte und legte einen Finger ans Kinn. »Ich verstehe. Am Übergang der beiden Sprengstoffe tritt Brechung auf. So wird die Frontwelle der Explosion ins Zentrum gelenkt.«

Muller nickte begeistert. »Exakt!« Er wies mit dem Arm in Richtung des Versuchsturms, in dem sich der Prototyp befand. »Natürlich enthält unser Sprengkörper hier kein Plutonium. Dafür ist er vollgestopft mit Sensoren. Diese werden wir morgen auswerten. Dann wissen wir, ob unsere Berechnungen korrekt waren.« Er drehte sich zu den beiden Mechanikern um und legte die Hände wie einen Trichter vor den Mund. »Sind wir so weit?«, brüllte er, woraufhin einer der Männer einen Daumen in die Luft reckte und beide sich von der Holzkonstruktion entfernten. Muller begann mit einem Countdown: »Fünf, vier, drei …«

Lucy zuckte zusammen, als sie eine Berührung spürte. Margarete hatte ihre Hand ergriffen und drückte fest zu. Sie musterte die Deutsche und stellte fest, dass sie die Augen zugepresst hatte und Schweißperlen auf ihrer Stirn standen. Hatte sie etwa Angst vor der Explosion? »Keine Sorge«, sagte sie. »Wir sind weit genug entfernt.«

»Zwei, eins, Zündung«, setzte der Professor den Countdown fort. Margarete drückte ihre Hand noch fester, so dass es beinahe wehtat. Doch nichts geschah. Obwohl der Countdown beendet war, erfolgte keine Detonation. Muller riss sich den Strohhut vom Kopf und fuhr sich mit der Hand durch das schüttere Haar. Lucy konnte sehen, dass seine Lippen stumme Flüche formten. »Du kannst die Augen wieder aufmachen«, sagte sie zu Margarete. »Es wird keine Explosion geben.«

»Gott sei Dank.« Die Deutsche ließ Lucys Hand los und wischte sich mit dem Handrücken über die Stirn.

Lucy musterte sie stirnrunzelnd. »Was ist los? Magst du etwa keine Bomben?« Sie versuchte, ihre Frage wie einen Witz klingen zu lassen, und zwinkerte Margarete theatralisch zu.

Die Deutsche schüttelte still den Kopf. Ehe Lucy noch etwas sagen konnte, brüllte Muller: »Feierabend!« Der Professor setzte den Strohhut wieder auf. »Wir versuchen jetzt bitte alle, diesen Fehlschlag zumindest für heute zu vergessen. Ich möchte auf der Feier heute Abend keine missmutigen Gesichter deswegen sehen. Morgen werden wir die Ursachen für diese verfluchte Fehlzündung finden. Und dann werden wir es besser machen. Verstanden?«

Zustimmendes Gemurmel ertönte, und die Mitglieder

der Forschungsgruppe wandten sich zum Gehen. Lucy legte Margarete eine Hand auf die Schulter. »Also, um sechs bei uns, einverstanden?«

Margarete nickte, doch sie schien mit ihren Gedanken weit weg zu sein. Wahrscheinlich in Deutschland. Lucy nahm sich vor, die Neue später danach zu fragen. Am Abend, wenn die Stimmung gelöster sein würde. Ihr Blick suchte erneut den Horizont. Die dunkle Wolkenwand war deutlich näher gekommen.

*

Professor Muller blickte aus dem Fenster seines engen Büros hinaus in die Wüste. Der bevorstehende Sturm lag bereits in der Luft. Er spürte es mehr in den Knochen, als dass er eine sichtbare Veränderung dort draußen festgestellt hätte. Eine ungewohnte Anspannung überkam ihn, als stünde etwas Großes bevor. Die Frage war nur, ob es gut war oder schlecht. Der misslungene Versuch trug jedenfalls nicht zu seiner Zuversicht bei. Sie mussten besser werden. Schneller.

Seine Gedanken wanderten zu der Deutschen, und er musste unwillkürlich schmunzeln. Einen ganz neuen Entwurf für die Vorrichtung wollte sie vorlegen. Dabei war sie gerade erst angekommen. Anfangs war Muller nicht einmal überzeugt gewesen, ob sie überhaupt Teil seines Teams werden wollte. Er war froh, dass er sie hatte überzeugen können. Sie schien zu wissen, wovon sie sprach. Zuerst war er verärgert gewesen, als man ihm Fräulein von Brühl vorgesetzt hatte. Aber so war es hier schon immer gelaufen. Oppenheimer oder irgendwer anders dort oben setzte sich einen potenziellen Kandidaten für den Hügel in den Kopf, und zwei Wochen später stand ein Grünschnabel von der Uni hier, mitten in der Wüste, an der Hand eine ängstliche Frau und zwei rotznäsige Gören. Noch mehr ärgerte Muller, dass viele der jungen Männer ausgemachte Karrieristen waren, mit mehr Ehrgeiz als Verstand. Da war ihm die Deutsche lieber, die ehrlich ihre Meinung kundtat, offen zweifelte und damit vielleicht ein wenig besser handhabbar war. Nun, man würde sehen.

Es klopfte an der Tür, und Muller drehte sich um. »Herein!«

Ein junger Soldat stand im Türrahmen und trat unruhig von einem Fuß auf den anderen. In den Händen hielt er einen Brief.

»Sie wünschen?«, fragte Muller.

»Post für Sie.« Der Junge erlangte seine Fassung wieder, kam auf Muller zu und reichte ihm den Brief. »Für Sie«, wiederholte er unnötigerweise.

Muller nahm den Brief entgegen. Er war geöffnet, wie es auf dem Hügel üblich war. Nichts ging rein oder raus, ohne vom Militär kontrolliert worden zu sein. Muller sah den Soldaten an, der wie Falschgeld vor ihm stand. »Noch etwas?«

Der Junge zuckte. »Nein, Sir. Gar nichts. Wir … Wir mussten den Brief öffnen.«

»Ich weiß.« Muller nickte und kniff die Augen zusammen. »Das ist das vorschriftsgemäße Vorgehen.«

»Richtig, Sir. Ich … Ich muss gehen.«

»Sehr wohl.« Muller überlegte, was das seltsame Betragen des Soldaten zu bedeuten hatte. Nachdem der Junge die Tür erreicht hatte, erfuhr er es.

»Mein Beileid, Sir«, sagte der Soldat und schloss die Tür hinter sich.

Ein Schauer lief über Mullers Rücken. Beileid. Was hatte der Junge damit gemeint? Er öffnete den Briefumschlag und zog eine einzelne knittrige Seite hervor.

Abraham,

du hättest Deutschland niemals verlassen dürfen, nicht ohne Rahel. Wie konntest du sie in dieser Hölle zurücklassen?

Sie haben das Lager geräumt, in dem ich mit meiner Schwester interniert war. Sie haben ein neues gebaut, ein größeres. Es hieß, dort würden wir es besser haben. Es gäbe mehr zu essen und Wasser. Man sagte uns nicht, dass wir zu Fuß dorthin gehen müssten. Tagelang sind wir gewandert, all die Kranken und Entkräfteten.

Am dritten Tag ist Rahel umgekippt. Sie ist tot, Abraham. Ich konnte mich nicht einmal verabschieden, so schnell ging es. Ich sah noch, wie ihre Augen anfingen zu flimmern, dann sackte sie zusammen. Die Wärter schrien mich an, ich müsse sie zurücklassen. Und das tat ich. Einige Tage später gelang mir die Flucht.

Du hast sie verraten, Abraham. Das sage ich dir als dein Schwager. Du hast uns alle verraten. Inzwischen wünschte ich beinahe, dass Hitler den Krieg gewinnt und auch euer Land und eure Leben verwüstet, dort in der Ferne.

Sol

Muller ließ die Hand mit dem Brief sinken und blickte wieder aus dem Fenster in die Einöde hinaus. Es lag etwas in der Luft, und nun wusste er auch, was es war. Der Tod kam auf den Hügel.

*

»Autsch, verdammt!« Margarete warf die Akte, in der sie geblättert hatte, auf den Schreibtisch und steckte ihren

Daumen in den Mund. Sie war mit ihren Gedanken abgedriftet und hatte unbewusst angefangen, mit der Heftklammer herumzuspielen, bis diese sich schmerzhaft unter ihren Fingernagel gebohrt hatte. Margarete konnte sich nicht auf die Arbeit konzentrieren. Immer wenn sie versuchte, einen Absatz zu lesen, tauchten wieder Seamus, Muller und Lucy in ihrem Kopf auf und lenkten sie ab. Ihr Blick wanderte zum Fenster. Draußen verdunkelte sich nach und nach der Himmel. Der erst für den kommenden Tag angekündigte Sturm zog auf. Schon jetzt klapperten die Dachschindeln, wenn stärkere Böen über den Hügel hinwegfegten. Der Rest ihrer Arbeitsgruppe war nach dem Versuch draußen in der Wüste heimgegangen, um die Häuser gegen den Sturm zu wappnen, doch Margarete wollte die Zeit lieber nutzen, um sich weiter in die Materie einzulesen. An ihrem Trailer konnte ohnehin nicht viel kaputtgehen.

Ihren Start in Los Alamos hatte Margarete sich anders vorgestellt. Ihre neuen Kollegen schienen ihr zu misstrauen, und ihre Arbeit bestand bisher lediglich darin, sich in den Stand der Forschung und des Projektes einzulesen. Während die anderen in den Labors und Werkstätten Experimente durchführten und in neue physikalische Sphären vorstießen, musste sie hier allein im Büro sitzen und büffeln. Es war deprimierend.

»Störe ich?«

Die unerwartete Stimme hinter ihr ließ Margarete zusammenfahren. Sie drehte sich um und erblickte Gabriel, der staubig und abgerissen aussah und ihr eine dunkle Haarsträhne entgegenstreckte. Sein Gesicht war von der Sonne gerötet und wies einige Prellungen und Schürfwunden auf.

»Was machst du hier?«, fragte sie. »Darfst du überhaupt hier sein?«

»Natürlich nicht.« Gabriel lächelte. »Wenn mich jemand sieht, wird es hässlich.« Er wedelte mit dem Haarbüschel vor ihrem Gesicht herum. »Deswegen müssen wir uns beeilen.«

Margarete verstand. »Du hast Adrian gefunden.«

Gabriel nickte. Auf sein Gesicht stahl sich ein stolzes Lächeln.

Margarete wiegte den Kopf von einer Seite zur anderen. »Wenn die Haare des Jungen strahlen sollten, dann müsste er schon in radioaktivem Material gebadet haben.«

»Genau das vermute ich«, erwiderte Gabriel.

Margarete atmete einmal tief durch, dann erhob sie sich. »Gut, folge mir.« Sie durchquerte das Büro und öffnete eine Vitrine, in dem verschiedene kleinere Apparaturen standen, die eher dekorativen Zwecken dienten als der Forschung. Sie stammten aus der Frühzeit der Kernphysik, doch für ihre Zwecke würden sie reichen. Schon beim ersten Betrachten der Vitrine war ihr das kleine, antike Geiger-Müller-Zählrohr aufgefallen, das sie jetzt aus dem Schrank nahm. Auch eine Hochspannungsquelle und einen akustischen Zähler fand sie. Sie drückte Gabriel die Geräte in die Hand und nahm selbst das Zählrohr, um es behutsam zu ihrem Schreibtisch zu tragen. Es war an dem sensitiven Ende mit einer extrem dünnen Metallfolie verschlossen, und sie machte sich Sorgen, dass Gabriel es aus Versehen beschädigen könnte.

Nachdem sie alles verkabelt und den Lautsprecher eingeschaltet hatte, ertönte das gewohnte sporadische Knacken der Hintergrundstrahlung. Margarete sah Gabriel an. »Gib mir die Haare!« Sie nahm die Strähne entgegen und führte sie an das Zählrohr heran. Sofort veränderte sich das Geräusch, das aus dem Lautsprecher drang. Aus den einzelnen Knacklauten wurde ein Rauschen, die Impulse verschwommen zu einem Trommelfeuer. Margarete zog die Augenbrauen in die Höhe. »Adrian hat tatsächlich eine große Menge Strahlung abbekommen.« Sie ließ die Strähne fallen und legte ein dickes Buch darauf. Dann blickte sie Gabriel an. »Wir sollten uns die Hände waschen.«

»Das ist der Beweis«, rief Gabriel. »Adrian ist gestorben, weil er mit giftigem Müll aus Los Alamos in Berührung kam. Dafür geht Mathewson in den Bau.« Er schickte sich an, das Büro zu verlassen. »Ich fahre in die Stadt und gehe zur Polizei, bevor der Sturm zu stark wird. Ich werde sie zu Adrians Grab führen, und dann sollen sie selbst ihre Untersuchungen durchführen.«

Margarete dachte wieder an das Notizbuch in Seamus' Schreibtisch. »Was hat Seamus eigentlich mit Mathewson zu schaffen?«

»Ich bin mir sicher, dass sie unter einer Decke stecken. Seamus habe ich in jener Nacht am See gesehen. Und Mathewson wurde wütend, als ich Muller von dem Vorfall erzählte. Sehr wütend.«

»Ich glaube, dass Seamus sich heute mit ihm getroffen hat.«

»Kein Wunder.« Gabriel richtete seine kunstvoll geflochtenen Zöpfe, indem er sie nach vorn über die Schultern legte. »Ich habe ihm letzte Nacht ein wenig auf den Zahn gefühlt. Was meinst du, wie ich herausgefunden habe, wo Adrian begraben liegt?«

Margarete verzog den Mund. »Vermutlich hat Seamus Mathewson gewarnt. Ich habe vorhin gehört, wie Mathewson zu Muller sagte, dass er nach seiner Schicht auf dem Hügel runter in die Stadt fahren möchte. Bestimmt will er mit der Polizei sprechen, bevor du es tust. Wer weiß, vielleicht hat er Freunde da. Und wenn du dorthin kommst, wird dir keiner glauben.«

Gabriel grinste. »Nicht, wenn ich vor Mathewson mit der Polizei rede.«

*

Gabriel hämmerte seinen Fuß auf das Gaspedal, und der Wagen sprang mit quietschenden Reifen nach vorn. Er strahlte über das ganze Gesicht. Er hatte den Beweis! Adrian war gestorben, weil Mathewson und Seamus den giftigen Müll aus den Laboren des Hügels im See beim Mondhain versenkt hatten. Und Margarete konnte es bezeugen. Ihre wundersamen Apparaturen ließen sich nicht bestechen. Gabriel konnte sein Glück kaum fassen.

Dass er den Hügel am helllichten Tage betreten und wieder verlassen hatte, ohne verhaftet zu werden, konnte man ohne Weiteres als ebenso großen Glücksfall bezeichnen. Gabriel blickte zwischen seinen Knien hindurch und musterte die Mokassins an seinen Füßen. Sie hatten ihm gute Dienste erwiesen. Wie ein Luchs war er sich vorgekommen, als er zu der Lücke im Zaun geschlichen war. Die Sonne hatte zwar am Himmel gestanden, doch der aufziehende Sturm hatte tiefschwarze Wolken vor sich hergetrieben, und der aufgewirbelte Sand hatte die Sichtverhältnisse weiter verschlechtert.

Gabriel hatte in seinem Versteck auf den richtigen Moment gewartet, in dem die Wachmänner an der Einfahrt zum Hügel durch ein ankommendes Auto abgelenkt gewesen waren und die Patrouille den Blick von dem Loch im Zaun abgewandt hatte. Dann war er in gebückter Haltung losgerannt. Einige Meter vor dem Zaun hatte er sich auf den Boden geworfen und war weitergerobbt, auf die

Lücke zu. Unbemerkt war er auf den Hügel gelangt und zu der Holzbaracke geschlichen, in der er Margarete vermutete.

Nach der Untersuchung im Labor wählte er denselben Weg zurück. Margaretes Andeutungen nährten die Sorge in ihm, dass Mathewson ihm zuvorkommen könnte, deswegen sputete er sich. Er musste in der Stadt ankommen, ehe der Sturm zu stark wurde und die Straßen unpassierbar machte. Grübelnd schlich er zwischen den Holzbaracken umher in Richtung seines Durchschlupfs.

»Gabriel! Was … was machst du hier?«

Er wusste sofort, wer ihn da von hinten ansprach.

»Du dürftest nicht hier sein. Weißt … Weißt du das nicht? Du darfst den Hügel nicht betreten, Mathewson hat …«

Gabriel wirbelte herum und schlug Jenkins mit der Faust ins Gesicht. Es tat ihm in der Seele weh, als er sah, wie der Mann nach hinten taumelte und die Hände vor das Gesicht schlug. Jenkins war immer nett zu ihm gewesen, aber nun stand er auf der falschen Seite. Auf keinen Fall wollte Gabriel riskieren, vom Sicherheitsdienst des Hügels verhaftet zu werden. Blut quoll aus Jenkins Nase und tropfte in den Sand. Die Augen hatte der Wachmann ungläubig aufgerissen, Gabriels plötzliche Attacke hatte ihn völlig überrascht. Doch sie hatte ihn nicht außer Gefecht gesetzt. Gabriel erkannte an den Regungen in Jenkins Gesicht, dass der Mann kurz davor war, um Hilfe zu rufen. Für den Bruchteil einer Sekunde rang er mit sich, dann warf er sich auf den schlaksigen Wachmann und riss ihn zu Boden. Unter Aufbietung all seiner Kraft presste er ihm die Handfläche auf den Mund. »Wirst du mich verpfeifen?«

Jenkins riss die Augen noch weiter auf und schüttelte

energisch den Kopf. Aus seinem verschlossenen Mund drang ein klägliches Geräusch.

»Ich würde dir gern glauben, Jenkins.« Gabriel machte ein zerknirschtes Gesicht. »Aber ich muss sicher sein. Tut mir leid.« Mit diesen Worten hieb er dem Wachmann die Faust auf die Schläfe. Jenkins' Augen rollten nach hinten, sein Kopf sackte zur Seite. Er würde für eine Weile schlafen. Schnaufend kam Gabriel auf die Beine. Armer Jenkins, das würde ordentliche Kopfschmerzen geben. Doch er hatte keine Wahl gehabt, der Soldat hätte Alarm geschlagen und seine Pläne zunichtegemacht. Behutsam lehnte Gabriel den Oberkörper des Wachmanns gegen die Wand einer Baracke, damit er nicht zu viel Sand schlucken musste. Dann schlich er mit eingezogenem Kopf weiter, überwand den Zaun und die paar Dutzend Meter davor unbehelligt und sprang in seinen Pick-up.

Der Sturm wurde immer stärker. Gabriel schaltete den Scheibenwischer des Wagens an, um die herumwirbelnden Sandmassen von der Windschutzscheibe zu vertreiben. Die Welt um ihn herum versank in einem dunklen Rot. Das Heulen des Windes wurde lauter und überdeckte schon die Motorengeräusche. Die Straße, die zur im Tal liegenden Stadt führte, konnte er kaum noch erkennen. Die Fahrt dorthin würde lebensgefährlich werden.

Trotzdem musste er weiter. Er konnte nicht zulassen, dass Mathewson ihm zuvorkam und die Polizisten gegen ihn aufbrachte. Er musste seine Chance nutzen, um die Beweise vorzulegen. Kein klar denkender Mensch würde dagegen etwas sagen können, und Margaretes Reputation würde ihr Übriges tun. Immerhin arbeitete sie am wichtigsten Projekt der Welt!

Ein viel zu nah am Wagen vorbeisausender mannshoher

Kaktus riss Gabriel aus seinen Gedanken. Er war von der Straße abgekommen! Kein Wunder, die Fahrbahn war unter den Sandmassen nicht mehr zu erkennen. Hier und da blitzte ein Fleck schwarzer Asphalt hervor, ansonsten hatte sich der Untergrund in ein wimmelndes, tosendes rotes Rauschen verwandelt, ohne Konturen, ohne Anfang und Ende. Lediglich die vereinzelten Kakteen und verkrüppelten Bäume am Wegesrand konnten Gabriel als Orientierung dienen.

Als er den Wagen endlich an den ersten Gebäuden der Stadt vorbeilenkte, war er schweißgebadet. Mehrmals hatte er im Sturm die Orientierung verloren, einmal wäre er beinahe mitsamt dem Wagen in den Abgrund am Straßenrand gestürzt, weil er die Hand nicht mehr vor den Augen gesehen hatte. Danach hatte er die Geschwindigkeit gedrosselt. Wenn er sich zu Tode fuhr, würde die Polizei nie von den Verbrechen erfahren, die Mathewson verübt hatte.

In der Stadt angekommen, riskierte Gabriel wieder mehr Geschwindigkeit. Die Hauptstraße, an der die Polizeiwache lag, verlief kerzengerade und verlor sich am Horizont im Nichts. Roter Wüstensand hatte sich darauf abgelagert und wurde von den kräftigen Sturmböen aufgewirbelt, so dass die ganze Szenerie in einem unheimlichen Zwielicht lag. Am Ende der Straße hing knapp über dem Horizont die Sonne als tiefroter Ballon. Davor zeichnete sich ein einsamer Schatten ab.

Gabriel wusste genau, was das bedeutete.

*

Margarete atmete erleichtert auf, nachdem die schwere Holztür hinter ihr ins Schloss gefallen war. Der Weg zum

Gemeinschaftshaus war beschwerlich gewesen, denn der Sandsturm wütete mittlerweile mit voller Kraft auf dem Hügel. Die Böen ließen die Dachschindeln und Holzbalken klappern. Der Sand drang durch die Ritzen und lagerte sich auf dem Dielenboden in miniaturhaften Dünen ab. Zudem war die Sichtweite draußen auf wenige Meter gesunken. Ohne Seamus hätte Margarete den Ort der Feierlichkeiten zum vierten Juli gar nicht gefunden. Sie war enttäuscht gewesen, als Lucy ihr eröffnet hatte, dass sie sich nicht gut fühle und deswegen die Aufgabe der Babysitterin übernehmen würde. Seamus schien auch nicht begeistert zu sein, fügte sich jedoch in sein Schicksal, Margarete auf die Feier zu begleiten. Auf dem Weg von ihrem Wohnwagen zum Gemeinschaftshaus hatten sie eine frostige, wortkarge Unterhaltung geführt.

Als Margarete ihren Mantel an der Garderobe aufhängte, spürte sie die Blicke der Anwesenden auf sich ruhen. Fast schien es so, als wären die Unterhaltungen in dem großen Versammlungsraum schlagartig verstummt, doch das bildete sie sich sicherlich nur ein. Vermutlich waren die wenigen Gäste, die schon da waren, gerade erst gekommen und brauchten zunächst eine Tasse Punsch, um in Stimmung zu geraten. Margarete sah sich in dem Saal um, der mittags als Kantine diente und abends zu einer Mischung aus Restaurant und Bar umfunktioniert wurde. Die Angestellten hatten die meisten Tische und Stühle an die Wände geschoben, um eine Tanzfläche zu schaffen. An einer Wand war ein Buffet aufgebaut. Die Wände und Stehtische waren mit amerikanischen Flaggen verziert. Einige der Männer trugen sogar Zylinder in den Nationalfarben.

»Wollen wir uns eine Tasse Punsch holen?«, fragte sie ihren unfreiwilligen Begleiter.

Seamus schüttelte den Kopf. »Danke, ich trinke nicht. Aber geh ruhig.« Er hob die Hand zu einem falschen Gruß und bewegte sich auf eine Gruppe von jungen Männern zu, die Margarete nicht kannte. Einen Moment lang sah sie ihm nach, dann wandte sie sich zögernd dem Büfett zu. Die Frauen der Wissenschaftler hatten sich mächtig ins Zeug gelegt. Der Tisch bog sich unter der Last von Kuchen, Salaten und großen Schüsseln mit bunten und vermutlich alkoholhaltigen Flüssigkeiten. Margarete entschied sich aus dem Bauch heraus für eine dunkelrote Variante und füllte einen Becher vorsichtig mit einer viel zu großen Kelle.

»Sie sind die Neue, richtig?«

Margarete drehte den Kopf, um zu sehen, wer sie angesprochen hatte. Eine förmlich gekleidete Frau um die fünfzig sah sie mit kaltem Blick an. Ihre Haare hatte sie zu einem regelrechten Turm hochgeföhnt, ihre Augen schienen Margarete zu durchbohren.

»Ja, richtig, das ist mein Name. Nett, Sie kennenzulernen.« Margarete rang sich ein Lächeln ab.

Die Frau legte die Stirn in Falten. »Die Deutsche, richtig?«

»Ja … Ich komme aus Deutschland. Und Sie?« Margarete versuchte, ihre Frage unbeschwert klingen zu lassen.

Die Frau ließ Margaretes Frage unbeantwortet. »Willkommen auf dem Hügel. Wir behalten Sie im Auge.« Mit diesen Worten wandte sie sich ab und gesellte sich zu einer Gruppe von etwa gleichaltrigen Frauen, die argwöhnisch zu Margarete herüberschauten.

Margarete entschied sich, die Damen zu ignorieren, und führte den Becher an die Lippen, um die dunkelrote Bowle zu probieren. Zuerst verzog sie das Gesicht wegen des scharfen Alkoholgeschmacks, doch dann benetzte eine klebrige Süße ihre Zunge, und ein künstlich wirkender Geschmack nach Kirsche machte sich breit. Sie nahm einen zweiten Schluck. Daran würde sie sich gewöhnen können.

Der weitere Abend verlief schleppend. Die Gäste trudelten in kleinen Gruppen ein. Jedes Mal, wenn sich die Eingangstür öffnete, trug der Sturm eine Böe voll Sand in den Saal, und die Gespräche mussten verstummen, weil das Heulen des Windes jegliche Kommunikation übertönte. Margarete versuchte ein ums andere Mal, Anschluss bei den Grüppchen zu finden, die sich im Saal verteilt hatten. Doch jedes Mal schienen die Gespräche plötzlich abzuebben, wenn sie sich zu einer Runde gesellte. So verbrachte sie ihre Zeit damit, ihren Becher ein ums andere Mal mit der gar nicht so übel schmeckenden Bowle aufzufüllen. Professor Muller, eine der wenigen Personen, die sie auf dem Hügel kannte, war nirgends zu sehen.

Nach zwei Stunden fragte sie sich, ob der Abend überhaupt noch einmal Schwung aufnehmen würde. Vielleicht sollte sie zu Marie nach Hause gehen und ihren Rausch ausschlafen. Sie fürchtete sich schon jetzt vor dem nächsten Morgen. Sie hatte zu viel Bowle getrunken, und der hohe Zuckergehalt des Getränks würde sicher nicht zu ihrem Wohlergehen beitragen.

Nachdem sie gerade ihren Mantel von der Garderobe genommen hatte, um die Party zu verlassen, hörte sie, wie jemand mit einem Löffel an ein Glas schlug. Schlagartig verstummten die Gespräche. Ein junger Mann mit dunklen, lockigen Haaren und einem kantigen Gesicht trat hervor. Er kam Margarete bekannt vor, doch sie konnte nicht einordnen, wo sie ihn schon einmal gesehen hatte.

»Meine Damen und Herren, liebe Freunde«, begann er und drehte sich mit ausgebreiteten Armen einmal um sich selbst, um alle Anwesenden in seine Begrüßung einzuschließen. »Schön, dass ihr alle hergefunden habt, an diesem sonnigen Tag auf dem Hügel.«

Die Menge lachte, und ein Mann rief: »Eine Rede, Oppie!«

In diesem Moment wurde Margarete klar, wer da vor ihr Stand. Der junge Mann war kein Geringerer als Robert Oppenheimer, der wissenschaftliche Leiter des Manhattan Project und eine physikalische Koryphäe. Plötzlich fühlte sie sich geehrt, dass ausgerechnet sie ausgewählt wurde, um in dieser illustren Runde arbeiten zu dürfen. Wie hatte sie so undankbar sein können? Hatte sie nicht großes Glück gehabt, dass Clark sie aus dem Deutschland der Nazis gerettet und an diesen sicheren Ort gebracht hatte, wo sie die Gelegenheit hatte, mit den Besten ihres Fachs auf Augenhöhe zu verkehren?

Oppenheimer war mit seiner Rede fortgefahren. Als Margarete ihre Aufmerksamkeit wieder auf seine Worte lenkte, sagte er: »Und wir werden erfolgreich sein. Weil wir das Zeug dazu haben! Weil wir die Besten der Besten sind!«

Die Menge jubelte.

Oppenheimer hob beschwörend die Arme. »Wir werden diese Bombe bauen. Nicht weil wir sie einsetzen wollen, sondern um den anderen zuvorzukommen.« Er nickte langsam, drehte sich erneut um die eigene Achse und ließ den Blick über die Anwesenden schweifen. Für einen Augenblick hatte Margarete das Gefühl, als sähe er ihr direkt in die Augen.

In diesem Moment rief ein junger Mann mit roten Haaren und einem noch röteren Gesicht dazwischen. »Doch! Wir wollen sie einsetzen, die Bombe!« Einige Gäste applaudierten, was den jungen Mann offenbar anspornte. Er machte einen Schritt nach vorn und brüllte: »Ich sage: Lasst uns die Bombe auf Berlin werfen! Wir zeigen den Nazis, was passiert, wenn man Wind sät!«

Margarete fühlte sich, als hätte ihr jemand in den Bauch geboxt. Sie riss die Augen auf und schnappte nach Luft. Plötzlich hatte sie das Gefühl, als spräche der rothaarige Mann nur zu ihr. Dann trat ein zweiter Mann neben ihn. Margarete japste, als sie ihn erkannte. Es war Seamus. »Er hat recht«, rief er und ballte eine Faust. »Die Nazis würden dasselbe mit uns machen! Sie werden erst aufgeben, wenn wir ihnen eine Lektion erteilt haben!«

Margarete traute ihren Ohren nicht. »Ich hasse dich, Seamus!«, brüllte sie, doch ihre Stimme schien in dem Lärm nicht durchzudringen.

Die Menge johlte. Nach und nach entwickelte sich ein Sprechchor. Es dauerte einige Sekunden, bis Margarete die Worte verstand. »Bombt sie aus! Bombt sie aus!« Sie sah sich mit schreckgeweiteten Augen um. Alle Gäste schienen sie anzustarren. Einige grinsten, andere hatten die Fäuste erhoben, und fast alle waren in den Chor mit eingefallen. »Bombt sie aus! Bombt sie aus!«

Margaretes Knie wurden weich, und der Festsaal begann sich vor ihren Augen zu drehen. Gleich würde sie die Besinnung verlieren. Sie musste raus aus dieser Hölle, raus an die frische Luft. Wie benommen taumelte sie zur Tür, ihren Mantel über die Schulter geworfen. Die Menge kam langsam hinter ihr her. Margarete prallte gegen die Holztür, riss sie auf und stürzte in die Nacht, in den Sturm. Augenblicklich übertönte der brüllende Wind die Stimmen der Leute. Margarete musste sich mit ihrem ganzen Gewicht gegen den Sturm stemmen, um vorwärtszukommen. Mühsam setzte sie einen Fuß vor den anderen. Sie spürte, dass Tränen über ihr Gesicht liefen, und sie spürte noch etwas anderes: Ihre Zähne mahlten aufeinander, und ihre Hände waren zu Fäusten geballt. In ihrem Bauch loderte eine furchtbare Wut.

»Margarete, warte!« Eine Stimme hinter ihr. Sie kam ihr bekannt vor, doch sie ignorierte sie und quälte sich weiter vorwärts. »Margarete, komm zurück! Es ist gefährlich hier draußen!« Vielleicht gehörte die Stimme zu Seamus, doch es war ihr einerlei. Sie musste weg von hier, ehe ein Unglück geschah! Niemals wieder würde sie mit ihrem Kollegen reden.

Schnell merkte Margarete jedoch, dass sie nicht weit kommen würde. Der Sturm war zu stark und sie selbst zu wacklig auf den Beinen. Sie musste sich irgendwo ausruhen, um zu Kräften zu kommen. Nur ein paar Minuten lang … Schließlich kam vor ihr ein Haus in Sicht. Vielleicht würde sie dort eine windstille Stelle finden. Mit letzter Kraft schleppte sie sich in den Windschatten der hölzernen Wände, sank zu Boden und lehnte den Kopf an die Bohlen. Dann wurde es schwarz um sie.

*

»Mathewson«, stieß Gabriel hervor.

Kein Zweifel. Dort vor ihm, mitten auf der Straße, stand sein Widersacher. Der Mann, der Adrian auf dem Gewissen hatte und der versucht hatte, auch Gabriel umzubringen. Eine rote Wand aus Sand verschleierte die Sicht auf den Mann mit der Glatze, doch Gabriel erkannte ihn an seiner Silhouette. Der fette Wanst, der Stiernacken, der breitbeinige Stand. Es war Mathewson, der dort auf ihn wartete. Außer dem Sicherheitschef des Hügels war niemand auf der Straße zu sehen. Die Bewohner der Stadt hatten sich in ihren Häusern verkrochen. Viele hatten die Fenster mit groben Bohlen vernagelt. Auch das Polizeirevier wirkte verlassen.

Sie waren allein. Mann gegen Mann.

Gabriel dachte nicht weiter darüber nach und hämmerte den Fuß auf das Gaspedal. Durch die dünne Sohle des Mokassins konnte er die Vibrationen des Motors spüren. Der Pick-up machte einen Satz nach vorn, dann raste er mit steigender Geschwindigkeit auf Mathewson zu. Gabriel sah, wie sein Gegner nach etwas an seiner Seite griff. Im nächsten Augenblick zielte der Sicherheitschef mit einem Revolver auf ihn. Gabriel zog den Kopf ein, dann zerplatzte die Windschutzscheibe. Ein Regen von Glassplittern ging auf ihn nieder. Ihm folgte das Peitschen des Sturms, prasselnder Sand zerkratzte seine Haut wie Schleifpapier. Er kauerte sich hinter das Lenkrad und versuchte, die Richtung beizubehalten. Gleich würde es vorbei sein!

Weitere Schüsse peitschten durch das Tosen des Sturms. Einige schienen die Kühlerhaube des Wagens zu treffen, den metallisch klingenden Einschlägen nach zu urteilen. Doch das würde ihn nicht aufhalten. Es fehlten nur noch wenige Meter!

Ein weiterer Schuss. Der Pick-up geriet ins Schlingern, das Gummi der Reifen kreischte auf dem Asphalt. Gabriel verlor die Kontrolle über den Wagen, das Lenkrad bewegte sich unter seinen Händen. Mathewson hatte einen Reifen getroffen! Der Wagen scherte nach links aus, und Gabriel wurde aus dem Sitz gehoben. Immer weiter neigte sich der Pick-up, bis die Reifen den Halt verloren und sich auf dem Asphalt verkeilten. Der Wagen überschlug sich seitlich, und Gabriel schwebte, allerdings nur für einen Sekundenbruchteil. Dann kam ihm die Decke des Fahrzeugs entgegen. Schmerzhaft schlug er mit dem Kopf gegen die Innenverkleidung, bevor ihn die Schwerkraft in die andere Richtung riss.

Nach dem ersten Überschlag konnte Gabriels Verstand den Bewegungen, die sein Körper vollzog, nicht mehr folgen. Der Sturm und die Stadt verschwanden aus seinem Bewusstsein, übrig blieben nur Prellungen, Stöße und knackende Knochen. Die Welt versank in einer Kakophonie aus Lärm und Schmerz, dann wurde alles schwarz.

Während die Dunkelheit allmählich verschwand, war das Erste, woran Gabriel dachte, seine Frau. Ob Maria um ihn weinen würde? Würden seine Söhne trauern? Würde irgendjemand im Pueblo ihn vermissen? Dann kamen endlich die Schmerzen zurück, die echten körperlichen Schmerzen, und verdrängten die weinerlichen Gedanken. Gabriel öffnete die Augen. Er brauchte einige Sekunden, bis er seine Lage verstand. Der Wagen war auf dem Dach zum Liegen gekommen. Gabriel lag auf dem Rücken, über ihm schwebte der zerknautschte Deckel der Kühlerhaube, was bedeutete, dass er durch die zerborstene Windschutzscheibe aus dem Wagen geschleudert worden war. Er betastete mit seinen Händen den Untergrund und fühlte Sand, der über den Asphalt der Straße kratzte. Nach und nach spannte er alle Muskeln an und versuchte, seine Gliedmaßen anzuheben. Wider Erwarten schien alles noch zu funktionieren.

Wie ein Faustschlag traf ihn die Erkenntnis, dass er immer noch in Lebensgefahr schwebte. Er hatte Mathewson mit ziemlicher Sicherheit verfehlt, und der Mann war bewaffnet. Bewaffnet! Bei diesem Gedanken fiel Gabriel sein eigener Revolver ein. Er lag im Handschuhfach. Unter

Aufbietung all seiner verbliebenen Kräfte stemmte Gabriel sich hoch und kroch auf allen vieren durch das Loch, wo einmal die Windschutzscheibe gewesen war. Um an das Handschuhfach zu gelangen, musste er nach oben greifen. Er rüttelte an dem Verschluss, doch die Klappe ließ sich nicht öffnen. Vielleicht hatte der Wagen sich bei den vielen Überschlägen verzogen. Mit aller Kraft riss Gabriel an dem Hebel, der die Klappe öffnen sollte, bis er schließlich abbrach.

»Komm raus, Pocahontas!« Mathewsons Stimme ließ Gabriel zusammenzucken. »Lass es uns zu Ende bringen!«

Gabriel riss den Kopf von einer Seite zur anderen, bis er die Stiefel des Sicherheitschefs durch eines der Seitenfenster des Pick-ups entdeckte. So leise wie möglich kroch er durch das gegenüberliegende Fenster, das bei dem Unfall ebenfalls zu Bruch gegangen war. Vielleicht konnte er sich unbemerkt aus dem Staub machen und in den Böen des Sandsturms verschwinden.

Während Gabriel noch versuchte, auf die wackligen Beine zu kommen, fiel ein Schatten auf ihn. Er drehte den Kopf und erblickte Mathewson, der mit dem Revolver auf ihn zielte.

Der Mann mit der Glatze grinste. »Endlich ist es so weit. Sag selbst, du hast es doch auch herbeigesehnt, oder? Nach all den betrüblichen Ereignissen, die dir widerfahren sind. Die Anstellung ist futsch, die Frau auch ... Was soll da noch kommen?« Er spannte den Hahn seines Revolvers. »Glaub mir, es ist besser so.«

Gabriel schrie auf und stürzte sich auf den Glatzkopf. Sein plötzlicher Angriff schien Mathewson völlig zu überraschen. Der Gesichtsausdruck des Mannes wechselte von einem überheblichen Grinsen zu einer Mischung aus Überraschung und Schrecken. Gabriels Schulter prallte wie in Zeitlupe auf das Brustbein seines Gegners. Er meinte zu spüren, wie die Luft aus Mathewsons Lunge entwich. Dann löste sich ein Schuss. Der Knall fühlte sich wie ein Faustschlag aufs Ohr an. Gabriels Trommelfell protestierte, die Schmerzen ließen Sternchen vor seinen Augen tanzen. Dass die Kugel ihn an der Schulter gestreift hatte, bemerkte er kaum. Er prallte auf Mathewsons massigen Körper, riss ihn zu Boden und stürzte auf ihn.

Der Sicherheitschef verkraftete den Sturz besser als Gabriel, warf ihn zur Seite und war sofort über ihm, um seinem Gegner eine Faust ins Gesicht zu hämmern. Gabriel verließen die Kräfte. Er würde es nicht schaffen, Mathewson abzuschütteln. Der Mann war zu schwer und Gabriel zu geschwächt. Immer wieder schlug der Glatzköpfige ihm ins Gesicht, doch er spürte die Hiebe kaum noch. Wie Nadeln trafen ihn die Sandkörner im Gesicht, die der Sturm heranpeitschte. Wie in Trance wand Gabriel sich von einer Seite auf die andere, ohne Mathewson gefährlich werden zu können. Seine Beine wühlten im Sand, der sich auf der Straße angesammelt hatte, seine Hände griffen ins Leere. Es gab keinen Ausweg, keine listige Finte, die ihn jetzt noch retten konnte.

Mehr aus Trotz stemmte Gabriel sich mit den Beinen gegen den Asphalt. Durch die Sohlen seiner Mokassins spürte er, wie der Sand über den Straßenbelag rieb. Erst rutschte er weg, doch dann schob er sich ein Stückchen nach vorn. Mathewson schlug weiter auf ihn ein, sein Gesicht war rot angelaufen. Er schrie Gabriel an, doch der hörte nur das Rauschen des Windes. Wieder schob er sich ein Stück nach vorn. Über ihm gelangte eine hölzerne Veranda ins Sichtfeld. Gabriel drehte den Kopf und erblickte einen Pfosten, der das Vordach trug. Die ganze Konstruktion sah furchtbar klapprig aus. Gabriel hätte sich nie getraut, eine derart lausige Arbeit abzuliefern. Dann kam ihm eine Idee.

Gabriel verstärkte seine Bemühungen, sich vorwärtszuschieben. Mathewson drosch nach wie vor auf ihn ein, doch das spürte er kaum noch. Adrenalin pulste durch seine Adern. Nur noch ein kleines Stückchen weiter!

Dann hörten die Schläge auf. Mathewson griff an seine Seite und zog seine Waffe. Offenbar hatte er seine Wut lang genug an Gabriel ausgelassen und wollte es nun zu Ende bringen. Gabriel schob sich weiter auf die hölzerne Stütze zu, ehe Mathewson den Lauf des Revolvers an seine Schläfe presste. Sein Gesicht war zu einer wütenden Grimasse verzerrt. »Wann stirbst du endlich, Pocahontas?«

»Mein Name ist nicht Pocahontas«, brüllte Gabriel. Mit aller Kraft trat er gegen die Stütze.

Dann kam ihnen die Decke entgegen.

*

»Fuck!« Der Schleier, der Mathewsons Geist vernebelte, hatte sich kaum gelichtet, da wurde er schon von einer Welle aus heißer Wut überschwemmt. »Diese verfluchte Rothaut«, zischte er und öffnete die Augen. Zunächst konnte er in der Dunkelheit nichts erkennen; er nahm lediglich wahr, dass der Sandsturm noch andauerte. Das Heulen schien sogar stärker geworden zu sein.

Nach und nach zeichneten sich Konturen in der Schwärze ab. Holzbalken und Dachschindeln, wild durcheinandergeworfen, türmten sich über ihm auf. Er hatte Glück gehabt. Zwar hatte ihn die herabstürzende Veranda voll erwischt und ihm kurzzeitig das Bewusstsein genommen, größere Verletzungen schien er aber nicht davongetragen zu haben. Gabriel allerdings war verschwunden. Ob er auf direktem Wege die Polizeiwache ansteuerte? Mathewson konnte sich kaum vorstellen, dass man dem Indianer dort Gehör schenken würde. Doch es wäre schlimm genug, wenn er vor den Polizisten Interna aus den Labors des Hügels ausplauderte. Der Hausmeister war Mathewson schon immer ein Dorn im Auge gewesen und das nicht nur wegen seiner Abstammung. Alle Männer, die nicht in Diensten des FBI oder des Militärs standen, stellten ein potenzielles Sicherheitsrisiko dar. Mehr als einmal hatte sich dieses Misstrauen als absolut angemessen erwiesen. Informationen über die Vorgänge auf dem Hügel waren Gold wert. Und nicht jeder besaß die Integrität, großzügige Angebote abzulehnen.

Mathewson spannte seine Muskeln an und schob sich langsam unter den Trümmern der Veranda hervor. Stück für Stück gelangte so die Hauptstraße wieder in sein Blickfeld. Auf dem Mittelstreifen lag Gabriels Wagen mit dem Dach auf dem Asphalt. Unter normalen Umständen hätten die Schießerei und der Unfall zu einem Großeinsatz der Polizei und Panik in der Bevölkerung geführt. Doch während des Sandsturms verkrochen sich alle in ihren Häusern, setzten sich vor das Radio und versuchten, die wütende Natur um sich herum zu vergessen. Mathewson kam auf die Beine und klopfte den Sand von seiner Uniform. Dann wischte er sich mit seinem Stofftaschentuch das Gesicht sauber und stapfte über die Straße zum Polizeirevier hinüber.

Als er die Klinke herunterdrückte, fand er die Tür zur Polizeiwache verschlossen vor.

»Aufmachen, FBI!«, rief er und hämmerte gegen das Holz. »Special Agent Mathewson vom FBI! Machen Sie die verdammte Tür auf!« Das Heulen des Windes überlagerte die Geräusche aus dem Inneren des Gebäudes, wenn es denn welche gab. Mathewson sah seine Chancen bereits schwinden, doch dann wurde die Tür einen Spalt geöffnet.

Das Gesicht eines jungen Mannes mit leichtem Bartflaum auf der Oberlippe sah ihn mit einem genervten Ausdruck an. »Was wollen Sie?«

»Ich will reinkommen.« Mathewson schob die Tür auf. Der junge Polizist hatte seiner Kraft nichts entgegenzusetzen und leistete keinen Widerstand. Mathewson betrat das Vorzimmer der Wache und stieß die Tür hinter sich zu.

»Sie können hier nicht einfach so reinplatzen …«, begann der Junge, doch Mathewson unterbrach ihn.

»Ich suche einen Indianer mit schwarzen Zöpfen, etwa vierzig Jahre alt, vielleicht auch älter. Gabriel Gutierrez heißt der Mann. War er hier?«

Der Polizist schüttelte den Kopf. »Wer … Wer will das überhaupt wissen?«

»Ich will das wissen.« Mathewson warf dem Jüngling seine Dienstmarke entgegen, die dieser unbeholfen auffing und ungläubig anstarrte.

»FBI?« Der Blick des Polizisten musterte Mathewson. »Was … Was wollen Sie hier?«

Mathewson hob entnervt die Hände über den Kopf. »Rede ich Chinesisch? Ich suche einen Mann, Gabriel Gutierrez. War er hier?«

»Nein«, sagte eine Stimme hinter ihm. Mathewson drehte sich um und erblickte einen zweiten Polizisten. Kurze Haare, kräftige Statur. Vielleicht war mit dem Mann mehr anzufangen.

»Mathewson, FBI«, wiederholte er. »Ich bin für den Schutz oben auf dem Hügel zuständig. Die Rothaut, die ich suche, gefährdet die Sicherheit der Vereinigten Staaten von Amerika. Der Mann ist bewaffnet und gefährlich.«

»Warum sollte er dann ausgerechnet in ein Polizeirevier laufen?« Offenbar war wenigstens der Polizist mit den kurzen Haaren des Denkens mächtig.

»Er will eine Anzeige aufgeben. Er hat sich wilde Verleumdungen ausgedacht, um die Arbeit oben auf dem Hügel zu sabotieren.«

»Ich verstehe.« Der Polizist nickte und dachte einige Augenblicke lang nach. »Sollen wir ihn gleich hierbehalten, falls er kommt?«

Mathewson überlegte kurz. »Nein.« Den Spaß, die Rothaut in freier Wildbahn zur Strecke zu bringen, würde er sich nicht nehmen lassen. »Lasst ihn gehen. Aber informiert mich, wenn er hier war. Ich lasse euch meine Nummer da.«

*

Strahlendes Weiß blendete sie. Erst nach und nach bildeten sich Konturen aus der leuchtenden Fläche heraus, dunklere Bereiche, Risse und Furchen.

Schon wieder. Es war die Wand aus Muschelkalk, vor der Margarete stand. Nein, sie stand nicht, sie schwebte. Sie glitt auf die Wand zu, die ihr ganzes Sichtfeld ausfüllte und doch immer größer zu werden schien. Ihr Herz pochte, wütend und schnell pumpte es das Blut durch ihre Adern.

Blut. Wie ein grelles Warnlicht platzte ein neues Bild in ihr Bewusstsein. Ein Körper lag in einem Tunnel, in einer roten Lache, die sich rasch ausbreitete. Ein Name gehörte zu diesem Körper, ein Name ... Margarete konnte sich nicht erinnern, und in diesem Moment war sie froh darüber. Das Bild verschwand so schnell, wie es gekommen war, so dass sie nicht sicher war, ob sie es überhaupt gesehen hatte. Stattdessen flog sie weiter auf die weiße Wand aus Muschelkalk zu. Nun manifestierte sich vor ihr ein klaffender Eingang, ein schwarzes Loch im Berg. Immer schneller wurde sie dorthin gezogen, der Berg rief sie, und sie konnte nicht anders, als dem Ruf zu folgen.

Erneut zerriss das andere Bild ihre Gedanken. Der Körper in der Blutlache, sie kannte diesen Mann, er war ihr Freund gewesen, früher einmal, oder nicht? Er hatte blondes Haar, seine Hose war heruntergerutscht. Ein anderes Detail fiel ihr auf. Neben dem Körper lag ein Schraubenzieher, blutig glänzend.

Noch einmal wechselte die Perspektive. Sie raste wieder auf die Kalksteinwand zu, das schwarze Loch wurde größer und größer. Ihr Körper verkrampfte, dann zog eine unsichtbare Hand sie über die Schwelle. Schwärze umgab sie.

In diesem Moment fiel ihr alles ein.

Als Margarete aus der Bewusstlosigkeit aufschreckte, war sie schweißgebadet. Ihr Atem ging stoßweise und beruhigte sich nur langsam. Wann würde sie diese Träume endlich los sein? Vermutlich nie. Was sie getan hatte, hatte sie tun müssen. Ihr bewusster Verstand wusste das. Doch die anderen Teile ihrer Persönlichkeit spielten da nicht mit.

Sie hob den Blick und stellte fest, dass sie nicht in ihrem Trailer war. Sie befand sich auch nicht draußen, im Sandsturm. Dunkel erinnerte sie sich, Zuflucht hinter einem Haus gesucht zu haben, an einer windgeschützten Stelle. Doch auch dort war sie nicht mehr. Stattdessen lag sie auf einer metallenen Pritsche und blickte auf kahle, weiß verputzte Wände. Rechts von ihr wurde der winzige Raum von Gitterstäben begrenzt. Sie war in einer Gefängniszelle.

Durch die Gitterstäbe beobachtete sie ein älterer Mann in Uniform. »Na, haben wir unseren Rausch ausgeschlafen?«

Margarete rieb sich die Augen und zuckte zusammen. Ihre Hände fühlten sich merkwürdig an, so als hätte sie sie in Farbe getaucht, die nun getrocknet war und an ihrer Haut riss. Sie blickte hinab und erschrak. Getrocknetes Blut klebte daran. Plötzlich spürte sie ein furchtbares Hämmern in den Schläfen. Richtig, sie hatte zu viel von dem Punsch getrunken. War sie etwa hinter Gittern gelandet, weil sie sich in betrunkenem Zustand danebenbenommen hatte? »Hören Sie, es tut mir leid, wenn ich Ihnen Unannehmlichkeiten gemacht habe, Sir. Es geht mir aber schon viel besser, Sie können mich jetzt gehen lassen. Ich muss zu meiner Tochter.« Sie stand auf und strich ihre Bluse glatt. »Ich finde allein nach Hause.«

Der Wachmann schüttelte den Kopf. »Bedaure, Miss.«

Margarete trat an das Gitter heran. »Was soll das heißen? Warum halten Sie mich hier fest? Was werfen Sie mir vor?«

Wieder schüttelte der Mann mit dem Kopf. »Ich darf nicht mit Ihnen reden. Wir müssen auf den Chef warten.«

Margarete verstand nicht, was vor sich ging. Wie kam dieser Mann dazu, sie hier festzuhalten? In Gedanken versuchte sie, den Abend zu rekonstruieren. Noch einmal sah sie die misstrauischen Blicke der anderen Partygäste, die Grüppchen, die die Köpfe zusammensteckten und über sie zu reden schienen. Sie erinnerte sich an die Rede von Oppenheimer und an die grölende Menge. Seamus war unter denen gewesen, die die Auslöschung Berlins gefordert hatten. Richtig, sie war geflohen, hinaus in den Sturm ... Dann setzte ihre Erinnerung aus.

Als Margarete aus ihren Gedanken auftauchte, stellte sie fest, dass sie wieder auf der metallenen Pritsche kauerte. Sie musste erneut eingeschlafen sein. Wütend sprang sie auf und rüttelte an den Gitterstäben. »Lassen Sie mich zu meiner Tochter! Ich verlange von Ihnen, dass Sie mir auf der Stelle sagen, wieso ich hier festgehalten werde!«

In diesem Moment flog die Tür des Wachraumes auf, und Mathewson stürmte herein. Ohne den Wachmann zu grüßen, stürzte er auf Margaretes Zelle zu. Sein Kopf war hochrot angelaufen, und sein Brustkorb hob und senkte sich, als sei er gerade einen Marathon gelaufen. Er schien außer sich vor Wut zu sein. Stumm baute er sich vor den Gitterstäben auf und starrte Margarete an. Er sah aus, als sei er unter einen Lastwagen geraten. Sein linkes Auge war beinahe völlig zugeschwollen, und mehrere Schürfwunden zogen sich über seine kahle Schädeldecke.

»Guten Tag, Sir«, sagte Margarete. Ihre Stimme klang brüchig und schwach in ihren Ohren, wie die eines Kindes.

Mathewson atmete tief und rasselnd. Margarete konnte sehen, wie seine Kiefermuskulatur arbeitete. »Fräulein von Brühl, Sie sind festgenommen wegen des dringenden Tatverdachts, Dr. Seamus Collister ermordet zu haben.«

Margaretes Herz setzte ein paar Schläge lang aus. »Seamus ist tot?«

»Ermordet«, erwiderte Mathewson und wischte sich mit einem Stofftaschentuch über die Glatze. Dann trat er noch näher an die Gitterstäbe heran und fixierte Margarete mit seinen stechenden, eisgrauen Augen. »Mir wurde berichtet, dass Sie beide gestern Abend Streit hatten.«

Margarete war zu perplex, um zu antworten.

»Außerdem wurden Sie mit Blut an den Händen aufgefunden«, fuhr Mathewson fort. »Und an Ihrer Seite lag die Tatwaffe.«

»Die Tatwaffe? Aber ... ich besitze nicht mal eine Waffe.«

Mathewson kniff die Augen zusammen. »Diese Art von Waffe besitzt vermutlich jeder hier auf dem Hügel.«

Margarete schüttelte den Kopf. »Ich verstehe nicht ...«

Mathewson wandte sich von ihr ab und schickte sich an, den Raum zu verlassen. Im Hinausgehen sagte er: »Seamus ist verblutet. Er wurde mit einem Schraubenzieher erstochen.«

*

»Jetzt sei endlich still!« Lucy erschrak beim Klang ihrer eigenen Stimme. Sie hatte nicht so böse klingen wollen, doch die kleine Marie ging ihr furchtbar auf die Nerven.

Lucy hatte die ganze Nacht kein Auge zugemacht. Dabei war sie absichtlich nicht zu der Feier gegangen, um ihre Migräne auszukurieren. Doch das schreiende Baby hatte jegliche Erholung verhindert. Mehr noch, Lucys Kopfschmerzen hatten sich zu einem Höhepunkt gesteigert, der alle vorangegangenen Episoden in den Schatten stellte. An Schlaf war nicht zu denken gewesen, stattdessen hatte sie fieberhaft versucht herauszufinden, was Marie fehlte. Hunger konnte sie nicht haben, Margarete hatte sie ausgiebig gestillt, bevor sie gegangen war, und Lucy hatte der Kleinen später noch ein Fläschchen mit angerührter Milch gegeben. Es hatte nichts gebracht. Marie hatte immer weiter geschrien, bis Lucy so weit gewesen war, sich mit ihr auf den Weg zum Gemeinschaftshaus zu machen, um Margarete zu bitten, sie von ihrer Pflicht zu erlösen. Doch als Lucy die Tür des Trailers geöffnet hatte, hatte der Sandsturm sie beinahe von den Beinen geholt. Ausgeschlossen, mit einem Baby durch dieses Unwetter zu laufen. So hatte sie sich ihrem Schicksal gefügt und damit begnügt, Marie in ihrem Arm zu wiegen und auf die Rückkehr von Margarete und Seamus zu warten.

Vergeblich. Als die Sonne schließlich über den Horizont gekrochen war und der Sandsturm nachgelassen hatte, hielt sie es nicht mehr in Margaretes Trailer aus und begab sich mit Marie auf dem Arm zu ihrem eigenen Haus. Doch auch hier gab das Baby keine Ruhe. Und Seamus kam und kam nicht heim. Lucy runzelte die Stirn beim Gedanken an ihren Mann. Ein solches Verhalten sah ihm gar nicht ähnlich. Sie hatte ihn regelrecht überreden müssen, die Party überhaupt zu besuchen. Und nun fand er kein Ende und feierte bis in die Morgenstunden? Ob es an Margarete lag? Wieder spürte sie den feinen Stich der Eifersucht in ihrem Brustkorb. Oder war ihm etwas zugestoßen? Das nächtliche Gespräch, das sie belauscht hatte, kam ihr in den Sinn. Ob Gabriel etwas mit Seamus' Fernbleiben zu tun hatte?

Es klopfte an der Tür. Im selben Moment verstummte Marie, als habe sie nie auch nur den Mund geöffnet.

»Na endlich«, stieß Lucy hervor und schleppte sich zur Tür. Wenn doch diese Kopfschmerzen endlich aufhören würden! Sie hatte das Gefühl, ihr Gehirn zerfließe zu dickem Brei. Seamus konnte sich auf eine ordentliche Gardinenpredigt gefasst machen. Was fiel ihm ein, sie die ganze Nacht allein zu lassen, obwohl sie doch krank war?

Sie öffnete die Tür und musste die Augen zusammenkneifen, als das grelle Sonnenlicht auf ihre Netzhaut fiel. Nachdem sich ihre Sehnerven an die Helligkeit gewöhnt hatten, erkannte sie, dass Professor Muller vor ihr stand.

Der Alte trat von einem Bein aufs andere und hielt seinen Hut in beiden Händen vor dem Körper. Seine Augen waren gerötet, als leide er unter einer Allergie.

»Was ist los?«, fragte Lucy gereizt und ohne auf die übliche Etikette zu achten. »Was wollen Sie?«

Muller schluckte. »Lucy, wollen wir vielleicht hineingehen und uns setzen?«

»Hören Sie«, erwiderte sie, wütend, dass der Professor sie an einem Feiertag mit Arbeit behelligen wollte. Konnte er nicht sehen, dass sie krank war? »Es geht mir nicht gut. Ich muss Sie bitten zu gehen. Morgen können wir über alles sprechen.«

Muller schüttelte energisch den Kopf. »Nein, es muss jetzt sein. Hören Sie, Seamus wurde in der Nacht tot aufgefunden. Er wurde … Er ist tot.«

Lucy riss den Mund auf. Die kühle Morgenluft fühlte sich seltsam auf ihren Zähnen an. Die leichte Brise kitzelte ihren Gaumen. »Ich … Ich verstehe.« Sie nickte langsam und stand offenbar unter Schock.

»Wollen wir nicht hineingehen?«, beharrte Muller. »Ich möchte mich vergewissern, dass es Ihnen gut geht.« Er machte Anstalten, sie am Arm in das Haus zu führen. Lucy ließ es geschehen. Ihre Kopfschmerzen waren mit einem Mal wie weggewischt. Mullers Worte hallten in ihrem Kopf nach. Seamus wurde in der Nacht tot aufgefunden. Er ist tot. In der Nacht tot aufgefunden. Er ist tot.

Das Nächste, was sie wahrnahm, war, dass sie auf dem Sofa saß, in der Hand ein zitterndes Glas Wasser. Auf der Oberfläche der Flüssigkeit bildeten sich kleine Wellen. Mullers Stimme drang kaum an sie heran. »Mathewson leitet die Ermittlungen höchstpersönlich. Es gibt eine Verdächtige.«

Lucys eigene Stimme klang, als käme sie aus einem Traum. »Wer ist es?«

»Ich darf es Ihnen nicht sagen, das werden Sie verstehen.«

»Wer?«

»Die Deutsche«, antwortete Muller. »Fräulein von Brühl.«

»Wieso?«, dachte Lucy. Oder hatte sie den Gedanken ausgesprochen? Sie wusste es nicht. Auf einmal war der Platz ihr gegenüber leer. Sie wandte den Kopf und blickte Muller hinterher, wie er den Flur entlangging und die Tür öffnete. Einen Moment lang, während er in der Türöffnung stand und das Sonnenlicht seine Silhouette umspielte, sah er aus wie ein Gespenst. Wie Seamus. Doch dann war der Moment vorbei. Kaum war die Tür ins Schloss gefallen, erhob Marie erneut ihre Stimme und stieß einen ohrenbetäubenden Schrei aus. Wo nahm das kleine Ungeheuer nur die ganzen Tränen her?

Die Realität kehrte zurück und mit ihr die Farben und Töne, als habe Lucy den Kopf aus einem Eimer voll Wasser gezogen. Sie stand auf und trat an den Sessel heran, auf dem sie dem Baby eine Schlafstatt aus weichen Decken hergerichtet hatte. Lucy spürte, wie gepresst ihr Atem ging. Ihre Arme zitterten vor Anspannung, die Sehnen traten hervor. »Sei still«, zischte sie durch die geschlossenen Zähne. »Sei sofort still, oder ich vergesse mich.«

Doch Marie war nicht still.

*

Alles war Schmerz. Gabriels Schulter pochte, seine Hüfte dröhnte, und für sein Gesicht, wo unzählige Schläge seines

Widersachers niedergegangen waren, fand Gabriel keine passende Beschreibung. Es tat alles höllisch weh.

Er befühlte mit der Hand die Wunde an seiner Schulter, dort, wo Mathewsons Schuss ihn getroffen hatte. Sie war nicht tief, nur ein Streifschuss. Das würde heilen. Vorsichtig bewegte er das Gelenk im Kreis. Es schmerzte, es knirschte, aber es ging. Keuchend kroch er auf die Tür des Schuppens zu und lugte durch den Spalt, der zwischen Türblatt und Rahmen klaffte.

Draußen schien die Sonne. Der Sturm hatte sich verzogen, die Leute machten sich ans Aufräumen. Auf der anderen Straßenseite hebelte ein Mann mit Strohhut die langen Nägel heraus, mit denen er die Holzbretter vor den Schaufenstern seines Geschäftes befestigt hatte. Auf der Straße waren flache Dünen aus rotem Sand zurückgeblieben.

Gabriel konnte sich kaum daran erinnern, wie er in diesen düsteren Schuppen gelangt war. Nachdem die Veranda auf ihn und Mathewson niedergegangen war, war ein Tumult entstanden, den er nicht vollständig zu rekapitulieren vermochte. Doch offenbar hatte er Mathewson abschütteln können. Ob der Glatzkopf noch in der Nähe war? Gabriel hatte nicht vor, auf ihn zu warten. Er stieß die Tür des Schuppens auf, trat auf die Straße und bemühte sich, die Blicke der Menschen um ihn herum zu ignorieren. Er konnte sich vorstellen, welchen Eindruck er machte. Sollten sie doch denken, was sie wollten! Wenn sie ihn für eine Schnapsleiche hielten, dann ließen sie ihn wenigstens in Ruhe.

Schnell fand Gabriel sich im Schachbrettmuster der Straßen zurecht. Weit war seine Flucht nicht gegangen, er befand sich lediglich zwei Blocks von der Polizeiwache entfernt. Es kostete ihn einige Überwindung, doch er schaffte es, einen Fuß vor den anderen zu setzen, bis das zweistöckige Gebäude mit dem flachem Dach vor ihm auftauchte. Auch hier waren die Fenster mit Brettern verrammelt. Er überquerte die Straße, strebte auf die Eingangstür zu und hämmerte mit der Faust dagegen. »Jemand da?«

Keine Reaktion.

Gabriel klopfte erneut an die Tür. »Hey, ist jemand zu Hause?« Dann probierte er es mit der Türklinke, und wider Erwarten schwang die Tür auf. Gabriels Blick fiel auf ein hellgrün gestrichenes Vorzimmer. Zwei Reihen von Bänken dienten als Wartebereich, unter der Decke klapperte ein rostiger Ventilator, hinter einem Tresen stand ein schlaksiger, blutjunger Uniformierter. »Können Sie nicht lesen?«

Gabriel sah den Mann verständnislos an.

Der Polizist zog entnervt die Schultern und Augenbrauen nach oben. »Draußen steht: Kräftig drücken. Nicht: Kräftig klopfen!«

Gabriel ging nicht auf die Worte des Mannes ein, sondern trat an den Tresen und legte die Arme auf die glatt polierte Oberfläche. »Ich möchte eine Anzeige aufgeben.«

Der Polizist musterte ihn eingehend und seufzte dann. »Sie sehen doch, wir haben hier alle Hände voll zu tun. Der Sturm und alles …«

Gabriel sah sich in dem Vorzimmer um. Außer ihnen beiden war niemand da. Das einzige vernehmbare Geräusch rührte von dem quietschenden Ventilator unter der Decke her. Er fixierte wieder sein Gegenüber. »Ich möchte einen Mord anzeigen oder mindestens einen Totschlag. Es geht um Adrian Rodriguez aus dem Pueblo San Idelfonso. Der Täter ist Special Agent Daniel Mathewson, zurzeit als Sicherheitschef oben auf dem Hügel tätig. Ich habe Beweise.« Er kramte in der Tasche seines Blaumanns und zog Adrians Locke hervor.

Der Polizist verzog angewidert das Gesicht. »Was ist das? Hören Sie, Mann, kommen Sie morgen wieder. Heute ist hier wirklich zu viel los.«

Gabriel schnappte nach Luft. »Sie haben einen Eid geschworen, Sir.«

»Macht die Rothaut Probleme, Jim?« Eine zweite Stimme erklang in Gabriels Rücken.

Langsam drehte Gabriel sich um. »Keine Probleme. Ich möchte nur eine Anzeige machen, wie es meine Rechte als Staatsbürger vorsehen.«

Der zweite Polizist, ein muskulöser Mann mit raspelkurzen blonden Haaren, lachte. »Du bist Pocahontas, richtig? Wir haben schon damit gerechnet, dass du kommen würdest.«

Gabriel schluckte. Er durfte nicht auf diese plumpe Provokation reinfallen. Er kannte seine Rechte. Wenn er jetzt die Fassung verlor, verspielte er die Chance auf ein vernünftiges Verfahren für Mathewson. Auf eine gerechte Strafe. Er hob beschwichtigend die Hände. »Hören Sie, ich will keinen Ärger machen. Ich verstehe, dass Sie viel zu tun haben. Alles, was ich verlange, ist, dass Sie sich die Beweislage ansehen und sich anhören, was ich zu sagen habe. Ich habe eine Zeugin für meine Anklage. Sie heißt Margarete und arbeitet auf dem Hügel.«

Der Polizist hinter dem Tresen blinzelte mehrmals. Dann schüttelte er den Kopf, nahm seine Mütze ab und kratzte sich am Haaransatz, ehe er Gabriel wieder ansah. »Glaubst du wirklich, dass du damit durchkommst, Rothaut?« Er machte eine Geste, die den ganzen Raum einschloss. »Hier wird dir keiner helfen. Du pochst auf deine Rechte, aber diese Rechte sollten für deinesgleichen gar nicht gelten. Und sie tun es auch nicht, jedenfalls nicht in dieser Stadt. Geh nach Hause, Pocahontas!«

Gabriel spürte, wie er erschauderte, als er endlich begriff, was vor sich ging. Mathewson war vor ihm hier gewesen und hatte die Polizisten gegen ihn aufgebracht. Ihm lief es heiß und kalt den Nacken herab, dann begannen seine Hände und Füße zu kribbeln. Er drückte die Knie durch, beide Füße standen fest auf dem Boden. Durch die weichen Sohlen seiner Mokassins spürte er die leichten Vibrationen in den Holzdielen. Dann begann auch seine Kopfhaut zu vibrieren, gleichzeitig streckte sich sein Rücken. Es kam ihm so vor, als würde er um einige Zentimeter wachsen. So musste es sich wohl anfühlen, wenn man eine Erleuchtung hatte.

»Ich heiße nicht Pocahontas«, sagte er zu den beiden Polizisten, plötzlich ganz ruhig. »Ich heiße auch nicht Gabriel.« Er richtete mit beiden Händen seine langen, geflochtenen Zöpfe, bis sie wieder ordentlich über seine Schultern nach vorn fielen. »Mein Name ist Avanyu.«

Dann drehte er sich um und ließ die beiden Polizisten ratlos zurück.

*

Die Wände der winzigen Zelle schienen näher zu kommen und sie erdrücken zu wollen. Margarete kauerte auf der Metallpritsche und hatte die Knie mit den Armen umschlungen. Schluchzend wippte ihr Oberkörper vor und zurück. Sie spürte, dass sie am Rande einer Panikattacke stand.

Konnte es wirklich wahr sein? War es möglich, dass sie Seamus umgebracht hatte? Klar, sie war wütend gewesen und gekränkt. Die aufgehetzte Meute im Festsaal hatte sie schier um den Verstand gebracht, und sie konnte sich nicht an alle Einzelheiten aus der letzten Nacht erinnern. Aber das bewies noch lange nicht, dass sie die Mörderin war.

Aber du hast es schon einmal getan! Eine schrille, hässliche Stimme kreischte in ihrem Hinterkopf. Es war die Wahrheit, sie hatte einen Menschen getötet. Noch dazu einen Menschen, den sie einmal geliebt hatte. Aber damals war ihr Leben in Gefahr gewesen. Sie hatte sich lediglich gewehrt. Oder? Konnte es sein, dass ihre Seele über eine dunkle Seite verfügte, die hin und wieder zum Vorschein kam und sie dazu brachte, ihre Nächsten umzubringen? Warum hatte sie in der letzten Nacht so viel trinken müssen? Wieso war sie nicht einfach nach Hause gegangen?

Nach Hause. Bei diesem Gedanken schreckte sie auf. Marie! Was war mit ihrer Tochter? Hatte Lucy die ganze Nacht lang auf sie aufgepasst? War Marie immer noch bei ihr, bei der Frau des Mannes, den Margarete angeblich umgebracht haben sollte? Sie sprang auf. »Wärter! Wärter! Ich muss meine Tochter sehen!«

Keine Reaktion. Der Wachmann hatte den Wachraum kurz nach Mathewson verlassen und war seitdem nicht wieder aufgetaucht.

»Wärter!«, brüllte Margarete erneut, doch es half nichts. Erschüttert sank sie auf die Pritsche. Sie hatte es vermasselt. Selbst wenn sie unschuldig war, die ganze Festgesellschaft hatte mitbekommen, wie sie Seamus beschimpft hatte. Und wie sie beide das Gemeinschaftshaus verlassen hatten, um im Sturm zu verschwinden. Nur einer von ihnen war daraus zurückgekehrt. Die Tatsachen schienen für sich zu sprechen.

Es gab für Margarete nur eine Chance. Sie musste den

wahren Mörder finden. Also vorausgesetzt, dass sie nicht die Mörderin war. Doch wie sollte sie das anstellen? Solange sie hier festsaß, würde sie keine Nachforschungen anstellen können. Auf dem Hügel kannte sie bis auf Lucy niemanden näher. Und gerade Lucy würde ihr sicherlich nicht helfen. Auch Mathewson schien bereits überzeugt zu sein, dass Margarete die Täterin war.

Schritte draußen vor der Tür ließen sie aufblicken. Im nächsten Moment wurde die Tür aufgestoßen, und ein blonder Mann mit einer dunkel getönten Fliegerbrille trat ein. Es dauerte einen Moment, bis Margarete ihn erkannte. Dann sprang sie auf. Es war Clark! Mit einem strahlenden Grinsen im Gesicht kam er auf ihre Zelle zu und streckte die Arme durch die Gitterstäbe.

Margarete lief auf ihn zu und ergriff seine Hände. »Clark! Was … Was machst du hier?«

»Ich hole dich hier raus«, antwortete er auf Deutsch. »Diese Männer haben nichts gegen dich in der Hand. Vertrau mir.« Er nahm die Sonnenbrille ab und zwinkerte ihr mit seinen blauen Augen zu.

Erst jetzt bemerkte Margarete, dass Mathewson Clark auf den Fuß gefolgt war und mit hochrotem Kopf hinter ihm stand. »Das wird Ihnen noch leidtun!«

Clark drehte sich zu dem Sicherheitschef um. »Lassen Sie das meine Sorge sein, Special Agent. Sie haben keinerlei Beweise für Ihre Anschuldigungen, und als ranghöchster anwesender Offizier befehle ich Ihnen, diese Frau auf der Stelle freizulassen.« Wieder zwinkerte er Margarete zu. »Fräulein von Brühl hat die Nacht mit mir verbracht. Damit hat sie ein Alibi.« Er wandte sich Mathewson zu und machte eine auffordernde Bewegung mit der rechten Hand.

Kopfschüttelnd griff Mathewson in seine Hosentasche,

zog einen Schlüssel daraus hervor und ließ ihn in Clarks Handfläche fallen. »Das wird Ihnen noch leidtun«, wiederholte er, dann verließ er schnaufend den Raum.

Das Geräusch des Schlüssels im Schloss der Gittertür ließ Margaretes Herz vor Freude springen, und als die Tür schließlich quietschend aufschwang, stürzte sie auf Clark zu und fiel in seine Arme. »Danke, danke!« war alles, was sie sagen konnte.

*

Lucy stand mit verzerrtem Gesicht vor dem Sessel, auf dem Marie lag. Den Mund hatte sie weit aufgerissen, zu einem stummen Schrei. Tränen liefen ihr über die Wangen. In den zitternden Händen hielt sie ein Kissen.

Die Kleine hatte noch immer nicht aufgehört zu schreien. Lucy fühlte sich, als würde ihr Kopf platzen. Die Schmerzen der Migräne kamen für gewöhnlich in Wellen, doch der letzte Schub schien nicht enden zu wollen. Der Kopf des Babys war schon ganz rot angelaufen. Auch Marie hatte den Mund aufgerissen, doch ihre Schreie waren alles andere als stumm.

Lucy wollte, dass sie aufhörte. Es gab keinen größeren Wunsch in ihr. Marie sollte aufhören! Langsam senkte sie das Kissen. Sie schloss die Augen, sie wollte es nicht sehen, konnte es nicht. Ihrer Kehle entrann ein klagender Laut, der von Maries Geschrei übertönt wurde. Lucy spürte ihn eher, als dass sie ihn hörte. Ihre Stimmbänder vibrierten. Das Kissen senkte sich herab, legte sich über Maries Gesicht. Das Schreien wurde leiser, endlich.

Und dann hörte es plötzlich auf.

Lucy zuckte zusammen und riss das Kissen in die Höhe. »O Gott, o Gott«, stammelte sie und warf sich auf die Knie.

Mit bebenden Händen nahm sie die kleine Marie auf den Arm und legte ein Ohr an ihre Brust. Das Baby atmete. Natürlich! Niemals hätte sie Marie etwas antun können! Der kleinen, unschuldigen Marie. Was konnte sie schon für die Mutter, die sie geboren hatte? Was konnte sie für die Übel dieser verfluchten Welt? Lucy wiegte den zarten Körper in ihren Armen und lachte unvermittelt auf. Spielerisch streckte sie Marie in die Höhe, so dass sie kurz schwerelos in der Luft hing. Die Kleine quietschte freudig auf, ihre namenlosen Qualen schienen wie weggewischt. Hatte sie die ganze Zeit nur spielen wollen?

Lucy kannte sich nicht mit Kindern aus, doch sie hatte vermutet, dass so kleine Babys nichts anderes taten als essen und in die Windel machen. Sie wischte sich die Tränen von den Wangen und kam zitternd auf die Beine, Marie fest an sich gedrückt. Sie durfte sich nicht so gehen lassen, sie durfte nicht den Boden unter den Füßen verlieren. Sie musste handeln.

Suchend blickte sie sich im Wohnzimmer um. Was steckte hinter alldem? Hatte Seamus sich nicht seltsam verhalten in den letzten Tagen? Die vorige Nacht kam ihr wieder in den Sinn. Seamus hatte nachts das Haus verlassen und mit Gabriel gesprochen, dem Technikwart. Damals hatte sie sich keinen Reim auf die Worte machen können, die die beiden gewechselt hatten. Und auch jetzt noch tappte sie im Dunkeln. Hatte Margarete etwas mit Gabriel zu schaffen? Denk nach, befahl sie sich selbst. Denk nach! Ihr Blick fiel auf die Treppe, die in die obere Etage des Holzhauses führte. Natürlich, sein Arbeitszimmer! Wenn sich irgendwo im Haus Hinweise auf das finden ließen, was Seamus vor ihr verheimlicht hatte, dann dort.

Mit Marie auf dem Arm hastete sie die Treppe hinauf. Ihre Schritte waren auf dem Teppichboden kaum zu hören. Oben angekommen, wandte sie sich nach rechts, wo das Arbeitszimmer ihres Gatten lag. Im nächsten Augenblick schon durchwühlte sie die Schubladen seines Schreibtisches. Allerhand Papier kam ihr entgegen, vollgekritzelt mit Formeln, Skizzen und knappen Kommentaren. Das meiste konnte Lucy entziffern. Die Aufzeichnungen schienen sich mit der Arbeit zu befassen. Vermutlich hatte Seamus sie nach Feierabend zu Hause angefertigt.

Ein rotes Notizbuch kam zum Vorschein, ohne Beschriftung. Lucy verlagerte Maries Körper auf den rechten Arm und schlug das Büchlein auf. Seamus' enge, überkorrekte Handschrift war unverkennbar. Wahllos las sie einen Eintrag in der Mitte des Bandes. »Er ist ein Mann ohne Wertvorstellungen. Aber ich bin selbst schuld. Ich habe mich für eine böse Sache verkauft. Das wird mich ewig verfolgen.«

Was hatte Seamus nur getan? Weshalb machte er sich solche Vorwürfe? Lucy blätterte hektisch weiter, doch sie konnte in der Eile keine Erklärung für seine Worte finden. Dafür stieß sie auf etwas anderes. Der letzte Eintrag in Seamus' Notizheft stammte vom Vortag und lautete: »Margarete hat meine Sachen durchwühlt. Sie ist gefährlich. Lucy glaubt mir nicht, aber ich weiß es.«

Lucy spürte, wie sich ein Kloß in ihrem Hals bildete. Gleich würde sie wieder weinen müssen. Seamus hatte es gewusst! Er hatte Margarete zurecht verdächtigt. Und Lucy hatte ihm nicht geglaubt! Ihr geliebter Mann könnte noch leben. Doch er lebte nicht. Er war tot.

Ihr Blick fiel erneut in die Schublade. Unter dem Notizheft hatte sich noch ein anderer Gegenstand versteckt. Lucy griff danach und betrachtete ihn ausgiebig. Der Lauf der Pistole schimmerte wie Kupfer im rötlichen Morgenlicht.

*

»Sprichst nicht viel, was?«

Gabriel schüttelte den Kopf. Die schaukelnde Fahrt in die Berge schien ewig zu dauern. Nachdem der Sturm über Nacht abgeklungen war, stand die Sonne nun an einem kristallklaren Himmel und brannte unbarmherzig herab. In der Fahrerkabine des Lasters herrschte drückende Hitze, obwohl alle Fenster heruntergekurbelt waren. Gabriel rückte auf dem Beifahrersitz hin und her, um seine schmerzenden Glieder in eine weniger unangenehme Anordnung zu bringen. Beinahe wünschte er sich, er hätte den Weg nach San Idelfonso zu Fuß zurückgelegt und wäre nicht zu dem Mann in den Lastwagen gestiegen, der ihn am Straßenrand aufgelesen hatte. Gabriels eigenes Fahrzeug war nur noch Schrott. Er hatte es kurzerhand auf der Straße liegen lassen. Nummernschilder hatte er eh nicht besessen, vermutlich würde man die Rostlaube einfach verschrotten.

Der Fahrer des Lastwagens, ein hagerer Mittsechziger mit sonnenverbrannter Haut und Trinkernase, sah zu ihm hinüber. »Sag mal, wer hat dich so zugerichtet?«

Gabriel schüttelte erneut den Kopf.

»Es ist nicht richtig, was sie mit dir und deinen Leuten machen«, sprach der Alte weiter. »Ich meine, ihr wart hier zuerst, oder?« Er sah Gabriel mit einem zahnlosen Grinsen an. »Scheiße, Mann! Da, wo heute meine Schafe grasen, da standen wahrscheinlich früher mal eure Tipis. Und die Bäume, gegen die ich pisse, waren mal heilig für euch. Oder sind es immer noch, was weiß ich schon.«

Gabriel schnaubte. Was war schon heilig in dieser Welt? Konnte es etwas Heiliges geben, wenn überall nur das Schlechte am Werke war? Wenn die Menschen, die Böses taten, ungeschoren davonkamen? »Wir leben nicht in Tipis«, erwiderte er müde.

»Ich meine, das Land hier taugt sowieso nichts. Viel zu trocken.« Der Alte schien Gabriels Worte zu überhören und kicherte heiser. »Aber wenn es mir gehört hätte, dann hätte ich jedem, der es mir hätte wegnehmen wollen, eine Kugel verpasst.«

Gabriel wischte mit dem Handrücken über seine Nase, die immer noch blutete. »Es ist ... kompliziert.«

»Pah!«, rief der Alte. »Das sagen nur Drückeberger.« Er schüttelte mahnend einen Zeigefinger. »Ich sag dir was: In diesem Land werden nur die belohnt, die sich nehmen, was sie wollen. Ohne Rücksicht auf die anderen.« Wütend legte er einen niedrigeren Gang ein, der Lastwagen bockte unwillig. »Schau mich an! Hab mein Leben lang malocht für einen Mann, der mich verachtet hat. Seine Frau hat mir schöne Augen gemacht, jahrelang. Aber ich hab weggeschaut, hab mich zusammengerissen. Und was hatte ich davon? Mein Chef hat's trotzdem bemerkt und hat mich rausgeschmissen. Und jetzt sitze ich hier in dieser Einöde, mit acht Schafen. Und ohne Frau.« Wieder kicherte der Alte. »Na, ist vielleicht besser so, wer weiß.«

Gabriel sah aus dem Fenster. Der Sandsturm war an der Landschaft offenbar spurlos vorbeigegangen. Fast wirkte es, als hätte sich diese Urgewalt der Natur lediglich gegen die Menschen und ihre Bauwerke gerichtet. Gegen alles, was hier nicht hingehörte.

»Jedenfalls solltest du dir nicht gefallen lassen, dass man dich so zurichtet«, sagte der Alte. »Solltest zur Polizei gehen. Wobei, lass das lieber. Auf die kann man sich heutzutage auch nicht mehr verlassen.«

Gabriel spürte, wie die Wut wieder in ihm hochkochte. Nein, auf die Polizei konnte er sich nicht verlassen. Adrians Tod würde ungesühnt bleiben.

»Ich sag dir was«, setzte der Alte an, verstummte jedoch und pulte mit dem Finger etwas aus einem Backenzahn hervor. »Wenn du willst, dass etwas erledigt wird, dann musst du es selbst machen. Das ist meine Meinung. Vergiss die Bullen. Vergiss Gott. Mach es selbst.«

Der Alte hatte recht. Ein Schauer lief Gabriels Rücken hinunter, wie er es schon auf dem Polizeirevier erlebt hatte. Ja, er musste es selbst machen. Avanyu musste die Weißen aufhalten, die den Hügel für sich beanspruchten, die die heiligen Stätten entweihten und seine Leute umbrachten, ohne Reue zu zeigen. Avanyu würde das Feuer bringen, und der Hügel würde brennen.

Doch was würde Maria dazu sagen? Würde sie ihn verstehen? Würde sie wieder mehr Achtung vor ihm haben, wenn er die Weißen vertrieben hatte? Oder würde sie ihn verurteilen, weil er Gewalt anwandte wie seine Gegner? Was, wenn jemand zu Schaden käme? Doch diese Gedanken waren müßig, Maria hatte ihn verlassen, als Letzte, die noch zu ihm gehalten hatte. Oder gab es noch eine Chance? Gabriel schluckte. Er würde Maria die Entscheidung überlassen. Wenn sie daheim wäre, wenn er nach Hause käme, dann würde er mit ihr sprechen und ihrem Rat folgen. Wenn nicht, dann würde er Avanyu die Führung überlassen.

»War schön, mit dir zu sprechen!«, rief der Alte, nachdem er Gabriel vor den Toren San Idelfonsos abgesetzt hatte. Dann raste er mit dem klappernden Laster davon.

Gabriel durchquerte das Tor und schritt über die verlassene Plaza. Keine Menschenseele war zu sehen. Als er die Tür seines Hauses öffnete, spürte er sein Herz vor ängstlicher Erwartung klopfen. Vielleicht war Maria doch zurückgekehrt. Er würde alles andere vergessen und sich von nun an ganz und gar um seine Familie kümmern. Der Spuk wäre mit einem Schlag vorbei. Doch als er in den Wohnraum trat, lag er dunkel und verlassen vor ihm. Selbst die verfluchten Bastmatten, auf denen seine Söhne schliefen, hatte Marias Mutter mitgenommen. Aus dem Vorratsschrank drang ein beißender Gestank nach vergammelndem Gemüse.

Hier war seit Tagen niemand mehr gewesen.

*

Margarete konnte ihr Glück immer noch nicht fassen, als sie Seite an Seite mit Clark zu ihrem Trailer ging. Der Sandsturm hatte am Morgen nachgelassen. Mittlerweile war es Mittag, die Sonne stand hoch am Himmel und brannte unbarmherzig. Doch das Unwetter des Vortages hatte dazu geführt, dass die Luft nun angenehm klar war. Auf den Straßen des Hügels war kaum eine Menschenseele zu sehen. Diejenigen, die im Forschungsbereich beschäftigt waren, gingen bereits ihrer Arbeit nach. Und die anderen schliefen ihren Rausch aus. Margarete war es recht. So konnte sie ungehindert zu ihrem neuen Zuhause gelangen. Obwohl sie tausend Fragen hatte, begnügte sie sich damit, schweigend neben Clark herzulaufen und die Ruhe zu genießen.

Nachdem sie ihren Trailer betreten hatte, ließ Margarete sich kraftlos auf das Bett fallen, während Clark neben der Tür stehen blieb und die Arme vor der Brust verschränkte. Mühsam richtete sich Margarete auf und rieb ihre schmerzenden Schläfen. Dann sah sie Clark an. »Was machst du hier?« Sie hob ratlos die Hände. »Ich meine, wieso kommst du ausgerechnet jetzt auf den Hügel? Warum hast du mich überhaupt in Trinidad verlassen? Und was hat es mit der Geschichte von letzter Nacht auf sich? Ich soll bei dir gewesen sein? Ich wusste doch noch nicht einmal, dass du hier warst!« Sie sah Clark kopfschüttelnd an. »Was ist hier los?«

Er sah zu Boden und dachte einige Sekunden lang nach, bevor er den Blick wieder hob und ihr antwortete. »Du hast recht. Du warst nicht bei mir.«

»Du hast gelogen?«

Er nickte.

»Wieso?«

Er hob humorlos einen Mundwinkel. »Die Antwort wird dir nicht gefallen.«

»Jetzt sag schon!«

»Du hast ihn umgebracht, Margarete. Es ist wahr. Du warst es.«

Margarete hatte das Gefühl, sich übergeben zu müssen. Erneut flackerten die blutigen Bilder von damals in ihrem Bewusstsein auf. »Nein«, stammelte sie. »Nein, das kann nicht sein. Ich ... Ja, ich war wütend auf ihn, aber ich habe ihn doch nicht umgebracht. Ich hatte zu viel getrunken, ich konnte kaum noch laufen. Ich glaube ... Ich glaube, ich bin draußen eingeschlafen. Irgendjemand will mir das unterschieben, das musst du mir glauben!«

»Nein.« Clarks Stimme klang schneidend. »Du hörst mir nicht zu. Du bist die Mörderin, Margarete!«

»Aber ... Das kann nicht sein«, wehrte sie den Vorwurf ab und bemerkte, wie ihre Stimme in ein Schluchzen überging.

»Es ist aber so. Ich weiß nicht, wieso du es getan hast. Wahrscheinlich bist du durchgedreht, hast die Kontrolle verloren. Das kann in Stresssituationen passieren. Und dazu noch der viele Alkohol.« Er zuckte mit den Schultern. »Aber ich kann dir helfen, Margarete.«

Margarete konnte nicht antworten. Sie blickte zu Boden und schüttelte mit dem Kopf. »Ich … ich verstehe das nicht.«

Clark trat an sie heran. »Ich helfe dir, Margarete. Ich werde bei meiner Version der Geschichte bleiben, und man wird dir nichts nachweisen können. Versprochen.«

Sie blickte ihm ins Gesicht und schniefte. Sagen konnte sie nichts.

»Danke mir nicht zu früh. Ich muss dich dafür um einen Gefallen bitten.«

Margarete bemerkte einen Unterton in Clarks Stimme, den sie bisher noch nicht kannte. Sie konnte ihn nicht einordnen. Ihr wurde übel.

Er wischte ihr mit dem Handrücken die Tränen aus dem Gesicht. »Ich brauche Informationen. Alles, was du über den Entwicklungsstand der Bombe herausfinden kannst.«

Margarete stieß ihn von sich. Mit einem Mal lagen die Karten auf dem Tisch. Sie war außer sich vor Wut. »Informationen? Für wen?«

»Das kann ich dir nicht sagen. Aber ich brauche sie, und zwar schnell. Wir fangen mit dem Primer an.«

»Dem Primer?« Margarete versuchte, so zu tun, als wüsste sie nicht, wovon er sprach. Sie spürte, wie sich eine riesige Faust um ihren Magen schloss. Sie hatte den Primer immer noch nicht zurück ins Büro gebracht. In diesem Moment lag er keine zwei Meter entfernt auf ihrem Bett. Hoffentlich würde Clark nicht auf die Idee kommen, den Trailer zu durchsuchen. Krampfhaft zwang sie sich dazu, nicht zu der Mappe hinüberzuschauen.

Clark wandte den Blick nicht von ihr ab. »Du hast sechsunddreißig Stunden. Ich lasse dir eine Karte da, auf der der Ort verzeichnet ist, an dem wir uns morgen um Mitternacht für die Übergabe treffen.«

»Hol dir den Primer doch einfach selbst! Du bist doch offenbar so ein hohes Tier hier.«

Clark lächelte. »Aber in den inneren Bereich komme ich nicht rein. Der ist nur für Wissenschaftler.«

Margarete musste sich von ihm abwenden. »Wie kannst du nur ...«

Er legte ihr eine Hand auf die Schulter. »Margarete, mal ganz im Ernst. Was hast du denn geglaubt, warum du hier bist?«

Ja, was hatte sie geglaubt? Sie entwand sich seinem Griff. Ihre Gedanken überschlugen sich. Für wen arbeitete Clark? Margarete wusste es nicht. Doch eines war klar: Wenn die falschen Leute an die Details der Bombe gelangten, stand die Welt wahrlich am Abgrund. »Was ist, wenn ich dir die Akten nicht gebe?«

Clark zuckte erneut mit den Schultern. »Dann kann ich dir nicht mehr helfen. Ich glaube, das wäre eine Situation, in die du dich nicht bringen solltest. Und Marie auch nicht.«

Marie! Beim Namen ihrer Tochter durchfuhr es Margarete wie ein Blitz. Wo war sie?

Clark schien ihre Gedanken zu erraten. »Marie geht es gut. Lucy hat sie mit zu sich genommen, als du in der letzten Nacht nicht zurückgekommen bist.«

Margarete war schon halb zur Tür raus. »Ich muss zu ihr.«

Doch dann packte Clark sie an der Schulter und hielt sie fest. »Wirst du mir helfen?«, zischte er und funkelte sie aus kalten Augen an.

»Habe ich eine Wahl?«, zischte Margarete zurück, riss sich los und stürmte aus dem Trailer.

*

Mathewson konnte den Blick nicht von dem Loch im Zaun abwenden, auf das der Wachmann ihn aufmerksam gemacht hatte. Wie hieß er doch gleich? Richtig, Jenkins war sein Name gewesen. Der Mann wirkte grün hinter den Ohren, und es hatte ihn sichtlich Überwindung gekostet, seinem Vorgesetzten von seiner Entdeckung zu berichten. Einen Moment lang war Mathewson versucht gewesen, Jenkins dafür fertigzumachen. Doch die Situation war zu ernst, um sich damit aufzuhalten.

Der elektrische Drahtzaun war hochgebogen worden, zudem hatte irgendjemand oder irgendetwas eine flache Kuhle in den Sand gegraben, so dass sich ein Spalt von vielleicht dreißig Zentimetern ergab. Ein halbwegs gelenkiger Mensch konnte sich darunter hindurchzwängen. Beim Gedanken daran, welch unglaubliche Sicherheitslücke hier vor ihm lag, wurde Mathewson schwindelig. Hinter dem Zaun befand sich das Allerheiligste des Hügels, die Forschungseinrichtungen, Labors und Büros der schlausten Köpfe des Landes und in ihren Händen alle Informationen über die mächtigste Waffe aller Zeiten. Und dieser Zaun hatte ein Loch.

Wie konnte ein solcher Makel übersehen worden sein? Und was viel wichtiger war: Wie konnte er vermeiden, dass irgendjemand anders Wind von diesem Fauxpas bekommen würde? Nicht auszudenken, was Mathewsons Vorgesetzte dazu sagen würden. Fieberhaft überlegte er, wie er die Sicherheitslücke ungesehen verschwinden lassen konnte.

In diesem Moment vernahm er hinter sich knirschende Schritte und konnte ein leichtes Zucken nicht verhindern. Sofort meldete sich der pochende Schmerz in seinem Kopf zurück, der von der Prügelei mit der verfluchten Rothaut herrührte. Als er sich umdrehte, erblickte er Dearing, und seine Laune sank noch weiter in den Keller. Die Art, wie der junge Geheimdienstler die Hüfte beim Gehen hin- und herwiegen ließ wie ein weißer Cab Calloway, machte Mathewson rasend. Die Fliegerbrille, die er trug, wies ihn als einen Hochstapler aus. Und als Dearing sich dann noch mit der Hand durch die schmalzige blonde Haarpracht fuhr, hätte Mathewson sich am liebsten auf ihn geworfen, um ihn zu verprügeln. Doch ihm tat schon jetzt alles weh, und außerdem musste er um jeden Preis verhindern, dass Dearing das Loch im Zaun hinter ihm entdeckte. Er durfte sich also nicht vom Fleck bewegen.

»Danny«, warf Dearing ihm entgegen. »Was machst du hier draußen in der Hitze?« Er schritt auf Mathewson zu und kam diesem viel näher, als ihm lieb war. Mit gespielter Neugier betrachtete er die Schweißperlen, die sich auf Mathewsons Stirn gebildet hatten. »Ich dachte, die Hitze behagt dir nicht sonderlich?«

Mathewson schnaubte. »Die Frage ist doch wohl eher: Was machst *du* hier draußen in der Wüste? Ist dir an deinem Schreibtisch langweilig geworden?«

Dearing ignorierte die Frage, machte einen Schritt zurück und musterte Mathewson kopfschüttelnd von oben bis unten. »Wer hat dich bloß so zugerichtet, Danny?«

»Geht dich einen Scheißdreck an«, blaffte Mathewson.

»Sag du mir lieber, was du mit der Deutschen zu schaffen hast.« Er straffte den Rücken und setzte ein Grinsen auf. »Ist sie dein Flittchen?«

»Sie steht unter meiner besonderen Beobachtung.« Dearing nahm die Brille ab und starrte Mathewson in die Augen. »Nichts, worum du dich zu kümmern brauchst.«

»Du gehst mit dem Feind ins Bett. Sag es ruhig, wie es ist.« Mathewson schüttelte tadelnd den Kopf. »Riskant, Clark. Sehr riskant.«

»Du verstehst nicht, womit du es zu tun hast, Danny.« Dearing zündete sich eine Zigarette an, ohne Mathewson eine anzubieten. »Und an deiner Stelle würde ich mir auch nicht allzu sehr den Kopf darüber zerbrechen.« Genüsslich sog er den Rauch ein. »Schau lieber, dass du nicht wieder alles vermasselst.«

Mathewson hoffte inständig, dass ihm sein Schreck nicht anzusehen war. »Wie … Worauf spielst du an?«

Dearing schnitt eine Grimasse. »Danny, hey …« Ein weiterer Zug an der Zigarette. »Wir wollten doch nicht mehr darüber sprechen. Aber wenn du unbedingt willst: Matte River? Klingelt es da bei dir?«

Mathewson konnte einen Seufzer nicht unterdrücken.

Dearing grinste hämisch. »Du erinnerst dich. Dreizehn Tote, Frauen und Kinder … Und alles nur, weil irgendjemand bei der Sicherheit geschlampt hat. Der Damm war noch nicht fertig, der Beton noch nicht ausgehärtet. Man hatte dich gewarnt, aber …«

Mathewson rang um Worte, konnte jedoch keine schlagfertige Entgegnung finden.

»Ist schon gut, Danny. Zum Glück lebt niemand mehr, der weiß, wer den tödlichen Befehl damals gegeben hat. Nun ja, beinahe niemand.« Dearing zwinkerte ihm zu, dann setzte er seine alberne Sonnenbrille auf und wandte sich zum Gehen.

Mathewson konnte hören, wie seine Backenzähne aufeinanderknirschten. Wenn er sich jetzt auf diesen Möchtegernagenten stürzen würde, hatte er eine gute Chance, ihm ordentlich die Leviten zu lesen.

Unvermittelt blieb Dearing stehen und drehte sich zu Mathewson um. »Noch etwas, Danny.«

Mathewson reckte ihm stumm das Kinn entgegen.

Dearing fuchtelte mit dem Finger in der Luft herum. »Du solltest dich um das Loch in deinem kleinen Zaun da kümmern. Nicht, dass es später heißt, du hättest die Sicherheit der Vereinigten Staaten erneut gefährdet.«

*

»Mathewson hat mich in der Hand. Es ist alles aus.« Lucy ließ das Notizbuch sinken und blickte sich im Wohnzimmer um, ohne etwas von ihrer Umgebung wahrzunehmen. Marie war eingeschlafen und lag eingerollt auf ihrer Bettstatt auf Seamus' Lieblingssessel. Lucy rieb sich mit beiden Händen das Gesicht. Ihr Körper war hundemüde, hatte die ganze Nacht lang nicht geruht. Doch ihr Geist drehte eine Pirouette nach der anderen und dachte nicht an Schlaf. Was hatte Seamus getan? Was hatte Mathewson von ihm verlangt? Und was hatten Gabriel und Margarete damit zu tun? Das verfluchte Notizheft warf mehr Fragen auf, als es beantwortete. Konnte sie es wagen, Mathewson direkt mit ihren Entdeckungen zu konfrontieren?

Vielleicht sollte sie Gabriel aufsuchen und ihn ausquetschen, was er in jener Nacht mit Seamus zu bereden gehabt hatte und was es mit dem mysteriösen Grab auf sich hatte, das er gesucht hatte. War Seamus etwa selbst in einen Mordfall verwickelt gewesen? War Gabriel deswegen auf Rache aus?

Oder sollte sie Margarete in der Arrestzelle besuchen? Möglicherweise würde sie ihr verraten, was sie wusste und mit wem sie zusammenarbeitete, wenn Lucy sie überzeugen konnte, dass sie einen Fehler begangen hatte. Beim Gedanken an Margarete spürte Lucy, wie das Blut in ihren Kopf schoss. Schlagartig bildete sich ein schwitziger Film auf ihrer Stirn. Wenn es wahr war, dass sie Seamus getötet hatte, dann gnade ihr Gott.

Ihre Gedanken wurden unterbrochen, als jemand energisch an die Tür klopfte. Lucy legte das Notizheft auf den Couchtisch und nahm stattdessen den Revolver an sich. Dann erhob sie sich und ging in den Flur, um die Tür zu öffnen. Es verschlug ihr schier den Atem, als sie Margarete erblickte. Voller Verblüffung machte sie einen Schritt zurück.

Margarete blieb auf der Türschwelle stehen und zeigte ein zerknirschtes Gesicht. Sie sah furchtbar aus, ungefähr so furchtbar, wie Lucy sich fühlte. Offenbar hatte auch Margarete in der letzten Nacht kaum geschlafen. Nervös knetete sie ihre Hände. Schließlich atmete sie tief ein und sagte: »Es tut mir so leid, Lucy.«

Lucy hob den Revolver und entsicherte die Waffe mit einem hörbaren Klicken. »Wieso bist du nicht im Gefängnis?«

Margarete zuckte zusammen und hob die Hände. »Ich bin unschuldig, Lucy. Das musst du mir glauben!«

Lucy schnaubte. »Wir werden sehen. Ich will Antworten. Sofort!«

»Antworten worauf?«

»Komm rein!«, zischte Lucy. »Und mach die Tür hinter dir zu.«

Margarete gehorchte und trat in den Flur. »Wir können über alles reden, mit Freuden«, stammelte sie. »Aber bring mich erst zu Marie.«

Lucy zögerte einen Moment lang, dann ging sie langsam rückwärts den Flur entlang ins Wohnzimmer. Die Waffe hielt sie stets auf Margarete gerichtet.

Als Margarete ihre Tochter erblickte, konnte sie sich nicht mehr beherrschen. Sie stürzte zu dem Sessel, auf dem Marie schlief, hob sie hoch und drückte sie fest an ihre Brust. Als die Kleine aufwachte, strahlte sie über das ganze Gesicht.

Lucy bemerkte, dass sich ein Lächeln auf ihr eigenes Antlitz geschlichen hatte. Schnell kämpfte sie es nieder. »Schluss jetzt!« Sie wedelte mit dem Revolver in Margaretes Richtung. »Leg Marie auf den Sessel und setz dich dort auf das Sofa! Und dann reden wir.«

Margarete tat, wie ihr geheißen. Es schien ihr schwerzufallen, ihre Tochter loszulassen. Immer wieder blickte sie zu der kleinen Marie hinüber und lächelte ihr zu. Dann wandte sie sich an Lucy. »Glaub mir, es tut mir unendlich leid, was mit Seamus passiert ist. Ich … ich kann es mir selbst nicht erklären. Und ich kann nur ahnen, wie es dir geht. Ich … habe selbst Ähnliches erlebt. Eigentlich schon mehrmals.«

»Halt's Maul!«, fuhr Lucy sie an. »Sag mir nicht, wie ich mich fühlen soll. Beantworte einfach meine Fragen!«

Margarete nickte vorsichtig. »Du hast noch keine einzige Frage gestellt.«

Lucy spürte Wut in sich aufsteigen. Was bildete sich diese Ziege ein? Natürlich hatte sie … Lucys Gedankengang stockte. Nein, hatte sie nicht. Sie schluckte. »Warum bist du auf dem Hügel?«

Margarete faltete die Hände im Schoß. »Ich will euch bei der Entwicklung der Bombe unterstützen, um Hitler aufzuhalten und den Krieg zu beenden. Außerdem musste ich aus Deutschland verschwinden, weil ich mich mit der Gestapo angelegt habe.«

Lucy atmete schwer. Die Waffe zitterte in ihren Händen. »Warum hast du Seamus' Schreibtisch durchwühlt? Bist du eine Spionin?«

»Du hast mich gebeten, in Seamus' Schreibtisch zu schauen, um dir einen Apfel herauszuholen.« Margarete legte die Stirn in Falten. »Erinnerst du dich nicht?«

»Du lügst!«, brüllte Lucy.

Ihr Finger krümmte sich um den Abzug des Revolvers.

*

Mathewsons Stiefel schlugen hart auf den Asphalt, während er den Weg zu Mullers Baracke zurücklegte. Er schäumte vor Wut, wieder einmal. Diesmal richtete sie sich jedoch nicht auf den verdammten Indianer, der einfach nicht verrecken wollte, sondern auf Dearing, diesen geleckten Tunichtgut, der es irgendwie schaffte, immer wie ein Saubermann dazustehen. Auch dann noch, wenn es Scheiße regnete.

Der Vorfall am Matte River war einer dieser Tage gewesen. Mathewson war damals beim Army Corps of Engineers gewesen und hatte den Auftrag erhalten, mit einigen Männern den Bau eines Staudamms zu überwachen. Die Ingenieure hatten ihn gewarnt, dass der Zeitplan nicht einzuhalten war, dass der Zement länger brauchte, um auszuhärten, dass seine Sparmaßnahmen das Leben von Zivilisten gefährdeten … Sie hatten mit Zahlen um sich geworfen, bis Mathewsons Kopf schier zu explodieren drohte. Kurzum, er hatte nicht auf sie gehört.

Nachdem der Damm gebrochen war, war er froh gewesen, dass Dearing in der Nähe gewesen war. Er war seiner Einheit in letzter Minute zugeteilt worden und hatte, als die Katastrophe über sie kam, einen kühlen Kopf bewahrt. Wer bei dem Unglück nicht ums Leben gekommen war, war von ihm zum Schweigen gebracht worden. Dafür stand Mathewson für immer in seiner Schuld. Und dafür hasste er ihn. Er hatte gehofft, ihn nie wieder zu sehen, doch selbst hier, inmitten der Wüste, tauchte das Arschloch auf. Was auch immer es war, das Dearing auf dem Hügel suchte, es konnte nichts Gutes bedeuten. Warum mischte er sich in laufende Ermittlungen ein? Was wollte er von der Deutschen? Mathewson war klar, dass er den Eindringling loswerden musste. Doch dabei würde er Hilfe brauchen.

Er klopfte energisch an die Tür, vor der er stehen geblieben war, wartete drei Sekunden und trat dann ein. Professor Muller saß an seinem Schreibtisch, hinter ihm das Fenster, durch das man auf die staubige Hochebene des Hügels blickte. Im Gegenlicht war der Alte nicht mehr als eine Silhouette. Er beugte sich über die Arbeitsfläche und schien etwas zu lesen. Neben ihm standen eine kristallene Flasche und ein Schnapsglas, daneben eine Kaffeetasse. Erst als Mathewson direkt vor ihm stand, blickte der Professor auf. »Was wollen Sie hier?« Seine Stimme klang brüchig. Alt.

»Ist Ihnen bekannt, dass ein Officer Dearing auf dem Hügel ist?«

Muller runzelte die Stirn. »Dearing? Nein. Wer ist der Mann?«

»Er hat die Deutsche aus der Arrestzelle geholt.«

Mullers Gesicht nahm einen Ausdruck von Freude an. »Wie schön! Es war doch von Anfang an ausgeschlossen, dass Fräulein von Brühl etwas mit dieser hässlichen Sache zu tun hat.«

Mathewson spürte, dass seine Stirn einen feuchten Glanz annahm. Das Gespräch lief ganz und gar nicht so, wie er sich das vorgestellt hatte. »Er kann aber nicht einfach so hierherkommen und ...«

»Ist dieser Dearing befugt dazu?«, unterbrach Muller ihn.

Mathewson stockte. »Nun ja ... Dienstrechtlich schon, aber ...«

»Dann ist die Sache für mich erledigt.« Muller wandte sich wieder dem Zettel auf seinem Schreibtisch zu. »Wenn Sie mich nun entschuldigen würden?«

Mathewson hieb mit der Faust auf die Tischplatte, so dass Mullers Kaffeetasse scheppernd auf der Untertasse umhersprang. »So geht das nicht, Professor.« Er streckte einen Zeigefinger aus. »Ich mache hier seit Monaten die Drecksarbeit für Sie. Sie wissen das! Sie sind mir etwas schuldig! Heute ist der Tag der gekommen, an dem Sie ihre Schuld begleichen können.«

Muller kniff die Augen zusammen und schüttelte offenbar verwirrt den Kopf. »Wovon reden Sie?«

»Der Abfall, verfluchte Scheiße! Wir entsorgen Ihren Müll, von dem keiner wissen darf.«

»Das stimmt.« Muller nickte langsam. Er schien nachzudenken. Nach einer kurzen Pause sagte er: »Wir sollten damit aufhören. Das geht schon viel zu lang so. Unsere Zusammenarbeit ist hiermit beendet. Raus aus meinem Büro!«

Mathewson presste die Lippen aufeinander. »Denken Sie an Ihre Frau«, zischte er. »Ich bin Ihre einzige Verbindung zu Rahel.«

Jetzt schlug der Alte auf den Tisch, dass es schepperte. Zitternd erhob er sich aus seinem Sessel. »Was fällt Ihnen ein?« Seine Stimme bebte. »Was wissen Sie über Rahel, hm?«

Mathewson hatte keine Ahnung. Er musste improvisieren. »Mein Mann in Deutschland hat sie gestern erst gesehen. Wir sind optimistisch, dass sie bald freikommt.«

»Sie ist tot!«, brüllte Muller unvermittelt. »Sie hatten die ganze Zeit über keine Ahnung, wo Rahel war. Sie haben mich belogen!«

»Professor, beruhigen Sie sich!«

Muller kam hinter seinem Schreibtisch hervor und baute sich vor Mathewson auf. Ein Vorgang, der ihm normalerweise komisch vorgekommen wäre, doch Muller schien außer sich vor Wut zu sein. »Verlassen Sie auf der Stelle mein Büro!«, brüllte er. »Ich überlege mir noch, was ich mit Ihnen mache. Und jetzt lassen Sie mich in Ruhe. Raus!«

*

Gabriel war noch nie ein Stratege gewesen. In dem Moment jedoch, in dem die kleine Gaslampe auf dem Tisch aufflammte und den Wohnraum in ein schummriges Licht tauchte, fiel sein Blick auf einen Gegenstand an der Wand, den er seit Jahren nicht mehr angerührt hatte. Und genau in diesem Moment begann sich in seinem Kopf ein Plan zu entwickeln.

Vorsichtig setzte er einen Fuß vor den anderen, als könne ihm jemand in die Quere kommen, wenn er zu forsch vorging. Nachdem er die gegenüberliegende Wand erreicht hatte, streckte er einen Arm aus und nahm den Jagdbogen von dem Nagel, an dem er die letzten Jahre gehangen hatte. Das Yucca-Holz war verstaubt, aber noch immer elastisch. Die Waffe fühlte sich leicht an und lag gut in der Hand. Gabriel erinnerte sich an das Gefühl, das eintrat, wenn er den Bogen spannte. Sanft wischte er den Staub mit den Fingern beiseite.

Danach fuhr er mit dem Zeigefinger über die Sehne aus Hirschhaut. Sie war hart geworden und musste ersetzt werden, was nach all der Zeit kein Wunder war. Gabriel überlegte, wo er eine neue Sehne herbekommen konnte. Die Herstellung dauerte Tage. Die Haut des Hirsches musste von Fett und Fleisch befreit werden, dann musste man sie einweichen, dehnen und trocknen. Anschließend legte man sie in eine Mischung aus Wasser und Asche, um die Reste der Haut zu entfernen und nur noch die elastischen Fasern übrig zu lassen. Diese musste man dann noch drehen und zuschneiden. Gabriel hatte den Prozess als Kind von seinem Vater gelernt, als Erwachsener aber nie wieder angewandt. Ob er es wohl noch könnte? Wehmütig dachte er an die Hirschkuh, die er vor vielen Tagen geschossen hatte. Aus ihrer Haut hätte man hundert Bogensehnen herstellen können.

Gabriel musste einen anderen Weg finden, um an eine frische Sehne zu gelangen. Doch vorher gab es noch mehr zu tun. Er trat an die Truhe, in der seine Kleider lagerten, öffnete sie und wühlte so lang, bis er zwei alte Hemden gefunden hatte. Er nahm sie heraus und legte sie auf den Tisch, wo er sie mit seinem Messer in Streifen schnitt.

Schließlich griff er sich den Köcher, der in einer Ecke der Behausung lehnte. Sieben Pfeile, das würde genügen.

Gabriel verließ das Haus und wandte sich gen Norden. Mittlerweile war es tiefe Nacht geworden. Im Gegensatz zur vorherigen Nacht waren die Sterne nun gut zu sehen. Die Erde würde auskühlen, doch darüber würden sich die Bewohner des Hügels keine Sorgen machen müssen. Avanyu würde ihnen Feuer bringen, mehr als ihnen lieb war. Er durchquerte den Pueblo und auch das Tor in der Außenmauer des Dorfes, wandte sich nach links und hatte sein Ziel erreicht. Eine morsche Hütte lehnte von außen an der Mauer. Innen glomm ein flackerndes Licht. Gabriel klopfte an die Tür, die sofort geöffnet wurde, als hätte der Bewohner nur auf ihn gewartet.

»Was willst du?« Humbertos verknittertes Gesicht starrte ihn misstrauisch an. Die symmetrischen Schmucktätowierungen, die sich in Schlangenlinien über Stirn und Wangen zogen, glänzten gespenstisch im Schein der Gaslampe.

»Guten Abend, Humberto.« Gabriel neigte den Kopf ein kleines Stück weit. »Entschuldige die Störung.«

»Nenn mich nicht Humberto.« Der Alte drehte sich um und humpelte in seinen Verschlag zurück. »Ich heiße Ohkay.«

Gabriel zögerte einen Moment lang, dann folgte er ihm. Ein durchdringender Geruch nach Mensch und Tier schlug ihm entgegen. Ohkay war Selbstversorger, einer der wenigen, die die Vorzüge der freien Marktwirtschaft ausgeschlagen hatten und nach traditioneller Art und Weise lebten. Da er sich auf das Jagen verstand, musste er keinen Hunger leiden, doch fehlte ihm offenbar eine Frau, die seinen Haushalt in Ordnung hielt. Der Boden der Hütte war mit Werkzeugen aller Art übersät, in einer Ecke fand sich eine unordentliche

Bettstatt, und an einer Wand lehnte ein hölzernes Gestell, auf welches das Fell eines großen Tieres zum Trocknen gespannt war.

Als Ohkay Gabriels Blicke bemerkte, lachte er heiser auf. »Die Hirschkuh habe ich neulich im Wald gefunden! Guter Schuss, aber welcher Schwachkopf lässt seine Beute draußen liegen?« Er rieb sich mit der Hand über den Bauch. »Na ja, mir hat's geschmeckt.« Er fixierte Gabriel wieder mit seinen trüben Augen. »Noch mal: Was willst du?«

Gabriel starrte das Fell der Hirschkuh an. Konnte es wahr sein, dass Ohkay das Tier gefunden hatte, das er im Wald erlegt und nie abgeholt hatte? Es wäre ein hübsches Zeichen gewesen. Er strich seine Zöpfe glatt und bemerkte erst jetzt, wie fettig sein Haar geworden war. Er hatte sich seit Tagen nicht gewaschen und kaum geschlafen. Es war ein Wunder, dass er überhaupt noch stehen konnte. »Ich weiß, wir haben nie viel miteinander zu tun gehabt«, begann er.

»Komm zur Sache«, unterbrach ihn Ohkay. »Dein Vater war ein starker Mann. Ich helfe dir, wenn ich kann.«

Gabriel streckte Ohkay den Bogen entgegen. »Ich brauche eine neue Sehne.«

Ohkay legte die Stirn in Falten. Dann nahm er den Bogen in die Hände, befühlte das Holz, bog es prüfend und wandte sich dann wieder Gabriel zu. »Der Bogen deines Vaters. Wird aus dir also endlich ein echter Tewa?«

Gabriel lächelte. »Sieht so aus.«

Wenig später trat er hinaus und war froh, wieder an der frischen Luft zu sein. Den neu bespannten Bogen in der einen Hand, die Stoffstreifen, die einmal Hemden gewesen waren, in der anderen, den Köcher mit den Pfeilen über der Schulter. Jetzt brauchte er nur noch ein Auto, um zum Hügel zu gelangen. Er durchquerte die Einfahrt zum Pueblo und ging die Straße entlang, bis er einen Wagen fand, bei dem der Zündschlüssel steckte. Kurz entschlossen stieg er ein und legte seine Ausrüstung auf den Beifahrersitz. Er ließ den Motor an und lenkte den Wagen über den Dorfplatz und auf die Straße in Richtung Los Alamos.

Auf der kurzen Fahrt begegnete ihm keine Menschenseele. Gabriel stellte den Wagen einige hundert Meter vor dem Eingangstor am Straßenrand ab. Er stieg aus, ging um den Wagen herum und wickelte die Stofffetzen um die Pfeilspitzen. Dann öffnete er den Tankdeckel und tauchte die Pfeile einen nach dem anderen in das Benzin. Nach getaner Arbeit machte er sich an den Anstieg auf einen Hügel, der neben der Straße lag.

Von oben hatte er einen optimalen Blick. Die Forschungseinrichtung lag dunkel vor ihm in der Nacht. Um diese Uhrzeit arbeitete dort niemand mehr. Auch die Wohnhäuser und Trailer der Wissenschaftler, die sich weiter westlich befanden, waren größtenteils unbeleuchtet. Nur die vereinzelten Wachposten am Grenzzaun bildeten mit ihren Laternen und Taschenlampen helle Flecken in der Dunkelheit. Doch Gabriel brauchte kein Licht, um zu wissen, wo sein Ziel lag. Er hatte das Sprengstofflager oft betreten, jedes Mal mit einem mulmigen Gefühl in der Magengegend. Er wusste nicht, wie viele Tonnen Dynamit dort lagerten, doch es würde ausreichen.

Gabriel legte einen Pfeil an und steckte ihn auf die Sehne. Mit einer geschmeidigen Bewegung streckte er den Rücken durch, hob den linken Arm mit dem Bogen an und spannte die Sehne. Energie durchströmte seine Glieder, als er das Knarzen des Holzes hörte.

*

Margarete hob schützend die Hände vor ihr Gesicht, ein sinnloser Reflex, als könnte sie so eine Kugel abwehren. Sie konnte Lucy nicht ansehen, die sie mit zusammengekniffenen Augen und wütend verzogenem Mund anstarrte. Dennoch erkannte sie, wie Lucys Hände zitterten. Der Revolver, den sie umklammert hielt, vollzog die Bewegungen nach, zielte aber immer noch auf Margaretes Gesicht.

»Hör zu«, begann Margarete, »ich kann nicht wissen, wie du dich fühlst. Es ist … unbeschreiblich, wenn dir jemand genommen wird, den du liebst.« Sie fuhr sich mit der Hand durch die Haare. »Ich habe das selbst erlebt. Erst in Leipzig und später noch einmal. Ich kann nicht sagen, dass ich darüber hinweg wäre.«

Lucy schniefte. »Versuch nicht, mich einzulullen. Warum hast du ihn umgebracht?«

»Ich war es nicht!« Margarete bemerkte, dass ihre Stimme lauter geworden war, und versuchte, sich zu beruhigen. »Ich weiß nicht, wer Seamus getötet hat. Aber wenn du magst, helfe ich dir, denjenigen zu finden.« Sie streckte eine Hand nach Lucy aus.

»Bleib, wo du bist«, schrie Lucy, dann ertönte ein ohrenbetäubender Knall.

Margarete warf sich auf den Boden und war einen beängstigenden Moment lang nicht sicher, ob der Schuss sie getroffen hatte. Nach einigen Atemzügen war immer noch kein Schmerz eingetreten, und sie atmete erleichtert auf. Marie stimmte ein jämmerliches Geschrei an. Lucy stand mit offenem Mund und tränenüberströmtem Gesicht da. Der Revolver, den sie in der Hand hielt, entglitt ihr und fiel zu Boden. Margarete kam mit zitternden Knien auf die Beine und hob Marie von ihrem Sessel, um sie zu beruhigen. Dann wandte sie sich Lucy zu, die immer noch wie versteinert dastand. Langsam ging Margarete auf sie zu.

Lucy fiel in ihre Arme und schluchzte.

Viel später saßen die beiden Frauen auf der Veranda vor Lucys Haus und betrachteten die Sterne über dem Hügel. Ihre Weingläser waren schon seit einiger Zeit leer. Margarete wandte Lucy den Kopf zu. »Warum bist du auf dem Hügel?«

»Wegen Seamus. Er war Feuer und Flamme, als er von diesem streng geheimen Projekt hörte. Alle seine Freunde wurden rekrutiert, nach und nach verschwanden immer mehr Physiker mitsamt ihren Familien. Und als auch bei ihm das Telefon klingelte, gab es für ihn keine Alternative. Und ich ... Ich bin halt mitgekommen.« Sie sah Margarete herausfordernd an. »Und du?«

»Eigentlich bin ich nur auf der Flucht. In Deutschland hatte ich ... Probleme.«

»Darf ich dich etwas fragen?«

Margarete nickte. »Natürlich.«

»Wieso hattest du gestern solche Angst vor der Probesprengung?«

Margarete räusperte sich, dann sah sie Lucy in die Augen. »Hast du mal einen Bomberangriff erlebt?«

Lucy schüttelte mit dem Kopf.

»Oder eine U-Boot-Attacke?«

Wieder Kopfschütteln.

»Dachte ich mir.« Margarete setzte das Weinglas an und stellte enttäuscht fest, dass es noch immer leer war.

»Bist du deswegen hier?«, fragte Lucy. »Um den Krieg zu beenden?«

Fieberhaft überlegte Margarete, wie ehrlich sie Lucy gegenüber sein durfte. Konnte sie ihr anvertrauen, dass sie vorhatte, das Projekt zu sabotieren? Sie entschied sich dagegen. »Ich habe den Bau der Bombe immer abgelehnt. Aber jetzt denke ich anders darüber. Wegen Marie.«

»Wegen Marie?«

Margarete rutschte auf ihrem Sessel nach hinten und richtete sich auf. »Ich will, dass sie in einer freien Welt aufwächst. Ohne Angst. Ich denke, ich habe eine Verantwortung, dass die Welt besser wird.«

»Mit der Atombombe?« Lucy klang nicht überzeugt.

»Ich weiß!« Margarete musste lachen. Alles in ihr schrie danach, Lucy zuzustimmen. Doch sie durfte ihre Deckung nicht verlassen, es war zu riskant. »Es klingt verrückt. Und ich rede genauso wie die Leute, die ich früher wegen ihrer Meinung stets zum Teufel gejagt habe. Aber ich denke, dass die Welt tatsächlich sicherer wird, wenn die Alliierten diese Bombe haben.«

»Dann sollten wir sie wohl bauen, was?« Lucy sah zu ihr herüber, und ihre Blicke trafen sich.

Margarete nickte. »Ich glaube schon. Aber vorher müssen wir herausfinden, weshalb Seamus sterben musste.«

»Er hat irgendetwas mit Mathewson getrieben«, setzte Lucy an. »Ich habe sein Tagebuch gefunden. Seamus hatte Angst vor ihm. Und neulich hat Gabriel ihm nachts aufgelauert und ihn bedrängt …« Kopfschüttelnd sah sie Margarete an. »Er wollte wissen …« Sie brach in Tränen aus und konnte nicht weitersprechen.

Eine Vermutung begann sich in Margaretes Kopf zu bilden. War es möglich, dass Seamus Mathewsons Komplize gewesen war? Dazu würde passen, dass Gabriel ihn unter Druck gesetzt hatte. Aber warum musste Seamus sterben? Hatte Mathewson ihn zum Schweigen gebracht, weil er aussteigen wollte? So viele lose Enden, so viele Fragen. Margarete rang mit sich, dann traf sie eine Entscheidung. »Ich muss dir auch etwas erzählen. Der Agent, der mich auf den Hügel gebracht hat, arbeitet für jemand anders.«

Lucy senkte den Kopf und sah sie an. »Ein Doppelagent?«

Margarete verdrehte die Augen. »Mindestens!«

»Meinst du, er hat etwas mit … mit Seamus zu tun?«

»Das weiß ich nicht. Auf jeden Fall will er den Primer haben. Er hat mir ein Alibi verschafft für die letzte Nacht. Das ist der Grund, warum ich jetzt hier mit dir sitzen kann. Aber er droht damit, seine Aussage zu widerrufen, wenn ich ihm nicht gebe, was er will. Ich fürchte, er will den Primer nach Deutschland schaffen.«

»Das dürfen wir nicht zulassen! Maggie! Du musst unbedingt Mathewson verständigen.«

»Genau das ist das Problem.« Margarete verzog das Gesicht. »Mathewson hält mich für die Mörderin. Er traut mir nicht über den Weg.«

»Und wir trauen ihm nicht.« Lucy stellte ihr leeres Glas auf das Beistelltischchen und erhob sich aus ihrem Sessel. »Wir brauchen einen Plan. Ich hole uns noch eine Flasche Wein.«

*

Der Pfeil verließ die Sehne mit einem kaum hörbaren Zischen.

Im nächsten Augenblick erkannte Gabriel den Fehler, den er gemacht hatte. Der Pfeil verschwand vor ihm in der Dunkelheit. Es war unmöglich, seinen Weg mit dem Auge zu verfolgen. Natürlich, er hatte vergessen, ihn anzuzünden! Beinahe musste Gabriel über seine Dummheit schmunzeln. Doch dazu war die Situation zu ernst. Er fühlte eine fiebrige Aufregung. Kein Wunder, dass er sich dämlich anstellte.

Konzentrier dich, Avanyu! Sei die rächende Seeschlange, bring das Feuer über die Weißen!

Er atmete mehrere Male tief ein und aus, ehe er einen weiteren Pfeil zur Hand nahm und den benzingetränkten Stoffstreifen mit seinem Feuerzeug entzündete. Die Flamme, die aufloderte, kam ihm unnatürlich hell vor. Er hatte sich vorher keine Gedanken darüber gemacht, wie er sich verstecken sollte, falls sein Vorhaben gelänge. Aber jetzt war es zu spät, um Überlegungen anzustellen. Gabriel legte den Pfeil an und lehnte sich zurück, sodass die brennende Pfeilspitze in einem Winkel von fünfundvierzig Grad in den Himmel zeigte. Dann spannte er den Bogen.

Der brennende Pfeil flog in den Nachthimmel und hinterließ eine leuchtende Spur. Schnell bemerkte Gabriel, dass er das höhere Gewicht des Pfeils nicht genügend berücksichtigt hatte. Er verreckte auf halber Strecke und ging irgendwo zwischen den Wohnhäusern nieder. Die Flamme erlosch, kaum dass das Geschoss den Boden berührt hatte. Immerhin konnte Gabriel nun besser einschätzen, wie sich die brennenden Pfeile im Flug verhielten. Der nächste würde sein Ziel nicht verfehlen. Er zog den dritten Pfeil hervor, entzündete ihn, legte an und spannte den Bogen. Etwas höher, etwas weiter links, mit deutlich mehr Kraft. Diesmal würde es gelingen.

Ein Rascheln drang an Gabriels Ohren. Es kam von hinten. Entnervt drehte er sich um und zielte mit dem gespannten Bogen in die Dunkelheit. Er kniff die Augen zusammen, konnte jedoch nichts erkennen. Seine Atemzüge hallten in der Stille der Wüste. Gabriel lauschte und machte sich darauf gefasst, dass er entdeckt worden war. Er würde sich verteidigen müssen. Doch niemand trat aus den Schatten. Er war allein.

Gabriel wollte sich gerade wieder umdrehen, als das Geräusch erneut ertönte. Eindeutig, dort in der Dunkelheit bewegte sich jemand. »Wer ist da?«, zischte er. »Komm raus, oder ich schieße!« Nichts geschah. Wieder war er für einige lange Sekunden allein mit seinem rasselnden Atem.

Dann tauchten zwei glühende Punkte vor ihm in der Dunkelheit auf. Es war der verfluchte Kojote! »Was willst du denn hier?«, murmelte Gabriel, doch das Tier reagierte nicht auf seine Worte. Es stand nur da und starrte ihn an. Gabriel machte eine wedelnde Bewegung mit den Armen, um es zu verscheuchen, doch ohne Erfolg. »Willst mich wohl davon abhalten, etwas Dummes zu tun, was?« Gabriel machte einen Schritt auf den Kojoten zu. Das Tier duckte sich, als habe es Angst vor ihm. Oder wollte es ihn anspringen? Gabriel ging in die Offensive, lief auf den Kojoten zu und zischte laut, um ihn zu vertreiben.

Diesmal hatte er Erfolg. Das Tier machte blitzschnell kehrt und verschwand in der Dunkelheit. Gabriel knurrte. Über seinem Vorhaben schien kein guter Stern zu stehen. Außerdem kroch ihm nach und nach die Kälte in die Glieder. Doch er durfte jetzt nicht aufgeben. Er wandte sich wieder der Forschungsanlage zu, angelte behutsam einen weiteren Pfeil aus seinem Köcher und presste den benzingetränkten Stoffstreifen aus, ehe er ihn entzündete. Dann legte er an und zielte. Noch höher, noch weiter links. Diesmal würde es gelingen. Es musste gelingen.

Eine Hand tippte auf Gabriels Schulter.

Er wirbelte herum, wobei die brennende Pfeilspitze ein fauchendes Geräusch machte und einen leuchtenden Bogen in die Nacht zeichnete.

Vor ihm stand Margarete, die sichtlich zusammenzuckte. »Ich bringe heute alle Menschen in meinem Umfeld dazu, mich mit Waffen zu bedrohen.« Sie kicherte. »Irgendetwas muss ich wohl richtig machen.«

Gabriel hatte Mühe, die Sprache wiederzufinden. »Was … Was machst du hier?«

»Ich war gerade auf dem Weg zu meinem Trailer, als neben mir ein benzingetränkter Pfeil in einer der Baracken einschlug. Ich habe mich umgesehen und hier oben jemanden mit Feuer rumhantieren sehen. Da habe ich eins und eins zusammengezählt.«

»Ich hätte dich töten können.« Ein Zittern lief durch Gabriels Körper, und seine Sicht wurde trüb. Tränen. Er ließ den Bogen sinken und auf den Boden fallen, machte drei Schritte auf Margarete zu und schloss sie in die Arme. »Verzeih mir.«

Sie legte den Kopf an seine Schulter. »Ich schließe daraus, dass die Polizisten dir nicht helfen konnten.«

»Sie wollten nicht helfen.« Gabriel seufzte. »Es ist zwecklos.«

»Und deswegen willst du die ganze Forschungseinrichtung in Brand setzen?«

Er nickte.

»Ich habe auch schon darüber nachgedacht«, sagte Margarete, und Gabriel konnte hören, dass sie lächelte.

Er löste seine Umarmung, legte seine Hände auf Margaretes Schultern und schob sie von sich weg, um ihr ins Gesicht schauen zu können. Sie lächelte tatsächlich. »Meinst du das ernst?«, fragte er.

Sie zuckte mit den Schultern. »Natürlich. Denkst du, dass ich in die Geschichtsbücher eingehen möchte als die Frau, die der Welt die furchtbarste Waffe aller Zeiten geschenkt hat? Sicher nicht.« Ihr Blick wanderte zu den dunklen Schatten der Baracken auf dem Hügel. »Und du hast keine Ahnung, was in den letzten Tagen da unten los war.«

»Dann lass es uns beenden.« Gabriel nahm einen weiteren Pfeil aus dem Köcher.

»Ja.« Margarete legte ihm eine Hand auf den Arm. »Aber nicht so.«

Er sah sie verständnislos an.

»Es muss einen anderen Weg geben, als alles in die Luft zu jagen und womöglich Hunderte Unschuldige zu töten.«

»Unschuldige?«, fragte Gabriel. »Diese Menschen sind nicht unschuldig.«

Margarete legte die Stirn in Falten und fixierte ihn mit ihrem Blick. »Bin ich schuldig?« Ihre Stimme bebte, und sie hob die Arme über den Kopf. »Dann erschieß mich jetzt!«

Gabriel wich ihrem Blick aus. Schließlich ließ er den Bogen sinken. »Was schlägst du vor?«

»Wir müssen mit Bedacht vorgehen.« Er hörte, dass sie tief ein- und ausatmete. Als er sie ansah, fuhr sie fort. »Ich werde erpresst.«

Er riss die Augen auf. »Von wem?«

»Das spielt keine Rolle.« Sie schüttelte den Kopf. »Klar ist nur, dass ich auf die Forderungen nicht eingehen kann. Aber wenn ich es nicht tue, gefährde ich mein Leben. Und das von Marie.«

Gabriel dachte über das Gesagte nach. Konnte er Margarete helfen? Er wollte gerade etwas dazu sagen, doch sie wechselte das Thema. »War Seamus der Mann oben am See, in jener Nacht? Hat er etwas mit der Entsorgung des Mülls zu tun?«

Gabriel nickte. »Warum fragst du?«

»Er ist tot.« Margarete verzog das Gesicht. »Ermordet.

Ich frage mich, ob Mathewson etwas über seinen Tod weiß.«

Gabriel überlegte kurz. Hatte Mathewson seinen Komplizen ausgeschaltet, weil er Angst hatte, dass er reden würde? Immerhin hatte Seamus Gabriel zu Adrian geführt. Es wäre durchaus möglich. »Was hast du nun vor?«

Margarete hob die Arme und ließ sie fallen. »Ich weiß es nicht. Eigentlich müsste ich mit Mathewson sprechen. Er ist für die Sicherheit zuständig, aber …«

»Mathewson wird dir nicht helfen. Der verfolgt nur seine eigenen Pläne.«

»Du hast recht.« Margarete zuckte mit den Schultern. »Was ist mit Muller?«

Gabriel stöhnte auf. »Er deckt Mathewson. Ich weiß nicht, warum.«

Margarete ließ den Kopf sinken. »Aber ich brauche Verbündete.«

»Du hast mich.«

Ein Lächeln stahl sich auf Margaretes Gesicht. »Ich weiß.«

DRITTER TEIL

*

»Auf gar keinen Fall! Denken Sie nicht mal daran!« Mullers Gesicht war rot angelaufen, sein Tobsuchtsanfall übertraf alle, die Margarete bisher miterlebt hatte. »Ich kann meine Zeit nicht damit verschwenden, auf ein Baby aufzupassen. Wissen Sie überhaupt, wen Sie hier vor sich haben?«

Margarete versuchte ruhig zu bleiben, auch wenn Mullers Gebaren ihr ebenfalls die Zornesröte ins Gesicht trieb. Marie lag in einem Korb zwischen ihnen auf Mullers Schreibtisch, streckte abwechselnd die Arme in die Luft und lächelte. Die Uhr an der Wand zeigte halb acht. Margarete war eine der Ersten gewesen, die an diesem Morgen den Hochsicherheitsbereich des Hügels betreten hatten. In der kommenden Nacht sollte die Übergabe an Clark stattfinden. »Tun Sie mir diesen einen Gefallen, Professor. Es ist nur für heute.«

»Warum wenden Sie sich nicht an eine der jungen Familien auf dem Hügel? Oder an einen der Officer? Die werden oft von den Müttern als Babysitter missbraucht.«

»Ich kenne hier noch niemanden«, erwiderte Margarete. »Meine einzigen Freunde sind Seamus und Lucy. Der eine ist tot, und die andere trauert. Sie kann sich jetzt nicht um Marie kümmern.«

Muller schüttelte den Kopf und sah sie durchdringend an. »Was ist überhaupt los? Was hat es mit dieser abstrusen Mordermittlung auf sich? Warum hat man Sie verdächtigt?«

»Fragen Sie doch Ihren Wachhund Mathewson. Ich kann jetzt nicht darüber sprechen.«

»Aber Sie erwarten, dass ich Ihnen dennoch helfe?« Muller blickte zur neugierigen Marie, und sein Gesichtsausdruck wurde eine Spur milder. »Wobei sie ja schon ein süßer Zwerg ist. Sie erinnert mich an die Nichte meiner …«

»Danke«, unterbrach Margarete ihren Chef und verließ das Büro, ohne ihn noch einmal zu Wort kommen zu lassen. Nachdem sie die Tür hinter sich zugezogen hatte, spürte sie einen Stich im Brustkorb. Konnte sie es wirklich wagen, Marie hier zurückzulassen? Immerhin hatte Clark gedroht, dass ihr etwas zustoßen könnte. Margaretes ganzer Körper sträubte sich dagegen, ihre Tochter abzugeben. Doch da, wo sie hinging, wäre sie auch nicht sicherer, im Gegenteil. Im Moment bot der Hochsicherheitsbereich des Hügels den besten Schutz. Hatte Clark nicht selbst gesagt, dass er ihn nicht betreten konnte? Margarete konnte nur hoffen, dass das der Wahrheit entsprach.

Eilig machte sie sich auf den Weg zum Wohnbereich des Hügels. Die Luft war seltsam klar und fühlte sich unwirklich an. Nach den Extremen der vergangenen Tage wirkte es nun so, als habe das Wetter aufgehört zu existieren. Margarete passierte die Kontrolle und verließ den Sicherheitsbereich, dann wandte sie sich in Richtung Wohnbezirk. Immer wieder blickte sie sich über die Schulter um, weil sie meinte, aus dem Augenwinkel eine Bewegung wahrgenommen zu haben. Dann ertönte plötzlich ein scheppernder

Knall, und Margarete zuckte zusammen. Beinahe hätte sie sich reflexhaft auf den Boden geworfen. Als sie sich umdrehte, sah sie einen Arbeiter, der eine Hand in die Hüfte gestemmt hatte. Mit der anderen kratzte er sich am Kopf. Vor ihm lag ein Werkzeugkoffer auf dem Boden, der sich wohl plötzlich geöffnet hatte. Sein Inhalt war über die Straße verteilt. Margarete ging zu dem Mann und bot ihm ihre Hilfe an, doch der winkte ab. Erleichtert nickte sie ihm zu und beeilte sich, ihr Ziel zu erreichen.

Schließlich stand sie vor Lucys Haus und klopfte an die Tür. Lucy öffnete sofort, als habe sie hinter der Tür gewartet. Mit verheulten Augen sah sie Margarete an und bedeutete ihr einzutreten.

Margarete blieb auf der Schwelle stehen und blickte sich um. Auf dem ganzen Weg von Mullers Büro zur Bathtub Row hatte sie sich gefühlt, als folge ihr jemand. Als würden unsichtbare Augen sie beobachten. Doch auf der Straße war niemand zu sehen. Sie betrat das Haus und zog die Tür hinter sich zu.

Lucy stand betreten im Flur und knetete ihre Hände. »Wie geht es dir?«

»Das könnte ich dich auch fragen.« Margarete trat ihr entgegen und nahm sie in den Arm.

Nach einigen Augenblicken entwand sich Lucy der Umarmung. »Wo ist Marie?«

Margarete seufzte. »Ich habe sie bei Muller gelassen, im Hochsicherheitsbereich. Dort ist sie am sichersten.«

Lucy nickte langsam. »Willst du einen Tee?«

Margarete ignorierte die Frage. »Seamus hatte tatsächlich etwas mit Mathewson zu schaffen.«

Lucys Gesicht verzog sich zu einer Grimasse. »Woher weißt du das?«

»Gabriel hat es mir erzählt. Seamus hat Mathewson geholfen, giftige Abfälle vom Hügel wegzuschaffen und loszuwerden. Sie haben den Dreck auf dem Gebiet der Tewa entsorgt.«

»Also deswegen …«

»Hm?«, machte Margarete.

»Ich habe die beiden doch neulich belauscht.« Lucy seufzte und rieb sich mit den Händen das Gesicht. »Seamus und Gabriel. Es ging um eine Leiche. Irgendeinen Freund von Gabriel. Ich hätte mit Seamus reden sollen, aber ich habe mich nicht getraut.« Ihr Blick glitt zum Fenster. »Ich wollte die Wahrheit wohl nicht wissen. Glaubst du, Mathewson hat etwas zu tun mit … Mit Seamus? Mit … seinem Tod?«

»Ich weiß es nicht. Es wäre möglich. Vielleicht hat er Angst bekommen, dass Seamus reden würde. Auf jeden Fall wären wir gut beraten, ihm nicht zu vertrauen.« Margarete nickte, wie um sich selbst Mut zu machen. »Wenn Seamus aus der Sache aussteigen wollte, dann hatte Mathewson ein klares Motiv für den Mord.«

Das Telefon klingelte. Lucy kniff die Augen zusammen und atmete tief durch. Dann ging sie in den Nachbarraum. Das Klingeln verstummte. Kurz darauf hörte Margarete ihre Stimme. »Was soll das heißen, Sie waren nur kurz mal draußen?« Lucy schrie beinahe in den Hörer. »Sie hatten nur diesen einen verdammten Job, Professor!«

Margarete fühlte sich, als hätte sie ein Bus angefahren. Marie! Es ging um Marie! Sie stürmte in den Nebenraum.

Lucy fuhr sich mit einer Hand durch die Haare und lauschte den Worten des Professors. »Wie lang ist das her?« Sie schüttelte den Kopf. »Nicht mal eine Stunde lang konnten Sie auf Marie aufpassen?« Eine erneute Pause. Lucy wickelte das Kabel des Telefons um einen Finger. »Gehen Sie zum Sicherheitsdienst, sofort! Aber nicht zu …« Sie verstummte und blickte Margarete entgeistert an. »Er hat aufgelegt.« Sie knallte den Hörer auf die Gabel. Aus ihren Augen sprach Entschlossenheit. »Wir müssen diesen Spuk beenden.«

*

Das Schrillen des Telefons riss Mathewson aus umwölkten Träumen. Einige Sekunden lang kämpfte er mit der Orientierungslosigkeit, bis er erkannte, dass er sich in seinem Trailer befand. Die Perspektive stimmte nicht, was daher rührte, dass er auf dem Boden vor dem einzigen Stuhl lag. Sein Blick fiel auf die Whiskyflasche, die keinen Meter von ihm entfernt unter den Tisch gerollt war. Der Fleck daneben war nicht allzu groß. Viel war nicht mehr drin gewesen, als die Flasche aus seiner Hand gerutscht war. Bei dieser Einsicht setzten die Kopfschmerzen ein.

Ein erneutes Schrillen ließ Mathewson aufstöhnen. »Schnauze«, murmelte er, setzte aber dennoch beide Handflächen auf den Boden und stemmte seinen massigen Körper nach oben. Wieder das Klingeln des Telefons. »Verflucht noch eins.« Es kam ihm vor, als seien mehrere Minuten vergangen, bis er endlich auf den Beinen war. Ein heftiger Husten schüttelte ihn. Unter Schmerzen verdrehte er den Kopf nach links und rechts, bis ein sattes Knacken ihm eine Art Erleichterung brachte. Dann schlurfte er zum Telefon und nahm den Hörer ab. »Ja?«

»Mathewson, endlich, da sind Sie ja. Wo haben Sie bloß gesteckt?« Der Professor. Mathewson widerstand dem Drang, gleich wieder aufzulegen. »Haben Sie wieder getrunken?«

»Was wollen Sie von mir?«, fragte Mathewson und rieb sich die Schläfe.

»Sie müssen sofort herkommen. Marie ist verschwunden.«

»Hm?«, machte Mathewson, und als er merkte, dass der Professor seine Gedanken nicht erraten konnte, ergänzte er: »Wer ist Marie?«

»Die Tochter der Deutschen. Kommen Sie sofort!«

»Ich dachte, Sie seien fertig mit mir? War es nicht das, was Sie gestern sagten?«

»Mathewson, machen Sie Ihren Job! Gehen Sie auf die Suche nach dem letzten Funken Anstand in Ihrem Leib und schwingen Sie Ihren Arsch hierher!«

»Ich denke darüber nach.« Mathewson legte auf. Ein Lächeln schlich sich auf sein Gesicht.

Keine zehn Minuten später betrat er die Baracke, in der sich Mullers Büro befand. Er hatte sogar die Zeit gefunden, sich ein wenig Wasser ins Gesicht zu spritzen und ein frisches Hemd anzuziehen. Es hatte jedoch nicht viel geholfen.

»Sie haben tatsächlich getrunken!« Der Professor schüttelte angewidert den Kopf. »Ich verstehe nicht, was die Army sich dabei denkt, Leute wie Sie in Führungspositionen zu bringen.«

»Wollen Sie nun etwas von mir oder nicht?«, blaffte Mathewson zurück.

Muller stemmte die Hände in die Hüften. »Ich habe die Kleine nur drei Minuten aus den Augen gelassen. Jemand muss durch das Fenster eingestiegen sein und sie mitgenommen haben.«

»Die Tochter der Deutschen? Das Baby?«

Muller nickte.

»Warum hatten Sie sie überhaupt bei sich?«

»Fräulein von Brühl hat sie mir heute Morgen aufs Auge gedrückt. Fragen Sie mich nicht, wieso. Aber sie ließ nicht mit sich reden.«

»Wirkte sie angespannt?«

Muller sah ihn verwirrt an. »Angespannt? Wie meinen Sie das?«

»War sie vielleicht ängstlich?«

»Ich weiß nicht, mag sein.«

Mathewson verzog den Mund. »Lassen Sie mich raten: Sie haben sie angebrüllt.«

Muller lief puterrot an. »Natürlich habe ich sie angebrüllt«, keuchte er. »Ich habe hier eine Aufgabe zu erledigen, die wichtiger ist als Babysitting.«

»Aber jetzt tut es Ihnen leid, dass Sie nicht besser auf die Kleine achtgegeben haben.«

Schnaufend ließ Muller sich in den Sessel hinter seinem Schreibtisch fallen. »Finden Sie die Kleine!«

»Machen Sie sich keine Sorgen, Professor. Ich bin Profi.« Mathewson sah sich in dem winzigen Büro um. Das einzige Fenster befand sich in der rückwärtigen Wand der Baracke, dahinter kamen nur noch der Zaun und die Wüste.

Muller folgte seinem Blick. »Meinen Sie, der Kidnapper ist über den Zaun geklettert?«

»Oder drunter durchgekrochen«, erwiderte Mathewson gedankenverloren.

»Wie meinen Sie das?«

»Ich denke nur laut.« Mathewson kratzte sich am Ellbogen. »Gab es sonst noch etwas Auffälliges heute? Sind alle zur Arbeit erschienen?«

Der Professor erhob sich. »Wollen Sie mich auf den Arm nehmen? Seamus ist tot, Lucy trauert, und von Brühl erholt sich von der Nacht im Gefängnis. Was glauben Sie, wie sich das auf die Arbeit meiner Forschungsgruppe auswirkt, hm?«

»Klingt fast so, als seien Sie aufgeschmissen, so ganz allein.«

»Und zu allem Überfluss schnüffelt auch noch dieser neue Officer hier rum, dieser Dearing.«

Mathewson horchte auf. »Dearing war hier? Wann?«

»Heute Morgen. Hat sich nach von Brühl erkundigt. Die beiden scheinen sich ja ganz gut zu verstehen nach allem, was man hört. Der war ganz vernarrt in ihre Tochter. Ich hätte sie ihm am liebsten mitgegeben.« Der Professor schaute zu Boden und schüttelte den Kopf. »Hätte ich das mal gemacht, dann wäre sie jetzt sein Problem und nicht meins.«

Mathewson nickte langsam. »Wissen Sie zufällig, wo man ihn untergebracht hat?«

*

»Ich kann nicht glauben, dass Seamus an so etwas beteiligt gewesen sein soll!« Lucy schüttelte energisch den Kopf.

Gabriel fixierte sie mit seinem Blick. »Und doch war es so. Mathewson und er haben die heilige Quelle vergiftet.«

»Sicherlich hat Mathewson ihn wegen irgendeiner Sache in der Hand gehabt«, versuchte Margarete zu helfen. »Seamus hatte keine andere Wahl.« Die Situation war ihr unangenehm. Sie hatte gehofft, dass Gabriel, Lucy und sie einen Plan schmieden könnten, um Clark aufzuhalten und Marie zu befreien, doch stattdessen beäugten ihre beiden Verbündeten sich nur misstrauisch und machten sich gegenseitig Vorwürfe. Sie zog die Decke, die Gabriel ihr gegeben hatte, enger um die Schultern. Es war kalt in seiner versteckten Höhle, obwohl draußen die Sonne vom Himmel brannte.

»Man hat immer eine Wahl«, beharrte Gabriel und strich seine langen Zöpfe glatt. »Was Mathewson und Seamus getan haben, war Unrecht.«

Lucy verbarg das Gesicht in den Händen. Ihr Verlust war zu frisch, um sich solche Urteile anzuhören.

Margarete räusperte sich. »Könnten wir bitte über unsere aktuellen Probleme sprechen?«

»Du meinst, weil Seamus' Leichnam schon kalt ist, ist er kein aktuelles Problem mehr?« Lucys Stimme klang krächzend.

Margarete legte ihr einen Arm um die Schultern, und sie ließ es geschehen. »Nein. Natürlich nicht. Verzeih mir, wenn es so klang. Aber ich denke, dass all das irgendwie zusammenhängt. Wir werden Seamus' Mörder finden, das verspreche ich dir.« Sie sah Gabriel an. »Gemeinsam.«

Gabriel verzog den Mund. »Ihr wollt, dass ich euch helfe. Dann müsst auch ihr mir helfen.«

»Natürlich«, stieß Margarete hervor. »Natürlich helfen wir dir.«

»Die Weißen müssen den Hügel verlassen.«

Margarete schluckte. Gabriels Hoffnungen waren illusorisch. Das Manhattan Project war viel zu groß, um eingestampft zu werden. »Wir werden dich nach Kräften unterstützen, um die zu finden, die für Adrians Tod verantwortlich sind.«

Gabriel nickte. »Also gut. Du hast gesagt, der Spion hat dir eine Zeit und einen Ort genannt.«

Margarete zog die Karte, die Clark ihr gegeben hatte, aus

der Tasche und breitete sie auf dem rauen Boden der Höhle aus. Sie zeigte auf einen Ort, der mit einem Kreuz markiert war. »Hier soll ich ihn treffen, um Mitternacht.«

»Das ist die Otowi-Brücke«, sagte Gabriel. Er legte einen Finger auf die Karte und dachte nach. »Wenig Deckung. Ein guter Ort für eine Übergabe. Leider nur für ihn, nicht für uns.«

Margarete sah ihn fragend an. »Was schlägst du vor?«

»Willst du deine Tochter wiedersehen?«

»Natürlich, was für eine Frage!«

Gabriel nickte langsam. »Dann schlage ich vor, du gibst ihm, was er von dir verlangt.«

»Das ist unmöglich«, widersprach Margarete. »Clark verlangt von mir Informationen über die Forschung auf dem Hügel. Hochsensible Informationen. Ich werde die Nazis nicht in die Lage bringen, die Bombe zu bauen. Niemals.« Sie verschränkte die Arme vor der Brust. »Es muss einen anderen Weg geben.«

»Ich werde dich hinfahren und im Auto warten«, sagte Lucy. »Du wirst Dearing auf der Brücke treffen, und wenn du Marie in Sicherheit gebracht hast, überfahre ich ihn mit dem Auto.«

Margarete zog eine Augenbraue hoch. »Ist das dein Ernst?«

»Das könnte funktionieren«, warf Gabriel ein. »Und falls nicht, werde ich in der Dunkelheit warten.« Er warf einen Blick zur Höhlenwand, an der sein Bogen lehnte.

Margarete bekam eine Gänsehaut. »Im Ernst? Ist das unser Plan? Wir überfahren oder erschießen ihn?«

»Sag jetzt nicht, dass du ihn bemitleidest. Er will den Deutschen die Bombe liefern!« Lucy warf die Hände in die Luft. »Weißt du, wie viele Menschen du dann auf dem Gewissen hättest? Außerdem hat er deine Tochter, verdammt!«

Margarete seufzte. »Ich fände es trotzdem besser, wenn wir einen anderen Weg finden könnten.«

»Ich werde auf sein Knie zielen«, sagte Gabriel, und damit war die Diskussion beendet.

*

Die Aussicht war phantastisch. Gabriel stand auf einer Anhöhe neben der Straße, die Santa Fe und die geheime Forschungsstation verband, und überblickte das Tal des Rio Grande, dessen Oberfläche im Licht der untergehenden Sonne schimmerte. Aus der Ferne wirkte es, als schiebe sich das rotbraune Wasser träge in Richtung des Golfs von Mexiko, doch der Fluss war tückisch und hatte schon manchen unvorsichtigen Wanderer erbarmungslos mit sich gerissen.

Die tief stehende Sonne tauchte die umgebenden Gipfel und Kuppen in ein strahlendes Kupferrot. Nur einzelne niedrige Büsche konnten sich auf den höher gelegenen, dem Wind ausgesetzten Kuppen behaupten, im Tal war die Vegetation dichter und höher. Die Straße von Santa Fe nach Los Alamos war asphaltiert, aber der feine Staub aus der Wüste überzog den dunklen Belag mit einer flirrenden Puderschicht. Die Otowi Bridge, die an dieser Stelle den Rio Grande überquerte, war eine schmale Holzbrücke, die an zwei dicken Stahlseilen hing. Wenn man mit dem Auto darüber fuhr, quietschte und schwankte die Konstruktion. Das Geländer auf beiden Seiten hatten die Bauarbeiter aus groben Holzlatten errichtet.

Gabriel hatte kein gutes Gefühl bei der Sache. Die Brücke war zu schmal. Zwei Autos konnten nicht aneinander vorbeifahren. Wenn der Erpresser über Komplizen verfügte, wäre es einfach, beide Enden der Brücke zu verbarrikadieren und Margarete jede Chance auf Flucht zu rauben. Nun zweifelte auch er an Lucys Plan, Dearing zu überfahren. Wenn nur eine Kleinigkeit schiefging, würde sie dabei auch Margarete und ihr Baby erwischen. Oder Margarete müsste in den Fluss springen, was auch nicht weniger gefährlich war.

Erneut musterte Gabriel die umliegenden Hügel. Dann prüfte er den Wind. Der Fleck, auf dem er jetzt stand, schien die beste Position zu sein, um eine Person auf der Brücke mit einem Pfeil zu treffen. Er hatte den Wind im Rücken. Doch um Mitternacht würde es natürlich stockdunkel sein. Er blickte gen Himmel. Momentan waren kaum Wolken zu sehen, es würde eine stern- und mondklare Nacht werden. Das war gut. Aber würde es ausreichen, um Dearing und Margarete in der Ferne verlässlich unterscheiden zu können?

Ein dumpfes Gefühl machte sich in Gabriels Magen breit. War das Angst? Höchstens Beunruhigung, sagte er sich. Er sollte Margarete und Lucy warnen und ihnen raten, einen neuen Plan zu erarbeiten. Doch dafür war es nun zu spät. Er würde ohne Auto den Hügel nicht mehr rechtzeitig erreichen. Vielleicht sollte er den beiden entgegengehen und ihren Wagen aufhalten, wenn sie sich auf den Weg zur Übergabe machten.

Ein durchdringendes Heulen riss Gabriel aus seinen Gedanken. Der Laut schraubte sich langsam in immer höhere Tonlagen und wurde von den umgebenden Hügeln hin und her geworfen, bis er abrupt verstummte. Nur ein leises Echo blieb zurück, wie eine ruhelose Seele, die das jähe Ende ihrer Existenz nicht wahrhaben wollte und nun als Geist umherirrte.

Gabriel wandte den Kopf in die Richtung, aus der das Geräusch gekommen war. Da ertönte es erneut. Er kniff die Augen zusammen. Tatsächlich, dort auf dem gegenüberliegenden Hügel hockte der Kojote. Antonia. Gabriel musste schmunzeln. Er mochte das Tier. Und, so dämlich der Name auch klang, in Gedanken hatte er den Kojoten seit Tagen nur Antonia genannt. Er saß auf einem Vorsprung im Fels und blickte in die Ferne. Genau wie Gabriel ließ er den Kopf hin und her schweifen und schien über die Welt nachzudenken. Dann riss es die Schnauze in die Höhe, und ein erneutes Heulen bahnte sich den Weg aus den Tiefen seines Körpers.

Eine Bewegung am Rande seines Sichtfeldes machte Gabriel stutzig. Etwas Kleines schien sich in rasender Geschwindigkeit auf Antonia zuzubewegen. Ein Schatten, der auf den Kojoten zusauste, über Berg und Tal, durch Gebüsch und über Felsbrocken hinweg. Gabriel konnte die Gefahr nicht erkennen, doch er spürte ihre Anwesenheit. Als die Bewegung den Kojoten beinahe erreicht hatte, realisierte Gabriel, dass er tatsächlich nur einen Schatten verfolgt hatte. Die eigentliche Gefahr befand sich oberhalb des Tieres. Ein blitzschneller Fleck näherte sich aus der Luft und stürzte auf Antonia herab.

Das Heulen erstarb augenblicklich. Dort, wo Antonia gerade noch gesessen hatte, bildete sich ein wirbelndes Knäuel aus Haaren und Federn. Es musste ein Adler oder ein Geier sein, der den Kojoten attackierte. Gabriel verspürte den Drang, hinüberzulaufen und Antonia beizustehen, doch er würde für den Ab- und Aufstieg sicherlich zwanzig Minuten benötigen, und bis dahin wäre der Kampf längst entschieden. Kurz überlegte er, einen Pfeil abzufeuern, doch in dem Tumult den Angreifer und nicht das Opfer zu treffen, war aussichtslos. Gabriel atmete langsam aus. Vielleicht war das einfach der Lauf der Dinge. Das Gesetz der Natur.

Er kramte in seiner Tasche nach dem Tabaksbeutel und beobachtete den Kampf in der Ferne. Über den Hügeln versank langsam die Sonne.

*

Die Scheinwerfer des nagelneuen Ford strichen über die karge Landschaft. Größere Geröllbrocken warfen lange, scharfe Schatten auf den Sand, und das ausgedörrte Gestrüpp, das sich hier und da durch die Erdkruste gekämpft hatte, malte gespenstische Formen und Strukturen in die grell erleuchtete Nacht.

Margarete saß am Steuer und kaute auf ihrer Unterlippe. Neben ihr auf dem Beifahrersitz lag die Mappe mit den Dokumenten, die sie Clark übergeben wollte. Ein Blick auf die Uhr am Armaturenbrett verriet ihr, dass sie spät dran waren. Der Wachmann war misstrauisch gewesen, als sie den Wohnbereich des Hügels um diese Zeit verlassen wollten. Zum Glück hatte er nicht auf eine Durchsuchung des Wagens bestanden, sonst wäre sie wegen Landesverrats erneut ins Gefängnis gewandert.

Lucy kauerte sich auf die Rückbank und versuchte offenbar, ihre Angst mit ziellosem Geplapper zu vertreiben. »Ich hasse die Wüste. Alles an ihr. Die Tiere, die Pflanzen, die Hitze, die Steine und den Sand. Und den ewigen Wind.« Sie seufzte. »Ich meine, Kalifornien war auch nicht viel besser. Ich glaube, wenn das hier vorbei ist, gehe ich wieder nach Boston, an die Ostküste. Das Leben ist dort so viel angenehmer.«

»Was hält dich auf?«, fragte Margarete, mehr um sie am Reden zu halten als aus wirklichem Interesse. Sie konnte sich im Moment nicht auf eine ernsthafte Unterhaltung konzentrieren, doch sie hatte Angst vor der Stille, die sich im Wagen ausbreiten würde, wenn Lucy schwieg.

Ihre Freundin lehnte sich nach vorn und schaute zwischen den beiden Vordersitzen hervor. »Ich werde hier gebraucht, schon vergessen?« Sie zog fragend die Schultern hoch. »Wer soll die Nazis denn aufhalten, wenn ich hier das Handtuch werfe?«

»Meinst du, das ist es, was du hier tust?«

»Hm«, machte Lucy. »Wenn du Clark jetzt den Primer überlässt, hat sich das ohnehin erledigt. Der Geheimdienst sagt, die Deutschen seien uns ein bis zwei Jahre voraus. Und wenn sie jetzt noch unser Knowhow in die Finger bekommen, dann …« Sie stockte. »Dann ist in Boston vielleicht auch bald Wüste.«

»Dazu wird es nicht kommen.« Margarete legte einen höheren Gang ein. Der Wagen, ein Hochzeitsgeschenk von Lucys Eltern, schnurrte wie ein Kätzchen und wirkte in der wüsten Landschaft völlig fehl am Platz. »Wir holen uns Marie und hauen ab, ehe Clark überhaupt merkt, wie ihm geschieht.«

»Da fällt mir etwas ein.« Lucy verschwand wieder im hinteren Teil des Wagens. Als sie ihren Kopf wieder zwischen den Sitzen hervorstreckte, hielt sie etwas in der Hand. Es war eine Pistole.

»Was willst du denn damit?«, herrschte Margarete sie an.

Lucy entsicherte die Waffe. »Nur zur Sicherheit.«

»Kannst du denn damit umgehen?«

»Siehst du doch.« Lucy ließ das Magazin der Pistole mit einer lässigen Bewegung aufschnappen und wieder einrasten. »Ich war mit meinem Daddy früher oft auf dem Schießstand.«

»Aber du wirst sie nicht einsetzen«, sagte Margarete mit Nachdruck. »Es ist viel zu gefährlich. Im Dunkeln könntest du Marie verletzen. Außerdem ...« Sie stockte. »Außerdem ist es keine gute Erfahrung, einen Menschen zu töten. Ich würde dich gern davor bewahren.«

Margarete konnte im Rückspiegel erkennen, wie Lucy die Augen aufriss. »Hast du ...? Maggie, hast du jemanden umgebracht? Aber, was ...« Sie schien plötzlich sehr verwirrt zu sein. »Warum?«

Margarete suchte nach den passenden Worten, als die Lichtkegel der Scheinwerfer etwas streiften, das auf der Straße lag. Margarete trat auf die Bremse, so dass Lucy auf der Rückbank nach vorn geschleudert wurde und herzhaft zu fluchen begann. Langsam fuhr Margarete an das Hindernis heran. Es war ein Tier, zumindest war es mal eines gewesen. Ein formloses Bündel aus Fell, blutverschmiert.

»Iih!«, rief Lucy aus. »Sieht aus wie ein überfahrener Kojote. Ich hasse die Viecher. Die übertragen Krankheiten.«

Margarete spürte, wie sich ein dicker Kloß in ihrem Hals bildete. Es war natürlich verrückt, anzunehmen, dass dieses Fellknäuel dort im Scheinwerferlicht Antonia sein könnte. Es gab Tausende von Kojoten in diesen Bergen. Und dennoch ... In Gedanken versunken, beschleunigte sie wieder. Den Rest der Fahrt legten sie schweigend zurück. Schließlich erreichten sie die Otowi-Brücke, und Margarete stellte den Wagen kurz davor ab. Die Holzbalken wirkten bleich und gespenstisch im Licht der Scheinwerfer. Wie die Knochen eines Wals, der hier vor Jahrmillionen verendet war. Auf der anderen Seite der schmalen Brücke stand ein weiterer Wagen. Die Scheinwerfer des Fahrzeugs erhellten die Holzbohlen des Übergangs. Menschen waren nicht zu sehen.

Margarete ließ den Blick durch die Nacht schweifen, ohne etwas erkennen zu können. Irgendwo dort draußen in der Dunkelheit verbarg sich Gabriel. Zumindest hoffte Margarete, dass ihr Freund sie im Blick behielt und über sie wachte. Dass er im richtigen Augenblick eingreifen würde. Und dass sie Marie bald wieder im Arm halten würde.

»Bleib um jeden Preis im Wagen«, sagte sie zu Lucy. »Ich möchte dich nicht auch noch in Gefahr bringen.« Dann griff sie nach der Dokumentenmappe und stieg aus dem Fahrzeug. Die Scheinwerfer des anderen Autos blendeten sie. Sie kniff die Augen zusammen und legte eine Hand an die Stirn, in der Hoffnung, ihre Sicht zu verbessern. Eine Person stieg aus und warf die Tür zu. Dann kam sie auf Margarete zu, bis die Scheinwerfer des Autos sie erfassten und zu einer engelsgleichen Silhouette machten. Margarete erkannte die breiten Schultern und auch den leicht hinkenden Gang.

Es war Clark.

*

Gabriel atmete erleichtert auf, als er die Scheinwerfer kommen sah. Er hatte zwar keine Uhr und wusste daher nicht, ob der vereinbarte Zeitpunkt schon verstrichen war, doch das Auto des vermeintlichen Erpressers war bereits vor einigen Minuten angekommen und so abgestellt worden, dass es die Brücke auf der Santa-Fe-Seite versperrte. Um diese Uhrzeit war nicht zu befürchten, dass irgendjemand den Austausch stören würde. Selbst an geschäftigen Tagen fuhr höchstens eine Handvoll Autos auf der schmalen Straße in die Berge. Bei Dunkelheit verirrte sich normalerweise niemand in die Wüste, warum auch? Die Straße führte ausschließlich auf den Hügel, und es gab keinen Grund, dort nachts anzukommen.

Der Wagen, in dem Margarete und Lucy saßen, hielt am anderen Ende der Brücke an. Die Scheinwerfer beider Autos beleuchteten die hölzerne Überquerung, der Rest der Welt war gespenstische Dunkelheit. Insbesondere der Fluss, der geräuschlos unter der Brücke entlangströmte, lag in absoluter Finsternis. Obwohl es zum Sonnenuntergang noch so ausgesehen hatte, als würde eine sternklare Nacht bevorstehen, verdeckten nun doch Wolken den Himmel. Gabriel ärgerte sich, denn so war seine Anwesenheit nutzlos. In der Dunkelheit war es nahezu unmöglich, ein Ziel auszumachen.

Einige Sekunden lang standen sich die beiden Autos lauernd gegenüber, als würden sie auf ein geheimes Zeichen zum Angriff warten. Dann konnte Gabriel Bewegungen ausmachen. Margarete stieg aus dem Wagen. In der Hand hielt sie etwas, wahrscheinlich die Unterlagen, die der Erpresser haben wollte. Auch aus dem anderen Wagen war jemand ausgestiegen. Die beiden Schatten betraten die Brücke von den gegenüberliegenden Seiten aus und gingen langsam aufeinander zu. Sobald sie in die Lichtkegel der parkenden Autos getreten waren, konnte Gabriel ihre Silhouetten deutlich ausmachen. Viel besser, dachte er. So würde es eventuell doch möglich sein, einen Treffer zu landen. Er griff in den Köcher und legte einen Pfeil in die Sehne seines Bogens.

Nun konnte er Margarete erkennen. Ohne zu zögern, schritt sie auf den Mann zu, der ihr entgegenkam. In der Mitte der Brücke blieben die beiden stehen, zwischen ihnen lagen vielleicht noch zwei Meter. Sie unterhielten sich. Gabriel fiel auf, dass der Mann nichts in den Händen hielt. Wenn er Margaretes Tochter bei sich hatte, dann war sie noch im Auto. Vermutlich war das der Grund, warum Margarete ihm die Unterlagen noch nicht ausgehändigt hatte.

Gabriel zögerte. Wenn er jetzt schoss, würde er den Erpresser mit ziemlicher Sicherheit treffen. Aber er konnte nicht sicher sein, dass der Mann allein gekommen war. Vielleicht hatte er einen Komplizen im Wagen, der Reißaus nehmen würde, wenn ihm etwas zustieß. Dann wäre Marie in großer Gefahr.

Eine Bewegung riss ihn aus seinen Überlegungen. Hinter dem Erpresser war ein zweiter Schatten aufgetaucht. Er bewegte sich in gebückter Haltung, und er hielt genau auf den Mann zu. Gabriel spürte, wie sich sein Körper anspannte. Wer auch immer sich dort unten anschlich, er machte die ohnehin schon heikle Situation brandgefährlich. Gabriel schluckte. Er musste eine Entscheidung treffen.

*

Das Schlimmste war, dass Clark lächelte.

Margarete versuchte, sich ihre zitternden Knie nicht anmerken zu lassen, und ging auf den Verräter zu, dessen Gesicht von den Scheinwerfern erhellt wurde. Ihre Schritte dröhnten auf den hölzernen Bohlen. Zum Glück war es zu dunkel, um durch die Spalte dazwischen den Fluss zu erkennen. Seit dem Zwischenfall auf dem Atlantik verspürte sie keinen Bedarf nach weiteren unfreiwilligen Schwimmstunden. Sie richtete ihren Blick auf die Silhouette vor ihr, die mehr und mehr zu dem Menschen wurde, für den sie einmal etwas empfunden hatte. Es war noch gar nicht so lange her.

Was sie nun fühlte, war nichts als Verachtung. Verachtung für einen Mann, der nicht davor zurückschreckte, Kinder zu entführen, um seine Ziele zu erreichen. Der sich nicht dafür schämte, den Nationalsozialisten beim Bau einer Waffe zu helfen, die fürchterlicher war als alles, was man sich bis heute vorstellen konnte. Und doch lächelte er, als er etwa zwei Meter vor Margarete stehen blieb und die Arme hob, als ob er die Situation auf irgendeine exzentrische Art komisch fand.

»Wo ist Marie?« Margaretes Stimme klang nicht so kräftig, wie sie gehofft hatte.

Clark machte einen empörten Gesichtsausdruck. »Hey, hey, wer wird denn da so unfreundlich sein?«

»Bring sofort meine Tochter hierher, oder du bekommst den verfluchten Primer nie zu Gesicht.« Sie presste die Dokumente mit beiden Armen an ihre Brust.

»Du hast dabei, worum ich dich gebeten hatte, wie schön.« Clark nickte, als wolle er sich selbst zustimmen. »Braves Mädchen.«

In diesem Moment wurde Margarete klar, dass sie sehr wohl hassen konnte. Sie hatte dieses Gefühl aus ihrem Herzen verbannt nach dem, was im letzten Jahr in Haigerloch passiert war. Sie hatte Angst gehabt vor den Folgen, die es mit sich brachte. Doch jetzt spürte sie es wieder. Sie hasste Clark, und sie würde es genießen, ihn untergehen zu sehen. »Was meinst du, wie weit du damit kommst?« Sie spuckte ihm die Worte förmlich entgegen. »Niemals wirst du es aus dem Land schaffen.«

»Vielleicht muss ich das gar nicht.« Er zwinkerte ihr zu.

»Weißt du überhaupt, worum es hier geht?«

Er zuckte mit den Schultern. »Das geht mich nichts an.

Eigentlich interessiert es mich auch nicht besonders. Ich bin kein Freund von Ideologie.«

»Es geht um das Ende der Welt!« Margarete schrie nun beinahe. »Wenn Hitler diese Bombe bekommt, dann wird er den Krieg gewinnen. Dann ist auch hier niemand mehr sicher vor ihm. Willst du das? Eine Welt voller Nazis?«

»Ich habe mich noch nie für Politik interessiert.«

Margarete schnaubte. Dann wurde sie einen Moment lang abgelenkt, denn sie nahm in der Peripherie eine Bewegung wahr. Irgendwo hinter Clark, in der Nacht. Vielleicht eine Fledermaus. Sie fixierte erneut Clark, mit einem Blick, der ihn eigentlich hätte aufspießen müssen. »Also noch mal, wo ist Marie? Bring sie sofort hierher!«

Clark deutete mit der Hand vage hinter sich. »Sie ist ganz in der Nähe. Ich hole sie, wenn ich habe, was ich brauche.« Er streckte eine Hand aus. »Gib mir den Primer.«

»Für wen arbeitest du? Sag mir zumindest so viel.« Margarete machte einen Schritt auf Clark zu. »Ich will es nur verstehen. Warum das alles, wenn du dich doch von Labes … losgesagt hast?«

»Du siehst noch immer nicht klar«, sagte Clark und lächelte wieder.

Im nächsten Augenblick wurde sein Körper nach vorn geschleudert. Ein riesiger Schatten sprang aus der Dunkelheit hinter ihm und warf ihn zu Boden. Margarete kannte den Mann, der nun über Clark thronte. Sie war zu überrascht, um zu reagieren.

*

Mathewson!

Gabriel fluchte. Wieso hatte er den Fettsack nicht früher erkannt? Gebannt beobachtete er den Kampf. Mathewson hatte den Erpresser überrascht und zu Boden geworfen, doch der deutlich wendigere Mann hatte sich als zäh und überraschend stark erwiesen. Schnell schaffte er es, sich unter Mathewsons massigem Körper hervorzukämpfen und den Sicherheitschef in einen Würgegriff zu nehmen. Ein Hieb mit dem Ellbogen in Dearings Rippen verschaffte dem Glatzkopf jedoch eine kurze Verschnaufpause.

Gabriel ließ den Bogen sinken. Von hier aus konnte er nichts machen, ohne Mathewson und Margarete in Gefahr zu bringen. Immerhin schien der Sicherheitschef in diesem Moment auf ihrer Seite zu stehen. Gabriel setzte sich in Bewegung. Bis zum Wagen des Spions waren es etwa hundert Meter den Abhang hinunter. Die Dunkelheit verbarg Geröll, Buschwerk und sonstige Stolperfallen vor seinen Blicken. Er würde für den Abstieg eine Weile brauchen.

Da er vor sich auf dem Boden ohnehin nichts erkennen konnte, hielt er den Blick auf die beiden Kämpfenden gerichtet, die von den Scheinwerfern der abgestellten Autos beleuchtet wurden. Mathewson und Dearing standen sich gegenüber und belauerten sich wie zwei erschöpfte Boxer in der letzten Runde. Margarete stand ein paar Meter entfernt und blickte hin und her, als überlegte sie, wie sie Mathewson zur Hilfe eilen könnte.

In diesem Moment zerplatzte die Nacht in einem ohrenbetäubenden Geknatter. Mathewson, Dearing und Margarete gingen zu Boden, um sie herum zerborsten die Holzbohlen des Brückenbodens. Unter sich, in der Nähe von Dearings Wagen, konnte Gabriel Mündungsfeuer ausmachen. Jemand schoss wahllos mit einem Maschinengewehr! Etwa zehn Sekunden dauerte die Kakophonie, dann verstummte die Waffe. Vielleicht war das Magazin leer. Weder Margarete noch die beiden Agenten rührten sich.

Weitere Personen betraten die Brücke von der anderen

Seite aus. Sie waren zu dritt. Einer ging voran, hinter ihm folgten zwei Männer mit Maschinenpistolen in den Händen. Gabriel verharrte in der Bewegung. Noch wurde er von den Schatten der Nacht geschützt. Mittlerweile war er jedoch nah genug herangekommen, um sicher zu treffen. Erneut zog er einen Pfeil aus dem Köcher und legte an. Diesmal musste er sein Ziel finden.

*

Er war nicht getroffen. Es war ein Wunder, doch die Patronen hatten ihn allesamt verfehlt. Mathewson blieb noch einen Augenblick lang liegen, um abzuwarten, ob nicht doch irgendwo ein Schmerz einsetzen würde, der bis jetzt von einem plötzlichen Adrenalinschub unterdrückt worden war. Doch es kam nichts.

Vorsichtig hob er den Kopf. Um ihn herum klafften bedrohliche Löcher im Holzboden der Brücke. Einige Meter weiter unten wälzte sich der Rio Grande entlang. Zwei Armlängen vor ihm lag Dearing, der Verräter. Er hatte nicht so viel Glück gehabt. Seine Uniform wies mehrere fransige Ein- oder Austrittslöcher auf, an den Stellen, wo ihn die Kugeln des Maschinengewehrs durchsiebt hatten. Mathewson konnte nicht sagen, dass ihm das leidtat. Dearing hatte keine Skrupel, ein Leben zu nehmen. Dass es ihn nun selbst erwischt hatte, war einfach nur der Lauf der Dinge.

Dann ging Mathewson auf, dass es noch nicht vorbei war. Die Männer, die die Brücke mit der MG-Salve eingedeckt hatten, waren in der Nähe und vermutlich auf dem Weg hierher. Mathewson war klar, dass sie das haben wollten, was Margarete gerade Dearing hatte geben wollen. Auch wenn er nicht sicher wusste, was es war, so war er doch lang genug bei der Spionageabwehr tätig, um eine ziemlich sichere Vermutung aufstellen zu können.

Er wandte den Kopf und erblickte die Deutsche, die sich flach auf die Bohlen der Brücke gepresst hatte. Oder war auch sie getroffen worden? Neben ihr lag eine Mappe mit Dokumenten. Hatte er es doch geahnt. Von Brühl hatte von Anfang an ein Sicherheitsrisiko für das Projekt dargestellt. Auch wenn sie es nicht aus eigenem Antrieb heraus getan hatte, sie war kurz davor gewesen, dem Feind hochsensible Informationen zukommen zu lassen. Hochverrat nannte man das in Mathewsons Kreisen. Klar, der Feind hatte ihre Tochter in seine Gewalt bekommen. Aber auch das war nur der Leichtsinnigkeit der Deutschen geschuldet. Sie hätte sich einfach nicht mit jemandem wie Dearing einlassen dürfen.

Mathewson blickte noch einmal in die Richtung, aus der die MG-Salve gekommen war. Bis jetzt war niemand zu sehen, also richtete er seine Aufmerksamkeit wieder auf von Brühl und die Dokumente. Letzteren galt seine Priorität. Er durfte nicht zulassen, dass sie den Angreifern in die Hände fielen. Unter Aufbietung seiner letzten Kräfte robbte er darauf zu, wobei er den im Boden klaffenden Löchern ausweichen musste. Die Deutsche atmete, das konnte er jetzt genau erkennen. Doch offenbar wagte sie es nicht, aufzustehen und zu fliehen. Nur noch zwei oder drei Meter trennten Mathewson von den Akten.

Etwas Großes, Schweres fiel auf seinen Rücken und brachte ihm schmerzlich in Erinnerung, dass sein Körper seit dem Kampf mit der Rothaut mit blauen Flecken und Prellungen übersät war. Er spürte, wie Hände seinen Hals suchten und zudrückten. Dearing!, schoss es durch seinen Kopf. Der Verräter war wohl doch nicht tot gewesen, wie er angenommen hatte. Mit der rechten Hand fuhr er an seinem Körper herab und tastete nach dem Holster, in dem sich sein Colt befand. Doch nachdem er das Holster gefunden hatte, musste er feststellen, dass es leer war. Offenbar hatte sich in dem Durcheinander die Schnalle geöffnet. Vermutlich lag seine Waffe jetzt irgendwo auf der Brücke herum, wenn sie nicht durch eines der Löcher in den Fluss gefallen war.

Dearings Finger drückten fester zu. Schmerzlich pressten sie auf Mathewsons Kehlkopf. Zum Glück war der Verräter im Vergleich zu ihm selbst nur ein halbes Hemd. Mathewson spannte alle Muskeln an und stemmte sich gegen das Gewicht des Mannes. Es tat weh, doch er schaffte es, sich herumzudrehen und Dearing für einen Moment abzuschütteln. Er wälzte sich auf den Rücken und atmete keuchend ein. Komm auf die Beine, schalt er sich, doch es war zu spät. Mit einem Satz war Dearing wieder über ihm. Sein Gesicht war wutverzerrt und blutverschmiert. Eine Faust traf Mathewsons Kinn, dann spürte er, wie sich erneut Hände um seinen Hals schlossen. Der Typ wollte ihn tatsächlich umbringen!

Schüsse fielen. Ganz nah diesmal. Dearing riss die Augen auf, einen Moment lang sah es so aus, als zuckte ein Grinsen auf seinen Lippen, dann sackte er auf Mathewsons Brust. Mathewson spürte, wie warmes Blut aus Dearings Körper sickerte und seine Uniform durchweichte. Stiefel näherten sich im Laufschritt.

*

Ihr Atem hörte sich ohrenbetäubend laut an, wie das Tosen einer Dampflokomotive. Die Welt schien geschrumpft zu sein und nur noch aus ihrem Kopf zu bestehen, und alles, was sie tun konnte, war zu atmen.

Nachdem der letzte Schuss verhallt war, wusste Margarete, dass nun das Ende kam. Sie hörte, dass die Männer, die auf der Brücke die Hölle entfesselt hatten, auf sie zumarschierten. Doch sie wagte es nicht, die Augen zu öffnen. Ohne Zweifel würden sie nicht eher ruhen, ehe sie allen Anwesenden den Garaus gemacht und die Dokumente in ihre Gewalt gebracht hatten.

Ein weiterer Schuss fiel, diesmal in geringerer Entfernung, gefolgt von einem kurzen Schmerzensschrei. Gleich würde es vorbei sein. Die Stiefel kamen immer näher.

»Nehmt die Akten mit«, befahl eine Männerstimme, die Margarete seltsam bekannt vorkam. Die Angreifer befanden sich jetzt unmittelbar neben ihr. »Sind alle tot?«, fragte die Stimme.

Margarete spürte, wie sich eine Stiefelspitze in ihre Rippen bohrte und ihren Körper unsanft hin- und herbewegte. Sie musste sich zusammenreißen, um nicht aufzuschreien.

»Scheint so«, sagte ein anderer Mann.

In diesem Moment wurde Margarete von einer Erkenntnis getroffen. Die Männer sprachen deutsch! Und die Stimme, die ihr so bekannt vorgekommen war, gehörte dem Gestapo-Mann, Labes! Sie kämpfte gegen den Drang an, die Augen zu öffnen und sich zu vergewissern. Wie war das möglich? Sie hatte doch selbst dabei geholfen, die Leiche des Deutschen über die Reling der Caronia zu werfen!

»Abmarsch!«, befahl der Mann, der Labes' Stimme hatte, und die Stiefel entfernten sich. Margarete wartete noch einige Sekunden lang, dann öffnete sie die Augen. Drei Männer gingen auf der Brücke davon. Der mittlere trug die Dokumentenmappe in der Hand. Plötzlich sackte der rechte der drei zusammen und fiel der Länge nach auf die

Planken. Ein Pfeil ragte aus seinem Körper. Gabriel! Die anderen beiden zogen die Köpfe ein und rannten los.

Eine andere Bewegung erregte Margaretes Aufmerksamkeit. Keine drei Meter von ihr entfernt lagen zwei Körper auf der Brücke, leblos. Nein, nicht leblos, sie bewegten sich! Margarete robbte ein Stück näher heran, und dann sah sie es. Clark und Mathewson lagen dort eng nebeneinander. Beide bluteten stark, doch Mathewson versuchte eindeutig, sich aufzurichten. Die Bewegung schien seine gesamten Kräfte zu fordern. Margarete konnte erkennen, wie die Sehnen an seinem Hals hervortraten. Mit schmerzverzerrtem Gesicht stemmte er sich auf die Knie und kam dann schwankend auf die Füße.

»Bleiben Sie hier!«, zischte Margarete, doch der Sicherheitschef hörte sie nicht und nahm wankend die Verfolgung der Deutschen auf.

*

Der erste Pfeil hatte sein Ziel gefunden. Gabriel empfand eine finstere Freude, als einer der Angreifer auf der Brücke zusammenbrach. Er spürte sein Herz bis in den Hals hinauf pochen und war schon dabei, einen weiteren Pfeil einzulegen, doch dann bemerkte er, dass die Männer verfolgt wurden. Mathewson hatte sich erhoben und lief schwankend über die Brücke. Der Mann hatte Mumm, das musste man ihm lassen.

Wieder spannte Gabriel den Bogen und ließ einen Pfeil in die Nacht sirren, der die beiden Flüchtenden jedoch knapp verfehlte. Nur noch wenige Meter trennten sie von dem parkenden Auto des Erpressers. Ein weiterer Pfeil zischte los, prallte aber wirkungslos an der Windschutzscheibe des Wagens ab. Gabriel steckte den Bogen weg, zog sein Messer aus der ledernen Scheide, die er am Gürtel trug, und machte sich an den weiteren Abstieg. Dabei kam ihm zugute, dass die Wolken sich teilweise verzogen hatten und ein wenig Sternenlicht den unebenen Boden erreichte.

Gabriel beschleunigte seine Schritte. Kleinere Geröll-lawinen prasselten ins Tal, doch sein Tritt war sicher. Die weichen Sohlen der Mokassins ließen ihn nun wie eine Raubkatze den Hang hinabgleiten. Er hielt den Blick fest auf das Geschehen auf der Brücke gerichtet. Die beiden Flüchtigen hatten den Wagen erreicht. Der ältere von beiden schwang sich auf den Fahrersitz und startete den Motor. Der andere warf einen Blick zurück und riss seine Waffe hoch, als er bemerkte, dass Mathewson ihnen auf den Fersen war. Ein Schuss knallte, und für einen Moment glaubte Gabriel, dass der Sicherheitschef des Hügels jeden Augenblick getroffen zusammenbrechen würde. Doch stattdessen ging der andere Mann zu Boden. Mathewson hatte zuerst geschossen!

Immer schneller stürmte Gabriel nun ins Tal. Gleich würde er den Wagen erreichen. Er hob das Messer und machte sich bereit, die Fahrertür aufzureißen, doch das Auto machte einen Satz nach vorn. Es gab einen dumpfen Aufprall, ein gellender Schrei ertönte, dann verschwand Mathewson unter dem Wagen, der nun mit den Vorderreifen auf der Holzbrücke stand.

Gabriel erreichte mit drei Sätzen die Fahrertür des Wagens, riss sie auf und stürzte sich auf den Fahrer. Es war ein hagerer Mann mit heller Haut und einem traurigen Gesichtsausdruck. Gabriel packte ihn und zerrte ihn aus dem Auto.

*

Margarete hatte Mathewson hinterhergeblickt, bis er beinahe Clarks parkenden Wagen erreicht hatte und die Scheinwerfer seinen Körper überstrahlten. Erst dann wagte sie es, sich aufzurichten. Ihre Rippen schmerzten an der Stelle, wo der Deutsche sie getreten hatte, ansonsten war sie unverletzt.

In Windeseile war sie an Clarks Seite. Er hatte die Augen geschlossen und blutete aus mehreren Schusswunden im Brustkorb. Margarete konnte nicht ausmachen, ob er atmete. Kurz entschlossen packte sie ihn an den Schultern und schüttelte den leblosen Körper. »Wo ist Marie? Sag mir sofort, wo meine Tochter ist!«

Clarks Augenlider flatterten, dann öffnete er sie ganz und sah sie mit einem überraschend klaren Blick an. »Margarete«, sagte er und versuchte, eine Hand zu heben. »Es tut mir leid.«

Sie ließ von seinen Schultern ab. »Es tut dir leid? Ist das dein Ernst?« Wieder spürte sie diese namenlose Wut im Bauch. »Wo ist Marie?«

Clark legte die Stirn in Falten. »Ich wollte dich nicht in Gefahr bringen. Und Marie auch nicht. Aber ich hatte keine Wahl.«

»Wo ist sie?«, wiederholte sie, nun noch drängender.

»Labes hatte mich in der Hand, ich war ihm ausgeliefert.«

Margarete kniff die Augen zusammen. »War das eben wirklich Labes? Wie kann das sein? Er war … tot!«

Clark zog einen Mundwinkel in die Höhe. »Es war alles inszeniert.«

»Du meinst, ich habe dir nicht dabei geholfen, eine Leiche im Atlantik zu entsorgen?«

»Wir haben lediglich einen Sack Kartoffeln über Bord

geworfen.« Clark lachte. Blut spritzte aus seinem Mund hervor. »Und du hast Seamus nicht umgebracht. Das war ich.«

»Um den Verdacht auf mich zu lenken. Um mich erpressen zu können.«

Clark hustete. »Glaub, was du willst. Es spielt keine Rolle mehr.«

Sein Blick wurde glasig. Er griff nach Margaretes Arm. »Geh!«, stieß er hervor. »Geh und hole deine Tochter. Sie ist in dem Haus am Ende der Brücke. Dort wohnt eine ältere Dame, die ich überreden konnte, auf Marie aufzupassen.« Er zwinkerte ihr zu, dann schweifte sein Blick ab und fixierte einen Punkt hinter Margarete.

Es dauerte einen Moment, bis sie realisierte, dass er in den Sternenhimmel sah. Die Wolkendecke über ihnen war aufgerissen und gab den Blick frei auf den großen Wagen. Den Wolf, wie Gabriel gesagt hätte.

Margarete griff nach Clarks Hand. Doch Clark antwortete nicht mehr. Er war tot.

Schritte ertönten hinter ihr, dann erklang Lucys Stimme. »Aus dem Weg, ich bringe das Schwein um!«

Margarete drehte sich zu ihrer Freundin um. »Nicht mehr nötig.«

»Was ist passiert? Wer hat geschossen?«

»Clarks Auftraggeber. Deutsche Spione.«

Lucy riss die Augen auf. »Aber … Sie haben die Dokumente! Wir müssen sie aufhalten!«

»Darum kümmere ich mich«, erwiderte Margarete. »Hol du Marie! Sie ist im Otowi-Haus!« Mit diesen Worten stürzte sie Mathewson hinterher.

*

Blitzschnell war Gabriel über dem hageren Mann, den er aus dem Auto gezerrt hatte. Sein Messer blitzte im Licht der Sterne, als er es ihm an die Kehle drückte. »Keine Bewegung, oder es wird dir leidtun«, raunte er und übte leichten Druck mit der Klinge aus, um seine Worte zu unterstreichen.

Der Mann riss die Augen auf, nachdem er Gabriels Gesicht erblickt hatte. »Ein Wilder!«

Gabriel war perplex. »Mein Name ist Avanyu. Und du bist hier nicht willkommen.«

»Ein echter Wilder«, flüsterte der Fremde. »Ich dachte, ihr hasst die weißen Siedler. Wieso hilfst du deinen Feinden?«

»Sie sind nicht meine Feinde. Zumindest nicht alle. Einige sind sogar meine Freunde.«

Der Mann nickte verächtlich. »Kein Wunder, dass deine Rasse untergeht.«

Gabriel verstand nicht, wo der Hass des Mannes herrührte. »An deiner Stelle würde ich jetzt den Mund halten. Meine Freunde kommen gleich mit der Verstärkung.«

Ein müdes Lächeln machte sich auf dem Gesicht des Mannes breit. »Ich muss um Verzeihung bitten, ich habe mich nicht vorgestellt. Ich heiße Labes. Und dein Name war … Avanyu, richtig?« Er nickte, wie um sich selbst zuzustimmen. »Ich möchte dir ein Angebot machen, Avanyu.«

»Kein Interesse.« Gabriel blickte sich um. Auf der Brücke war niemand zu sehen, auch Mathewson, der irgendwo vor dem Auto liegen musste, rührte sich nicht. Hoffentlich war Margarete nichts zugestoßen.

»Hör mir zu«, beharrte Labes. »Wenn du mich gehen lässt, kann ich dafür sorgen, dass es dir in Zukunft an nichts mehr mangeln wird.« Er nickte ihm verheißungsvoll zu. »Geld, Frauen, Macht … Was du willst. Sicherlich lebst du auf der Straße. Ich kann mir nicht vorstellen, dass die Weißen solche wie dich besser als ihre Hunde behandeln.«

Gabriel spürte, wie die Wut in ihm hochkochte. Er hasste diesen Labes, der so unverschämt versuchte, ihn und seine Situation auszunutzen. Er hasste ihn noch mehr, weil er recht hatte. Ja, die Weißen behandelten ihn wie einen Hund! Hatten sie nicht Adrian getötet? Und tat es ihnen leid? Wurden sie dafür zur Rechenschaft gezogen?

»Gabriel, Vorsicht!« Mathewsons Schrei unterbrach Gabriels Gedanken jäh. Instinktiv warf er sich auf die Seite und rollte in Deckung. Zwei Schüsse fielen, dann noch einer. Nachdem Gabriel die Orientierung wiedererlangt hatte, stellte er fest, dass sich seine Situation dramatisch verschlechtert hatte. Der Mann, den Mathewson niedergeschossen hatte, hatte sich erhoben und hielt nun seinerseits den Sicherheitschef mit einer Pistole in Schach. Mathewson lag weiterhin unnatürlich verkrümmt vor dem Wagen auf der Brücke.

Auch Labes war wieder auf die Beine gekommen, zielte mit seiner Waffe auf Gabriel und blätterte durch Margaretes Dokumentenmappe, die auf der Kühlerhaube des Wagens lag. Er verzog das Gesicht zu einer Grimasse. Dann brüllte er in die Nacht: »Fräulein von Brühl, wir müssen reden!«

*

Margarete gefror das Blut in den Adern, als sie Labes' Stimme vor sich in der Nacht hörte. Sie konnte die Situation am anderen Ende der Brücke nicht genau einschätzen, doch die Tatsache, dass Labes noch vor Ort war und mit ihr sprechen wollte, konnte nichts Gutes bedeuten. Hoffentlich war Gabriel in Sicherheit.

In gebückter Haltung ging sie auf Clarks Wagen zu, immer darauf achtgebend, nicht in eines der Löcher in der Brücke zu treten. Mit der Hand versuchte sie, das blendende Licht der Scheinwerfer abzuschirmen. Dennoch konnte sie kaum etwas erkennen.

Schließlich war sie nah genug herangekommen, um die Situation einschätzen zu können. Was sie sah, ließ ihr das Herz in die Knie sinken. Mathewson lag am Boden, offenbar war er schwer verletzt. Gabriel kniete vor Labes und hatte die Hände über den Kopf gehoben. Der Deutsche hielt ihrem Freund eine Pistole an die Schläfe. In der anderen Hand hielt er die Dokumente.

»Ich habe kein Interesse an Wanderungen«, rief er ihr zu. Dann klappte er die Mappe auf und las laut vor: »Verbringen Sie einen herrlichen Tag mit Ihrer Familie am Aussichtspunkt White Rock! Machen Sie eine Wanderung zur heiligen Indianerstätte Tsankawi! Besuchen Sie den Pueblo San Ildefonso und kaufen Sie vorzügliche Keramiken!« Er warf Margarete die Mappe vor die Füße. »Die Zeit der Späße ist vorbei. Geben Sie mir den Primer, oder ich muss diese Rothaut hier abknallen.« Er drückte Gabriel die Waffe noch fester gegen den Kopf. »Offenbar scheinen Sie sich ja sehr nahezustehen.«

»Na schön, Labes. Sie haben gewonnen.« Margarete zog eine weitere Mappe unter ihrem Mantel hervor und reichte sie dem Deutschen. Aus dem Augenwinkel konnte sie erkennen, wie Mathewson sich am Boden wand und mit aller Kraft versuchte aufzustehen.

Labes schlug die Mappe auf und blätterte durch die Papiere. Auf seinem Gesicht machte sich ein Lächeln breit.

»Das sieht schon besser aus. Der Chicago Pile, so, so … Reaktionsmassen, Wirkungsquerschnitte … Ja, damit können wir arbeiten.« Er warf einen Blick auf seinen schwer verletzten Begleiter, der am Radkasten von Clarks Wagen lehnte, dann stieg er auf der Fahrerseite ein und zog die Tür zu. »Versuchen Sie nicht, mir zu folgen!«, rief er durch das geöffnete Fenster. »Die Brücke ist zurzeit nicht für den Verkehr tauglich.« Lachend setzte er den Wagen zurück. Sein Begleiter kippte stöhnend vor Schmerz in den Sand und blieb dort liegen. Labes wendete und raste in die Nacht davon. Nach kurzer Zeit war das Motorengeräusch nicht mehr zu hören.

Margarete warf Gabriel einen prüfenden Blick zu. Er hockte immer noch auf dem Boden, nickte ihr jedoch auffordernd zu. Dann kniete sie sich neben Mathewson, der schwer atmete und offenbar nicht aufstehen konnte. Sein Gesicht zeigte einen Ausdruck unterdrückten Schmerzes, doch sein Blick war starr auf sie gerichtet. Seine Augen waren hasserfüllt.

Fragend sah sie ihn an.

Mathewson schnaufte, dann gab er ein gurgelndes Geräusch von sich, ehe er hervorstieß: »Sie haben ihm den Primer gegeben! Sie sind eine Verräterin! Ich habe es von Anfang an gewusst.« Seine Hand fingerte an seiner Hüfte herum, scheinbar versuchte ein jahrelang antrainierter Reflex in ihm, seine Waffe zu finden.

Margarete sah dem Mann in die Augen und schüttelte bedächtig den Kopf. »Machen Sie sich keine Sorgen, Ihre Anlage ist in Sicherheit.«

Sein Gesicht spiegelte Unverständnis wider. »Wie …?«

»Ich habe ein wenig an den Zahlen gedreht. Die Deutschen werden mit der Mappe nichts anfangen können. Und wenn sie versuchen sollten, unsere Experimente so nachzumachen, wie sie in diesen Unterlagen dokumentiert sind, dann …« Sie unterdrückte ein Kichern. »Na ja, dann wird ihnen ihr Reaktor schön um die Ohren fliegen.«

*

»Mach keinen Scheiß, Gabriel.« Jenkins lachte, während er versuchte, Gabriel abzutasten, der den Sicherheitsbereich des Hügels nach einem langen Arbeitstag verließ. Gabriel reckte sich noch ein wenig weiter in die Höhe, so dass der einen Kopf kleinere Jenkins schließlich aufgab. »Also gut, mach, dass du wegkommst.«

»Wir sehen uns morgen.« Gabriel schlenderte zu seinem neuen Wagen. Wenig später fuhr er die staubige Straße entlang, die nach San Ildefonso führte. Nach Hause. Sie hatten die Löcher in der Otowi-Brücke ausgebessert, ohne großes Aufheben darum zu machen. Ob sich überhaupt jemand darüber wunderte? Deutlich konnte Gabriel die erneuerten Planken erkennen, als er den Wagen über die schmale Konstruktion lenkte. Das frische Holz strahlte in der tief stehenden Sonne. Gabriel ließ den Blick über die umliegenden Hügel schweifen. Immer wieder ertappte er sich dabei, wie er Ausschau nach Antonia hielt. Doch seit jener Nacht war der Kojote nicht mehr aufgetaucht.

Schließlich erschien die Adobe-Mauer seines Pueblos vor ihm. Er steuerte den Wagen durch das offene Tor und über die Plaza. Ein älterer Mann, an dessen Namen er sich nicht erinnern konnte, hob seine Hand zum Gruß.

Er winkte dem Alten und lächelte. Kurze Zeit später stellte er das Auto vor seinem Haus ab und stieg aus.

»Avanyu, wie geht es dir?« Eine Frauenstimme hinter ihm.

Gabriel drehte sich um und erblickte Carlita, Adrians Mutter. Ein mulmiges Gefühl machte sich in seiner Brust breit. »Danke, ich komme zurecht. Aber sag, wie geht es euch?«

Carlita lächelte. »Besser.« Sie kam einen Schritt auf Gabriel zu, und kurz sah es so aus, als wolle sie ihn umarmen. Dann blieb sie jedoch vor ihm stehen. »Wir sind dir sehr dankbar für das, was du für uns getan hast.«

»Ich habe nur …«

Carlita unterbrach ihn mit einem energischen Kopfschütteln. »Du hast mehr getan, als die meisten vollbracht hätten. Du hast es versucht, und du hast nicht aufgegeben.«

Gabriel wusste nichts darauf zu entgegnen, deswegen nickte er nur und lächelte.

»Wirst du das Angebot der Alten annehmen?« Carlita legte den Kopf schief.

Gabriel sah zu Boden und strich seine Zöpfe glatt. Dann blickte er Carlita an und schüttelte den Kopf. »Ich kümmere mich um meine Familie.« Er nickte bestimmt, wie um sich seiner Sache zu vergewissern. »Den Posten des Vorstehers überlasse ich gern einem Jüngeren.«

Carlita lächelte ihn an. Dann nahm sie ihn doch noch in den Arm und drückte ihn für einige Atemzüge, ehe sie sich von ihm löste und fortging. Gabriel sah ihr einen Moment lang hinterher, dann machte er sich auf den Weg nach Hause. Noch immer in Gedanken, öffnete er die Tür zu seinem Haus. Maria stand vor dem alten Holzofen und kochte Kaffee, und seine zwei Söhne saßen auf ihrem neu gebauten Bett und waren in ein Spiel vertieft. Als sie ihn bemerkten, sprangen sie auf und kamen auf ihn zu gerannt. »Warum kommst du so spät, Papa?«

Gabriel tat so, als krame er eine Taschenuhr hervor und schaue darauf. »Was meint ihr? Ich bin doch ganz pünktlich!«

Jesus' Stimme klang entrüstet. »Das Licht ist beinahe weg, und du hast uns versprochen, dass wir noch Bogenschießen gehen!«

Gabriel sah hilfesuchend zu Maria, die sich eine Hand vor den Mund hielt, um ein Lachen zu unterdrücken. »Also gut«, sagte er und kniete sich hin, um die Schnürsenkel seiner Arbeitsstiefel zu lösen. Nachdem er die schweren Schuhe abgestreift hatte, schlüpfte er in die bequemen Mokassins, die neben der Eingangstür auf ihn gewartet hatten. Dann ging er auf Maria zu und genoss das Gefühl, Mutter Erde unter den Füßen spüren zu können. Er nahm seine Frau in den Arm und spürte auch sie. Ihre Wärme. Dann küsste er sie auf den Mund.

»Papa!«, brüllte Carlos hinter ihm. »Die Sonne!«

Gabriel seufzte. »Wir sind zurück, bevor es dunkel wird«, sagte er zu Maria.

»Ich warte mit dem Essen auf euch.« Sie strich über seine Zöpfe. Dann legte sie für einen Moment die Stirn in Falten und tippte ihm schließlich mit dem Finger auf die Brust. »Weißt du was? Ich komme mit.« Jesus und Carlos jubelten und rannten zu der Wand, an der Gabriels Bogen hing. Auf Zehenspitzen klaubte Jesus die Waffe von dem Nagel und trug sie wie eine Trophäe vor sich her aus dem Haus. Maria griff seine Hand. »Schön, dass du wieder da bist, Avanyu.«

Avanyu drückte die Hand seiner Frau und sah ihr in die Augen. »Du hast recht. Ich bin wieder da.« Dann nahm er sie in den Arm und genoss den Duft ihrer Haare.

*

Margarete klopfte an die Holztür und trat ein, ohne auf ein Zeichen von drinnen zu warten. Muller saß an seinem Schreibtisch, erhob sich jedoch, als er sie sah, und griff mit zitternden Fingern nach seinem Stock. »Meine Liebe, wie geht es Ihnen? Und wie geht es der kleinen Marie?« Dann riss er die Augen auf. »Um Himmels willen, was ist denn mit Ihren Haaren passiert?«

Margarete nickte ihm zur Begrüßung zu. »Marie ist wohlauf. Danke, Sir. Sie ist jetzt tagsüber im Haus der Collisters. Dort kann Gabriels Frau Maria auf sie aufpassen.« Sie fuhr sich mit der Handfläche über die raspelkurzen Haare. »Und Sie haben recht: Ich habe mich von meinen alten Haaren getrennt.« Lucy hatte sie mit Seamus' elektrischem Bartschneider besucht und ihr die blondierten, geglätteten Haare abrasiert. Endlich war Margarete wieder ganz sie selbst. Kein Versteckspiel mehr.

Muller trat an sie heran und legte eine Hand auf ihren Arm. »Sie haben großen Schaden von diesem Projekt abgewendet.« Er nickte, um seine Worte zu bekräftigen, und bedeutete ihr mit einer Geste, Platz zu nehmen. »Wir alle sind Ihnen sehr dankbar. Es steht außer Frage, dass wir unsere Sicherheitsvorkehrungen verschärfen müssen.« Er fuhr sich mit der Hand durch den Bart. »Und dann diese andere Sache. Was Seamus getan hat, ist … unglaublich. Bitte verstehen Sie, dass wir die ganze Angelegenheit, nun ja … diskret behandeln müssen. Ich hätte mich sehr gefreut, eine Rede im Gemeinschaftssaal zu halten, aber der Sicherheitschef hat mir ausdrücklich untersagt, mit irgendjemandem über die Angelegenheit zu sprechen.«

»Was Mathewson angeht«, begann Margarete und legte das Notizbuch auf Mullers Schreibtisch, das sie in Seamus'

Schreibtisch gefunden hatte. »Ihr Sicherheitschef ist in die ganze Sache verwickelt gewesen. Nicht nur das, er hat sie sogar angeleiert. Das geht aus Seamus' Aufzeichnungen eindeutig hervor. Ich erwarte von Ihnen, dass Sie ihn unverzüglich loswerden.«

Muller sah sie mit großen Augen an und strich mit der Hand über seinen Bart. »Mathewson? Sind Sie sicher?«

Margarete nickte.

»Das ist ja furchtbar!« Muller legte eine Hand auf das Notizbuch, schlug es jedoch nicht auf. Er blinzelte einige Male, dann sah er Margarete an. »Tauchen hier drin noch andere Namen auf?«

Margarete überging die Frage des Professors. »Ich erwarte, dass Sie ihn absetzen. Sonst muss ich die Presse informieren.«

Muller schluckte, dann schüttelte er den Kopf. »Ich kann es immer noch nicht fassen.« Er legte seine Hand auf Margaretes Arm, dann drückte er ihr Handgelenk. »Wir freuen uns, Sie in diesem Projekt an unserer Seite zu wissen.«

Margarete entging nicht, dass er ihre Forderung übergangen hatte. »Danke, Sir.«

Der Professor ließ von ihr ab, trat ans Fenster und schaute hinaus. »Wie Sie wissen, wird die Entwicklung unserer Vorrichtung der Welt dauerhaften Frieden bringen.«

»Das wäre schön, Sir.«

»Kriege werden sich nicht mehr lohnen, weil die Einsätze unbeschreiblich hoch werden.« Er drehte sich wieder zu ihr um und wirkte seltsam bewegt. »Selbst wenn wir sie nicht einsetzen, wird unsere Vorrichtung damit die wirkungsvollste Waffe aller Zeiten sein.«

»Sie werden sie nicht einsetzen«, wiederholte Margarete.

Muller zögerte. Nur einen Sekundenbruchteil, aber Margarete bemerkte es. Dann setzte er ein Lächeln auf. »Natürlich nicht. Das wäre Wahnsinn!«

Margarete war nicht überzeugt. Sie würde auf dem Hügel bleiben und sich vergewissern, dass seine Worte der Wahrheit entsprachen. Und eingreifen, falls es nicht so sein sollte. Sie räusperte sich. »Was passiert mit der Familie des toten Jungen? Mit Adrians Eltern?«

»Schreckliche Geschichte, ganz schrecklich.« Muller sah betrübt zu Boden, dann fixierte er wieder Margarete. »Wir werden sie angemessen entschädigen. Außerdem haben wir Vorsorge getroffen, dass so etwas nicht noch einmal passieren kann. In Zukunft werden die Abfälle direkt hier auf dem Hügel gelagert.«

»Und dann?«, fragte Margarete. »Die Abfälle werden noch in Tausenden von Jahren gefährlich sein. Haben Sie die Gefahr eines Unfalls bedacht? Erdbeben? Sabotage?«

Muller presste seine Zähne aufeinander. Margarete konnte die Muskulatur unter den Wangen arbeiten sehen. Vielleicht hatte sie ihn für den Moment genug geärgert. Aber sie würde nicht aufhören, diese Fragen zu stellen. Irgendjemand musste es schließlich tun. »Sie finden eine Lösung«, sagte sie, nahm das Notizbuch und wandte sich zum Gehen.

»Danke«, rief Muller ihr hinterher.

Im Türrahmen drehte Margarete sich noch einmal um. »Seamus' Aufzeichnungen«, begann sie und war stolz, dass ihre Stimme dabei nicht zitterte. »Auch Ihr Name taucht darin auf. Ich weiß, dass Sie über die Entsorgung des Mülls informiert waren. Sie haben sie geduldet, mindestens.«

Muller atmete tief ein, dann hielt er die Luft an, bis Margarete Angst bekam, der Professor würde platzen. »Was wollen Sie?«

»Ich will, dass Mathewson den Hügel verlässt und den Rest seines Lebens an einem Ort verbringt, wo er keinen Schaden mehr anrichten kann.«

Der Professor starrte sie einige Sekunden lang an, dann nickte er schließlich.

Margarete ließ es dabei bewenden, trat aus dem Büro und schloss die Tür hinter sich. Auf dem Flur kam ihr Mathewson entgegen. Der Sicherheitschef saß seit jener Nacht auf der Brücke im Rollstuhl. Der Wagen, mit dem Labes ihn angefahren hatte, hatte seine Hüfte zertrümmert. Zwei Meter vor ihr hielt er an und musterte sie nachdenklich. Dann zeigte er auf einen achteckigen Orden an einem blau-roten Band, der an seiner Brust baumelte. »Sie haben mir die Soldier's Medal verliehen. Ist das nicht toll?«

Margarete nickte anerkennend. »Wofür steht dieser Orden?«

»Für heldenhaftes Verhalten ohne Feindberührung.«

»Ohne Feindberührung?«

»Über die deutschen Spione können sie nicht sprechen, also hat es sie nie gegeben.« Mathewson grinste gequält. »Aber ich habe wohl den Mörder von Seamus Collister zur Strecke gebracht.« Er tippte sich an die Stirn und setzte den Rollstuhl mit den Armen in Bewegung. »Ich werde von Muller erwartet. Viel Glück weiterhin in dieser Schlangengrube. Sie werden es brauchen.«

»Danke.« Margarete wollte an Mathewson vorbeigehen, doch als sie auf seiner Höhe war, packte er unvermittelt ihren Arm. »Eins noch: Wenn Sie das nächste Mal irgendwelche Unregelmäßigkeiten hier auf dem Hügel bemerken, dann werden Sie nicht auf eigene Rechnung handeln, sondern sich vertrauensvoll an Ihren Sicherheitschef wenden.« Er zeigte mit dem Daumen auf sich selbst. »Verstanden?«

Margarete konnte sich ein Lächeln nicht verkneifen. Mathewson würde sein blaues Wunder erleben, wenn Muller ihn vor die Tür setzte. »Aye, aye, Sir«, sagte sie, wandte sich von dem Mann ab und machte sich auf den Weg. Sie verließ den Hochsicherheitsbereich, durchquerte den Wohnbereich und ließ auch ihn hinter sich, bis sie vor den Toren des Hügels ein Gebiet erreichte, das von einem neu errichteten Zaun umgeben war. Sie schritt durch ein Bogentor, das eines Tages von Rosen berankt werden sollte, und trat auf die Person zu, die dort stand und zu Boden blickte. »Hallo, Lucy.«

Ihre Freundin drehte sich um. Ihre Augen waren gerötet, sie hatte geweint. Anstatt etwas zu sagen, nahm sie Margarete in den Arm und drückte sie fest. Dann drehte sie sich wieder um. Margarete folgte ihrem Blick. Vor ihnen im Sand lagen zwei von Steinen eingefasste Gräber. An ihren Kopfenden steckten schmucklose weiße Holzkreuze. Bunte Blumen waren daran befestigt und flatterten im Wind. »Seamus Collister«, stand auf dem einem, »Adrian Velázquez« auf dem anderen. »Es ist friedlich hier.« Margarete legte einen Arm um Lucys Hüfte.

Lucy nickte. »Ich finde es schön, dass sie hier zusammen liegen. Irgendwie bringt es die Geschichte zu einem versöhnlichen Ende.«

Eine längere Pause entstand, in der sie beide ihren Gedanken nachhingen. Schließlich ergriff Margarete erneut das Wort: »Wirst du bleiben?«

»Wo soll ich denn sonst hin?« Lucy sah sie von der Seite an. »Ich werde sicher nicht zurück zu meinen Eltern nach Boston gehen.«

Margarete lachte. »Wir beide sind uns noch viel ähnlicher, als ich dachte.« Sie zögerte, ehe sie weitersprach.

»Du bist die erste Freundin, die ich seit meiner Kindheit habe.«

»Siehst du?« Lucy fuhr sich mit der Hand durch die Haare. »Da kann ich dich doch hier nicht allein lassen.«

Wieder entstand eine lange Pause, in der sie beide still die Gräber betrachteten. Margaretes Blick wurde von zwei Raubvögeln abgelenkt, die hoch am Himmel ihre Kreise zogen. »Eigentlich hätten sie noch ein Grab für Antonia ausheben müssen«, sagte Lucy und legte die Stirn in Falten.

Margarete schüttelte den Kopf. »Ich will nicht glauben, dass sie tot ist.« Sie hob den Blick und ließ ihn über die Berge und Täler New Mexicos schweifen. »Sie ist irgendwo da draußen und schaut uns zu. Ich bin mir sicher, dass sie über uns Menschen hier auf dem Hügel wacht und aufpasst, dass wir keine Dummheiten machen.«

Lucy sah sie an. »Du meinst die Bombe.«

Margarete nickte stumm.

»Keine Dummheiten«, wiederholte ihre Freundin und lächelte. »Das wäre schön. Aber ich denke, wir sollten Antonia ein wenig beim Aufpassen helfen.«

»Stimmt«, sagte Margarete. »Die Dummheit der Menschen ist zu viel für einen einzelnen Kojoten.«

* * *

Hinter der Geschichte

Im Manhattan Project bündelten die USA ab 1942 ihre Bestrebungen zur Entwicklung der Atombombe. Getrieben von der Angst vor einer deutschen Bombe, wurden weder Kosten noch Mühen gescheut. Schätzungen zufolge beliefen sich die Gesamtausgaben bis Ende 1945 auf 1,9 Milliarden US-Dollar. Das geheime Labor in den Bergen von Los Alamos diente zur Entwicklung der Waffe, zeitweilig arbeiteten dort mehr als 100 000 Menschen. Die Einrichtung war mehrmals das Ziel von Spionage-Aktionen, unter anderem gab der deutsch-britische Physiker Klaus Fuchs Informationen an die Sowjetunion weiter.

Die strahlenden Abfälle der Anlage entsorgte man teilweise unsachgemäß in der Umgebung der Anlage, was noch heute zu Protesten bei den dort lebenden indigenen Gruppen führt.

Die Kultur und das Leben der Tewa werden in den Werken des Autors Frank Waters begreifbar gemacht. Avanyus Gebet für die erlegte Hirschkuh entstammt seinem Roman »The Man Who Killed The Deer« von 1942 in eigener Übersetzung.

Der Terminus »Indianer« ist in der aktuellen Diskussion umstritten, weil er eine Fremdbezeichnung aus der Kolonialzeit darstellt. Er war jedoch in den Vereinigten Staaten der 40er Jahre allgegenwärtig und wird auch heute noch von Teilen der indigenen Bevölkerungsgruppen als Selbstbezeichnung verwendet.